la **MAISON D'ÉDITION** dédiée
à la **PUBLICATION**
des **PREMIERS ROMANS*** !

Vous avez écrit un **ROMAN**...
et VOUS RÊVEZ DE LE FAIRE PUBLIER ?

N'hésitez pas... déposez votre manuscrit
sur **nouvellesplumes.com**

* Quel que soit le genre (aventure, thriller, historique, polar, fantasy, divers, etc.).

Les héritiers de Salem

Émilie BONNET

Les héritiers de Salem

Éditions de Noyelles,
avec l'autorisation des Éditions Nouvelles Plumes

31, rue du Val de Marne, Paris

Le Code de la propriété intellectuelle n'autorisant, aux termes des paragraphes 2 et 3 de l'article L. 122-5, d'une part, que les « copies ou reproductions strictement réservées à l'usage privé du copiste et non destinées à une utilisation collective » et, d'autre part, sous réserve du nom de l'auteur et de la source, que les « analyses et les courtes citations justifiées par le caractère critique, polémique, pédagogique, scientifique ou d'information », toute représentation ou reproduction intégrale ou partielle, faite sans le consentement de l'auteur ou de ses ayants droit ou ayants cause, est illicite (article L. 122-4). Cette représentation ou reproduction, par quelque procédé que ce soit, constituerait donc une contrefaçon sanctionnée par les articles L. 335-2 et suivants du Code de la propriété intellectuelle.

© Éditions Nouvelles Plumes, 2021

ISBN : 978-2-298-17492-2

À Arthur, Anna et leurs deux merveilleux parents.

1

— Serena !
...
— Serena ! Réveille-toi !
Je frotte mes yeux. Quelle heure est-il ? Je me redresse sur le siège, la bouche pâteuse et les membres engourdis. La voiture longe des allées de gazon bordées d'arbres centenaires et des maisons de briques aux couleurs aussi ternes qu'insipides.
Combien de temps me suis-je assoupie ?
— On arrive, murmure Wyatt.

Il existe à l'est du Massachusetts une petite ville dénommée Danvers. Cette bourgade, située à vingt miles au nord de Boston, est bordée sur un flanc par une forêt ténébreuse et sur l'autre par des falaises abruptes. Les eaux tumultueuses de la rivière Crane partagent la cité en deux entités. Dans l'East Side, les quartiers populaires côtoient les usines et les entrepôts des grandes compagnies qui ont fait la fortune des élites, tandis qu'à l'ouest, dans les plus fastes demeures, les descendants des pères fondateurs ont donné une nouvelle dimension au mot « privilège ».
Jadis, d'étranges phénomènes se sont produits ici. Les puritains évoquent encore les procès du vice. De nombreuses femmes ont payé de leur vie leur désaccord avec les mœurs de la société conservatrice du Massachusetts. Pour d'autres, ces évènements vont bien au-delà de l'entendement. Une idée troublante s'est répandue au fil des siècles selon laquelle de

dangereuses sorcières auraient attenté à la prospérité des habitants de cette tranquille petite ville.

En ce qui me concerne, je ne crois pas à la magie.

Quelques décennies après la fin des accusations, un gouverneur a fait rebaptiser la cité à son nom. Mais pour ses natifs comme tous ceux qui ont un jour porté attention à cette affaire, la ville demeurera à jamais la Grande Salem.

Je n'ai aucun souvenir de ma vie ici. J'étais bien trop jeune quand nos parents ont quitté la terre de leurs ancêtres pour rejoindre le soleil de San Diego. Jon doit en savoir davantage. Mon frère avait presque deux ans lorsque nous sommes partis.

Ma joue se colle à la vitre humide. Cet interminable voyage m'a épuisée.

Après la disparition de nos parents, rester en Californie n'était plus envisageable. Bien sûr, abandonner la ville où j'ai grandi et tout ce que j'ai toujours connu m'emplit d'une profonde douleur. Mais je sais que cette nouvelle vie est une chance que nous devons saisir. Nous avons besoin d'une famille, d'un adulte pour veiller sur nous.

J'ai acquis au fil du temps la certitude que, où que nous allions, tant que Jon, Wyatt et moi demeurerons ensemble, nous saurons faire de n'importe quel endroit notre foyer. À présent, nous devons laisser une place dans notre existence à tante Monica.

La reconnaîtrai-je ? Dans mes souvenirs, la cadette de maman était sa copie conforme. Elle avait une peau diaphane, de longs cils noirs et une chevelure sombre. Mais dix ans se sont écoulés depuis notre dernière rencontre. Monica a sûrement changé.

Tout ce que je sais à propos de notre nouvelle tutrice, je le tiens des messes basses échangées entre mes parents aux heures où ils nous croyaient endormis. Comme si évoquer Salem et les proches qu'ils y avaient laissés devait rester un secret, même pour leurs propres enfants. Ainsi, j'ai appris que

Monica Lewis est une jeune femme ambitieuse, rêvant à une carrière dans la politique. Elle occupe pour l'heure un poste de conseillère en communication auprès du maire de la ville. Un rôle taillé pour elle, disait maman.

La voiture ralentit l'allure sur un chemin de gravier. Par la fenêtre, on distingue les murs d'une demeure gigantesque de briques grisâtres à la lisière de la forêt. Un voile de brouillard encercle la bâtisse dont le toit, si haut, me donne le vertige. Pas un rayon de soleil ne parvient à se frayer un chemin.

La portière s'ouvre sur la fraîcheur du petit matin. Dans cette atmosphère étrange, à l'ombre de ces nuages omniprésents, nous détonnons tous trois. Nos peaux sont encore couvertes de cette fine couche d'or, ordinaire aux habitants de San Diego. Nos cheveux ont toujours l'odeur du sel et du sable, comme si nous avions quitté la Californie hier.

C'est là que s'arrêtent nos points communs. Notre aîné, Jon, a hérité de notre famille maternelle d'adorables fossettes qui font fondre quiconque le regard sourire. En ce qui me concerne, deuxième née, j'ai tiré à la loterie les pommettes saillantes de notre père. Pour ce qui est du petit dernier, Wyatt, il nous ressemble beaucoup moins. Des taches de rousseur maculent son visage, sans doute le cadeau d'un ancêtre irlandais. Cette différence singulière a longtemps aiguisé notre inventivité. Jon et moi nous amusions à le torturer en lui racontant qu'il était adopté.

Cette époque de candeur semble à présent loin derrière nous. Aucun de nous trois n'aurait l'idée de mettre en doute notre lien. Plus que jamais, nous devons rester unis.

L'immense porte s'ouvre sur une silhouette menue enroulée dans une robe rouge. Ses cheveux noirs tombent sur ses hanches. Elle a un petit menton, des pommettes saillantes et des lèvres pulpeuses. Je reconnais ses yeux bruns bordés de longs cils. Dix ans se sont écoulés. Pourtant, Monica n'a pas changé.

— Bienvenue au manoir de Wailing Hill, mes enfants !

Elle descend les marches en toute hâte. Ses talons aiguilles claquent sur la pierre.

— Si vous saviez comme je suis heureuse que vous soyez enfin parmi nous ! Vous avez dû passer les jours les plus angoissants de votre vie. Mes pauvres chéris !

Trois employés de maison, vêtus d'uniformes en lin taupe, la suivent. Sitôt qu'ils rencontrent le regard sévère de Monica, ils se hâtent d'apporter leur aide au chauffeur. Tous sauf une, plus âgée que ses collègues, qui toise la femme en rouge d'un air de défi.

— Venez, je vais vous faire visiter !

Elle saisit mon bras et m'entraîne avec elle comme si nous étions de vieilles amies.

— Vos ancêtres ont construit cette bâtisse en 1681.

— À la sueur et au sang des populations amérindiennes, ponctue Wyatt.

— C'est l'une des plus anciennes maisons de la ville, reprend notre tante en faisant mine de n'avoir pas entendu. Et sans aucun doute la plus somptueuse. Elle s'est transmise de génération en génération chez les Parris.

Les doigts manucurés de Monica ne desserrent pas leur étreinte autour de mon bras. Malgré mes réticences à ce contact étrange, je n'oppose pas de résistance.

Tout autour de la demeure aux vitres immenses, un parc s'étend jusqu'à la lisière d'une sinistre forêt. Des arbres centenaires y ont pris leurs aises, dont un magnifique vieux frêne aux branches éparses couvertes de feuilles orangées.

— Assez traîné ! reprend Monica. Nous n'allons pas passer la journée dans l'allée.

Sans plus de manières, elle me tire de nouveau.

— Vous êtes enfin arrivés chez vous, les enfants. Entrez, ne faites pas vos timides !

Malgré mes efforts, je ne parviens pas à retrouver le moindre souvenir de cette maison austère. Si je n'en avais pas la certitude, je douterais presque d'avoir vécu ici.

— Lorsque vos parents ont décidé de quitter Salem, ils

m'ont demandé de m'installer dans ce manoir. Enfin, maintenant que vous êtes de retour chez vous, cette maison vous appartient.

Monica nous introduit auprès du personnel. Les deux plus jeunes, Klaus et Betsy, s'interrompent un instant. Ils esquissent un hochement de tête poli avant de reprendre leur travail. La troisième, demeurée sur la plus haute marche du perron, soutient un moment le regard de Monica. Un sourire d'une rare douceur illumine son visage diaphane. Elle sent la farine et le beurre.

— Et voici Tania, notre cuisinière, poursuit Monica. Qui n'a, semble-t-il, pas compris que son travail ne se limite pas à sortir des petits pains du four, ajoute-t-elle à demi-mot.

Monica tire de plus belle sur mon bras. Je dois trottiner pour parvenir à la suivre. Sur nos talons, les garçons se perdent dans la contemplation de ces gigantesques colonnes, vestiges d'une lointaine ascendance colonialiste.

— Vous n'avez jamais eu de personnel, j'imagine. Vous feriez mieux de vous y habituer. Nous sommes dans le Massachusetts, les enfants. L'État le plus conservateur d'Amérique. Ici, les traditions ont la dent dure. Vous êtes les maîtres de maison à présent. Derniers héritiers de l'une des plus anciennes familles du pays et à ce titre des personnes d'exception qui doivent être traitées avec tout le respect qui leur est dû.

Je ne l'écoute plus. La pièce immense dans laquelle nous entrons happe toute mon attention. À l'opposé des façades grisâtres, l'intérieur du manoir se révèle être un écrin de pureté. Les murs couleur de neige donnent au plafond, déjà haut, un air d'infini. Tout y scintille. Le contraste se joue sur les bibelots anciens, des tapis d'Orient et des toiles étranges qui forment une décoration hétéroclite. En ces lieux, on côtoie l'ombre et la lumière.

C'est une métaphore parfaite pour représenter notre famille. Même en ayant grandi à des milliers de kilomètres de ces terres, je ne suis pas étrangère à ce que mes ancêtres ont accompli. À l'époque de la Grande Salem, les Parris ont occupé une place importante dans la libération de la ville de l'emprise de la magie. Cet exploit, dont j'ai acquis la conviction qu'il s'agissait d'un tour de main des puritains pour éliminer celles qu'ils percevaient comme des femmes de petite vertu, a coûté la vie à de malheureuses jeunes femmes. L'histoire a retenu mes ancêtres comme des sauveurs. Pour moi, ils ne sont rien de plus que des tortionnaires.

— Vos chambres sont au premier. Vous y trouverez vos affaires. Je vous laisse le soin de vérifier que vos nouveaux quartiers sont aménagés à votre goût. Nous nous rejoindrons ensuite dans le grand salon. J'ai énormément de choses à vous dire et plus encore à en apprendre sur vous.

Wyatt est le premier à monter.

— Le grand salon ? chuchote ce dernier. Ça signifie qu'il y en a plusieurs ?

Je hausse les épaules et prends sa suite. Nos pas hésitants parviennent jusqu'au premier palier, qui dévoile un long couloir, bien plus sombre que le hall. Les murs sont revêtus d'une tapisserie de velours côtelé d'un rouge sang éclairé par des lustres jaunâtres. C'est tout de suite beaucoup moins accueillant.

— Nous n'aurions jamais dû partir.

La franchise de Jon est une qualité que j'ai toujours appréciée. Ce matin pourtant, j'aurais préféré qu'il ne dise rien. Surtout pour Wyatt, encore très jeune et trop fragile.

— Pour quoi faire ? grimace notre cadet. Nous n'avions plus rien à San Diego !

— Je ne crois pas que maman ait coupé les ponts avec sa famille sans raison, reprend Jon. Je n'ai pas confiance en Monica. Et vous devriez vous en méfier aussi !

— Cette histoire te rend paranoïaque, je soupire. D'accord, nous ne connaissons pas Monica. Et je ne peux qu'admettre qu'elle ne semble pas avoir la fibre maternelle. Mais je pense que nous devrions lui laisser une chance.

Ce à quoi j'ajoute, d'une voix étranglée :

— De toute façon, nous n'avons pas le choix. Elle est notre tutrice à présent.

— Je refuse de croire que nous sommes coincés ! s'exclame Jon. Tenez ! Si nous demandions aux services sociaux un délai ? Hum ? Je vais avoir 18 ans dans quelques mois. Je pourrai devenir votre tuteur en attendant le retour de papa et maman !

— Tu dis n'importe quoi, Jon ! rétorque Wyatt. Nous avons eu énormément de chance de ne pas finir dans une famille d'accueil, ou pire, un orphelinat. Venir à Salem était ce qui pouvait nous arriver de mieux.

— Alors tu préfères tirer un trait sur tes souvenirs ?

— Ça suffit !

Je m'interpose. Le son de ma voix fait bourdonner mes oreilles.

— Ça ne sert à rien de vous disputer. Nous sommes ici à présent, nous devons faire avec.

D'un signe de tête, j'intime à Wyatt de reprendre l'expédition. Il obtempère, lançant avant de repartir :

— Même si j'aurais préféré rester chez nous, je ne suis pas mécontent de vivre dans un endroit où je ne serai plus celui-dont-les-parents-sont-portés-disparus. Et puis, vous, vous connaissez déjà Salem. Moi, j'ai passé toute ma vie à San Diego. Je ne vais pas refuser l'opportunité de découvrir la glorieuse cité bâtie par mes ancêtres.

Ma chambre se trouve au bout du couloir. Un lit en bois blanc trône au centre de la pièce immense à la moquette beige et aux murs écrus. Une causeuse pourpre fait l'angle d'un dressing. Non loin, un bouquet de pivoines repose sur un guéridon en verre. Les rayons du jour pénètrent difficilement par la fenêtre donnant sur le vieux frêne. J'ai la sensation d'avoir pris mes quartiers dans la vitrine d'un magasin de décoration.

Mes bagages, contenant le peu d'effets personnels qu'il me reste, sont entassés derrière la porte. Je découvre avec surprise que de très nombreuses affaires occupent déjà la penderie. Monica a dû oublier d'enlever ses vêtements. Je suis trop jeune pour porter des chaussures aussi vertigineuses et des robes si apprêtées. Et ces colliers de perles, ces bijoux en diamants, ils sont forcément à ma tante. Sans parler de la collection de sacs à main face à laquelle la petite besace en cuir que je traîne depuis le collège a bien piètre allure.

Une silhouette dans le reflet de la psyché me fait sursauter. Je me reprends aussitôt. Ce ne sont rien de plus que des vêtements accrochés à un cintre. Le blazer noir porte un étrange écusson dont les symboles me sont inconnus. Une jupe en tartan rouge et une chemise blanche complètent la panoplie. On dirait l'uniforme d'une étudiante anglaise du siècle dernier.

— Je vois que nous partageons une passion pour les blazers.

De surprise, je lâche tout. Je ramasse le cintre à la hâte. Monica n'a pas l'air d'être le genre de personne à aimer que l'on touche à ses affaires.

— Désolée.

— Pour quelle raison, chérie ?

Je désigne de la tête la tenue d'écolière accrochée au miroir.

— Je ne voulais pas toucher à tes affaires. En tout cas, c'est une très bonne idée de costume pour Halloween.

— Un costume ? s'offusque ma tante. Grand Dieu, nous ne fêtons pas Halloween à Salem, Serena ! C'est une fête grotesque, dégradante et terriblement humiliante envers...

Monica s'interrompt. Elle a l'air vraiment remontée.

Ne plus parler d'Halloween. C'est noté.

— C'est ton uniforme, reprend-elle avec un sourire. Celui de l'institut St George. Vos parents vous en ont déjà parlé, j'imagine.

Je fais non de la tête.

— C'est l'établissement privé le plus réputé de l'État, et l'un des meilleurs du pays ! Les taux de réussite sont exceptionnels. Tous ceux qui en sont sortis ont obtenu leur ticket pour l'Ivy League. Et comble de chance, il se trouve à Danvers.

J'ai beaucoup de mal à partager son enthousiasme. Dans la liste des bonnes choses qui devaient nous arriver à Salem, je n'avais pas noté d'école privée.

— Tante Monica, j'apprécie tout ce que tu fais pour nous. Mais nous ne sommes pas ce genre de personnes. Et puis, ce n'est pas ce que papa et maman auraient voulu.

Les souvenirs de mon enfance sont ceux d'une existence modeste, dépourvue d'artifice. Pas de dressing luxuriant ni de lit de princesse. Pas de majordome, pas de cuisinière. Nous aimions les longues balades sur la plage et les soirées jeux de société du vendredi. Sans oublier les gaufres que devaient préparer les perdants le samedi matin, mais dont maman, passée maître dans l'art, s'occupait toujours. Nous habitions une petite maison non loin de la mer. Je m'endormais à la nuit tombée avec le bruit des vagues s'écrasant sur le littoral et un air de jazz dans la cuisine. Papa disait qu'Armstrong lui donnait la force de faire la vaisselle. Mais nous savions tous que ce n'était qu'un prétexte pour inviter maman à danser.

— Je crois que tu fais fausse route Serena.

Monica fait le tour de la penderie. Fouillant dans un tiroir, elle sort un serre-tête rouge et une paire de boucles d'oreilles en perles nacrées.

— Ils étaient à ta mère. À l'époque où elle étudiait à St George. Ton père aussi y a fait sa scolarité. Si tes parents ont pu accéder à Harvard, c'est grâce à l'Institut. Ne crois-tu pas qu'ils voudraient le même avenir florissant pour leurs enfants ? Penses-tu qu'ils vous refuseraient la chance de pouvoir faire partie de l'élite de ce monde ?

Monica pose le serre-tête sur mon crâne.

— Vous êtes des Parris, les derniers héritiers de l'une des plus anciennes familles de Salem. Tu n'imagines pas ce que cela représente ici.

Le miroir me renvoie l'image d'une fille peu sûre d'elle aux épaules voûtées et à la tête basse. Une enfant brisée qui tente de se reconstruire sur les ruines encore fumantes d'une vie aux antipodes de ce que le futur a à lui offrir.

Je voudrais que tout cela ne soit qu'un cauchemar. C'est pourtant bien réel. Nous sommes de nouveau dans cet endroit terrible, dont nos parents n'osaient parler. Malgré tous leurs efforts pour nous tenir à l'écart de cette cité faite d'artifices et de faux-semblants, nous sommes revenus au point de départ. Après quinze années d'absence, les Parris sont de retour à Salem.

2

— À ce soir !

Wyatt quitte la voiture. Il rejoint l'une des entrées de cet édifice titanesque de briques rouges devant lequel se pressent des adolescents vêtus de l'uniforme en tartan. Je contiens l'appréhension qui me gagne à le voir s'éloigner seul.

Je me rappelle encore le jour où papa l'a mis pour la première fois dans mes bras. Il avait à peine quelques heures et déjà, je l'aimais d'un amour infini. Je me suis promis de toujours veiller sur ce petit être innocent, comme Jon m'avait protégée. Maintenant que nos parents ont disparu, ma promesse prend une tout autre mesure.

La circulation est perturbée par un groupe de garçons portant des teddys brodés de têtes de loups enragés qui slaloment entre les véhicules en faisant virevolter un ballon ovale. Les Thunderwolfs sont l'équipe de football de St George, c'est l'une des choses que Monica nous a apprises. Ils font la fierté de notre école. Et, en tant qu'étudiants de ce prestigieux institut, nous leur devons toute notre admiration.

— Vous êtes arrivés, lance le chauffeur derrière la vitre teintée.

Mon cœur bat à tout rompre.

Le bâtiment de deux étages occupe à lui seul trois blocs. Un drapeau américain flotte sur le toit. L'entrée est gardée par deux pins immenses dont l'ombre surplombe la pelouse. De l'extérieur, ça ressemble à un gigantesque cube de briques rouges. Quelque chose me dit qu'à l'intérieur, c'est une véritable fourmilière. Pour y accéder, nous montons un long escalier où se bousculent les étudiants. Nous nous joignons au flot des lycéens.

Nous sommes déjà repérés.

— Ne t'inquiète pas, me rassure Jon. Dans une semaine, on fera partie du décor.

Il doit avoir raison. Ce n'est qu'une question de temps. Danvers est une petite ville. À la première vente de gâteaux ou fête de la maison de retraite, nous serons redevenus des inconnus.

Nous suivons les panneaux menant vers le bureau du proviseur. Jon est particulièrement élégant dans son uniforme. On croirait qu'il a été taillé sur lui. Rien à voir avec ma jupe informe et mon blazer aux manches si longues que j'ai dû les retrousser deux fois. Je me sens à l'étroit dans ce collant de laine. Sans parler de ces ballerines, ces affreuses petites choses de vernis noir qui me donnent l'impression d'avoir à nouveau 10 ans. Un coup d'œil alentour, et je réalise que je suis la seule à avoir respecté le *dress code* du règlement intérieur à la lettre. Les autres ont agrémenté leurs tenues de chaussures aux talons vertigineux, ou remplacé leurs blazers par des vestes aux couleurs vives. Certaines ont même sorti leur chemise pour les nouer à leur taille. Je me sens ridicule.

L'assistante du proviseur est une femme rondelette et très bavarde. Elle ne manque pas de détailler chacun des documents qu'elle nous transmet. Un frisson me traverse lorsque je découvre l'étendue du plan de l'école. Mon sens de l'orientation a toujours été défectueux.

Je dis rapidement au revoir à Jon qui doit se rendre en cours de biologie. Nous nous promettons de nous retrouver pour le déjeuner. J'ai à peine cligné des yeux qu'il est déjà parti. Formidable ! Il ne me reste plus qu'à trouver comment ce plan est censé être orienté.

Trois essais vains et je capitule. Je m'élance dans ces larges couloirs où règne le brouhaha et décide de suivre les panneaux. Ils ne doivent pas être là sans raison. Mais lorsque les écriteaux commencent à s'entremêler, je n'y comprends plus rien. J'arrive devant l'entrée du gymnase. Quelque chose me dit qu'aucun cours de littérature n'y aura lieu aujourd'hui.

— Serena !

Je fais volte-face. Une fille me fait signe de l'attendre. Son visage ovale arbore un sourire. Ses cheveux sont si blonds qu'ils paraissent presque blancs. Je ne peux m'empêcher de détailler ses escarpins rouges. Comment parvient-elle à marcher avec ça ?

— Veronica Wilkerson, s'exclame-t-elle. Tu as sans doute entendu parler de moi.

Je fais non de la tête.

Le couloir est plus exigu de ce côté. La jeune fille se tient très près.

— Qu'importe ! Je suis ton chaperon pour ta première journée. Je ferai de mon mieux pour t'expliquer tout ce que tu as à savoir sur St George. Tu as tant de choses à découvrir, n'est-ce pas follement excitant ?

Peu à mon aise, je remonte sur mon épaule la lanière de ma besace en cuir. La blonde détaille un moment mon sac. Elle finit par secouer la tête. Ce sourire très blanc réapparaît sur son visage.

— J'ai entendu tant d'éloges à ton sujet. Monica n'a jamais eu sa langue dans sa poche, il faut dire.

— Ma tante ?

En guise de réponse, Veronica me fait signe de la suivre. Je ne m'attendais pas à trouver si vite quelqu'un d'aussi sympathique.

— J'imagine que ça ne doit pas être simple d'arriver dans une nouvelle ville quand on ne connaît personne, mais que tout le monde sait tout de toi.

— Je te demande pardon ?

— Ta famille, reprend-elle. Ils sont très réputés ici.

Je pensais pouvoir passer ma première journée sans entendre parler de cette folle affaire.

— Ça n'a pas l'air de te réjouir.

— Disons que, du peu que je sache sur mes ancêtres, je ne crois pas avoir quoi que ce soit en commun avec ces gens.

— Tiens donc.

Veronica s'arrête au milieu du couloir. Je l'imite.

— Tu aiguises mon intérêt. Que penses-tu de déjeuner ensemble ? Midi au *Petit Bistrot*. C'est le restaurant français de l'autre côté de la rue. Tu pourras m'en dire plus à ton sujet.

— J'ai peur de ne pas pouvoir. J'ai promis à mon frère que nous nous retrouverions.

— Tu es difficile à approcher. J'aime bien. Disons plutôt demain soir alors, au Peabody Hall. J'organise une petite fête pour célébrer la rentrée. C'est une sorte de tradition. D'ordinaire, je n'invite que mes plus proches amis. Mais j'ai très envie d'apprendre à te connaître.

Veronica sort de son sac un carton. Une bande de dentelle noire court sur le papier nacré.

— Un bal costumé ?

— Je porterai une robe de soie argentée. Choisis une autre couleur.

Ses doigts passent dans sa chevelure.

— Je dois te laisser ici, dit-elle. J'ai quelque chose d'urgent à faire.

Elle m'indique le chemin du cours de littérature et disparaît à l'intérieur du gymnase.

***

Lorsque j'arrive enfin là où je crois devoir me trouver, les couloirs sont complètement vides. Immobile derrière la porte bleue, j'hésite à frapper. Non seulement je n'ai toujours pas la certitude d'être au bon endroit, mais j'ai aussi plus de dix minutes de retard. Je n'avais pas pour projet de me faire renvoyer dès mon premier cours.

J'ai pourtant suivi à la lettre les indications de Veronica. Comment ai-je bien pu réussir à me perdre, encore ?

— Tu comptes entrer ?

Je sursaute de surprise. Faisant volte-face, je me trouve nez à nez avec un jeune homme en uniforme. La coupe parfaite de sa chemise met en valeur son torse musclé sous son blazer noir. Ses cheveux bruns, méchés de cuivre, sont lissés en arrière. Il tient dans sa main un teddy à l'emblème des Thunderwolfs.

— Je ne voulais pas te faire peur. Désolé.

Mes joues s'empourprent. Une fois passée la frayeur, j'ai honte d'avoir réagi comme une enfant.

— Est-ce que je peux t'aider ?

Le vert de ses yeux... Je n'ai jamais rien vu de tel. Ses iris ressemblent à deux billes d'émeraude.

— Oui !

Je me reprends.

— Est-ce que tu sais où je peux trouver le cours de littérature du professeur Daw...

— Dawkins, termine-t-il. C'est juste là.

Le silence s'étire sans que je parvienne à formuler la moindre réponse. Je ne peux m'empêcher de le dévisager. C'est que ses yeux sont si extraordinaires.

— On se perd facilement ici, je m'exclame mal à l'aise. Ce lycée est tellement grand !

Le garçon fronce les sourcils. Aurais-je dit quelque chose d'étrange ? Il se rapproche d'un pas. Son parfum musqué me pique les narines. Que fait-il ?

Les battements de mon cœur accélèrent leur cadence. Il pose sa main sur la poignée.

— Je te conseille de décider rapidement si tu veux entrer ou pas. Monsieur Dawkins n'est pas très patient. Et évite de t'asseoir dans les premiers rangs. Il postillonne.

La porte s'ouvre sur une vingtaine de lycéens qui nous dévisagent. Le mystérieux inconnu, loin de s'en formaliser, remonte la lanière de son sac sur son épaule et pénètre dans la pièce. Je n'ai pas son assurance.

— Monsieur Redwood, vous êtes presque à l'heure aujourd'hui. Un miracle !

L'intéressé répond d'un sourire.

— Et vous ?

Je sursaute de nouveau.

— Vous êtes la nouvelle, je suppose. Entrez, mademoiselle Parris. Et installez-vous.

Des chuchotis s'élèvent parmi les étudiants. Je saisis des regards dans ma direction dont je ne parviens pas à discerner s'ils sont méfiants ou plutôt intrigués.

— Bienvenue à l'institut St George.

Grâce au ciel, le professeur ne me demande pas de me présenter devant mes camarades. Mon discours aurait été bien pitoyable. « Bonjour, je m'appelle Serena. Mes parents ont disparu il y a peu et c'est la raison pour laquelle je suis parmi vous. En temps normal, j'évite les personnes qui jugent sur l'apparence. Mais je crois que dans ce lycée, je ne vais pas vraiment avoir d'autre choix que de m'y faire si je veux m'intégrer. Oh ! Et puis, je n'ai aucun sens de l'orientation. Alors si vous organisez une chasse aux œufs pour Pâques, ne comptez pas sur moi ! » À bien y réfléchir, ça n'aurait pas changé grand-chose.

— Par ici !

Veronica s'est installée au dernier rang. Elle est entourée de lycéennes apprêtées. Redwood – dont j'ignore le prénom – prend place contre la fenêtre.

Mon chaperon me fait signe de la rejoindre. Elle pousse violemment l'épaule d'une jeune fille pour libérer le siège à côté du sien. La malheureuse manque de tomber de sa chaise. Elle ne proteste pourtant pas et part s'asseoir au premier rang.

— Je te remercie, je chuchote. Mais ce n'était pas nécessaire.

— Ne te tracasse pas pour Bethany, sourit la blonde. Elle a l'habitude.

— Comment peut-on être habitué à ce genre de choses ? je demande en grimaçant.

— Disons qu'elle sait quel est le prix à payer pour garder sa place au sein de ma cour.

Sa cour ? Je n'ai pas le temps de poser plus de questions. Le professeur nous observe. Ça n'empêche pas mes camarades d'échanger des messes basses, accompagnées de ces coups d'œil étranges dans ma direction.

— C'était vrai ! dit l'un.

— Une Parris ? s'étonne une deuxième.

— Ça veut dire qu'ils reviennent ?

— Ça suffit les commérages ! s'exclame Veronica. Vos vies sont si inintéressantes que ça pour que votre seule distraction soit de vous occuper des autres ? Nom de Dieu, on n'est plus à la maternelle ! Alors, fermez-la, j'essaie d'écouter !

Un gloussement dans la rangée de devant fait bondir la blonde. Le bruit, discret, émane d'une tête minuscule aux longues nattes couleur de blé.

— Combien de fois devrais-je te dire que ton avis n'intéresse personne, Rivers !

La bonté de mon chaperon est à l'évidence une denrée rare, qu'elle n'accorde pas même à ses proches amies. Ou à sa cour, si c'est comme ça qu'elle les appelle. Pour quelle raison se montre-t-elle si bienveillante envers moi, qui ne suis rien de plus qu'une étrangère ?

Mieux vaut ne pas me poser de question. Pour mon premier bain dans le bassin de l'élite, j'ai réussi à garder la tête hors de l'eau. Je ne vais pas gâcher ce début prometteur.

***

La sonnerie de fin de cours retentit. Veronica et ses acolytes parlent déjà shopping et entraînement des *cheerleaders*. Du côté de la fenêtre, Redwood n'est plus là.

— J'espère que tu ne l'as pas mal pris.

La jeune fille aux nattes couleur de blé m'observe. Devant mon hésitation, elle renchérit avec un sourire :

— Quand j'ai rigolé au début du cours, ce n'était pas de toi que je me moquais, mais de Veronica. Tu l'as compris, bien sûr.

Ce n'est qu'une fois le lien fait avec ses nattes que les souvenirs me reviennent.

— Rivers ?

— Penny, rectifie la blonde. En réalité, c'est Pénélope. Mais ma mère est la seule à m'appeler comme ça.

— Serena ! Pourquoi parles-tu toute seule ?

Le sourire de Veronica est si blanc qu'il en serait presque effrayant. Elle devrait songer à faire de la publicité pour une marque de dentifrice.

— Je discute avec Penny, je réponds hésitante.

— Penny ? Quelle Penny ? Je ne connais personne qui porte ce nom. Et je ne vois personne non plus avec qui tu pourrais parler.

— Je savais déjà que ton cerveau était en mauvais état, intervient la fille aux nattes. Mais je ne pensais pas que tu avais aussi des problèmes de vue.

Elle ajoute, en criant à pleins poumons :

— Et les oreilles ? Tu m'entends Veronica ?

Je me retiens de rire. L'intéressée toise son adversaire. Soudain, elle fait volte-face et s'éloigne en grommelant.

— Les aigles ne volent pas avec les pigeons. Je ne m'abaisserai pas à de si futiles échanges. On y va les filles ! Serena ?

Prise entre deux feux. Je devrais avoir l'habitude. Avec Wyatt et Jon en désaccord permanent, je passe mon temps à jouer les arbitres. Ce matin, je n'ai aucune envie de compter les points.

Devant ma passivité, Veronica reprend froidement.

— J'imagine que tu cherches à te montrer charitable. Grand bien t'en fasse. Préviens-moi lorsque tu auras fait ton lot de bonnes actions. Mais ne tarde pas trop. Les places à mes côtés sont limitées et nombreuses sont celles à attendre leur tour.

Le bruit de ses talons aiguilles s'éloigne jusqu'à disparaître.

J'ai du mal à comprendre ce qui vient de se passer.

— Tu te demandes sûrement si elle est sérieuse, reprend

Penny. La réponse est malheureusement oui. Et encore, je trouve qu'elle était dans un bon jour !

Un rire lui échappe. Il est communicatif. J'attrape ma besace en cuir et emboîte le pas de ma nouvelle camarade.

— Tu viens de San Diego, c'est bien ça ?

— Les nouvelles vont vite.

Je dois m'attendre d'ici peu à voir fuser les questions sur le mystère qui entoure la disparition de mes parents.

— Ce n'est pas ce que tu crois, reprend la blonde. Enfin, je ne te cache pas que les rumeurs se répandent à St George presque aussi vite que les MST. Mais pour ce qui te concerne, c'est ma mère qui m'a parlé de toi.

— Ta mère ?

— Tania. Elle est cuisinière à Wailing Hill.

Comment ai-je fait pour ne pas le remarquer plus tôt ? Un tel panache, c'est forcément génétique. Sans parler de la ressemblance entre les deux femmes. Elles ont le même menton en pointe et une lèvre supérieure très fine. Un petit nez en trompette fait ressortir deux grands yeux mordorés.

— Que t'a-t-elle dit d'autre ?

— Rien que je pourrais utiliser contre toi, si c'est ce qui t'inquiète.

Alors que nous continuons notre chemin dans les méandres du lycée, je découvre de nouveaux visages qui se tournent sur notre passage. J'aimerais croire que c'est notre enthousiasme qui attire tous ces vautours. Je sais malheureusement que la réponse est tout autre.

— J'ai l'impression d'être un animal en cage, je soupire. Un singe qui les amuse autant qu'il les effraie et à qui ils meurent d'envie de lancer des cacahuètes.

— Je connais ça. Ma famille est arrivée à Danvers en 1837. Pour les habitants de cette ville, je serai toujours la nouvelle.

— En 1837 ? Ça ne date pas d'hier.

Penny rit.

— Tu serais étonnée de savoir à quel point Danvers est attaché à ses traditions. Ici, si tu n'es pas un descendant des premiers colons, on te considérera à jamais comme un étranger. Heureusement pour toi, les Parris sont à Salem ce que les Kennedy sont à l'Amérique. Ou les Kardashian à la téléréalité, c'est comme tu préfères.

Je ris. Penny me répond d'un sourire. Je l'aime bien. C'est la première personne que je rencontre ici qui a l'air normale.

3

Les murs éclairés de néons bleus vibrent au rythme de la musique électronique. Dans la rue, des adolescents dissimulés derrière les masques les plus fantaisistes patientent dans l'espoir de se voir accorder le sacro-saint accès à Peabody Hall.

— Ce n'était peut-être pas une si bonne idée, dis-je. Regarde cette queue. On n'entrera jamais !

— Tu m'as fait faire le pied de grue pendant sept heures pour le concert des One Direction, rétorque Jon. Tu me dois bien ça ! Et si ça peut t'aider, tu n'as qu'à imaginer que Harry Styles est à l'intérieur.

Face à ma réticence, Jon pousse mon épaule pour me contraindre à avancer. J'obtempère, non sans maugréer. La file devant nous semble interminable.

— Ta copine, Paddy, elle ne vient pas ?

— Penny, je rectifie. Elle dit qu'elle n'a rien à faire ici. Je dois avouer qu'entre elle et Veronica ce n'est pas vraiment le grand amour.

— Jon ?

Une limousine s'arrête sur le bas-côté. Le jeune homme qui en sort porte un élégant costume trois-pièces noir surmonté d'un nœud papillon.

— Porter, hésite mon frère. C'est bien ça ?

— Parker, corrige l'intéressé.

Il se tourne vers moi.

— Parker Booth.

Les arabesques de son masque couleur d'argent font

ressortir ses prunelles noisette. Ce garçon est vraiment très grand.

— Qu'est-ce que vous faites ici ?

— On patiente, répond Jon. On n'a pas vraiment le choix.

— Tu plaisantes ! rit le jeune homme. Vous avez tout à apprendre à ce que je vois. Venez, l'entrée est là-bas.

Jon et moi échangeons un regard incertain. Parker s'éloigne sur le trottoir. Nous ne mettons guère de temps à lui emboîter le pas.

— Vous découvrirez vite que dans cette ville, tout n'est qu'affaire de famille. Il y a ceux qui font partie des dynasties fondatrices. Et puis il y a les autres.

Le regard narquois que ce garçon accorde aux personnes dans la file me fait frissonner. En voilà encore un dont l'ego est gonflé à bloc. Nous arrivons devant l'entrée. Deux vigiles séparés de la rue par un cordon de velours nous toisent. Apercevant Parker, ils hochent la tête et libèrent le passage.

— Vous voyez, il suffit de demander.

Dans la salle, décorée de guirlandes bleues et argent, les corps enchevêtrés des invités se meuvent au rythme de la musique assourdissante. Dans cette ambiance électro, les tenues de bal sont assorties de coiffures des plus extravagantes et de masques effaçant toute identité. La scène est surréaliste, comme tirée d'un tableau de la Renaissance qui aurait été tagué à la peinture fluo.

Je repère immédiatement la robe argentée de la reine de la soirée. Veronica a accaparé l'attention des convives alentour. Des hommes observent avec avidité les courbes de la soie sur sa peau. Les membres de sa cour hochent vivement le menton à chacun de ses mots.

— New York me manque tant ! s'exclame Veronica. Ses lumières, son effervescence, son énergie ! C'était l'été le plus fabuleux de ma vie.

— J'y suis allée une fois, en plein mois d'août. La chaleur était insoutenable.

Parker rit en hoquetant. L'attention générale se porte soudain sur moi. Ai-je commis un impair ?

— Serena, tu es venue.

Un voile étrange teinte le sourire de la jeune fille. Sans doute un brin d'angoisse. Organiser une fête d'une telle ampleur ne doit pas être de tout repos pour les nerfs.

Les invités continuent de m'observer. Je tente le tout pour le tout.

— Tu as été à New York alors cet été ?

— À Julliard, précise la blonde. Oh, bien sûr, je sais que je ne ferai jamais carrière dans le théâtre. Ce serait futile ! D'autant que j'ai un avenir qui m'attend à Dartmouth. Mais un peu d'extravagance ne nuit à personne. Et ça aurait été dommage de gâcher mon potentiel.

Veronica reprend son monologue, oubliant sitôt ma présence. Elle raconte ses prouesses au sein de la prestigieuse école d'arts de la scène, comment elle a obtenu le rôle d'Annie et le talent avec lequel elle a imposé son interprétation à la représentation de fin de stage.

Je me soustrais discrètement à l'auditoire. Même si j'apprécie Veronica, ma curiosité me pique et j'ai envie de découvrir ce que cette fête a à offrir.

Je joue des coudes pour me rapprocher du bar. Une fontaine à champagne y jouxte des étagères regorgeant de bouteilles d'alcool. La foule est si dense que me faufiler jusqu'au comptoir s'avère beaucoup plus difficile que prévu. Ma robe me colle à la peau. La chaleur est insoutenable ! J'ai le sentiment d'étouffer sous ce masque.

— Je te conseille le Bloody Mary. C'est leur spécialité.

La jeune fille accoudée au bar porte un masque blanc décoré de pierres précieuses. Ses longs cheveux auburn glissent sur ses épaules. Son parfum est doux et sucré, comme les confitures à la mirabelle de mon enfance.

— Sans façon. Je ne suis pas fan des alcools forts. D'ailleurs, je ne comprends pas bien pourquoi ils en servent à tout le monde ici.

L'inconnue sourit.

— Les gens peuvent facilement oublier la loi si tu y mets le prix.

Elle trempe ses lèvres dans un liquide translucide.

— La loi, le bon sens, la raison, la bienséance, le respect et j'en passe. L'argent peut acheter tant de choses.

La fille au masque blanc avale d'une traite le fond de son verre.

— Tu t'y feras, ne t'inquiète pas. Je te conseille vivement le Bloody Mary. Je suis persuadée que c'est exactement ce dont tu as besoin maintenant, Serena.

Elle disparaît dans la foule avant que je n'aie pu réagir. Seul demeure sur le siège voisin le parfum de la mirabelle.

— Qu'est-ce que je peux vous servir ?

Après maintes hésitations, je capitule et commande un Bloody Mary. Un délicieux frisson me gagne lorsque le barman me tend le verre rempli de liquide rouge. Il ne m'a même pas demandé mon âge. Je dois admettre que se trouver au-dessus des lois a quelque chose de grisant.

Sur la piste, Jon dégouline de sueur. Alors que mon frère se déhanche, le halo de filles qui s'est formé autour de lui se montre très tactile et... entreprenant. Pour une fois, Jon a fait l'effort de garder sa chemise.

Un danseur maladroit me bouscule. Il renverse malgré lui une partie du Bloody Mary sur ma robe. Formidable ! Je quitte la piste et m'engouffre dans les toilettes où un groupe de filles range sans discrétion un sachet rempli de poudre blanche. Elles partent en oubliant un peu de cocaïne sur le rebord de l'évier.

Cette inconnue avait raison. La loi et le sens commun sont vite distancés par l'argent, ici.

Mes frottements vigoureux ne parviennent pas à faire disparaître la tache. J'ai plutôt l'impression d'aggraver les choses. Je devrais laisser ça comme ça. Après tout, ma robe est rouge, comme le Bloody Mary, et avec la pénombre qui règne dans cette salle, cet impair passera inaperçu.

Avant de retourner sur la piste de danse, je m'offre un détour par la cabine de W-C pour soulager ma vessie. J'entends la porte qui s'ouvre. Encore des idiotes qui viennent de se mettre plein le nez ce dont leur argent n'a pu les priver.

— Allez, s'il te plaît !

— Par Satan, je t'ai dit non ! Je ne devrais même pas avoir à le répéter.

Je reconnais ces voix. Le timbre candide appartient à Bethany. Quant à la réponse très directe et un poil condescendante, c'est bien celle de Veronica.

— Je ne te prêterai pas mon nouveau cabriolet ! Surtout pas si c'est pour t'envoyer en l'air avec Taylor !

— Je te trouve peu reconnaissante, grommelle Bethany.

Le silence s'empare de la pièce. Je plaque ma main sur ma bouche pour retenir mes expirations bruyantes. Ma conscience me murmure que ce n'est pas bien d'écouter aux portes et que je ferais mieux de me montrer. Mais ce sentiment grisant, celui que j'ai découvert en empoignant ce verre de Bloody Mary, est de nouveau là.

Et puis, Veronica ne m'en voudra pas. Elle en aurait fait autant à ma place.

— Puis-je savoir en quoi je devrais t'être redevable ?

— Sans moi jamais tu n'aurais accepté la proposition du conseil et jamais tu n'aurais eu ce cabriolet.

— Une proposition ? Comme si nous avions le choix !

La voix de Veronica est différente. Dépourvue d'artifice, elle paraît brute, même un peu amère.

— Quant à la voiture, je la dois à mon seul talent d'actrice. Toi qui disais que ce stage à Julliard m'avait fait perdre mon été, tu as la preuve du contraire. Non seulement j'ai réussi à convaincre mon père de ma dévotion envers le conseil, mais j'ai aussi dupé cette petite garce. Dans très peu de temps, nous serons les meilleures amies du monde. Et plus personne ne pourra me refuser quoi que ce soit.

— Tu n'as pas peur qu'en l'élevant à ton rang elle cherche à prendre ta place ?

— N'as-tu rien écouté de ce que je t'ai répété, Bethany ? C'est justement tout le but de la manœuvre ! Tant que nous entretiendrons d'étroites relations, elle ne tentera pas de me détrôner. Qui ferait ça à son amie ?

— Toi. C'est d'ailleurs précisément ce que tu es en train de faire à cette fille.

— La différence, Bethany, c'est qu'en ce qui me concerne cette Serena ne représente rien de plus qu'un moyen de parvenir à mes fins.

J'entends l'eau couler.

— Nous avons assez fait attendre nos invités. Allons-y.

Les deux amies disparaissent. Je suis clouée sur ce siège. Ma main demeure collée à mes lèvres par la surprise. Le sang bat dans mes tempes. Je n'arrive toujours pas à croire ce que je viens d'entendre. Veronica se sert de moi.

Comment ai-je pu être assez stupide pour imaginer un instant que Veronica cherchait à nouer une amitié sincère ? Tout ça n'était qu'une manigance. Un moyen pour cette peste de parvenir à ses fins. Et dire que je suis tombée dans le panneau sans me douter une minute de ce qu'elle manigançait. Penny avait raison sur toute la ligne. Veronica est une personne abjecte. Elle mérite qu'on la traite pour ce qu'elle est : une garce prétentieuse et narcissique.

Je sors des toilettes, mon verre de Bloody Mary à la main. J'ai une idée.

La colère, qui a mis mon sang en ébullition, gronde en moi alors que je traverse Peabody Hall. Dans chacun de mes pas, une force grandissante fait vibrer mon corps. Toute pensée logique m'a abandonnée. La compassion, la bienséance, le respect, toutes ces choses auxquelles j'accordais tant d'importance sont parties en fumée quand j'ai compris ce que Veronica complotait.

La voilà, à se vanter devant ses amis.

— Veronica !

L'intéressée m'offre son plus large sourire. C'est la goutte de trop.

— Serena ! Je me demandais justement où tu étais passée. Tu apprécies la fête ?

Je serre les dents pour me retenir de proférer les insultes qui me brûlent la gorge.

— Je repensais à ton stage d'été chez Julliard. Et je me disais que le choix d'Annie n'était finalement pas à ta hauteur.

— Je te remercie, sourit Veronica. Mais j'ai bien peur de ne pas comprendre où tu veux en venir.

Mes doigts se serrent autour du verre.

— Tu aurais fait une parfaite Carrie White.

Je jette le restant de mon Bloody Mary au visage de Veronica. Le liquide rouge s'écoule sur ses mèches blondes, ses joues et sa nuque et dégouline jusqu'à sa robe argentée. Les flashs crépitent en tous sens. Avec un peu de chance, le cliché de la reine de la soirée recouverte de tomate fera le tour des réseaux sociaux d'ici dix minutes.

Je pars sans me retourner.

***

Je pousse la porte d'entrée de Peabody Hall à la volée. La colère qui me parcourt est telle que même le froid glacé de la nuit ne réussit pas à me calmer. Je marche sans but, sinon celui de m'éloigner le plus possible de cette soirée de malheur.

Lorsqu'enfin la fureur commence à s'atténuer et que je me reconnecte avec le monde qui m'entoure, je prends conscience de la démesure de ce qui vient de se passer. Je ne regrette rien. Même si je sais que je dois me préparer aux pires représailles de la part de la reine du lycée. Notre relation n'aurait pas pu durer de toute façon. Veronica est bien trop superficielle et malgré ma volonté de m'intégrer, jamais je n'aurais pu m'entendre avec quelqu'un d'aussi différent de moi.

Avançant ainsi, tête baissée, je me suis tant éloignée de Peabody Hall que je ne sais plus où je suis. Une grande bâtisse se dresse à ma gauche. À droite, un parc est plongé dans l'obscurité. L'endroit, désert, est envahi par un épais brouillard. Étrange. Le nuage devrait se répandre dans les rues. On dirait que des barrières invisibles le maintiennent à l'intérieur du square.

L'unique source de lumière alentour est un lampadaire jaunâtre qui clignote, offrant une ultime étincelle avant de rendre l'âme. Génial. Maintenant me voilà dans le noir. Je voudrais faire demi-tour. Mais pour aller où ? Je n'ai aucune idée de quelle rue emprunter.

J'aperçois au loin des néons violets. C'est ma chance. Si je parviens à trouver un endroit ouvert, je pourrai appeler au manoir et demander à Monica de venir me chercher. Si seulement je n'avais pas écouté ma tante et pris ma besace au lieu de ce sac à main si minuscule qu'il ne peut contenir autre chose qu'un rouge à lèvres.

Je m'apprête à partir quand un bruit dans le parc m'interpelle. Quelque chose bouge. Je devrais courir. Mais cette forme qui émerge du brouillard m'intrigue. On dirait une personne, un adulte couvert par un long manteau noir. Il y a quelque chose d'étrange sous le capuchon. La peau de son visage est très rose et parcourue de plis disgracieux. Son nez est aplati et... et... Nom de Dieu, c'est la tête d'un porc !

— Serena !

Jon est à bout de souffle.

— Ça fait dix minutes que je te cherche ! Bon sang, mais qu'est-ce qui s'est passé ?

Je tourne la tête en direction du parc. Le porc a disparu.

— Est-ce que ça va ?

— Oui, je murmure. Enfin, je crois.

Qu'est-ce qui vient de se passer au juste ?

Jon suit mon regard en direction du parc. Mon frère doit me prendre pour une folle à fixer la pénombre.

— On parlera de tout ça une prochaine fois, dit-il. Il est tard. Rentrons.

Il pose sa veste sur mes épaules. Ma peur s'estompe, même si je ne comprends toujours pas ce que je viens de voir. Nous quittons l'obscurité. Je tourne une dernière fois la tête vers le parc. Le brouillard s'est dissipé.

4

— Ça, pour une entrée en matière !

Assise sur la première marche du parvis de St George, Penny ne s'arrête plus de rire. Je serre mon classeur contre ma poitrine.

— J'ai été trop loin. Je le savais. Mais si tu l'avais entendue !

— Si tu cherches à t'apitoyer, rétorque la blonde. Tu es tombée sur la mauvaise personne. J'aurais payé pour voir ça ! Tu me fais regretter de ne pas être venue.

Raconter à Penny l'incident de la veille n'était peut-être pas une si bonne idée. Je commence à peine à connaître ma nouvelle camarade. Je suis pourtant persuadée que Penny aurait placardé des photos de Veronica recouverte de jus de tomate dans tout le lycée si elle avait pu. Au moment où j'espère plus que tout me fondre dans la masse, je préférerais autant étouffer l'affaire. Trop tard.

Un cabriolet couleur azur entre sur le parking. À son volant, Veronica se déchaîne sur un air de No Doubt. Sur les sièges arrière, ses suivantes toisent la foule. La reine du lycée coupe le moteur sur l'une des places réservées aux handicapés juste devant l'entrée.

— Elle recommence !

Je retiens Penny à temps. Ce n'est pas le moment de faire de vagues.

— Bon sang ! s'agace la blonde. Cette fille se croit tout permis depuis que son père a posé les pieds à la mairie. C'est affligeant d'en arriver à un tel degré de stupidité !

Un Hummer noir s'arrête à côté du cabriolet.

— Tu veux dire que...

Je suis effrayée par ce que je m'apprête à dire.

— Veronica est la fille du maire ?

— Oui, répond ma camarade d'un haussement d'épaules. Je croyais que tu étais au courant.

Non, non, non ! Bien sûr que non !

Mes doigts agrippent les mèches de mes tempes qu'ils serrent de toute leur force.

— Je n'en savais rien ! Sinon je n'aurais pas...

À bien y réfléchir, je ne suis pas certaine de la manière dont je veux terminer cette phrase. Cela aurait-il changé quelque chose si j'avais su hier soir qui était le père de Veronica ? Rien n'est moins sûr.

— Tu n'aurais pas pu me le dire avant ?

L'esquisse d'un sourire se dessine sur le visage de Penny. J'ai comme l'impression que cette omission était volontaire.

Redwood sort du Hummer. Le soleil fait scintiller les reflets cuivrés de ses cheveux bruns. Je ne l'imaginais pas conduire ce genre de voiture clinquante. J'avais plutôt songé qu'un chauffeur le déposait le matin sur le parvis : une entrée subtile et élégante à son image.

Il rejoint Veronica et j'ai la sensation de chuter de quatre étages. Ce garçon avait l'air si gentil. Les minutes suivantes confirment mes derniers doutes. Il est des leurs.

— Serena, nous devons y aller. On a cours de biologie. Et crois-moi, monsieur Towneley n'est pas un cadeau.

Une demi-heure plus tard, je griffonne à toute allure sur ma feuille. Je n'ai jamais entendu personne parler aussi vite. Les diaporamas s'enchaînent sans que j'aie le temps de prendre la moindre note. Je commence à perdre tout espoir de parvenir à suivre le cours.

Mes nouveaux camarades sont loin de ces préoccupations. Penny, assise à ma droite, a écrit scrupuleusement chaque mot du professeur et elle réussit même à prendre la parole. Je suis bluffée.

— Mademoiselle Parris ?

Mon stylo m'échappe. Il roule à terre jusqu'aux pieds de Towneley. Je me contorsionne pour tenter de le récupérer, sous les gloussements du dernier rang. Veronica et ses acolytes, c'était prévisible.

— Pourriez-vous nommer la figure qui se trouve page 281 de votre manuel ?

Penny pousse le livre ouvert dans ma direction. Elle sautille sur son siège, mourant de ne pouvoir me donner la réponse. Tout ce que je distingue pour ma part, ce sont des gribouillis.

— Je ne sais pas, monsieur.

— Comment ça, vous ne savez pas ? Qu'avez-vous noté dans votre devoir ?

Peu à mon aise, je m'efforce de soutenir le regard du professeur.

— J'ignorais que nous avions un devoir.

— Et vous n'aviez pas non plus de manuel, à ce que je vois.

J'acquiesce en déglutissant difficilement ma salive. Towneley me considère avec agacement.

— Une attitude regrettable, mademoiselle Parris. Sachez que dans cette salle, quoi qu'en disent notre proviseur ou votre chère tante, votre patronyme ne vous octroie aucun privilège. Vous avez omis de faire votre travail, et à ce titre, je ne peux vous accepter dans ma classe, je regrette.

Mon sang ne fait qu'un tour.

— Monsieur, intervient Penny. Elle vient d'arriver !

— Nous ne vous avons pas demandé votre avis, mademoiselle Rivers. En ce qui vous concerne, vous avez de la chance que vos excellents résultats compensent votre tempérament impétueux. Dans le cas contraire, nous vous aurions déjà retiré votre bourse depuis longtemps.

— C'est injuste ! Serena n'a rien fait !

— Ce n'est pas à vous d'en juger, mademoiselle Rivers ! Et si mes décisions ne vous conviennent pas, je vous prierai de prendre la porte vous aussi !

Je rassemble mes affaires. Posant une main sur l'épaule de la jeune fille, je murmure.

— De toute façon, je ne comprenais rien à ce cours. On se voit tout à l'heure, OK ?

La blonde, les joues plus rouges que les escarpins de Veronica, finit par hocher la tête. J'ai à peine un pied dans le couloir que le professeur Towneley claque la porte. À l'intérieur, je l'entends qui reprend son monologue.

La meilleure chose à faire est encore de récupérer ce sacro-saint manuel. Je me dirige vers la bibliothèque, que je trouve, étonnamment, assez rapidement. Je dois avouer que ces couloirs sont bien moins angoissants une fois vidés de leurs occupants.

Je n'aurais pu imaginer une bibliothèque plus à l'image de St George. Tout y est très grand et ordonné. Un silence parfait règne entre les rangées d'ouvrages s'étendant à perte de vue. Quelques élèves studieux sont assis autour d'îlots de chêne qu'éclairent des lampes pourpres. Le parfum enivrant du papier et des couvertures de cuir chatouille mes narines.

La bibliothécaire est une femme entre deux âges, vêtue d'un complet bleu. Son rouge à lèvres aussi est bleu, comme son vernis à ongles et, à peu de choses près, tout ce qu'elle porte.

— Bonjour.

Ses yeux minuscules m'observent derrière des lunettes en demi-lune bleues.

— Je suis nouvelle et j'aurais besoin de me procurer un manuel.

— Carte d'élève ?

Une carte d'élève ? Je fouille dans les poches de ma veste. Sans résultat. Je me rappelle vaguement que la femme, très bavarde, de l'accueil m'a donné quelque chose comme ça le jour de mon arrivée. Mon sac à main ne tarde pas à faire les frais de mon manque d'organisation. Mon portefeuille, mes clés, mon rouge à lèvres, mon exemplaire d'*Anna Karénine* et ma boîte de tampons se retrouvent sur le comptoir, au grand désarroi de la dame en bleu.

Lorsqu'enfin je mets la main sur ladite carte, victorieuse, je sors la tête de mon sac et découvre, accoudé à un mètre de là, le mystérieux Redwood. Il me sourit. Est-ce sarcastique ? Dois-je lui rendre son sourire ? Mes maxillaires nerveux répondent à ma place.

— Tenez.

La bibliothécaire exaspérée récupère le bout de papier. Elle ne m'accorde plus un regard et pianote à toute vitesse sur son clavier. Tout à côté, Redwood tapote en cadence d'un doigt le comptoir. On dirait du Nirvana ou du ACDC... ou n'importe quel chanteur accompagné d'une batterie, à vrai dire.

— De quel livre avez-vous besoin ?

— Eh bien... hum... tous.

La bibliothécaire grimace.

— Mademoiselle, j'ai autre chose à faire que de chercher à votre place les manuels que demandent vos professeurs ! Revenez me voir lorsque vous aurez une liste décente à me présenter.

La dame en bleu repose la carte sur le comptoir. Hors de question que je reparte les mains vides ! Je repousse le papier dans sa direction.

— Je vais me contenter du manuel de sciences du professeur Towneley pour le moment, s'il vous plaît.

J'articule distinctement ces derniers mots. Sait-on jamais, si un cœur se cache sous tout ce bleu, elle pourrait être attendrie.

Non sans un soupir, la bibliothécaire consent à coopérer et s'éloigne dans les rangées. Me voilà seule avec le percussionniste. Je réalise que toutes mes affaires sont encore étalées sur le comptoir. Je les fourre à la hâte dans ma besace.

Je redouble d'efforts pour ne pas dévisager Redwood, qui, malgré ses fréquentations discutables, demeure un jeune homme d'un certain charme, auquel je ne suis pas indifférente. Je feins un intérêt pour l'affichette scotchée sur le comptoir. Tout un tas de sanctions encourues par les élèves qui rendraient leurs livres dans un état incorrect y sont mentionnées.

— Tolstoï ?

Est-ce à moi qu'il s'adresse ? Il en a tout l'air.

— Je te demande pardon ?

— Après ton numéro d'hier soir, j'aurais plutôt pensé que tu lisais Stephen King.

J'y suis. Veronica, le Bloody Mary, il s'imagine me faire la morale.

— En quoi ce que je lis te regarde ?
— Tu es toujours sur la défensive ? dit-il.

Redwood s'avance d'un pas. À cette distance, ses yeux d'émeraude paraissent encore plus perçants. Je secoue la tête. Ce n'est pas le moment de me laisser amadouer.

— On va reprendre à zéro.

Il me tend une main.

— Je m'appelle Jullian Redwood. Et tu es ?

Je croise les bras sur la poitrine. Jullian rit de plus belle.

— Pas très coopérative. Je vais faire les présentations à ta place. Serena Parris, je suis ravi de faire ta connaissance.
— Voilà votre manuel.

La bibliothécaire dépose délicatement le livre sur le comptoir. Après un nombre incalculable de mises en garde, elle me rend ma carte. Je ne demande pas mon reste, attrape l'ouvrage et pars. Tandis que je m'éloigne, j'entends Jullian s'exclamer :

— À la prochaine !

Il rêve ! Je connais à présent leur mode opératoire. D'abord avoir l'air sympa. Puis piquer dans le vif lorsque leur victime ne s'y attend pas. Je ne me laisserai pas duper une seconde fois.

Jullian s'est accoudé face à la dame en bleu, qui a cédé au charme de son nouvel interlocuteur. La bibliothécaire glousse. Quoi qu'il compte tirer d'elle, Redwood ne devrait pas tarder à l'obtenir.

Je m'installe quelques tables plus loin. Ma détermination à rattraper mon devoir n'a d'égal que mon désir de prouver à tous ces idiots qu'ils se trompent à mon sujet. Mais en ouvrant le livre à la page 281, une surprise réduit à néant ma soif de connaissances.

— Il manque des feuilles !

Je pose le manuel sur le comptoir avec fracas. La bibliothécaire a tôt fait de retrouver son air bougon.

— C'est impossible. Chaque ouvrage est vérifié avant son classement en réserve.

— Visiblement, celui-ci ne l'a pas été.

La femme en bleu se rend rapidement à l'évidence. À compter de la page 261, le manuel n'offre plus qu'un trou béant.

— C'est vous qui l'avez dégradé !

— Enfin comment voulez-vous que j'aie arraché 100 feuilles en moins d'une minute ?

Elle peste.

— C'était le dernier exemplaire en réserve. Je vais vous en commander un nouveau. Il devrait arriver d'ici deux semaines.

— Deux semaines ? J'ai des devoirs à rendre ! Comment suis-je censée faire ?

Pour réponse, elle hausse les épaules. Ce n'est pas l'empathie qui l'étouffe !

— C'est pour le cours du professeur Towneley ? demande Jullian.

J'acquiesce.

— Tu peux prendre le mien en attendant.

— Merci, mais je ne suis pas sûre que ce soit une bonne idée.

— Pour quelle raison ?

J'ai beau chercher une réponse valable, je n'en trouve aucune. Je ne suis pas en position de faire la difficile. J'ai un devoir à rendre pour hier sur un sujet dont je ne connais rien.

Redwood rejoint la table où j'ai laissé mes affaires.

— Je ne sais pas ce qu'on t'a dit, reprend-il. Mais je ne mords pas.

— Je ne t'en ai jamais cru capable.

— Alors pourquoi est-ce que tu me regardes comme ça ?

— Comme quoi ?

— Comme si j'allais te mordre.

Je ne réponds pas et m'assois sur la chaise voisine. Redwood ouvre le livre à la page 281. Je retrouve la figure inconnue qui m'a valu un renvoi du cours de biologie.

— Je ne drague pas la bibliothécaire, si c'est ce que tu crois. Mais j'ai des heures à faire ici pour avoir séché quelques cours. Et si je suis sympa avec elle, elle signe mes fiches même si je ne viens pas.

— Quelle importance ce que je peux croire ? Tu fais ce que tu veux.

Il rit.

— D'abord, tu humilies Veronica au beau milieu de sa propre fête, ensuite tu es renvoyée du cours de monsieur Towneley. Et maintenant, voilà que tu joues les rebelles. Tu n'es pas aussi sage que ton serre-tête et tes ballerines veulent le faire croire.

— Ce n'est pas jouer les rebelles que de ne pas se laisser amadouer par la première personne venue, je réponds piquée au vif. Je ne suis pas la bibliothécaire. Ce n'est pas en me souriant et en me montrant ses muscles qu'on me fait faire ce que l'on veut.

Je réalise à retardement le sens de mes mots.

— Quant au reste, ce sont deux fâcheux incidents dont je...

Je peste. Redwood rit.

— Même si j'avais envie d'en discuter, ce ne serait sûrement pas avec toi.

— Qu'est-ce que je disais ? Une rebelle dans l'âme.

— Tu peux parler, je riposte en pointant le manuel. J'imagine que si nous avons les mêmes devoirs, c'est que nous suivons le même cours. Et dans ce cas, tu devrais être dans sa classe à cette heure-ci.

— Tu m'as démasqué. Je ne suis pas un élève modèle. Un point partout.

Je reste sur mes gardes un moment encore. Ce n'est que lorsque j'ai la certitude que Jullian s'est plongé dans le travail que je m'y mets à mon tour. Le calme qui règne dans l'immensité de la bibliothèque a formé autour de nous une bulle. Au détour d'une page, mes doigts frôlent par mégarde les siens. Une décharge me parcourt. Je retire précipitamment ma main.

— Un problème ?

— Je ne comprends rien, je soupire. Les sciences et moi n'avons jamais été amies. Mais là, c'est pire que tout !

— Je peux t'expliquer.

— Toi ? Le sécheur de cours ?

— Je croyais que nous avions enterré la hache de guerre. Ne me force pas à la ressortir. Tu veux que je t'aide, oui ou non ?

Les six minutes qui suivent sont les plus étranges que j'ai vécues depuis longtemps. L'athlétique joueur de football s'avère être un élève brillant. Il utilise des termes techniques dont je ne comprends pas un mot. Malgré le souci avec lequel il explique chaque détail, rien de tout cela ne fait sens dans mon esprit.

— Je viens de te faire perdre ton temps, je murmure.

La bibliothécaire me fait signe de baisser d'un ton. Comment a-t-elle pu m'entendre ?

— Je n'y arriverai jamais. C'est couru d'avance.

— Tu dois continuer à travailler.

Je penche la tête sur le côté et offre à Jullian ma moue la plus perplexe.

— Très bien, répond-il en claquant le manuel. Concentrons-nous sur quelque chose que tu apprécies ou pour quoi tu es douée.

— Pour quoi faire ?

Mais Jullian élude ma question et poursuit.

— La littérature, tu dois aimer ça, non ?

— Ou... oui. Quel est le rapport ? Et comment tu sais ça ?

— *Anna Karénine*. Tu dois vraiment vouloir te faire du mal pour lire Tolstoï.

Un rire m'échappe. Jullian m'imite.

— J'en déduis que tu préfères la littérature classique.

— Bien trouvé, Sherlock. Mais ça ne m'explique toujours pas où tu essaies d'en venir.

— Eh bien, reprend-il en s'éclaircissant la gorge. Ma grand-mère avait coutume de dire que lorsque les choses semblent ne pas aller dans notre sens, nous devons chercher celles qui émettent en nous une lueur. En nous rappelant nos réussites, nous nous donnons le courage de dépasser nos difficultés. C'était selon elle une bonne manière de ne pas perdre espoir.

Plus j'en apprends sur Redwood, plus je suis surprise de ce que je découvre. Il n'est peut-être pas aussi superficiel que ceux qu'il fréquente.

— Quand ça ne va pas, je repense à mes meilleurs matchs. Je me revois marquant des *touchdown*, la foule qui m'acclame. À toi de trouver ce qui te fait te sentir bien.

Perplexe, je ne parviens qu'à détailler Jullian. Le garçon insiste. Je ne mets pas longtemps à capituler et plonge dans ma mémoire.

Autrefois, tant de choses étaient en mesure de m'émerveiller : une soirée entre amis, un après-midi en famille, une virée sur la plage, l'étreinte tendre d'un amoureux transi. Les évènements récents ont fait de ces choses un tas de débris desquels rien ne semble récupérable.

— Un livre, je murmure. J'adore lire.

— Tu as une idée en particulier ?

Lorsque j'ai découvert qu'en alignant sur du papier des lettres cela donnait des sons et que ces sons correctement agencés pouvaient vous emmener à n'importe quel endroit n'importe quand, j'ai plongé dans un univers nouveau qui n'avait pour seule limite que mon imagination. À 7 ans, j'avais lu tout ce que ma bibliothèque d'enfant pouvait contenir. À 13, j'avais dévoré jusqu'aux ouvrages poussiéreux dont papa se servait pour caler la vieille commode de l'entrée. La même année, j'ai découvert les librairies, et cet univers dans lequel mes lectures m'avaient conduite s'est étoffé encore davantage. J'ai parcouru le monde, traversé des déserts de glace, bravé des forêts tropicales. J'ai chevauché des licornes et dompté des dragons. J'ai combattu les plus infâmes tyrans et sauvé des villageois par milliers.

Parmi toutes ces histoires, celles dont je me souviens ne sont pas les plus épiques ni les plus intrigantes. Mais celles qui m'ont fait découvrir des sentiments allant bien au-delà de ce que j'avais jamais éprouvé.

— Serena ?

— *La Lettre écarlate*, je réponds à la hâte.

Redwood grimace.

— Quoi ?

— C'est un choix pour le moins surprenant.

— Pour quelle raison ?

Le jeune homme grimace de plus belle. Je lui envoie mon coude dans les côtes pour le forcer à réagir. Il grommelle.

— L'auteur, Nathaniel Hawthorne, était de Danvers. Lorsqu'il a écrit *La Lettre écarlate*, c'était pour montrer son désaccord avec les valeurs puritaines de ses ancêtres. J'aurais imaginé qu'au contraire tu serais de ses détracteurs, jugeant que Hester Prynne n'a eu que ce qu'elle méritait.

— Qui peut penser ce genre de chose ? Cette histoire est magnifique. Il y a une telle puissance dans l'amour que partagent Hester et le révérend. Chacun défie sa loi pour l'autre, je rêve d'être capable d'un tel courage. Sans compter que, pour l'époque, faire d'une femme une figure forte qui refusait de se soumettre à l'autorité était un concept très avant-gardiste.

Je trahis le regard de Jullian qui détaille mon visage. L'insistance du jeune homme me met mal à l'aise. Je me détourne. Pour autant, le garçon continue de m'observer.

La sonnerie de son téléphone met fin à cet instant troublant. Redwood s'excuse. Il empoigne son sac et part. Je reste assise à tenter de comprendre ce qui vient de se passer. Arrivée à la conclusion que ce garçon manque simplement de bonnes manières, je récupère mes affaires et quitte la bibliothèque à mon tour.

Les couloirs grouillent à nouveau de lycéens. Je dois trouver l'aile des sciences humaines pour le cours d'histoire.

Je ne sais comment j'atterris devant les laboratoires de chimie. Ce n'est pas du tout le bon endroit. Parmi les camarades que j'interpelle, la moitié feint de ne pas m'avoir entendue quand l'autre partie refuse catégoriquement de m'aider.

Je pensais que ça ne pouvait pas être pire. Jusqu'à ce que je voie arriver du bout du couloir un groupe de filles chaussées de talons aiguilles, parmi lesquelles Veronica.

Trop tard pour faire demi-tour. Avec une rapidité déconcertante, les adolescentes m'encerclent. Les badauds se sont rapprochés pour ne pas en rater une miette. J'essaie de passer entre les mailles de ce filet qui se referme sur moi. En vain. Les suivantes me repoussent si violemment que je dois redoubler d'efforts pour ne pas basculer en arrière.

— Tu n'espérais pas t'en aller avant que nous ayons réglé notre petit différend, sourit Veronica.

— On n'a plus rien à se dire. Laisse-moi passer.

— Tu aurais dû y réfléchir à deux fois, Parris.

Veronica me toise. On n'entend plus dans le couloir que le tintement des talons aiguilles qui franchissent les derniers mètres qui nous séparent.

— Sache que personne, et surtout pas une petite arriviste dans ton genre, ne peut me défier. Je t'ai laissé une chance et tu as préféré me cracher au visage. À toi maintenant de répondre de tes actes.

Veronica claque des doigts. Bethany se précipite vers elle et lui tend un gobelet. Bon sang, c'est un café brûlant !

— Tu connais le proverbe. Œil pour œil...

— Tu plaisantes ? je m'écrie. Si tu fais ça, tu vas me brûler !

— Vraiment ? C'est mieux que ce que j'avais prévu.

Impossible de lui échapper. Les filles se sont tant rapprochées que je ne parviens plus à faire le moindre mouvement. Je n'ai pas d'autre choix que de serrer les dents en espérant que ça passera plus vite. Veronica retourne le gobelet au-dessus de ma tête. Un liquide blanchâtre coule dans mes cheveux. C'est du lait. Du lait froid !

Furibonde, Veronica jette le gobelet à terre. Son visage est si près du mien que je peux sentir l'odeur mentholée de ses pastilles pour la gorge.

— Crois bien que ce n'est pas terminé, Parris. Ce qui vient de se passer n'est qu'une particule dans l'infinité de ce qui t'attend. Tu vas me payer très cher cette humiliation.

***

Je rentre au manoir les cheveux dégoulinants de lait et la gorge nouée par les sanglots. En me voyant passer la porte, Klaus coupe l'aspirateur et part à toute allure dans les méandres de la demeure. Monica arrive aussitôt.

— Nom de Dieu, ma chérie, qu'est-ce qui t'est arrivé ?

Je lui raconte comment j'ai mordu à l'hameçon de Veronica. La manière dont je l'ai démasquée et comment je me suis vengée. À la fin de mon récit, les trémolos de ma voix sont tels que je ne parviens à articuler que les mots couloir, lait et humiliation.

— Tu as eu raison de faire ce que tu as fait. Tu ne dois pas te laisser marcher sur les pieds. Tu es une Parris, bon sang !

— Je ne veux plus y retourner. Je t'en supplie, ne me force pas à y aller !

— Pour le moment, tu vas surtout rincer tout ça. Si le lait tourne, tu risques de te retrouver avec des dreadlocks en fromage.

Monica est la seule personne capable de continuer à se préoccuper des apparences en une pareille situation. Cette idée me fait malgré tout rire.

— Et nous reparlerons de cette histoire de lycée plus tard. Tu es d'accord ?

J'acquiesce. Dans ma chambre, je passe un temps infini sous la douche. L'eau qui s'écoule sur mes épaules emporte avec elle mes doutes et mes peurs. Je ne sors pas plus confiante de cette salle de bains, mais moins oppressée par l'angoisse.

Je m'enveloppe dans un peignoir de soie sur lequel mes cheveux ruissellent. Débarrassée du lait et de cet uniforme atroce, je commence à avoir les idées claires. Je suis peut-être allée un peu loin en suppliant ma tante de me faire quitter ce lycée. Même si Veronica y est un point noir non négligeable, je dois avouer que les professeurs sont très bons et que j'ai le sentiment d'avoir noué une véritable relation avec Penny.

Je dois dire à Monica de ne pas s'inquiéter.

Je sais précisément où trouver ma tante. Monica s'enferme régulièrement dans une pièce qu'elle appelle son bureau. Ni mes frères ni moi n'avons réussi à pénétrer dans cet endroit. Lorsqu'elle est là, Monica demande à ne pas être dérangée. Et en son absence, la salle est fermée à clé.

Le couloir qui conduit au bureau est austère et même un tantinet effrayant. À défaut de fenêtre, la seule lumière qui y règne est celle de chandeliers suspendus aux murs. Des peintures étranges jalonnent la tapisserie couleur de sang. Comme toujours, la porte est fermée.

J'entends quelque chose à l'intérieur. C'est Monica. On dirait qu'elle parle avec quelqu'un. Non. Elle est au téléphone.

— Je t'avais prévenu Tom ! Peu importe le statut de ta famille, ta fille n'a aucun droit de faire ce qu'elle a fait... Oui, je connais nos accords ! Et non, ça ne justifie pas qu'elle se comporte de la sorte... Je n'aurais qu'à souffler un mot au conseil et tu sais exactement quel sera son sort ! Par égard pour les tiens, je vais tenir ma langue. Mais crois bien que c'est la dernière fois. Et si j'apprends qu'elle a tenté quoi que ce soit de nouveau contre Serena, je ne laisserai pas au conseil le temps d'exécuter sa sentence ! Veronica aura affaire à moi !

5

Les jours qui suivent sont une succession de déconvenues. L'intervention de Monica n'a réussi qu'à attiser la colère de la reine du lycée, qui se montre chaque jour plus cruelle. Durant le cours de chimie, Veronica a renversé son éprouvette de fluorescéine sur ma jupe. Même après trois lavages, la tache verte n'a jamais disparu. Pendant la séance de balle aux prisonniers, Veronica a pris pour cible mon visage. Malgré mes esquives, je ne suis pas parvenue à échapper au ballon en caoutchouc qui a frappé violemment ma joue. Et une fois sur le banc des éliminés, alors que je me croyais enfin en paix, Veronica a continué à me lancer ses boulets de canon. Elle a poursuivi en littérature, en biologie, en français et même au cours de la pause déjeuner, où, d'un croche-patte, elle nous a envoyés, mon plateau et moi, directement sur le carrelage. Les professeurs ne peuvent rien y redire ; Veronica est tantôt étourdie, tantôt maladroite. Et aucune des humiliations que je subis ne parvient à mettre un terme à sa soif de vengeance.

Hier, durant la séance d'histoire, Veronica et ses suivantes ont collé des chewing-gums dans mes cheveux. Malgré un nombre incalculable de shampoings et une nuit passée avec de l'huile sur la tête, certaines zones sont irrécupérables. Ce matin, devant mon miroir, je me retrouve à couper les mèches dévastées. Alors que mes longues mèches brunes tombent sur mes épaules, je retiens les sanglots dans ma gorge.

Bien sûr, je n'ai parlé à personne de mes mésaventures. Je sais que Monica se hâterait de passer de nouveaux coups de fil, ce qui ne ferait qu'accroître le problème. Wyatt élaborerait un plan pour me venger, que je serai incapable de mener. Quant à Jon, il m'intimerait de régler ce conflit par la force. Devant ma réticence à utiliser la violence, il prendrait les devants pour s'occuper lui-même de Veronica. Ce qui ne manquerait pas de lui créer des ennuis. Je ne peux définitivement parler à personne de cette affaire.

Je me rassure en me répétant que ce n'est qu'une question de jour. Que Veronica finira par se lasser et qu'elle arrêtera de s'en prendre à moi. Je redouble d'efforts pour ne pas répliquer, afin que les choses ne s'enveniment pas. Sans compter que Veronica a un très net avantage sur moi. L'admiration que lui vouent ses suivantes est telle que je suis persuadée qu'elles pourraient tuer si Veronica le leur demandait.

Pour me défaire de l'insupportable, j'ai suivi le conseil d'une nouvelle connaissance. Dans mes cartons, derniers témoins de ma vie à San Diego, j'ai récupéré mon exemplaire de *La Lettre écarlate*. La couverture est déchirée et certains feuillets se sont désolidarisés. Mais qu'importe. Nuit et jour, dès que les souvenirs de ces atrocités me reviennent, je tourne les pages, dont je connais désormais par cœur chaque ligne.

La dernière mèche entravée par le chewing-gum tombe dans l'évier. Voilà qui est mieux.

Je m'en suis plutôt bien sortie. Je commence à être une spécialiste en la matière. À l'âge de 5 ans, j'ai coincé mes cheveux dans la roue de mon skateboard en faisant une mauvaise chute. Ma mère n'a eu d'autre choix que de raser une partie de ma tête, qui a étonnamment vite repoussé. À 9 ans, en voulant sauver un oisillon entravé par des barbelés, je me suis retrouvée bloquée dans le grillage. Une nouvelle fois, ma mère a tranché dans le vif de sa paire de ciseaux. Et puis l'été de mes 14 ans, alors que je me trouvais en tête à tête avec Gregory Hunter dans la chambre de ce dernier, mes cheveux se sont pris au piège des pales du ventilateur alors que je tentais d'esquiver sa tentative de baiser. Cette fois, j'ai opéré moi-même. J'ai mis fin à ma relation avec Gregory comme j'ai sectionné mes longueurs : en coupant dans le vif, sans le moindre état d'âme.

Du restant de ma chevelure, je forme un chignon sur ma tête. Je quitte ma chambre et retrouve le rez-de-chaussée, où règne l'agitation.

— C'est ta dernière chance, dit Monica en repassant sur ses lèvres une couche de rouge. Tu as encore cinq minutes pour te changer.

— Je te remercie pour l'invitation, je réponds en resserrant mon gilet sur mes épaules. Mais je suis trop fatiguée pour sortir de si bon matin. Je te rappelle qu'en Californie, c'est le milieu de la nuit.

Le *jet-lag* a bon dos. Je refuse surtout de jouer l'hypocrite en sirotant des mimosas à quelques mètres de Veronica, ses suivantes et leurs familles en prétendant entretenir pour la reine du lycée les plus amicaux sentiments.

— Tu ne sais pas ce que tu rates, ma chérie. Et vous non plus d'ailleurs, les garçons. Des personnalités haut placées de Salem seront à ce brunch. Ils se faisaient une joie de vous rencontrer.

Jon essaie de faire rentrer une paire de baskets dans un sac tout juste capable de contenir un maillot. Wyatt martèle sa tablette dans l'espoir de passer plus vite au niveau supérieur de son jeu vidéo.

— Je suis définitivement trop conciliante, soupire Monica.

— Compassion, intervient le petit génie. Le mot que tu cherches, c'est compassion.

La jeune femme dresse un sourcil.

— Parce que nos parents ont disparu, j'ajoute. Tu compatis à notre douleur en ne nous imposant pas ce dont nous ne nous sentons pas capables.

— Je sais encore ce que je dis ! réplique la jeune femme, fin prête. Vos grands-parents n'auraient jamais accepté que Rosalie ou moi fassions fi d'un évènement mondain.

— Je commence à comprendre pourquoi maman ne nous les a jamais présentés, rit Jon.

Monica soupire. Elle s'en va. Bientôt, la limousine noire descend l'allée. Le parfum de jasmin et de myrrhe de notre tante flotte toujours dans le hall.

— Qu'est-ce que tu vas faire aujourd'hui ?

N'étant pas parvenu à rentrer ses chaussures dans son sac, Jon a fini par les nouer à la lanière.

— Je n'en sais rien. Traîner, lire peut-être.

— Si j'étais toi, dit Wyatt, je profiterais de l'absence de Monica pour voir ce qui se trouve dans son bureau.

— Ce n'est qu'une pièce comme une autre, je réponds d'un haussement d'épaules.

— Ça, c'est ce qu'elle dit, rétorque mon petit frère.

— Qu'est-ce que tu imagines trouver à l'intérieur ? intervient Jon. Des dossiers sur la stratégie de réélection du maire ? Des photos compromettantes de ses jeunes années ?

Wyatt éteint sa tablette, qu'il range dans son sac en toile.

— Je ne sais pas. Mais si elle n'a rien à cacher, pourquoi fermer la porte à clé ?

Jon m'observe. Que suis-je censée répondre à cela ?

Wyatt a toujours un temps d'avance sur nous. Et même sur tout le monde. Notre cadet réfléchit à une vitesse telle que nous avons parfois du mal à le suivre. Tant et si bien que nos parents ont fini par le surnommer « l'esprit de la famille ». Jon et moi préférons de loin l'appeler « le petit génie ».

— Tu me déposes alors ?

Jon acquiesce. Cinq minutes plus tard, ils prennent la suite de Monica. Le 4 × 4 de Jon quitte Wailing Hill. J'ai tôt fait de me lover dans le canapé imprégné d'une odeur de sauge. Les tic-tac sourds de la pendule à quartz me rappellent à chaque seconde qui s'écoule. Par moments, j'entends des craquements provenant du bois qui travaille. Enfin, j'espère que c'est bien ça.

Après presque une heure à survoler ma lecture, je commence à trouver les peintures bien plus vivantes qu'elles ne devraient l'être. J'ai la sensation que ces personnages de pétrole et de térébenthine m'observent. Mal à l'aise, je me soustrais à la trop grande attention des tableaux et rejoins la cuisine.

— Tania ?

Aucune réponse. J'empoigne un mug et le remplis de café noir. Si la cuisinière était là, elle insisterait pour que j'utilise l'une de ces tasses en porcelaine de Chine.

— Tania ?

Personne non plus dans le garde-manger. Klaus est parti pour le week-end. Quant à Betsy, elle a demandé sa journée pour rendre visite à sa grand-mère à Cap Cod et ne rentrera que pour le service du dîner. Je suis seule au manoir.

Je m'installe sur le comptoir de la cuisine et avale par petites gorgées mon café tiède. Pour la première fois, je remarque ces immenses rideaux blancs qui donnent à la pièce une certaine hauteur. Un ficus fait l'angle de la table sur laquelle nous petit-déjeunons. A-t-il toujours été là ? Et cette sculpture de verre. Est-ce une carafe ? Un vase ? Un simple objet de décoration ?

Ça fait presque deux semaines que nous avons pris nos quartiers au manoir de Wailing Hill, et je me rends compte que je ne connais pas la maison dans laquelle je vis. Monica a évoqué une salle à manger où elle reçoit ses invités, ainsi que plusieurs salons, chacun dévolu à une activité particulière. Je n'en ai jamais vu la couleur. Puisque, je me retrouve seule dans cette demeure, c'est l'occasion ou jamais de me rattraper.

Le cœur de Wailing Hill est ce hall immense duquel les couloirs, telles les artères de la bâtisse, conduisent aux pièces importantes. En suivant leur chemin, je découvre trois salons différents en plus du living-room. L'un, dont les murs sont tapissés d'ouvrages, est dévolu à la lecture. Dans un autre, l'odeur âpre du cigare imprègne le papier peint. À l'angle d'une immense fenêtre bordée de rideaux pourpres, un bar offre toutes sortes d'alcool. Le fumoir est relié à la salle à manger, plus faste encore que tout ce que j'aurais pu imaginer, par une porte coulissante.

Je tombe sur le quatrième salon tout au bout du couloir. La

pièce, exiguë, n'est occupée que par des fauteuils et une vieille cheminée dont il ne fait aucun doute qu'elle n'a plus servi depuis des décennies. En poursuivant mon exploration, je trouve un nombre exorbitant de salles de bains et tout autant de placards à balais. Une porte, sous l'escalier, est fermée à clé. Encore un mystère de Monica. Je me désintéresse très vite de la question. Ce n'est rien qu'une cave. Mes ancêtres ont dû y entasser des vieilleries durant des centaines d'années. Et peut-être aussi quelques bonnes bouteilles de vin.

Le clou de mon exploration est l'immense véranda que je découvre au nord de la demeure. Un dôme de verre surplombe la salle, offrant une vue imprenable sur la forêt. Des plantes exotiques y poussent dans tous les coins. Pour tout mobilier, un ensemble de meubles en rotin occupe le centre de cet espace, où l'illusion de se trouver dehors est bluffante. Je dois revenir ici à la nuit tombée, lorsque la lune tracera sur les arbres ses raies d'argent.

Sous les toits, je tombe sur les chambres de Betsy et Klaus ainsi que sur un espace immense où des objets en tous genres sont recouverts de draps. Sur l'un des cartons, je lis « Rosalie, bric-à-brac ». Entre la poussière et les toiles d'araignées, j'y trouve des poupées de porcelaine, des livres d'enfant usés et tout un tas de jouets en piteux état.

Ma gorge se serre. Je réalise que je n'ai plus pensé à mes parents depuis quelque temps. La culpabilité me gagne. J'éprouve cet oubli comme un manque de respect à l'égard de leur mémoire. Non, pas de leur mémoire, mais des personnes qu'ils sont. Nous allons les retrouver, j'en suis persuadée. D'un jour à l'autre, nous serons de nouveau ensemble.

Refusant de céder à mon cœur trop lourd, j'essuie les coins de mes yeux humides et range les cartons. Je quitte le grenier sans trop savoir où aller. Une heure m'a suffi pour une visite complète du manoir. Que vais-je bien pouvoir faire de tout le temps qu'il me reste ?

Je pourrais enfiler un jean et rejoindre Jon à son entraînement de football. Ou appeler Penny. Elle m'a parlé d'un café sur Main Street où les muffins sont délicieux et l'ambiance conviviale. Ce pourrait être une bonne alternative au brunch mimosas-œufs brouillés de Monica.

Réflexion faite, je n'ai pas encore visité toutes les pièces.

Je descends les marches quatre à quatre. Lorsque je traverse le couloir obscur, je ressens de nouveau cette sensation étrange d'être épiée. La porte est là, immense. La pénombre donne au bois des reflets surprenants, telles des arabesques sombres qui disparaissent dans la lumière. La serrure est verrouillée. Ça ne m'étonne qu'à moitié. J'essaie de l'ouvrir par la force. Aucun résultat. Je récupère dans mon chignon des épingles et sans trop savoir comment procéder, je tente de crocheter la serrure. Un échec cuisant.

Plus la porte se montre hostile, plus mon désir de l'ouvrir grandit. Je repense à Wyatt et à cette remarque qui prend désormais un tout autre sens. Pour quelle raison fermer cette pièce si Monica n'a rien à cacher ? Ça pourrait être une façon pour notre tante de préserver son intimité. Mais alors, pourquoi laisser sa chambre ouverte ? Monica cache-t-elle derrière cette porte quelque chose d'une plus grande valeur que ses effets personnels... ?

Mes parents ! C'est forcément ça ! Monica a des informations sur eux qu'elle ne peut, ou ne veut pas nous donner. Peut-être a-t-elle réussi à entrer en contact avec eux. Peut-être sait-elle où ils sont. Peut-être même connaît-elle la raison de leur disparition !

Je dois à tout prix trouver comment venir à bout de cette serrure.

Aux grands maux les grands remèdes : je fouille dans les affaires de Monica. D'abord dans celles que ma tante laisse traîner dans le placard de l'entrée. Sans résultat, je m'attaque à sa chambre. Rien dans les tiroirs ni dans les armoires, sinon de vieux albums photo et des bijoux par centaines. J'inspecte jusqu'aux moindres recoins de la pièce, sans mettre la main sur quoi que ce soit.

De retour au couloir obscur, j'examine chaque cadre,

chaque chandelier, chaque tapis dans l'espoir d'y trouver une clé de secours que Monica y aurait rangé. Comme ma mère, qui dissimulait sous le pot de bégonias celle de notre maison pour les têtes en l'air, comme moi, qui oublieraient leur trousseau. Je ne trouve rien. Rien, sinon une bâtisse parfaitement propre où pas même la poussière n'a sa place.

Loin de capituler, je reprends mon tour de la demeure. La précipitation me gagne. Je passe de couloir en couloir de plus en plus vite. Étrange. Chaque artère que j'emprunte me conduit d'une façon ou d'une autre à cette pièce mystérieuse.

À bout de nerfs, j'empoigne les deux boules qui font office de poignée et tire de toutes mes forces. La porte est bien trop lourde et je suis bien trop faible. Je hurle de rage. Des mèches désordonnées pendent sur mon visage. Ma peau est incandescente et mon front couvert de sueur. Je glisse le long du mur, les genoux serrés contre ma poitrine.

J'ai échoué. Encore une fois. Je n'ai pas réussi à ouvrir cette maudite porte, comme je ne suis pas parvenue à me faire à cette nouvelle vie, à être acceptée par mes pairs, à protéger mes frères de la douleur. À retrouver mes parents. Chacun de mes efforts est vain. Quoi que j'entreprenne, je ne réussis jamais à faire ce que l'on attend de moi. Je suis faible, lâche, et incapable de me débrouiller toute seule. Je n'ai même pas le courage d'affronter Veronica. Comment puis-je espérer reprendre les rênes de ma vie ?

La porte gronde. Je n'en crois pas mes yeux. Elle s'est ouverte !

Alors j'ai réussi.

J'avance à tâtons. Ma tête bascule de gauche à droite, se perdant dans la contemplation de cette pièce immense. Un planisphère ancien décore la voûte sous laquelle je me sens minuscule. Des livres s'étalent sur des rayonnages infinis que relient des escaliers en colimaçon. Ils sont éclairés par de faibles lueurs jaune, rouge et bleu qui transpercent les vitraux.

La pièce maîtresse de cet espace immense est un tableau titanesque qui surplombe la cheminée, empreinte d'une odeur de bois fraîchement brûlé. Au beau milieu d'un cadre d'or fin figure un homme, qui semble toiser la salle et ses visiteurs. Il porte l'habit noir et le chapeau haut des puritains du XVIIe siècle. Époque à laquelle ma famille s'est illustrée à Salem. Cet homme a-t-il un lien avec les Parris ?

Un bureau d'ébène fait l'angle. L'aménagement s'achève par trois causeuses pourpres qui forment avec la cheminée un cercle que surplombe ce portrait lugubre. À bien y réfléchir, je crois que je l'ai déjà vu.

— Il y a quelqu'un ?

Mince !

La voix vient de l'entrée. J'espère que ce n'est pas Monica qui rentre plus tôt.

— J'ai un colis. Pour une certaine Serena Parris.

Le postier. Me voilà soulagée.

— C'est moi, je réponds à bout de souffle.

Après avoir apposé ma signature sur le formulaire du coursier, je récupère ledit paquet, duquel émane une odeur immonde.

Je défais l'ouverture et manque de tomber à la renverse en apercevant le sang et la peau. Je jette le paquet à terre en hurlant. Mon cœur bat à tout rompre.

Je fais un pas. Puis un autre. Je me penche sur le carton. Plus de doute, une tête de cochon se trouve dans cette boîte. Elle est dépourvue de globes oculaires et baigne dans du sang encore frais.

Je cours à l'extérieur. La camionnette du facteur a déjà disparu dans la rue. Hors d'haleine, je me rue vers l'arrière de la bâtisse et jette dans la poubelle le contenu du paquet. J'examine le carton. Aucun nom n'est inscrit dans la partie de l'expéditeur, pas un mot, ni la moindre information qui pourrait me permettre de retrouver la personne qui m'a envoyé ça. C'est comme si ce colis venait de nulle part. Et pourtant... Humiliant, répugnant... du sang, un porc... Ces mots s'alignent dans mon esprit comme des chiffres gagnants sur une machine à sous. Veronica ! Ce ne peut être qu'une autre de ses manigances. Cette fois, elle est allée trop loin. Cette tête est la bombe qui vient de déclencher la guerre. Fini la courtoisie et les manières. Je me suis faite invisible en cherchant à préserver la paix. Voilà ce que j'obtiens. J'ai été stupide ! Veronica ne me laissera jamais tranquille. Fini le règne de cette pseudo-reine du lycée. À compter de cet instant, je ne serai plus de ces moutons qui se courbent face à son autorité. Je ne subirai plus. Et même si pour ça je dois me battre, je me dresserai contre sa dictature.

Un grondement sourd retentit pour la deuxième fois de la matinée. Lorsque j'arrive dans le couloir obscur, la porte s'est refermée.

6

— Une tête de porc ! s'exclame Penny.
Assise sur la plus basse marche du parvis de St George, je lèche le dos de ma cuillère dégoulinante de yaourt glacé.
— Cette fille vient de faire passer le mot « cinglé » dans un tout autre registre, reprend la blonde.
Plus je pense à ce paquet, plus je revois cette silhouette étrange dans le parc la nuit du bal masqué. Ce soir-là, j'étais certaine d'avoir aperçu dans l'ombre du capuchon le visage d'un porc. Si comme je l'envisage le colis a un lien avec cette énigmatique forme surgie de la brume, cela signifierait que Veronica est derrière toute cette mascarade et qu'elle complote contre moi depuis plus longtemps que je ne l'imaginais.
Le vrombissement d'un moteur coupe court à notre échange. Le cabriolet turquoise trouve sa place sur le parking, tout à côté du Hummer noir qui tourne encore.
— Sa Sainteté nous fait grâce de sa présence ! s'exclame mon amie.
— Je ne savais pas qu'avec la couronne il vous offrait un passe-droit pour sécher les cours.
Penny récupère ses affaires.
— C'est Veronica, soupire-t-elle. On peut s'estimer heureuses qu'elle n'ait pas garé sa voiture sur la place réservée aux handicapés. Encore que j'aurais adoré crever ses pneus avec ma lime à ongles.
— Ce n'est pas toi qui en fais trop cette fois ?
Elle hausse les épaules.
— Peut-être.

***

Sur la pelouse fraîchement tondue, les banderoles annoncent l'imminent premier match de la saison opposant les Thunderwolfs de Danvers aux Red Rocks de Wenham. Le football n'est pourtant pas au programme du cours de monsieur Whitemore.

Comme tous les garçons de la classe, Redwood a assorti un tee-shirt rouge portant l'écusson de St George à un short noir. Pris par le discours du professeur, il paraît si sérieux. Je mets un moment à réaliser la grossièreté avec laquelle je le dévisage et un de plus pour arrêter.

— Lacrosse !

L'enseignant part avec les hommes de l'autre côté du terrain. Il nous laisse entre les mains de son stagiaire-assistant. Ce dernier, peu à son aise face à un public guère plus jeune que lui, bataille pour parvenir à bout de ses explications. Il invite, dégoulinant de sueur, les capitaines à s'avancer.

Comme à l'accoutumée, Veronica est la première à se proposer.

— Parfait ! Quelqu'un d'autre ?

Aucune réponse. Les étudiantes fuient le regard du stagiaire. Gare à qui osera s'opposer à la reine du lycée.

— Le lacrosse se joue à deux équipes ! rappelle le jeune professeur. Si vous ne me laissez pas le choix je v...

— Moi !

Une main dressée au-dessus de mes camarades, je me fraye un chemin dans le groupe. L'étonnement général n'a d'égal que la surprise de Veronica, qui se transforme sitôt en un sourire de mauvais augure. Je ne sais pas moi-même ce que je suis en train de faire.

— Parris ! Tu essaies de me faciliter la tâche ? Je pensais vider ma bouteille de shampoing sur tes vêtements. Mais t'humilier sur le terrain et te rouler dans la boue, c'est une bien meilleure idée !

Si elle croit me faire peur.

— J'ai reçu ton petit cadeau.

— Un cadeau ? Tu prends vraiment tes rêves pour des réalités.

Je ne desserre pas les dents.

— Tu ne me connais pas encore. Je ne suis pas comme toutes ces filles. On ne m'effraie pas avec un peu de sang et des blagues de mauvais goût. Si c'est la guerre que tu veux, alors tu vas l'avoir. Mais je te préviens, je me battrai jusqu'à mon dernier souffle.

L'assistant tente de s'interposer. Aucun de ses mots ne réussit à nous séparer.

— Je n'en attendais pas tant de ta part.

Les équipes sitôt formées, nous nous rassemblons pour mettre en place notre stratégie. Dans mon camp, l'ambiance générale n'est pas au beau fixe. Aucune de celles que j'ai sélectionnées ne voulait se trouver là. Pas même Penny.

— Tu es dingue ! s'exclame cette dernière.

— J'aurais cru que tu me soutiendrais.

De l'autre côté du terrain, les garçons ont commencé leur partie.

— Je te soutiens ! Mais défier Veronica au lacrosse, c'est comme se précipiter devant un train en espérant que ce soit lui qui plie !

Je n'ai pas le temps de répondre. L'assistant siffle le début du match. Les troupes de Veronica fondent sur nous tels des boulets de canon. Au milieu des hurlements et de la sueur, la balle est devenue une pure formalité. J'ai l'impression de me battre seule contre un ouragan. Aucune de mes partenaires ne daigne me prêter main-forte. Les maigres tentatives de Penny ne suffisent pas à combler l'absence de tout un groupe.

L'équipe de Veronica prend le dessus. Je refuse de capituler et redouble d'efforts. Lorsqu'enfin je réussis à attraper la balle, je vois Veronica foncer sur moi tête la première. Je suis violemment propulsée en arrière. Je lâche ma crosse. Mon crâne heurte le sol. Je termine ma course dans une flaque de boue. Veronica rit aux éclats.

— Ça ne va pas bien ou quoi ? s'époumone Penny. Tu aurais pu l'assommer !

— C'est le risque quand on s'attaque à plus fort que soi, rétorque la reine du lycée.

L'assistant intervient. Il vacille. L'argumentaire de Penny n'y fait rien. Il accepte les explications de la pauvre Veronica, si maladroite quand elle joue. La partie reprend.

Sonnée, je passe le restant de la séance sur le banc de touche. Sans surprise, aucun miracle ne se produit avant la fin du match. Je quitte le stade furibonde et couverte de boue.

Je croise Redwood à l'entrée du vestiaire. Le garçon me détaille de la tête aux pieds en se retenant de rire.

— Aucun commentaire !

— Tu t'es bien battue, tu as au moins ce mérite.

Je frotte mes mains boueuses sur mon ventre.

— Je pensais jouer au lacrosse. J'ignorais que ce serait de la lutte.

— Bienvenue à St George.

Une douche me permet de me débarrasser de la saleté et de la sueur. Pour ce qui est de la douleur, c'est une tout autre affaire. J'ai un mal de crâne atroce et des décharges dans le dos dès que je fais un mouvement un peu trop brusque.

— Tu as fait la rencontre de Jullian Redwood à ce que je vois, dit Penny quand nous sortons du vestiaire.

Avec toutes ces histoires de mesquinerie et d'humiliation, j'ai oublié de lui raconter l'épisode de la bibliothèque. Je profite du chemin jusqu'à la classe de mathématiques pour me rattraper.

— C'est vrai qu'il est lié à Veronica, m'explique-t-elle. Depuis qu'ils sont très jeunes d'ailleurs. Mais je ne suis pas certaine qu'il approuve toujours son comportement. Jullian est quelqu'un d'un naturel plutôt discret.

— Tu m'as l'air bien renseignée sur son compte. Est-ce que tu me cacherais quelque chose ?

Mon sourire malicieux hérisse les poils de Penny.

— Jullian et moi ? Beurk ! Ce serait comme... comme sortir avec l'un de mes frères !

Je m'imagine à un dîner galant avec Jon et l'idée me fait frissonner.

— À une certaine époque, où Wailing Hill était abandonné, reprend la blonde, ma mère a été nourrice pour les Redwood. Ils n'ont eu qu'un enfant : Jullian. Et crois-moi, ils ne s'en occupaient pas beaucoup. On a grandi ensemble lui et moi. J'ai bon espoir de le connaître suffisamment pour savoir qu'il n'a rien de ces égocentriques mégalos du West Side.

Comme nous arrivons devant la salle, nous retrouvons les garçons aux teddys à tête de loup. Jullian échange des passes avec l'un de ses amis à la tignasse noire rebelle. Je me surprends à contempler la sculpture athlétique de son corps et le sourire qui borde ses lèvres si fines.

Pourquoi est-ce que je le regarde comme ça ?

— Ma tante organise une soirée ce samedi.

Changer de sujet. C'est le mieux.

— Une fête en grande pompe à ce que j'ai compris. Tu seras là, n'est-ce pas ?

— Serena, soupire Penny. Tu sais que je rêve de robes de créateurs et de tapis rouges. Mais je te l'ai déjà dit, je ne fais pas partie de votre univers. Je ne suis à St George que parce que la fondation Fleming consent à faire preuve une fois par an de charité envers un ou deux jeunes de l'East Side.

— On s'en moque que tu sois boursière !

Penny passe sa main diaphane sur ma joue.

— Tu es si naïve Serena ! Bien sûr que non, personne ne s'en fiche. À ton avis, pourquoi ai-je été recalée dans l'équipe du journal de l'école alors que j'ai les meilleures notes de toutes les premières ? Pourquoi est-ce qu'avant ton arrivée, j'étais toujours seule ? Je n'ai ni fortune, ni manoir, ni domestiques. Je viens au lycée en bus et quand je veux m'acheter quelque chose, je fais des heures le samedi matin au *Hallow* sur Main Street. Je ne suis pas l'une des vôtres. Tôt ou tard, tu t'en rendras compte toi aussi.

Après un match de lacrosse d'une telle intensité, je n'ai plus la force de protester. Je trouverai bien un moyen de la faire changer d'avis plus tard.

***

Dans la voiture qui nous ramène à Wailing Hill, Jon ne parle que de la sélection de l'équipe de football.

— Ça fait longtemps que je n'ai pas touché un ballon. Tu sais, on perd vite ce genre de choses. Je n'ai peut-être plus le niveau. Et puis, ces gars, il faudrait que tu les voies faire. Ils ont une force surhumaine. Pendant le cours de gym, j'en ai vu un soulever une barre d'haltères de 200 kilos d'une seule main.

— 200 kilos, répète Wyatt en ricanant. Je t'ai déjà dit de consulter. Tu n'y vois plus rien, ça fait peur.

Pour réponse, Jon octroie à notre jeune frère une tape dans la nuque. Ce dernier rétorque d'un rire cristallin qui réchauffe mon cœur. J'aime savoir qu'il y a encore sous les débris de notre vie passée un peu de candeur.

— Et toi alors, reprend l'aîné. Tu n'as trouvé aucune activité intéressante, Serena ? Les sélections sont dans très peu de temps. Tu devrais te dépêcher.

— Si tu fais allusion aux pom-pom girls, même pas en rêve. Je refuse de faire partie de ces filles sans cervelle qui épellent des lettres avec leurs corps en petite tenue. Sans oublier que Veronica est à leur tête !

— Les petites tenues, murmure Wyatt.

Nouvelle tape dans la nuque. Une fois de plus, le petit génie glousse.

— Je pensais plutôt à l'équipe de natation.

— La natation ? Je n'en ai jamais fait. Pourquoi voudrais-je m'inscrire dans l'équipe ?

— Tu faisais du surf à San Diego, reprend Jonathan. Et tu étais vraiment douée. Je sais que ce n'est pas la même chose. Mais nager reste nager. Tu pourrais essayer.

La voiture remonte l'allée de gravier de Wailing Hill. La

fin du jour sur la forêt fait planer une ombre au-dessus de la propriété.

— Enfin vous voilà ! s'exclame Monica.

— Que nous vaut cet élan d'inquiétude ? s'étonne Jon.

— Ce n'est pas comme si nous étions raccompagnés tous les soirs par ton chauffeur, renchérit Wyatt.

— Ni comme si tu avais nos emplois du temps respectifs, je termine.

Monica soupire.

— Ne vous ai-je pas déjà dit que je ne voulais pas que vous vous mettiez à trois contre moi ?

Elle s'interpose entre nous et l'entrée de la maison.

— J'ai eu une idée. Vous aimez le basket, n'est-ce pas ?

Les garçons échangent un regard et hochent la tête.

— Dans ce cas, vous allez adorer mon petit cadeau ! Je vous ai réservé des places au premier rang pour le match qui oppose les Knicks aux Bulls. C'est au Madison Square Garden ! Et demain matin, vous aurez tout le loisir de dépenser l'argent durement gagné par vos ancêtres sur la 5e Avenue. Vous partez à New York !

La bouche grande ouverte que la jeune femme essaie de faire passer pour une marque de surprise ressemble davantage à une grimace.

— Mais enfin, tante Monica, s'exclame Wyatt. On a cours demain !

— On ne peut pas s'en aller comme ça au milieu de la semaine, poursuit Jon. Nous avons tous les trois du retard à rattraper.

— Personne ne vous en voudra de prendre un peu de bon temps. Surtout après ce qui est arrivé à vos parents. Et puis, vous êtes à St George désormais. Plus dans votre petit lycée public de la banlieue de San Diego. Ne vous faites pas de mauvais sang. Un don généreux pour les travaux de rénovation du gymnase fera oublier votre absence.

À court d'arguments, les garçons se tournent vers moi. Ils espèrent que je vais les soutenir. J'aimerais beaucoup. Mais l'idée de passer la soirée dans la ville qui ne dort jamais est plus qu'alléchante.

— Il est trop tard pour protester de toute façon, renchérit Monica. J'ai déjà fait emballer vos affaires.

— Tu ne viens pas avec nous ? je demande.

— Désolée. J'aurais tant voulu vous accompagner. Mais j'ai une réunion ce soir à laquelle je ne peux pas couper. Ne vous inquiétez pas, Klaus vous suivra pendant ce séjour. Avant de travailler au manoir, il a fait quelques étincelles sur les planches de Broadway. Vous ne trouverez personne de plus à même de vous faire visiter la ville !

Tout juste le temps de respirer et nous sommes de nouveau dans cette voiture qui quitte Salem à pleine vitesse. Au loin, le soleil achève sa course. Ses derniers rayons, teintés d'orangé et de pourpre, se perdent sur la cime des arbres. Le chauffeur coupe le moteur sur le tarmac.

L'avion décolle sur la nuit tombante à l'ouest du Massachusetts. Alors que le soleil disparaît à l'horizon, la lune pleine prend sa place dans le ciel.

***

Cette nuit-là, je fais un rêve étrange. Je suis dans la forêt profonde, courant à toute vitesse. Mes joues sont en feu et l'air brûle mes poumons. Quelque chose me talonne. J'ignore ce que c'est, mais ça me terrifie. Mes multiples chutes et les branches mesquines ont entaillé mes vêtements jusqu'à la chair. Je crois que je me suis tordu la cheville. La douleur est insupportable. Mais abandonner n'est pas une option. Si je m'arrête, je suis morte.

Une lueur d'espoir au loin. L'odeur du bois brûlé se répand dans la forêt. Il y a quelqu'un là-bas. Tout n'est pas perdu. Je double la cadence. J'y suis presque. Mes pieds s'enfoncent dans la terre molle qui cherche à ralentir ma course. Plus que quelques mètres.

Enfin, j'arrive. Les flammes vivaces encerclent la clairière.

Au centre, les rayons de la lune pleine se reflètent sur un pentacle de pierre. Une silhouette sombre dissimulée derrière un masque d'or et un capuchon couleur de nuit tient à bout de bras un oisillon éventré dont le sang tombe goutte à goutte sur le sol.

Des pas s'écrasent sur le tapis de feuilles. Je chute. La créature est derrière moi. L'odeur pestilentielle de ses mâchoires acérées inonde mes narines. Trop tard. Le grognement animal retentit tout contre mon oreille. Il me plaque à terre. Je roule pour essayer de me libérer. Mais il est trop fort. Ses griffes s'enfoncent dans mes bras. J'aperçois un museau étroit surmonté de deux pupilles jaunes. Et puis, les ténèbres.

7

— Tout le monde ne parle que de ça au lycée.

— Des filles du collège ont fait une collecte, renchérit Wyatt en avalant une bouchée de céréales. Pour aider la famille Queller.

Le café bouillant réchauffe mes paumes. Je ne parviens pas à quitter des yeux le portrait de Gemma Queller qui passe en boucle dans les médias. Cette fille avait 16 ans et des cheveux aussi bruns que les miens. Au-delà de notre ressemblance, ce sont les circonstances de sa mort qui me préoccupent. Elle a été mutilée par un animal, au beau milieu de la forêt la nuit de la pleine lune. Exactement comme dans mon rêve.

— Quelle charmante initiative, commente Monica qui pianote sur son téléphone d'une main tout en portant sa tasse à ses lèvres de l'autre.

— Nous devrions peut-être annuler la soirée, je murmure.

Monica laisse tomber son portable sur la table.

— Grand Dieu ! Quelle mouche t'a piquée ?

— Je trouve ça simplement déplacé, je réponds d'un haussement d'épaules maladroit. La famille Queller est en deuil. Nous devrions faire profil bas.

— Ma chérie.

Monica pose une main sur la mienne.

— Ton empathie est une vertu dont tu peux être fière. Mais si tu proposes encore une fois d'annuler une soirée à plusieurs dizaines de milliers de dollars, tu devras te trouver un nouveau toit, et accessoirement une autre famille.

Tout porte à croire qu'elle plaisante. Dans le doute, je préfère m'abstenir de commentaire.

— Très bien, je réponds en récupérant mes doigts. À ce propos, j'ai invité Penny à ta soirée.

Retournée à son téléphone, Monica avale une longue gorgée de son café et ajoute sans m'accorder un regard :

— Eh bien, si elle assiste sa mère en cuisine, je n'y vois aucun inconvénient.

— Tania n'a pas besoin d'aide. Penny restera avec moi.

— Dans ce cas, je me trouve dans l'obligation de te dire non.

Comment fait-elle pour tenir des propos aussi condescendants avec un tel sourire !

— Cette soirée n'est-elle pas censée se dérouler en notre honneur ? je rétorque sentant la colère me monter aux joues. Je devrais pouvoir inviter qui j'ai envie !

— Ma douce Serena, ne comprends-tu pas que tout ce que je fais n'est que dans ton intérêt ? Dans cette ville, les relations font le pouvoir. Il est temps pour toi, pour vous tous, les enfants, d'établir des liens solides avec les figures importantes de notre communauté.

— À quoi bon ? je m'exclame à bout de nerfs. Je ne compte pas faire de la politique !

Monica avale une nouvelle gorgée de café. Mes frères la dévisagent avec l'appréhension d'une gazelle s'attendant à tout moment à voir le lion rugir.

— Le West Side est un monde à part. Bien plus que tu ne saurais l'imaginer. Un jour, tu me remercieras. La discussion est close.

Je n'en reviens pas de ce qu'elle fait ! Comment peut-elle se comporter d'une façon aussi superficielle et mesquine sans une once de remords !

— Dis Monica, les attaques de bêtes sauvages, ça arrive souvent dans le coin ?

La détermination de Jon à apaiser les tensions est admirable. Je récupère mon mug et bois le fond de mon café d'une traite. À la télé, les titres ont changé. Le visage de Gemma Queller a laissé place à un bulletin météo. Le présentateur annonce un ciel nuageux sur Salem pour les prochains jours. Des orages sont prévus dans la matinée. Comme s'il en avait déjà été autrement.

Je rumine ces mots que je n'ai pas dits. J'aurais dû répondre que si Penny ne venait pas, alors moi non plus. Et que ce n'était pas dans une fête guindée que je risquais de me faire des amis. Ça, au moins, ça aurait eu le don de clouer le bec de Monica. Mais il est trop tard. J'ai laissé passer ma chance. Je me contente de fulminer en ravalant ma colère.

— Grand Dieu non ! répond ma tante. La ville est très attentive en ce qui concerne les animaux dangereux. Nous mettons tout en œuvre pour que ce genre de choses ne se produise pas. Hélas, la nature est impétueuse et caractérielle.

Un bruit sourd me fait sortir brusquement de ma torpeur. Le micro-ondes. On dirait des flammes à l'intérieur. La porte est arrachée, le toit dévissé. Il a littéralement implosé.

Mes frères échangent un regard étonné.

— Je vous jure que ce n'est pas moi ! s'exclame le plus jeune.

— Ce n'est rien, murmure Monica. Un simple court-circuit sans doute. Il était vieux de toute façon. Je vais m'occuper d'en racheter un autre.

Ce à quoi elle ajoute, après un coup d'œil à sa montre :

— Le chauffeur vous attend. Ne vous mettez pas en retard.

Je récupère mon sac et quitte la cuisine. Sur le pas de la porte, je tombe, dans le reflet du verre, sur le regard de Monica, tournée vers moi, déconcertée.

***

Les premiers cours de la matinée se déroulent sans accroc. Ou presque. J'ai toujours été bonne élève. À San Diego, j'étais parmi les têtes de classe. Ici, c'est une autre affaire. Le niveau est très élevé. Maintenir le cap me demande des efforts colossaux. Et encore, je dépasse de peu la moyenne.

C'est en mathématiques que je rencontre les plus grandes difficultés. Maman disait que j'étais un esprit libre, voguant dans les nuages de mes pensées comme je le faisais sur les vagues. Une façon charmante d'expliquer ma préférence pour les lettres au détriment des sciences. Elle n'est plus là à présent pour mettre de si jolis mots sur mes problèmes.

Elle me manque tellement.

— Serena !

À ma gauche, Penny me dévisage, intriguée. Une gravure sinistre occupe le tableau. Plusieurs personnes portant l'habit des puritains du XVIIe siècle y sont représentées. Parmi eux, une femme ligotée à un pilier est dévorée par les flammes.

Le cours de maths est terminé depuis longtemps ?

— Mademoiselle Parris, lance monsieur Debussy en faisant jouer la craie entre ses doigts.

Je me redresse sur ma chaise.

— Votre famille a tenu un rôle crucial dans ce tragique épisode de l'histoire de l'Amérique, poursuit l'enseignant. À ce titre, vous me semblez dans cette classe la plus à même de résumer ces faits.

D'un signe de main, le professeur intime aux camarades qui chuchotent avec médisance de cesser. Tous se tournent vers moi.

— Allez-y, mademoiselle Parris.

Je connais cette histoire par cœur. Tant et si bien que je pourrais la conter sans fin. Du moins, je le pouvais, à San Diego, où cela n'était rien de plus qu'une vieille affaire de famille. Ici, la ville semble avoir fixé son attention sur les Parris depuis des générations. C'est presque du voyeurisme.

J'entrevois les raisons qui ont poussé mes parents à fuir dès qu'ils en ont eu la possibilité.

— Mademoiselle, nous commençons à nous impatienter.

— 1691. C'est en 1691 que tout a débuté. Un groupe d'étrangers s'est installé à Danvers, appelé à cette époque

Salem Village. Peu après leur arrivée, des faits inexpliqués se sont produits. Trois jeunes filles du village, descendantes des premiers colons de Salem, ont surpris dans la forêt des rituels étranges, supposément voués à glorifier Satan.

— Comment se nommaient ces enfants ?
— Abigail Williams, Ann Putnam et… Elizabeth Parris.

Je tâche de faire abstraction des regards inquisiteurs qui ne me quittent plus.

— Peu de temps après ça, Elizabeth Parris et Abigail Williams ont été sujettes à des hallucinations et à des comportements étranges. D'autres adolescentes du village montrèrent les mêmes troubles. Elizabeth Hubbard, Mercy Lewis, Mary Walcott, Sarah Churchill, Mercy Short et Mary Booth. Le conseil puritain de Salem, mené par le révérend Samuel Parris, somma les jeunes filles de nommer ceux qui les avaient maudites. Plusieurs procès eurent lieu à mesure que les enfants émettaient de nouvelles accusations. Cependant, pour chacun des prévenus, la sentence fut la même.

Malgré moi, mes lèvres se pincent.

— Pouvez-vous nous dire laquelle, mademoiselle Parris ?
— La mort.

Difficile d'expliquer ce sourire satisfait qui étire les lèvres de monsieur Debussy. Sans doute tout autant que de trouver de bonnes raisons de faire pendre des êtres humains pour une prétendue pratique de la sorcellerie. La sonnerie retentit, mettant fin à mon calvaire. Le professeur clôture la séance sur des mots que je n'écoute plus. Je ne demande pas mon reste et quitte aussitôt la classe, Penny sur les talons.

— Monsieur Debussy adore frapper là où ça fait mal, soupire Penny. J'ai déjà déposé plusieurs plaintes à l'administration mais le proviseur Wellberg ne veut rien entendre. Enfin, toi tu as échappé au récit sur la crise économique et la généalogie de la servitude.

Penny se hâte de changer de sujet en parlant du cours de maths de ce matin, dont je n'ai qu'un très vague souvenir. Nous rangeons nos affaires dans nos casiers respectifs et déambulons côte à côte, frôlant les étudiants affamés courant en tous sens.

St George, à l'heure du déjeuner, est une véritable fourmilière. Surtout les jours orageux, comme celui-ci, où les élèves se rassemblent dans les couloirs pour dévorer leurs sandwichs. Le bureau des étudiants est pris d'assaut. On peut à peine entrer dans la pièce.

Les Thunderwolfs y font leur show. Le ballon virevolte entre les garçons sous les applaudissements de l'audience. Redwood, assis dans un fauteuil de cuir, semble loin de cette agitation. Plongé dans un livre, il dresse tout juste le menton lorsque la balle frôle sa tête. Je crois qu'il m'a vue.

— Je meurs de faim ! s'exclame Penny.

Les gargouillis de mon ventre répondent à ma place.

— Tu as commencé un régime ? s'enquiert mon amie.

— Je n'ai pas pensé à déjeuner ce matin.

— Jamais je ne pourrais oublier de manger !

Nous prenons le chemin du restaurant. La queue s'étend jusqu'à l'aile de l'administration.

— J'avais la tête ailleurs.

— Ailleurs comme sur les muscles de Jullian Redwood ?

Je souris. Si seulement.

— J'ai fait un rêve étrange. Plutôt un cauchemar. J'étais dans une forêt la nuit de la pleine lune et un animal me poursuivait.

— C'est ce qui arrive quand on regarde des films d'horreur avant d'aller se coucher.

— J'avais réellement l'impression que cette bête était à côté de moi. Et ce n'est pas le plus bizarre ! Une sorte de cérémonie occulte se tenait dans une clairière en feu. Quelqu'un portait un masque doré et...

À prononcer ces mots, je suis parcourue d'un frisson.

— Tu crois que ça pourrait avoir un rapport avec Gemma Queller ?

— Gemma Queller ? répète mon amie.

— La fille qu'ils ont retrouvée morte la nuit de la pleine

lune. D'après la police, c'est un animal sauvage qui l'a attaquée. Et si c'était justement la bête dont j'ai rêvé ?

Penny rit. Je ne vois pas ce qui est drôle.

— Tu dois vraiment avoir faim pour dérailler autant.

— Je suis très sérieuse.

— D'accord. Mais afin d'étayer ta réflexion, laisse-moi te présenter les choses autrement.

Elle s'éclaircit la gorge.

— Tu as fait un rêve étrange. Le lendemain, tu as entendu parler d'une affaire ressemblant de loin à ton cauchemar. Puisque c'est bien ce dont il est question... quelques similitudes. Après tout, tu n'es pas la première à rêver d'une attaque d'animal en pleine forêt. Compte tenu du timing, ta conscience s'est empressée de trouver des passerelles avec des évènements réels. Mais si tu veux mon avis, Serena, ce n'est rien de plus que ce que le commun des mortels appelle une coïncidence. Comme cette affaire autour des Simpson, tu sais, avec Lady Gaga au Super Bowl, Trump à la présidence.

Mais c'était si vraisemblable ! Depuis que j'ai appris pour cette fille que la police a retrouvée dans la forêt, justement la nuit de la pleine lune, je n'arrête pas d'y penser.

— Quant à cette adolescente, c'est malheureux à dire, mais elle s'est simplement trouvée au mauvais endroit au mauvais moment. C'est le genre de choses qui arrivent lorsque l'on vit si près de la forêt. Tu ne devrais plus t'en faire.

J'ai beau me répéter que Penny a raison, je ne parviens pas à apaiser ces frissons qui parcourent ma peau à toute allure.

La jeune fille sort son portable et commence à pianoter. La queue devant nous n'avance pas. À ce rythme, j'ai bien peur de devoir sauter un repas de plus aujourd'hui.

***

Les souvenirs de mon cauchemar continuent de me hanter jusqu'à la fin de la journée. Je me tourne et me retourne dans mon lit sans parvenir à me détacher de ces images trop vivaces.

Je ressens encore la peur qui m'étreint, la chaleur des flammes et l'haleine pestilentielle de cette créature partout autour de moi.

Impossible de fermer l'œil.

Suis-je en train de devenir folle ou ai-je réellement vécu cette nuit-là l'agonie de Gemma Queller ?

Je presse le coussin autour de mes oreilles pour étouffer le bourdonnement de mes songes. Arrêter de penser à cette histoire. Je crispe mes paupières. Me revoilà dans cette forêt, courant à en perdre haleine.

Je deviens folle. C'est la seule explication qui me paraisse plausible. L'unique raison qui expliquerait que ma conscience s'accroche aussi fermement à ces images.

Je deviens folle. C'était prévisible. Je suis une Parris. Je dois bien avoir dans le sang un peu de ce qui a conduit la petite Elizabeth Parris à s'imaginer que des paysans jouaient les sorciers sataniques dans la forêt. Et un peu aussi de ce qui a poussé Samuel Parris à faire exécuter des jeunes femmes sans défense. À bien y réfléchir, c'est même étonnant que je n'aie pas déraillé plus tôt.

Je deviens folle. Pourtant, je suis persuadée du contraire. Je n'ai qu'un moyen de le savoir.

Je sors de mon lit. Par-dessus mon pyjama, j'enfile une veste en jean et une paire de bottes en caoutchouc. J'attache mes cheveux en une queue haute et empoigne ma besace. Mon réveil affiche 2 h 38.

Pas un bruit dans les couloirs. Je perçois de loin le tic-tac de la pendule à quartz du salon. Et le silence. La maisonnée est endormie. Mes pieds effleurent les planches de l'escalier. Je récupère dans l'entrée une lampe de poche.

J'ai besoin de quelque chose pour me défendre. Si un animal sauvage rôde dans ces bois, je ne compte pas finir en chair à pâté. Des outils sont accrochés aux murs. Je m'imagine mal défiant un grizzly avec un tournevis. Je dois trouver quelque chose de plus efficace. J'ignore si Monica a un revolver. Je serais de toute façon incapable de m'en servir.

Un bruit retentit là-haut. Jon a dû se lever pour venir boire un verre de lait. C'est une habitude qu'il a depuis toujours. Personne ne sait pourquoi et à vrai dire il n'a jamais voulu l'expliquer. Ce n'est sûrement pas le moment de lui demander. J'attrape un marteau et quitte la maison.

Le parc baigne dans la pénombre. Du perron de Wailing Hill, je ne distingue qu'un voile noir qui s'étend à l'infini. Je longe la bâtisse dans l'obscurité. Ce n'est qu'une fois arrivée à la lisière de la forêt et certaine de ne pouvoir être repérée que j'allume ma lampe de poche.

J'ignore par où commencer. Ce bois est immense. Je ne sais même pas où le corps de Gemma a été retrouvé. Le mieux que je puisse faire est de suivre mon instinct. Après tout, c'est lui qui m'a sortie de mon lit.

Je m'enfonce dans les ténèbres. Les sapins gigantesques forment au-dessus de ma tête un dôme si épais que les rayons de la lune ne peuvent s'y faufiler. Mes bottes s'écrasent sur les feuilles mortes qui tapissent le sol. J'entends non loin le hululement d'une chouette. Je décide de prendre la pente ascendante. Dans mon souvenir, je – Gemma ? – courais vers l'amont.

Des petits animaux détalent sur mon passage. Sans doute des mulots ou des écureuils.

Après un moment à marcher dans la pénombre, mes yeux se sont acclimatés à l'obscurité. Je ne vois pourtant rien qui pourrait me permettre de remonter jusqu'à cette clairière. Et si c'était Penny qui avait raison, si ce n'était rien de plus qu'un banal cauchemar ?

Mieux vaut que je fasse demi-tour. À trop m'enfoncer dans cette forêt, je risque de me perdre. J'ignore ce que je suis venue chercher ici. Si j'avais trouvé cette clairière, qu'aurais-je fait ? Qu'est-ce que cela aurait pu signifier ? Quelque chose me dit que dans une ville comme Salem avec un lourd passé dans la chasse aux sorcières, un rêve prémonitoire n'aurait pas été de bon augure.

Le chemin que j'emprunte est très abrupt. Mes bottes glissent sur la pente. Je me rattrape aux branches des arbres comme je le peux. Mais mon poids joue en ma défaveur. Avant que je n'aie pu m'en rendre compte, je me trouve à la limite d'une falaise. J'agrippe un tronc de toutes mes forces.

Mon cœur bat à tout rompre. Mes mains sont moites. Je réussis à me stabiliser. Je passe d'arbre en arbre pour contourner la falaise. Mes péripéties ont eu raison de ma lampe de poche, que mes doigts malhabiles n'ont pu retenir. Elle tombe dans le néant.

Il est vraiment temps pour moi de rentrer.

J'arrive, je ne sais comment, sur un chemin plus accessible. Je ne suis pas bien certaine que ce soit celui que j'ai pris en venant. Mais qu'importe. Une fois parvenue en bas de cette colline, je me repérerai plus facilement. Enfin, j'espère.

Le passage se fait de plus en plus exigu. Une arche de branches m'oblige à m'accroupir. Mon pyjama se coince dans un bout de bois. Je tente de me défaire. Dans cette pénombre et sans lampe de poche, la tâche n'est pas simple.

Tandis que j'essaie de m'extraire, je remarque un morceau de tissu sur une branche. On dirait du jean. Ou peut-être du coton. Ce n'est pas à moi, c'est certain. Mon pyjama est ivoire. Et cette pièce-là a une teinte beaucoup trop foncée.

Ce morceau de vêtement pourrait-il avoir appartenu à Gemma ?

Je remonte la pente en moins de deux, accélérant l'allure alors que j'approche du sommet. Je trouve un deuxième bout de tissu cent mètres plus loin. Et là, dans la boue, ce sont des traces de chaussures. Je sens l'adrénaline monter à mesure que je tombe sur de nouveaux indices. Mon cœur bat à tout rompre.

Je m'arrête net à l'entrée d'une clairière. Les rayons de lune se reflètent sur l'herbe humide. Les arbres, tels les gardiens de cet écrin, forment autour un cercle parfait.

C'est ici ! C'est l'endroit que j'ai vu dans mon rêve ! Je reconnais cette pierre, cette stèle au milieu. Je me précipite vers elle. Quelques traces marron tachent le granit. Est-ce le sang de cet oisillon ?

Un bruissement émane de la forêt. Sûrement un autre mulot que j'ai fait fuir.

Les images de mon cauchemar reviennent. L'herbe est aplatie là-bas. Je me rapproche. Des traces de sang couvrent le tapis de feuilles. C'est ici que Gemma a été tuée. Mon cœur bat de plus en plus vite. Je ne sais si c'est cet endroit qui me fiche la trouille ou ce que je viens de découvrir. Ce n'était pas un cauchemar. Tout ce que j'ai vu s'est bel et bien passé. Un nouveau bruit. La forêt grouille d'écureuils.

Les traces dans la terre sont les derniers témoins de la lutte acharnée de Gemma pour sa survie. Certaines sont si profondes. On dirait celles d'une lame tranchante. Une minute. Elles vont par quatre, comme des griffes. Une empreinte immense, non loin, dissipe les doutes. C'est bel et bien une patte, celle de l'animal qui a tué Gemma. Et à en croire la taille de ses pas, il est gigantesque.

Quelque chose craque. Je bondis. Et si ce n'étaient pas les écureuils ? Si c'était cette bête immense qui rôdait ?

Le cœur au bord des lèvres, je tire mon marteau de ma besace. Je me précipite vers la clairière. S'il veut m'attaquer, il devra d'abord se montrer.

Le bruit se rapproche.

Est-ce que j'envisage sérieusement de me battre contre un loup avec un marteau ? Je ferais mieux de courir tant que je le peux encore. Enfin, c'est l'option que Gemma a prise, et on ne peut pas dire que ça lui ait réussi. Je dois appeler Monica.

Mes mains tremblantes font tomber ma pitoyable arme. Je fouille ma besace en toute hâte. Sans rien trouver. Merde ! J'ai oublié mon portable sur ma table de chevet !

Le bruit est tout proche. Je ramasse mon marteau. Je ne compte pas laisser gagner l'animal. S'il veut me tuer, il devra d'abord me mettre hors d'état de nuire. Je rassemble tout mon courage.

Bon sang, pourquoi suis-je venue dans la forêt au beau milieu de la nuit ? Sur les traces d'une bête féroce qui plus est. Comme si j'imaginais que ma bonne étoile allait me protéger des prédateurs. Au moins, si je dois mourir ce soir, je saurai que j'avais raison et que ce n'était pas un simple cauchemar.

Il est là. J'entends ses pas s'écraser sur les feuilles séchées.

— Serena ?

Une tête brune émerge de la pénombre. Les rayons de lune dessinent des raies d'or dans ses mèches de cuivre. Ses yeux émeraude ne me quittent plus.

Redwood.

— Je savais que c'était toi.

Ma garde tombe. D'étonnement, je reste bouche bée, les bras ballants.

— Enfin pourquoi tu... Qu'est-ce que... qu'est-ce que tu fais là ?

— Je peux te retourner la question.

Son tee-shirt est dégoulinant de sueur. Un air de rock s'échappe du casque autour de son cou. Il a la panoplie du joggeur. À ceci près que nous sommes au beau milieu de la nuit en plein cœur d'une forêt et qu'il n'a pas même une lampe frontale pour l'éclairer.

— Est-ce que tu me suivais ?

— Ça ne t'a pas effleuré l'esprit que tu n'es peut-être pas le centre du monde, Serena.

— Tu es au beau milieu de la forêt à 2 heures du matin !

— 3 heures, rectifie-t-il. Et je ne savais pas que j'avais des comptes à te rendre.

Ce garçon a l'art et la manière de se faire apprécier.

— Et toi ? demande-t-il. Tu t'entraînes à la menuiserie ?

Il pointe le marteau entre mes doigts. Confuse, je rentre l'objet en toute hâte dans mon sac. À bien y réfléchir, je suis de nous deux celle dont la présence dans cette clairière est la plus suspecte. Je porte encore mon pyjama et je me promène un outil à la main.

Même si Jullian m'a jusqu'ici paru être un garçon différent de tous ces spécimens de superficialité du West Side, et même si son charme ne me laisse pas de marbre, je ne le connais pas encore assez pour savoir si oui ou non je peux lui faire confiance.

— Tu as raison. Rien ne nous oblige à tout nous raconter. Nous sommes chacun venus ici pour quelque chose ! Si tu as envie de faire un jogging au beau milieu de la nuit, c'est ton affaire. Moi, je rentre me coucher.

Je fais quelques pas. Mes mains encore moites me convainquent de rebrousser chemin.

— Cet endroit n'est pas très sûr. Tu ne dev... Si je peux te raccompagner ? demande Redwood. Je devrais pouvoir dévier mon parcours d'un ou deux kilomètres. Et puis, je ne vais pas te laisser te promener en pleine forêt avec un marteau.

Durant le trajet qui nous ramène au manoir, ni lui ni moi ne prononçons le moindre mot. La situation est bien trop étrange. Il a depuis longtemps coupé la musique de ses écouteurs, si bien qu'on n'entend plus que les bruits du bois endormi que hachurent nos pas.

Jullian m'escorte jusque sur le perron.

— Merci. Passé la lisière de la forêt, j'étais tout à fait capable de me débrouiller.

— Je t'ai déjà vue te perdre dans le réfectoire. Je préfère prendre mes précautions.

Je ris nerveusement. L'idée qu'il ait pu m'observer sans que je ne m'en rende compte me fait monter le rouge aux joues.

Redwood replace son casque sur ses oreilles. Il disparaît dans la nuit comme il en a surgi. Je m'assois sur les marches et le regarde s'éloigner vers la ville.

Avec cette fin chaotique, j'en suis presque arrivée à oublier mon expédition. J'ai réussi. J'ai trouvé cette clairière. J'ai la preuve que tout est réel. Tout était exactement comme dans mon rêve. Je devrais être satisfaite. Mais alors pourquoi mon cœur bat-il si vite ? Pourquoi mon esprit est-il si vaporeux ?

Un mystère résolu en a dévoilé un autre. Qu'est-il en train de m'arriver ?

8

Les faisceaux de lumière se reflètent sur les strass de ma robe couleur de nuit. J'en oublie un instant le corsage trop serré qui oppresse ma poitrine et les manches tombant sur mes épaules qui me donnent la sensation d'être à demi nue. Mes yeux se perdent dans les jeux de tulle, mêlant le bleu et l'argent. Jamais je n'aurais pensé un jour porter un vêtement d'une telle élégance.

— Elle te va si bien, murmure Tania en achevant de remonter la fermeture.

Je n'ai jamais été le genre de fille à passer des heures devant un miroir. Même aujourd'hui, et alors que je me contrains aux lois de l'esthétisme de St George, je ne consacre qu'une poignée de minutes à mon reflet le matin. Tout juste le temps de dessiner un trait d'eye-liner et de mettre les boucles d'oreilles et le serre-tête de maman. Ce soir cependant, je ne parviens à détacher mon regard de la psyché, et de cette jeune femme en robe de bal qui semble à la fois si déterminée et tellement fragile.

— Serena, ma douce, te voilà.

Monica s'est surpassée dans l'élégance. Elle a noué ses cheveux sombres en un chignon et choisi pour l'occasion un drapé rouge, sa couleur fétiche, qui sculpte ses hanches et met en avant sa poitrine.

— Laissez-nous, lance-t-elle traversant ma chambre.

Dans l'instant, Tania disparaît. J'aurais voulu qu'elle reste ici avec moi. Que le temps s'arrête et ne reprenne son cours que demain matin, lorsque cette maudite soirée sera loin derrière moi.

— Cette robe te va à ravir. Mais tu l'auras enfilée pour rien si personne ne la voit. Nous devons descendre à présent, Serena.

Monica saisit mon bras. Sur le pas de ma chambre, je murmure.

— Merci d'avoir changé d'avis à propos de Penny.

Ma tante s'arrête. Elle passe ses mains dans mes cheveux pour replacer une mèche égarée sur ma nuque.

— Disons que tu as fait des efforts pour te conformer à ce que je t'ai demandé. Et j'estime correct d'en faire autant en retour.

Ses doigts habiles réajustent ma coiffure.

— Et puis, elle ne sera pas de trop pour débarrasser les tables si Klaus et Betsy sont débordés.

Elle n'est pas croyable !

— Parfaite ! sourit-elle. Ils vont tous t'adorer !

Nous reprenons le chemin des escaliers.

— Suis-je réellement obligée de parler avec tous ces gens que je ne connais pas ? Jon serait ravi de les accueillir à ma place. Il est de loin le plus sociable des Parris.

Ma tante lève les yeux au ciel.

— Tu ressembles tant à ta mère. Aussi belle, et aussi entêtée.

Mon cœur bat à tout rompre. Je prie pour que rien ne trahisse l'angoisse qui me gagne, comme ce secret dont je ne sais que faire. Monica s'apprête à m'introduire auprès de la société puritaine de Salem, celle-là même qui a conduit à la potence ces malheureuses en 1692. Que feraient-ils de moi s'ils découvraient que je fais des rêves prémonitoires ?

Mieux vaut ne pas y penser. Je dois me comporter comme en n'importe quelle autre circonstance. C'est ma seule chance de garder mon secret.

***

La foule est si dense. Tant de visages inconnus que leurs tenues fastueuses ne rendent pas plus chaleureux. La mélodie de l'orchestre parcourt le manoir de pièce en pièce. Les serveurs baladent des verres en cristal remplis d'alcool et des amuse-gueules aux formes hétéroclites sur des plateaux d'argent. Les voix fortes se mêlent aux éclats de rire.

Je panique.

Fermement cramponnée à la rambarde de l'escalier, je descends les dernières marches qui me conduisent vers ce que je ne peux plus fuir. Mes chaussures à talons hauts me font un mal de chien. Je ne suis pas habituée à graviter à une telle hauteur. Quelle allure dois-je avoir dans cette splendide robe, incapable de faire trois pas sans me tordre la cheville ?

— Serena !

Je n'avais jamais vu Penny aussi apprêtée. Elle est maquillée, les cheveux tressés et enroulée dans une robe couleur émeraude qui met en valeur la blancheur de sa peau. Elle est beaucoup plus à l'aise que moi sur ses escarpins.

— Serena, répète mon amie en saisissant mes deux mains. Cette fête est géniale ! Il y a un quatuor à cordes dans le salon et une contorsionniste qui voltige au plafond. J'ai bu une coupe de champagne, tu te rends compte, alors que je n'ai que 16 ans ! C'est extra !

Prise par son euphorie, la jeune fille saisit mon bras.

— Tu dois voir ça ! lance-t-elle dans un élan d'enthousiasme.

Malgré mes premières réticences, me voilà au milieu des invités. Je reconnais des visages familiers ; des élèves de St George ayant accompagné leurs parents et de rares enseignants.

— Tu as aperçu mes frères ?

Penny répond par la négative. Nous partageons une coupe de champagne en admirant la contorsionniste.

— En revanche, et ça ne va pas te plaire, j'ai vu Veronica. Sa robe est sublime, c'est atroce !

Penny a l'art et la manière de se plaindre.

— Une chance que des personnes plus intéressantes soient

présentes à cette soirée, reprend Penny. Tiens, en voilà un d'ailleurs.

Suivant le regard de mon amie, j'aperçois le sujet de son attention. Jullian.

Il a troqué son uniforme de lycéen pour le costume trois-pièces d'un homme. Une tenue qui le met en valeur, faisant ressortir les nuances cuivrées de ses cheveux et le teint délicatement hâlé de sa peau.

Je crois qu'il m'a vue. Non, j'en suis certaine. Il avale d'une traite le fond de son verre, qu'il dépose aussitôt sur le plateau d'un serveur. S'excusant auprès de ceux qui l'entourent, il se dirige vers moi.

Je frissonne. Nous ne nous sommes plus parlé depuis cette nuit dans la forêt. J'espère de tout cœur qu'il ne compte pas mettre le sujet sur le tapis. Il pourrait bien réduire à néant mes efforts.

— Serena, te voilà ! s'exclame Monica. Je te lâche cinq minutes et je te retrouve de l'autre côté du manoir !

Sauvée par ma tante ! Sortant de nulle part, elle attrape mon bras et m'entraîne avec elle. Je m'excuse auprès de Penny.

— J'ai tant de personnes à te présenter !

Jullian, arrêté dans son élan, me suit du regard.

— Voici Tom Wilkerson, s'exclame Monica. Notre maire.

Je serre la main qui m'est tendue, observant avec méfiance cet homme gigantesque qui se tient devant moi. Il a les cheveux d'un brun plus sombre encore que les miens et des bras si massifs qu'il pourrait me balayer d'un revers.

— Je suis ravi de faire ta connaissance Serena. Monica m'a tant parlé de toi. Je crois que tu as déjà rencontré ma fille, Veronica.

Je retiens ma respiration. La voilà, le clou de cette soirée infernale, aussi élégante qu'agaçante dans sa robe brune. Je voudrais lui faire avaler son sourire et ses dents une à une.

— Comment vas-tu ce soir, Serena ? s'exclame la blonde. Tu es magnifique dans cette robe, belle à croquer.

Je manque de m'étouffer. Monica fourre dans ma main

une coupe de champagne dont je bois plusieurs gorgées pour retrouver mes esprits. Un instant encore, monsieur Wilkerson me fait part de sa joie de savoir les Parris de retour à Danvers. Je me contente d'acquiescer. Puis il s'en va. Mais Monica se cramponne fermement à mon bras et me tire vers une autre partie de la réception. Tant que je la suivrai, je parviendrai à fuir Jullian. Nous doublons mes camarades de classe et leurs parents, aussi extravagants que la haute société puritaine peut le concevoir.

— Jeremiah ! appelle-t-elle.

L'un des convives se retourne. L'homme, entre deux âges, a des cheveux auburn tombant sur ses oreilles et une paire de lunettes rondes sur le bout du nez. Son visage très rond est bordé d'un large sourire. Il m'observe avec l'exaltation d'un enfant qui trouve ses jouets au matin de Noël.

— Bon sang, s'exclame-t-il. On croirait voir Rosalie !

Il saisit mes épaules et me détaille de la tête aux pieds. Lorsqu'il me lâche, je respire à nouveau.

— La dernière fois que je t'ai vue, tu ne marchais pas encore. Et te voilà devenue une charmante jeune femme. Le portrait craché de la douce Rosalie !

J'aimerais pouvoir accepter ce compliment. Ma mère est une femme magnifique et lui ressembler est un privilège dont je devrais me réjouir. Pourtant, à chaque fois que cet inconnu prononce son prénom, j'ai l'impression qu'on enfonce une lame dans ma poitrine.

— Tu ne dois pas te souvenir de moi, continue-t-il. Jeremiah Hubbard. J'étais un grand ami de tes parents. Je suis si heureux de faire enfin ta connaissance. Voici ma fille. Zahra. Je ne crois pas que vous vous soyez déjà rencontrées.

Fendant la foule à l'appel de son nom, une élégante jeune femme en robe jaune s'approche tout sourire. Je reconnais ses cheveux auburn et son parfum de mirabelle. C'était elle, derrière ce masque blanc, le soir du bal.

— Bloody Mary ? rit la jeune fille.

— Je ne suis pas près de l'oublier celui-là, je réponds avec une grimace que j'espérais pourtant être un sourire.

— Tu as fait des étincelles à ce bal, réplique Zahra d'un clin d'œil. C'était une belle entrée en matière.

— Nos familles sont amies depuis toujours, reprend monsieur Hubbard. Je suis ravi de voir que nos enfants font perdurer ce lien.

Je ne saurais décrire quel sentiment curieux me parcourt. Le regard de monsieur Hubbard a quelque chose d'étrange. Comme une lueur énigmatique que je ne parviens pas à cerner.

— Zahra est présidente du conseil des élèves de St George, se hâte d'ajouter Monica, coupant court à cet instant de flottement. Elle est aussi à la tête du comité des fêtes et capitaine de l'équipe de natation. Tu as bien dit que tu souhaitais passer les sélections ? Je suis certaine qu'elle pourrait te donner des conseils !

— Ce sera avec plaisir, répond l'intéressée. Tu n'as qu'à me faire signe si tu veux aller boire un verre un soir. Je te raconterai tout ce que tu désires savoir sur St George. Et plus encore.

Empoignant une flûte de cristal sur un plateau d'argent. Zahra repart comme elle est arrivée. Enfin une qui ne s'embarrasse pas des convenances d'usage. C'est étonnamment salvateur.

Mon tour des invités ne fait que commencer. Monica me traîne d'un bout à l'autre de la réception. M'introduisant auprès des grandes familles de la ville présentes ce soir. C'est de moins en moins marrant. Parmi eux, je rencontre les Redwood. Des gens d'apparence plutôt rigide, qui, malgré leur élégance, ne donnent guère envie de tenir une conversation. Rien à voir avec le tempérament fougueux de leur fils. Qui d'ailleurs demeure absent du paysage, à mon grand soulagement.

Penny converse avec des camarades du lycée. Je crois que ce sont les membres de l'équipe du journal. Jon et Wyatt, quant à eux, passent de poignée de main en poignée de main. Mes frères, à l'évidence bien plus doués que moi pour les mondanités, saluent les invités en parfaits maîtres de maison.

— Remus ! hèle ma tante.

J'avale ma salive. Encore un. Quand cela va-t-il enfin s'arrêter ?

L'homme qui se retourne doit avoir l'âge de mon père. Il a les mêmes épaules larges et un costume seyant parfaitement au corps. C'est là que la ressemblance entre les deux prend fin. Ledit Remus a les cheveux d'un châtain très clair brossés en arrière, des yeux gris perle et des lèvres charnues sur une mâchoire anguleuse. Un jeune homme en tout point identique se tient à côté de lui. Celui-ci doit avoir à peine 16 ans.

— Serena, je te présente Remus Walcott. Et voici son fils Alec.

Lorsque je réalise ce que manigance Monica, il est déjà trop tard. Elle quitte mon bras pour celui du père, me poussant vers le garçon en lançant.

— J'ai des choses à voir avec monsieur Walcott. Je te laisse faire connaissance avec Alec. Vous avez de nombreux points communs. Je suis sûre que vous allez vous entendre à merveille.

Ainsi, elle disparaît. M'abandonnant seule face à ce jeune homme à la plastique parfaite dont les prunelles, attendries, ne me quittent plus.

— Alec, c'est ça ? Je m'appelle Serena.

— Oui, sourit-il. Je sais.

Encore un qui a voué une admiration à l'œuvre de mes ancêtres. Les pro-Parris ont de beaux jours devant eux à ce que je vois.

Le jeune homme rit. Qu'est-ce qui l'amuse ?

— Ça ne doit pas être facile d'arriver dans une nouvelle ville et de trouver sa place quand tout le monde sait déjà tout de toi.

— Le plus dur, dis-je, c'est justement que les gens s'arrêtent à ce qu'ils croient connaître alors que je n'ai rien de celle qu'ils s'imaginent.

Pour toute réponse, Alec m'observe d'un air pensif. Ses mains se croisent dans son dos. Les regards de mes camarades sont dirigés vers nous. Alec ne semble pas y être sensible.

— Je suis désolé, reprend-il. Pour tout ça.

— Tout ça quoi ?

D'un signe de tête, il indique Monica et l'homme à son bras nous jetant des regards en coin.

— Mon père désespère de me savoir célibataire. Et ta tante... Enfin, c'est ta tante.

— Tu n'as que 16 ans, je réponds. Il peut attendre encore avant de te marier, non ?

— 17, pour être exact. À cet âge, nos pères fondateurs bâtissaient des dynasties.

— Et on coupait les mains des voleurs ! je m'exclame. Les choses ont changé depuis.

Il rit.

— On voit que tu n'as pas grandi dans le Massachusetts.

Un peu moins de cynisme lui donnerait meilleure mine. Mais Alec Walcott est un garçon bien plus sympa que je ne l'avais imaginé.

— Si l'on veut être tranquilles, chuchote-t-il, nous devrions leur offrir un os à ronger.

— À quoi tu penses ?

Alec dresse son bras vers moi, lançant d'un sourire satisfait :

— Mademoiselle Parris, puis-je vous proposer un verre ?

9

— Mes chers amis...

Se tenant sur les marches de l'escalier, Monica, une coupe de champagne à la main, a capté l'attention générale. Les discussions cessent. Les convives, rassemblés dans le hall, ne quittent plus leur hôtesse des yeux.

— C'est au nom des Parris, et de celui du conseil de Salem, que j'ai le plaisir de vous accueillir ce soir dans cette demeure qui...

— Le conseil ? je chuchote.

Alec acquiesce.

— Qu'est-ce que c'est ?

— Une assemblée formée des descendants des pères fondateurs de la ville.

— Des puritains ?

— On peut dire ça, oui.

Ce conseil, c'est eux que je dois éviter à tout prix. S'ils découvrent que j'ai rêvé de la mort de Gemma Queller, je ne donne pas cher de ma peau. Dorénavant, je ne dois plus penser à cette affaire. Je dois redoubler d'efforts pour ne pas faire de vague, oublier toute cette histoire et tout se passera bien.

Un tonnerre d'applaudissements me fait sursauter. Quoi que Monica ait pu dire, cela a mis l'assemblée en émoi.

Si Alec dit vrai, la plupart des convives sont membres de ce conseil. À commencer par le père du garçon. Les Walcott faisaient partie des premières familles à s'implanter dans la ville. Tout comme les Hubbard, les Booth, les Lewis et surtout... les Parris.

Je sens mon cœur accélérer sa cadence. J'ai le sentiment d'être cernée. Je dois me reprendre. Je ne peux pas me permettre d'attirer l'attention de ces personnes.

Je trouve dans le fond de la salle Redwood conversant avec Penny. Je dois lui parler. Il ne doit raconter à personne notre rencontre dans la forêt. J'espère qu'il acceptera de me rendre ce service sans poser de question. Et surtout, qu'il ne me trahira pas.

— Jonathan Parris et Zahra Hubbard !

Pourquoi Monica, perchée sur ces escaliers, les appelle-t-elle ? Et pourquoi les convives applaudissent-ils ?

— Alec Walcott et Serena Parris !

Nouveau lot d'acclamations. La main du jeune homme attrape la mienne. Il me tire derrière lui, fendant la foule. Je crois que je commence à comprendre. Sur la piste de danse, mon frère aîné passe son bras autour de la taille de la fille aux cheveux auburn. Avant que je ne l'aie vu venir, Alec fait de même autour de mes hanches.

— Pitié, murmuré-je. Ne me dis pas que nous allons danser ! Je ne sais pas danser. Je ne veux pas danser !

Mon cavalier impromptu sourit.

— Je constate que ta tante est aussi douée que mes parents pour les mauvaises surprises.

— Ce n'est pas une mauvaise surprise, c'est une horreur ! Pour une fois que je m'en sortais correctement, sans que personne ne me regarde comme si j'étais un extraterrestre ! Je vais me rendre ridicule !

— Tu ne seras pas ridicule.

Wyatt arrive à son tour au bras d'une collégienne.

— Je réalise que je ne te l'ai pas dit, chuchote Alec, mais tu es magnifique dans cette robe.

Je voudrais tant pouvoir le remercier, lui, le garçon si gentil qui essaie par tous les moyens d'apaiser mes peurs. Impossible. Je suis une piètre danseuse et je peux déjà voir la catastrophe se profiler à l'horizon.

Redwood entre sur la piste aux bras de Veronica. Est-ce que

je viens de surprendre un coup d'œil dans ma direction ? Cela a-t-il un lien avec cette nuit dans la forêt ?

Non Serena, tu as promis de ne plus y penser !

— Regarde-moi.

Mes joues s'empourprent. Mon cavalier est parfaitement serein. Ça ne réussit pas à m'apaiser. Il y a trop de monde dans cette pièce, trop d'attention tournée vers moi à l'heure où je devrais me tapir dans l'ombre. Ce n'est qu'une danse. Rien de plus qu'une danse. Mais ma gorge se noue et mes mains sont moites.

— Regarde-moi, répète Alec.

J'inspire profondément et finis par obtempérer.

— Ça va bien se passer. Si ça peut te rassurer, je suis plutôt bon danseur. Tu n'auras qu'à me suivre.

Le violon est le premier à entamer la valse. Ma respiration se suspend. Les doigts d'Alec, serrant ma main, sont la seule chose qui me retient de m'enfuir. Je crois que je peux lui faire confiance. De toute façon, je n'ai pas d'autre choix.

La musique est lancée. Alec me fait tournoyer sur le parquet. Je fais de mon mieux pour suivre. Ce n'est pas facile. C'est la première fois que je danse la valse. Monica aurait au moins pu avoir la délicatesse de nous donner une leçon pour nous préparer. Connaissant ma tante, je parierais que cette impasse était un moyen pour elle de s'assurer que nous ne lui ferions pas faux bond.

Jonathan est aussi gauche que moi. Malgré sa gentillesse et sa bienveillance, mon frère aîné n'est pas un homme à opérer dans la délicatesse. Ce qui en fait, en partie, un excellent *quarterback*. La danse, en revanche, ce n'est pas son truc. Une chance pour lui que Zahra soit dotée d'une telle patience. Ils ont l'air de bien s'amuser tous les deux, riant aux éclats à chaque fois que mon gauche de frère piétine les escarpins de la jeune femme.

En ce qui concerne Wyatt, c'est une autre affaire. Du haut de ses 13 ans, au bras de cette minuscule cavalière, il est si attendrissant que personne ne s'attarde sur les impairs de leur chorégraphie.

Viennent Veronica et Jullian. Splendides, dans leurs tenues de gala, ils virevoltent au rythme de la musique comme si elle résonnait en eux. Difficile de nier qu'ils sont magnifiques tous les deux. D'une telle grâce qu'on croirait qu'ils ont fait cela toute leur vie. À les regarder, je sens ma poitrine se serrer. Je me détourne aussitôt.

Les convives nous rejoignent sur le parquet. Les mélodies se succèdent. Bien que la compagnie d'Alec m'ait été agréable, j'en profite pour mettre entre ses bras une adolescente au regard brillant d'admiration et m'éclipse.

***

Je retrouve dans le hall, déserté par les invités, mes deux frères. Assis sur les plus hautes marches de l'escalier, ils observent les convives passer d'une pièce à l'autre. Sur leur visage, je lis l'épuisement.

Wyatt pose sa tête sur mes genoux. Un couple de lycéens traverse en toute hâte le hall sans même nous voir. Je les regarde s'enlacer. Puis disparaître, pour davantage d'intimité.

— La maison me manque, murmure mon jeune frère.

Mes doigts s'égarent dans ses mèches brunes. Que puis-je lui répondre sans risquer de le peiner ? Nous nous sentons tous étrangers dans cette demeure. Mais notre chez-nous est bien loin et je ne sais quand nous pourrons y retourner. Si nous rentrons un jour. Alors, je caresse son front.

— Tu crois que papa et maman étaient comme ça ? poursuit Wyatt. J'ai tellement de mal à les imaginer au milieu de tous ces gens. Ils n'ont rien de ce monde.

— La dernière fois que nous avons reçu des invités à la maison, ajoute Jon, c'était pour le barbecue du début de l'été. Nous avions invité vingt personnes et c'était beaucoup.

— J'ai l'impression que l'on ne connaissait pas aussi bien papa et maman que nous le pensions. Vous ont-ils déjà parlé de leur enfance, de leur vie avant nous, de leur jeunesse, de leurs amis ? Pas à moi. Quand j'y réfléchis, tout ce que je sais d'eux débute à l'époque où ils sont entrés à la fac.

Papa disait souvent qu'ils avaient quitté Danvers pour découvrir le monde, que cette ville était trop petite pour leurs grandes ambitions et qu'ils ne voulaient pas que nous y soyons restreints. Je commence à croire qu'ils ont en réalité fui la notoriété. Ils ont préféré construire leur propre histoire dans un endroit où le nom de Parris serait comme n'importe quel autre.

— Tu penses qu'ils nous mentaient ? chuchote Jon.

Wyatt vient de s'endormir.

— Je n'en sais rien. Mais ils nous cachaient des choses. À leur retour, ils nous devront de sérieuses explications.

— S'ils rentrent.

Jon est pourtant du genre à faire preuve de tact. Jusqu'ici, il s'est contraint à garder pour lui ses pensées négatives afin de nous autoriser un peu d'espoir. Il a décidé de ne plus nous laisser nous voiler la face.

— Je sais que tu n'as pas envie d'entendre ça, reprend mon frère. Mais tu vas devoir t'y faire si tu comptes avancer. Que Wyatt imagine encore retourner à San Diego, on ne peut pas lui en vouloir. Même s'il joue les grands, c'est toujours un enfant. Mais toi, tu as 16 ans Serena. Tu ne pourras pas te persuader encore longtemps que tout va revenir dans l'ordre.

— L'espoir ne fait de mal à personne !

— C'est bien ce que je te dis ! Moi aussi je voudrais que papa et maman reviennent. Mais je me fais à l'idée que ça n'arrivera peut-être pas. Et j'avance. Toi, tu t'accroches à un bâtiment en ruine dont les murs cèdent sous tes doigts.

Ma gorge se serre. Je sens les larmes monter.

— Je vais aller le coucher, dis-je en prenant Wyatt dans mes bras.

— Je vais t'aider.

— Je peux me débrouiller.

Jon ne proteste pas. Il me connaît suffisamment pour savoir

que j'ai besoin d'être seule. Je n'ai pas sa force, j'ai besoin de temps pour accepter ces choses auxquelles lui s'est déjà fait.

Je couche Wyatt sur son lit. Dans son costume, il paraît d'autant plus innocent. Comme s'il avait enfilé les vêtements d'un autre pour jouer à l'adulte. Je remonte la couverture sur ses épaules et dépose un baiser sur son front.

L'écho de l'orchestre et les voix fortes des convives s'élèvent depuis le rez-de-chaussée. Je referme délicatement la porte et m'apprête à retourner aux festivités lorsqu'une forme étrange à l'angle du couloir attire mon attention. Je m'approche. La silhouette sombre s'en va. Je me hâte à sa suite et tourne à l'angle du corridor.

Une longue cape noire se tient devant la fenêtre. Son visage est dissimulé dans l'ombre d'un capuchon.

— Je peux vous aider ?

Pas de réponse.

— La fête est en bas.

Mon interlocuteur ne bouge pas. Je m'approche d'un pas. Il redresse le menton. Je découvre sous le capuchon le visage d'un porc. C'est le même que celui que j'ai aperçu dans le parc.

— Serena ! me hèle-t-on de l'autre bout du couloir.

Le temps que je me retourne, la silhouette sombre a disparu. Je me précipite à l'endroit où elle se trouvait. Aucune trace dans les pièces voisines. La fenêtre est fermée.

— Serena, est-ce que tout va bien ?

Redwood m'observe alors que je tourne encore et encore dans le couloir. Pas le moindre indice. Cette... chose s'est tout bonnement évaporée.

— Oui.

— Tu en es sûre ? À voir ta tête, on croirait que tu viens de rencontrer un fantôme.

— Si ce n'était que ça.

— De quoi est-ce que tu parles ?

Je passe la main dans mes cheveux et consens enfin à m'arrêter. Plus je cherche, plus je me sens dépassée par la folie de cette histoire. Ce n'est vraiment pas le moment de tomber dans la paranoïa. Pas alors que tous les membres du conseil puritain sont en bas de l'escalier.

— J'ai perdu une boucle d'oreille. Mais elle n'est pas là. Alors...

— Tu es sûre ? Je t'aide à chercher si tu veux.

— Ça va aller, dis-je en attrapant son bras. Viens, nous devons retourner à la fête.

Et surtout quitter ce couloir. Cette chose pourrait bien revenir et qui sait comment réagirait Jullian. Je me suis montrée assez étrange pour toute une vie.

— Attends.

Il m'arrête à quelques pas du balcon. Ses doigts défont délicatement mon étreinte autour de son biceps.

— Est-ce que tu es sûre que tout va bien, Serena ?

— Évidemment.

Je reprends son bras. Il attrape ma main pour me contraindre à ne pas bouger. Ses yeux se posent sur mon visage. L'intensité de son regard me met mal à l'aise. Pourtant, je ne me détourne pas.

— D'abord, tu te promènes dans la forêt au beau milieu de la nuit, ensuite tu m'évites et voilà que maintenant tu te comportes bizarrement à ta propre fête.

— C'est tout moi ça, je réponds nerveusement. Imprévisible et entêtée.

— Je l'avais remarqué.

Il sourit. Je réalise seulement que ses doigts serrent toujours ma main.

— À ce propos...

Je récupère mes doigts en toute hâte. Jullian, qui continue de m'observer avec inquiétude, rentre ses paumes dans les poches de son pantalon. Sa veste se soulève, dévoilant la chemise blanche ajustée à son torse sculptural.

— En ce qui concerne cette nuit-là, je reprends à demi-mot. J'aimerais autant que tu ne le racontes à personne. J'ai déjà assez de mal comme ça à me faire des amis, je ne v...

— Je ne comptais pas en parler.

La lumière du couloir s'éteint subitement. La musique s'arrête. Serait-ce une coupure de courant générale ?

— Tu as entendu ça ?

— Entendu quoi ? je réponds.

Je tends l'oreille. Je perçois les exclamations des invités. Mais quelque chose me dit que ce n'est pas ce dont Jullian parlait.

— On ne doit pas rester ici !

Il attrape mon bras et me tire vers les escaliers. Sa précipitation m'angoisse.

— Jullian, qu'est-ce qu'il se passe ?

Avant qu'il n'ait eu le temps de répondre, un grondement retentit au-dessus de nos têtes. Le plafond se fissure. Le lustre se décroche et fonce droit sur nous.

10

Jullian me pousse. Nous tombons au sol. Il se couche sur moi et enfouit mon visage sous ses bras. Le lustre s'écrase à dix centimètres de nous. C'était moins une.

— Nous devons partir, s'exclame-t-il. Maintenant !
— Wyatt !

Je rebrousse chemin. Le plafond se fissure de tous côtés.

— Au cas où tu ne l'aurais pas compris, Serena, la maison est en train de s'écrouler !
— Mon frère est dans sa chambre !

Jullian se précipite à ma suite. Je cours aussi vite que cette maudite robe me le permet. L'air ambiant est envahi par un nuage de poussière. On entend l'agitation des convives au rez-de-chaussée.

J'ouvre la porte. Wyatt, les yeux encore plissés, émerge lentement.

— Qu'est-ce qui se passe ?
— Pas le temps de t'expliquer.

Je l'aide à se lever. Avant que mon frère n'ait touché terre, Jullian le serre entre ses bras et l'embarque dans ce paysage d'apocalypse.

Une plaque se décroche du plafond et fend l'air devant moi. Je parviens à l'éviter de justesse. Hors d'haleine, je rassemble mon courage et me remets à courir. Nous dévalons les escaliers. Wyatt se tient fermement cramponné au cou de Jullian. À l'instant où je quitte la dernière marche, elle se brise.

Jullian passe la porte. Les voilà saufs. Je fais demi-tour et repars dans les méandres du manoir.

— Serena ! s'exclame Redwood. Sors, dépêche-toi !
— Je dois retrouver Jon !

Les convives courent dans tous les sens. Des cris stridents retentissent entre les bruits sourds des pierres s'effondrant sur le sol. Les tenues de gala, couvertes de poussière, ont perdu tout leur éclat. Ils se bousculent pour atteindre plus vite la sortie. Je dois me frayer un passage à contre-courant.

— Serena ! lance Jullian sur mes talons. Il est peut-être déjà dehors !

— Il ne serait jamais parti sans moi.

Des fissures gigantesques se sont formées sur les murs. Il ne reste plus beaucoup de temps avant que, tel un château de cartes, le manoir de Wailing Hill s'effondre sur lui-même. Je dois trouver mon frère avant que cette maison de malheur ne devienne notre tombeau.

— Jon !

J'entends l'écho d'une voix familière hurlant mon nom.

— Serena !

Jon se protège le visage du nuage de poussière formé par la chute d'un vaisselier. Un nouveau lustre en cristal s'écrase à terre. Je me précipite vers lui.

— Cette fois, on doit y aller ! s'exclame Jullian. On n'a plus une minute à perdre.

Je saisis la main qu'il me tend et reprends ma course vers la survie. Les fissures sur les murs grandissent. Les moulures du plafond ne sont plus qu'un lointain souvenir. Nous avons de plus en plus de difficultés à avancer. Le sol, recouvert de débris, est devenu une zone hostile.

Enfin, nous parvenons à l'extérieur. Je me rue dans l'allée de gravier pour fuir le massacre. J'ai encore dans la bouche le goût âcre de cette fumée qui s'insinue dans ma gorge et dans les cheveux des bouts de plafond. Près d'un sapin, Penny, couverte de poussière, est recroquevillée dans les bras de sa mère. Tania a enveloppé Wyatt dans un manteau trop grand.

— Est-ce que tout va bien ? s'inquiète la cuisinière.

Jullian répond d'un hochement de tête. Sa main continue

de serrer la mienne. Le sang monte à ma tête si vite que j'en ai la migraine.

Un grondement nous fait sursauter. L'une des colonnes du perron, tremblante, s'est écrasée sur le gravier. D'ici, le manoir n'est plus qu'un tas de pierres et de poussière.

Peinant à récupérer mon souffle, je scrute l'allée. Les convives s'y sont rassemblés par petits groupes. Après le raffut de leur fuite, ils partagent un lourd silence, ponctué de quelques murmures.

J'ai beau chercher. Je ne trouve pas ma tante.

— Vous avez vu Monica ? je demande à la hâte.

Tous répondent par la négative. Mon sang se glace. Et si elle n'était pas sortie ? La maison n'est plus qu'un amas de gravats. Ma gorge se noue. Je suspends mon souffle au nuage de fumée qui s'élève au-dessus de ce qui était, il y a dix minutes à peine, le toit du manoir. Si Monica est encore à l'intérieur alors…

— Les enfants !

C'est elle ! Je respire enfin.

Notre tante apparaît près du vieux frêne. Derrière elle, Tom Wilkerson, Jeremiah Hubbard et Remus Walcott sont eux aussi couverts de poussière. J'aperçois dans leur ombre le visage horrifié d'Alec. Jullian lâche ma main.

— Vous n'avez rien ? s'écrie Monica.

Ses bras menus nous enlacent un à un. Je pose ma tête trop pleine d'interrogations sur son épaule.

— C'était quoi tout ça ? s'enquiert Wyatt.

— Un petit incident, répond ma tante. Rien de grave.

— Rien de grave ? répète Jon. On a failli finir en bouillie sous des morceaux de plafond !

— Fort heureusement, il n'en est rien.

Espère-t-elle sincèrement que ses grands sourires parviendront à nous faire oublier ce qu'il vient de se passer ?

— Vous ne pouvez pas rester ici, reprend-elle aussitôt. Nous allons vous trouver une petite chambre dans un hôtel où vous serez en sécurité.

— Ils peuvent venir chez nous ! s'empresse d'ajouter Penny.

— Oui, acquiesce Tania. Nous avons de la place pour eux.

Un instant, Monica demeure immobile. Elle ne parle pas. Son regard se porte sur ses compagnons. À en juger par leurs expressions, ils n'ont pas besoin de mots pour se comprendre.

— Très bien. Vous passerez la nuit chez les Rivers. Tom ?

Une horde d'hommes en costume émerge des ténèbres du parc, tous de grands et vigoureux garçons à l'air peu affable scrutant les alentours de Wailing Hill. Parmi eux, je reconnais des camarades du lycée.

— Jullian, appelle monsieur Wilkerson. Tu sais ce que tu as à faire.

L'intéressé acquiesce.

— Venez, dit-il. Je vous emmène chez Tania.

— Je les accompagne, lance Alec en sortant de l'ombre de son père.

— Non ! riposte aussitôt ce dernier. Nous avons besoin de toi ici.

Désemparé, Alec nous observe nous éloigner.

Jullian ne nous laisse pas le temps de poser la moindre question et nous presse vers son Hummer. Mes frères s'installent sur les fauteuils arrière. Je m'assois devant. J'ose à peine un regard vers Jullian. Son visage s'est brusquement assombri. Il ne parle plus, ne cligne même plus des paupières. S'il a souri un jour, ce temps semble loin derrière nous.

— Attache ta ceinture.

J'obéis. Il démarre le moteur et fait crisser les roues sur le gravier. Dans le rétroviseur, j'aperçois les membres de l'équipe de football du lycée qui embarquent dans des voitures à notre suite.

J'essaie de rassembler mes idées. Je dois comprendre ce qui vient de se passer. Tout cela est-il seulement logique ? D'abord cette chose, ce masque de porc qui surgit de nulle part, et puis l'effondrement de la maison, qui était pourtant encore en parfait état. Dire que j'ai cru que le plus difficile ce soir serait de dissimuler aux membres du conseil mon rêve étrange.

Des phares se reflètent dans le rétroviseur. Ce sont les amis de Jullian qui nous collent au train depuis que nous avons quitté le manoir.

— Pourquoi est-ce qu'ils nous suivent ?

— Simple mesure de sécurité, répond le jeune homme sans cesser de fixer la route.

Jamais il ne m'a paru aussi froid.

Les kilomètres défilent. Nous traversons la rivière Crane pour pénétrer dans l'East Side. Je n'étais jamais venue de ce côté de la ville. Nous passons un square endormi où des balançoires orphelines se meuvent au gré de la brise nocturne. J'en ai la chair de poule.

La voiture ralentit.

La demeure des Rivers est une maison d'un étage en plein cœur d'un quartier résidentiel coquet. On se croirait dans l'une de ces séries que maman et moi regardions le dimanche matin. Celles où les pelouses sont impeccables, les habitants d'apparence très sympathique, et où les muffins encore chauds sortent du four.

Jullian coupe le moteur dans l'allée.

— Sortez.

Wyatt tremble comme une feuille. Je frictionne ses épaules. Sur le perron, Jullian fouille dans un pot de fleurs. Il en tire une clé et nous fait entrer.

Tania et Penny ne tardent pas à nous rejoindre.

Après avoir troqué ma robe de bal déchirée contre un pyjama et un gilet de laine, je commence à retrouver un semblant de calme. Même si les images de cette folle soirée continuent de tourner dans mon esprit.

Dans le salon, Tania a servi un en-cas dont se délecte Wyatt. Il s'est arrêté de trembler. Je n'imagine pas la frayeur qu'il a dû avoir en se réveillant au beau milieu de l'apocalypse. Jon, qui se force à faire bonne figure, discute dans la cuisine avec Penny.

Accoudée à la fenêtre de l'entrée, j'observe la rue endormie. Lorsque nous sommes arrivés, j'ai vu se garer de l'autre côté de la route la voiture qui nous suivait. Ses occupants ont disparu aussi vite qu'ils étaient venus. Pourtant, leur 4 × 4 est encore là. Ça n'a aucun sens.

Jullian est le seul à être resté.

— Bois ça.

Tania me tend une tasse fumante. Je la remercie. Sa main caresse mon épaule avec bienveillance. Elle repart.

Voilà près d'une heure que Jullian n'a pas bougé du perron. Le garçon s'est assis sur la plus haute marche. Son nœud papillon est défait et il a enlevé sa veste poussiéreuse. Il scrute la rue comme s'il s'attendait à voir quelque chose en surgir.

— Qu'est-ce que tu fais ?

Dans le pyjama trop grand de l'aîné des Rivers, Jon me dévisage avec inquiétude. J'indique d'un signe de tête la tasse entre mes mains.

— Je vais apporter ça à Jullian et lui proposer de rentrer.

— Fais attention, prévient mon frère. J'ai vu un chien énorme qui rôdait dehors. Penny dit que c'est celui de la maison d'à côté et qu'on ne doit pas s'en faire. Mais je t'assure qu'il n'avait pas l'air commode.

— Comment ça ?

— Tu te souviens du berger allemand des voisins ?

Je hoche la tête.

— Celui-là faisait trois fois sa taille. Et je te jure que je n'exagère pas. Il avait des dents gigantesques et des yeux jaunes.

— Des yeux jaunes ?

— Un genre de jaune d'or avec des petits traits noirs. Trop bizarre. Tu devrais dire à Jullian de faire attention lui aussi.

Happé par l'odeur alléchante des toasts de Tania, Jon s'en va. Je prends mon courage à deux mains et ouvre la porte.

Dehors, l'air est froid. Le début du mois d'octobre dans le Massachusetts n'a rien de ce que j'ai toujours connu en Californie. Je remonte sur mon épaule le gilet de laine. Mes pas font craquer le bois du perron. Jullian se retourne d'un sursaut. M'apercevant, il baisse sa garde. Un sourire se forme à la commissure de ses lèvres.

— Tu devrais rentrer, murmure-t-il. Tu risques d'attraper froid.

— Je ne suis pas aussi fragile que j'en ai l'air.

Jullian porte sa chemise le col déboutonné, son nœud papillon défait pend sur sa poitrine. Le bas de son pantalon à pinces est taché de boue, de même que ses chaussures vernies. Il a retroussé ses manches. Des traces de griffures marquent ses avant-bras.

— Tiens, dis-je tendant le mug.

Jullian s'empare de la tasse, dans laquelle il trempe ses fines lèvres.

— Pourquoi tu ne viens pas à l'intérieur ? Tania a préparé des toasts. Penny dit que tu en mangeais tout le temps quand tu étais petit.

— Penny ne sait toujours pas tenir sa langue à ce que je vois. Je ne peux pas, désolé. Je dois rester ici.

— Pourquoi ?

Pour toute réponse, Jullian me lance un regard énigmatique.

— Très bien. Si tu ne peux pas bouger, alors moi non plus.

Je serre mon gilet contre ma poitrine et m'assois à côté de lui. L'air glacé me picote le visage et fait trembler ma poitrine.

— Tu n'es pas obligée, tu sais, murmure-t-il.

C'est à mon tour de considérer Redwood avec mystère. À charge de revanche. Il pose sa veste sur mes épaules frigorifiées.

— Elle n'est pas très propre. Mais je crois qu'en pareilles circonstances, on s'en moque.

— Merci. Pour la veste et tout le reste. Sans toi, je n'ose même pas imaginer ce qui nous serait arrivé. Je ne te serais jamais assez reconnaissante de nous avoir sauvés.

Jullian trempe ses lèvres dans le thé. Face à nous, le quartier endormi est si tranquille. Les évènements survenus à Wailing Hill n'en paraissent que plus irréels. J'ai beau tourner la scène dans tous les sens, je ne comprends rien.

— Tu as l'air d'en savoir beaucoup plus sur ma famille que j'en connais moi-même. Et sûrement encore plus sur moi que je n'en ai entrevu à ton propos.

— Il n'y a rien à dire. Salem, St George, football et bientôt, j'espère, Stanford.
— Stanford ? Ça ne fait pas partie de l'Ivy League.
— Et ce n'est que le premier avantage.
— Quels sont les autres ?
— Eh bien, c'est l'une des universités les plus éloignées géographiquement de Salem. Et j'aimerais beaucoup découvrir la Californie.
— Ça, pour sûr, ça n'a rien à voir avec le Massachusetts !

À l'intérieur, j'entends le rire cristallin de Wyatt se mêler à celui de Tania.

J'avais jusqu'ici l'image d'un garçon de bonne famille faisant son possible pour se conformer aux exigences de ses ancêtres. Serait-il un aventurier sous ses airs de golden boy ?

— Ça te manque parfois, San Diego ?

Je resserre la veste de Jullian autour de mes bras. Elle est douce et porte encore les notes de musc de son parfum.

— Tout le temps.

Après tous mes efforts pour la contenir, la nostalgie remonte. C'est peut-être le plus mauvais moment. Pourtant, elle est là.

— Et tes amis ?

Je hausse les épaules.

— Je ne suis pas partie en très bons termes avec eux.
— J'ai du mal à te croire.

Perplexe, je considère Jullian qui se tourne vers moi. Ses mains nouent les boutons de mon gilet sur mon ventre et il remonte sa veste sur mes épaules. Nos regards se croisent. Mon cœur s'emballe. Une douce chaleur m'envahit. Elle calme un instant mes frissons. Le temps s'est suspendu sur le perron des Rivers. On entend au loin le hululement d'une chouette. Jullian passe sa paume sur ma joue. Ses doigts s'égarent sur mon visage, remettant derrière mon oreille une mèche de cheveux vagabonde.

Il retire ses mains et fixe de nouveau le quartier.

— Qu'est-ce qui n'allait pas dans ton ancien lycée ?

Cotonneuse, je tâche de reprendre mes esprits.

— C'était devenu trop pesant. Après ce qui est arrivé à mes parents, ils étaient tous trop... Avec le recul, je sais maintenant que c'était de la bienveillance. Mais à ce moment-là, je me sentais juste oppressée.

Une voiture remonte la rue. La lumière de ses phares parcourt les pelouses jusqu'à disparaître au croisement. Quelque chose me donne le vertige. Comme la sensation de ne plus toucher terre.

— Tu n'as sûrement pas envie de répondre. Et je ne t'en voudrais pas...

— Tu te demandes ce qui est arrivé à mes parents ?

Il acquiesce. Je me doutais bien que tôt ou tard je devrais raconter de nouveau cette histoire. J'espérais simplement qu'entre-temps, ils seraient revenus.

— Mon père et ma mère sont partis en vacances en Amérique du Sud à la fin de l'été. Tout le monde leur répétait de faire attention, que le Nicaragua pouvait être un pays dangereux. Comme toujours, ils n'en ont fait qu'à leur tête. Ils nous ont appelés le 22 août. Tout semblait aller si bien. Ils passaient de merveilleuses vacances. Ils nous ont dit qu'ils nous aimaient et qu'ils avaient hâte de nous retrouver. Le lendemain, ils n'ont pas rejoint leur guide. Et malgré les maintes recherches du personnel du *resort* dans lequel ils séjournaient, personne n'a trouvé la moindre trace. Ils ont disparu.

Jullian dépose sa tasse vide sur les marches du perron. Les lumières de la maison d'en face s'éteignent.

— La police pense qu'ils ont servi de monnaie d'échange dans un trafic de drogue. Ça n'est pas la première fois que des Américains sont kidnappés. La différence, c'est qu'on ne nous a jamais demandé de rançon. Une dizaine de jours après qu'ils ont été portés disparus, la police de Managua nous a contactés pour nous dire que nos parents avaient été pris en photo par des touristes sur l'île de Zapatera. Depuis, plus rien.

Jullian passe sa main autour de ma taille. Il se colle contre mon flanc. Je sens la chaleur de son torse tout contre moi. Je pose ma tête sur son épaule.

— Je suis désolé, Serena.

La porte s'ouvre. Nous nous séparons. Wyatt, les yeux mi-clos, fait un pas.

— Serena, on va se coucher. Tu viens ?

— J'arrive.

Mon petit frère s'éclipse. Il a raison, il commence à se faire tard. Nous avons eu assez d'émotion pour toute une vie. Mieux vaut aller au lit avant la prochaine apocalypse.

— Tu ne veux toujours pas rentrer ? Tania peut sûrement te faire un lit sur le canapé.

— Je vais retourner chez moi.

Je hoche le menton. Je ne pourrai pas le retenir.

— Alors bonne soirée.

— Bonne soirée, répond-il.

Mes bras malhabiles l'enlacent. Jullian passe ses mains autour de ma taille. Ma tête se pose dans le creux de son cou. Je ferme les paupières. Son souffle caresse ma peau. Ses lèvres effleurent ma joue.

— Bonne nuit Serena Parris.

11

Dans la cour de St George, le beau temps a chassé un instant les nuages et la grisaille. Je m'imagine que l'été est encore là. Penny et moi nous arrêtons sur un banc de pierre jouxtant un arbre centenaire, à l'écart de la foule. Veronica et ses suivantes s'adonnent non loin à une séance de bronzage. Je les entends médire à propos d'une camarade de classe.

— Tu as des nouvelles de Jullian ? je demande.

Mon amie bascule la tête de gauche à droite. Depuis sa disparition du perron des Rivers vendredi soir, je ne l'ai pas revu. Nul doute que je ne suis pas la première à tomber sous son charme. Et ce que j'ai pris pour un moment d'intimité peut très bien être interprété comme de l'amitié. Un genre de réconfort mutuel après les tourments de la soirée.

Fermant les yeux, je m'abandonne à la chaleur du soleil. Je sens ses rayons dorés caresser ma peau. Mes songes s'égarent vers ces choses auxquelles je me suis pourtant refusé de penser : la mort de Gemma Queller, le masque de porc, l'incident du manoir. Je commence à croire que cette ville n'est pas aussi tranquille que les brochures publicitaires le prétendent.

— Salut.

Je dresse la tête, cherchant dans la clarté à distinguer le visage qui me surplombe.

— Alec ?

Le garçon s'assoit à côté de moi. Penny feint de ne pas avoir remarqué sa présence. Derrière ses lunettes de soleil, je suis persuadée qu'elle nous observe.

— Je me demandais comment tu allais. Cette soirée a été éprouvante.

— Éprouvante ? je répète d'un rire. Tu voulais dire effrayante !

Alec sourit discrètement.

— J'avais complètement oublié que je devais passer à la bibliothèque, s'exclame soudain Penny.

Nous nous donnons rendez-vous en cours de littérature. Mon amie récupère ses affaires et s'en va sans plus d'explications.

— Ce n'est pas à cause de moi j'espère.

— À vrai dire, je réponds en suivant Penny du regard, je n'en ai pas la moindre idée.

Elle croise Jullian à l'entrée de la cour. Ils se saluent poliment et se séparent aussitôt. Le jeune homme athlétique aux mèches cuivrées m'aperçoit. Je fais un signe de la main. Il m'ignore.

— Comment se passe la cohabitation avec les Rivers ?

— Plutôt très bien. C'est un peu comme une pyjama-party qui traîne en longueur.

Redwood a rejoint le cercle de Veronica. L'une de ses suivantes – je crois qu'elle s'appelle Grace – passe un doigt langoureux dans la nuque du jeune homme. Ce dernier la repousse.

— Tu aurais dû venir chez moi.

Je dévisage le garçon avec stupeur. Je ne voudrais pas me méprendre.

— Tes frères et toi, rectifie-t-il. Nous avons plus de chambres que nous n'en avons besoin.

— C'est une proposition très généreuse. Je ne manquerai pas de me le rappeler la prochaine fois que... que la maison dans laquelle je vis s'écroule.

J'éclate d'un rire nerveux. C'est au tour d'Alec de me détailler. Il finit par sourire.

Jullian quitte la cour, son sac à dos sur l'épaule. Ses apparitions à St George ont le mérite d'être furtives.

— On pourrait sortir un de ces soirs. Aller au cinéma par exemple. Si tu aimes les vieux films, le Panthéon va te ravir. On pourrait penser que dans une ville comme Danvers, où la population regroupe à elle seule un quart du PIB national, le cinéma serait à la pointe de la nouveauté. À croire que tout ici est figé dans le temps.

— Tu veux dire... un rendez-vous ? je lâche hésitante.

— Rien ne nous oblige à appeler ça ainsi. Disons que nous sommes deux personnes qui viennent de se rencontrer et qui apprennent à se découvrir.

Il a l'œil doux et un sourire auquel j'ai du mal à refuser quoi que ce soit. Tout en lui me hurle de lui faire confiance.

— De quoi vous parlez ?

Une adolescente aux cheveux auburn nous observe avec amusement. J'ai à peine le temps de remettre un nom sur ce visage familier qu'elle s'est assise à côté de moi.

— Serena, je crois que tu ne connais pas encore Zahra.

— Nous nous sommes déjà rencontrées, je réponds.

Je rends à la jeune fille son sourire avant d'ajouter :

— Deux fois même.

— Cette fille a des goûts délicieux en matière de mise en scène. Un Bloody Mary pour reproduire le sang de porc coulant sur cette pauvre Carrie White, c'était du génie.

— Tant que ça se fait au détriment de Veronica Wilkerson, intervient le garçon, tu n'es pas difficile à contenter.

La jeune fille sourit de plus belle. Elle renvoie derrière son épaule ses longs cheveux auburn. Je commence à croire que Veronica n'est finalement pas si appréciée à St George.

— Alors, reprend-elle. De quoi vous parliez ?

— Alec me proposait d'aller au cinéma un de ces soirs.

— Excellente idée ! Ils passent *Le facteur sonne toujours deux fois* ce jeudi. La version de 1946, pas le remake raté des années 80.

Le jeune homme me lance un regard en coin.

— Pour ne rien te cacher, reprend-il chancelant, Serena et moi envisagions de nous y rendre tous les deux. Seuls.

— Oh ! Vous avez un rencard !

La joie qui traverse le visage de Zahra est telle que je ne peux me retenir de rire. Je m'empresse de m'excuser. J'espère qu'Alec n'a pas cru que je me moquais de lui.

— Ton père va être si fier de toi, Alec !

— Ce n'est pas un rencard. Et laisse mon père en dehors de ça, tu veux ?

— Nous venons de nous rencontrer et nous apprenons à nous connaître, j'ajoute d'un sourire nerveux.

Alec me dévisage.

— Je retiens vite.

La discussion s'égare sur les sujets les plus variés. Je découvre qu'Alec et Zahra sont des amis d'enfance. Selon toute vraisemblance, nos trois familles sont très liées depuis les procès de Salem. Encore bien plus que je ne l'imaginais. J'aurais dû grandir à leurs côtés si mes parents n'avaient pas décidé de déménager peu avant mon premier anniversaire.

Je découvre également que Zahra en pince pour mon frère Jon. Elle n'a pas l'air d'être de celles qui gardent leurs béguins secrets. Nul doute que mon aîné va très bientôt entendre parler d'elle, si ce n'est pas déjà fait.

— Au fait Serena, dit Zahra, j'ai eu écho de tes démêlés avec Veronica. J'ai cru comprendre que tu avais réussi à la calmer. Si elle t'ennuie de nouveau, tu peux venir me voir.

— Je devrais pouvoir m'en occuper toute seule. Mais merci.

Elle passe son bras dans la lanière de son sac à main et se lève.

— N'hésite pas. Entre amis de longue date, on se soutient.

Alec ne tarde pas à disparaître à son tour. Nous nous promettons de voir ce film ensemble. Je quitte la cour et retrouve Penny dans les couloirs. Mon amie, marchant tête basse, fonce vers notre prochain cours. Je pose ma main sur son bras pour la faire s'arrêter. Elle sursaute. L'un de ses écouteurs tombe sur son épaule. Un air de Fall Out Boy s'en échappe.

— Où étais-tu passée ?

— Aux toilettes, répond Penny.

— Pendant une demi-heure ?

Elle range ses écouteurs dans son sac et recommence à marcher. Son attitude me met mal à l'aise.

— Dis-moi si je me trompe, mais j'ai l'impression que tu n'apprécies pas beaucoup Alec.

— Non, ce n'est pas ça.

— Alors quoi ?

Penny avance toujours plus vite. J'attrape son bras pour la contraindre à me regarder. Ses lèvres se pincent. Elle retient quelque chose dans sa gorge. Après des secondes interminables à nous dévisager, elle finit par s'exclamer dans un soupir.

— Oh et puis zut ! Allez, viens. Il ne manquerait plus que l'on se retrouve au premier rang. Monsieur Dawkins finit toujours son déjeuner par un thé. Je n'ai aucune envie d'être aspergée.

— Penny, enfin, tu sais que tu peux tout me dire.

Cette fois-ci, c'est elle qui s'arrête. Elle passe ses mains dans ses mèches blondes. À quelques mètres de là, nos camarades se pressent pour pénétrer dans la classe.

— C'est juste que... ces histoires de famille. Au cas où tu ne l'aurais pas remarqué, chacun dans cette ville a une place bien définie. Tu n'en as pas encore conscience, mais tu appartiens au monde d'Alec et Zahra. Maintenant que tu les as trouvés, je ne suis pas certaine qu'il y ait toujours de la place pour notre amitié.

C'est donc ça.

Je crois lui avoir prouvé que je ne suis pas le genre de personne à me plier à ce que les autres attendent de moi. J'ai plutôt tendance à n'en faire qu'à ma tête. Si elle imagine que je vais rentrer dans les petites cases que mes ancêtres ont bâties, c'est mal me connaître.

— Crois-moi, si trois jours à partager la même chambre ne nous ont pas séparées, alors c'est que notre amitié est indestructible !

Je passe mon bras par-dessus son épaule et l'entraîne à l'intérieur de la salle.

Il reste deux places au fond de la classe. C'est notre chance. Redwood, comme à l'accoutumée, est accoudé à la vitre. Le garçon est plongé dans sa lecture. Lorsque le professeur claque la porte, il ferme son livre. Sur la couverture en cuir, je peux lire « La Lettre écarlate ».

Monsieur Dawkins commence sa présentation. Les élèves du premier rang grimacent.

***

À la sortie des cours, tandis que les précepteurs et les gouvernantes viennent prendre le relais des professeurs dans un ballet de voitures de luxe, j'aperçois au loin Jullian qui converse avec ses amis devant son Hummer. Penny me hèle.

Comme s'il avait perçu mes pensées, Jullian se tourne dans ma direction. Dans le mouvement des étudiants quittant St George, je devine l'ombre d'un sourire au bord de ses lèvres. Je crois qu'il m'est adressé. La seconde suivante, il disparaît à l'arrière de la voiture.

Penny et moi rentrons à pied. Sur la route, nous croisons des jeunes de l'East Side qui nous observent avec dégoût. Mon amie me fait accélérer la cadence.

— Il y a certains endroits, dit-elle, où il vaut mieux ne pas traîner trop longtemps.

Nous passons le reste de l'après-midi à travailler. Penny m'aide à rattraper mon retard. Le chemin à parcourir avant d'arriver au niveau d'exigence de St George est encore très long. Au dîner, Tania nous sert des pommes de terre et du poulet grillé. Wyatt se délecte de pouvoir de nouveau manger avec ses doigts. Jon est plus rêveur. Je soupçonne Zahra d'avoir volé ses pensées.

Les frères de Penny sont une source de bonne humeur inépuisable. Tania Rivers et son ex-mari ont élevé six enfants tous aussi blonds qu'attentionnés. L'aîné, d'une vingtaine d'années, Will, habite à deux rues d'ici. Il passe régulièrement dire bonjour, surtout à l'heure du dîner. Arrivent ensuite les jumeaux Chase et Nate. Je crois n'avoir jamais vu deux frères d'une ressemblance aussi saisissante. Les garçons, qui ont fini le lycée l'an dernier, se sont installés dans le grenier, qu'ils ont transformé en une salle de jeu immense, accessoirement équipée de deux lits. Viennent après eux Penny et Nick, la deuxième paire de jumeaux de la famille. Si le second, enfant terrible tel que le décrit sa mère, est en pensionnat dans le Connecticut, la maison est tapissée de ses photos. Si bien qu'on pourrait croire qu'il est bel et bien présent. Enfin, le cadet des Rivers, qui a 6 ans, s'appelle Max et ne supporte pas d'être traité de bébé. Wyatt l'a pris sous son aile. Mon frère a toujours voulu être l'aîné de quelqu'un. Le voilà comblé.

L'heure de se coucher arrive. Dans la salle de bains, Penny termine de se laver les dents. Je ferme les rideaux lorsque j'aperçois en contrebas un chien qui renifle la pelouse. L'animal, étonnamment grand, a un pelage couleur de neige et des pattes si larges qu'il n'aurait besoin que de quelques secondes pour terrasser un humain.

— Penny ! je m'écrie. Le chien énorme, en bas ! Viens voir, vite !

— Ce doit être celui des voisins, répond-elle la bouche pleine de dentifrice.

— Il est vraiment très grand !

Elle crache dans l'évier.

— Je sais. Tu n'as pas de quoi t'inquiéter. Ce n'est pas parce qu'il est noir qu'il est méchant. Il est même doux comme un agneau.

— Celui-là est blanc !

L'animal dresse le museau. Ses oreilles pointues basculent de gauche à droite. Il lève la tête vers la fenêtre. Ses yeux sont d'un jaune d'or. On dirait qu'il me regarde. Ses babines retroussées me donnent des sueurs froides.

— Les voisins ont dû en adopter un autre pour tenir compagnie à celui qu'ils avaient déjà. Avec leurs horaires de travail, le pauvre animal passait le plus clair de son temps seul dans le jardin.

Penny ferme la porte de la salle de bains et se laisse tomber sur son lit.

— Allez, viens te coucher Serena. Il est déjà tard et on a cours demain.

En bas, le chien a disparu. Je scrute le voisinage. Pas la moindre trace de cette bête. Je finis par tirer les rideaux et me glisse entre les draps de mon couchage de fortune.

— Tu es sûre que tu ne veux dormir dans le lit ? demande Penny. Ça fait presque une semaine que tu es sur ce matelas gonflable. Tu dois avoir mal au dos.

— C'est parfait, ne t'inquiète pas. Et de toute façon, je rentre chez moi demain.

Mon amie éteint sa lampe de chevet. L'obscurité envahit la pièce. Seul un fin rayon de lumière parvenant du lampadaire de la rue filtre par l'interstice des rideaux.

Je fixe le plafond où des suspensions de papier dansent dans la pénombre.

Je ne connais aucune race de chien de cette taille. On aurait presque dit un loup. Et ses babines retroussées, rien que d'y penser, j'en ai la chair de poule. Quant à ses yeux, leur jaune me rappelle ce rêve étrange sur la mort de Gemma Queller. De la créature qui l'a attaquée, je n'ai discerné qu'un museau et des canines acérées. J'ignore de quelle couleur était son pelage. Ce dont je suis persuadée en revanche, c'est qu'il avait des iris plus jaunes que le soleil.

Et si cet animal était celui qui avait tué cette pauvre fille ?

— Penny ?

L'intéressée se retourne dans son lit.

— Est-ce que tu crois au paranormal ?

— Tu veux dire aux extraterrestres et tout ça ?

Je passe mes doigts dans mes cheveux. Je ne suis même pas bien certaine de ce que je m'apprête à dire.

— Je pensais plutôt aux créatures fantastiques. Comme les vampires, les sorcières ou... les loups-garous.

— C'est cette histoire de chien qui t'inquiète ? Si vraiment ça t'ennuie, on ira demander aux voisins demain de ne pas le laisser vagabonder dans la rue.

— Ce n'est pas seulement ça.

— Quoi alors ?

Dans une ville bâtie sur les ruines d'une chasse aux sorcières, les rêves prémonitoires ne sont pas le genre de choses dont on peut facilement parler. Encore moins lorsque dans ceux-ci vous percevez ce qui s'apparente à une cérémonie occulte. Tout comme des rencontres impromptues avec une silhouette étrange dissimulée derrière un masque de porc sont loin de faire l'unanimité.

Bien sûr, j'ai toute confiance en Penny. Je suis persuadée qu'elle ne raconterait jamais à personne ce que je pourrais lui dire. Mais la perspective de faire peser un tel secret sur ses épaules m'est insoutenable. Qui sait ce que les puritains du conseil pourraient lui infliger pour avoir refusé de me trahir. En 1692, ils ont pendu des femmes pour moins que ça.

— Rien. C'était juste une idée comme ça.

Je me tourne sur le matelas.

— Tu as raison, il est tard. Dormons.

12

Le chemin qui serpente à travers la forêt ressemble à ces coulées de lave que j'étudiais en cours de biologie. À ceci près que celle-ci est faite d'un sang poisseux, rouge sombre, qui colle à mes chaussures. Il se déverse vers l'aval tel un ruisseau visqueux. Ma longue cape noire traîne derrière moi. J'entends au loin des voix graves scandant des mots qui me sont étrangers.

J'arrive bientôt au sommet. Le cercle de feu se dresse à une centaine de mètres. Les rayons de lune se sont frayé un passage jusque dans la clairière. Des créatures gigantesques émergent de la pénombre. Les loups ont des poils hirsutes et des yeux jaunes. Je n'ai pas peur. Je sais qu'ils ne me feront aucun mal. Ils sont là pour me protéger. Ils sont les gardiens de la cérémonie.

Leurs museaux effilés me suivent. L'un d'entre eux, au pelage brun cuivré, frôle le loup blanc qui m'a tant intriguée. Les deux partent en courant vers l'immensité de la forêt. Sans doute un malheureux qui s'est égaré.

Me voilà parvenue à la clairière. Je pénètre dans le cercle de feu. Il se referme derrière moi. Une stèle se tient à quelques pas. Tout autour, des êtres dissimulés sous des capuchons noirs et des masques d'or suivent mes mouvements. J'avance, déterminée. La chaleur des flammes caresse ma peau.

Quelque chose se trouve aux pieds de la stèle. Je m'approche encore. C'est un être humain. Une fille ligotée et bâillonnée qui se débat. Je frappe des mains. Deux serviteurs la soulèvent et la positionnent sur la pierre.

Je distingue désormais les contours de son visage. De longs cheveux bruns encadrent ses traits défigurés par la peur. Des pommettes saillantes soulignent deux petits yeux sombres. Elle porte encore l'uniforme en tartan de son lycée d'élite, des collants en laine et des ballerines vernies. Je la reconnais immédiatement. C'est moi.

La Serena couchée sur la pierre se débat de toutes ses forces tandis que celle dont j'ai pris le corps tire un poignard de sous sa cape. Les incantations s'élèvent dans la clairière. Les serviteurs lèvent les mains vers le ciel en signe d'imploration. Je dresse la dague au-dessus de sa poitrine. Une larme coule sur sa joue.

Le bruit cesse dans la forêt. On entend au loin la mélodie du vent qui se perd dans la cime des sapins. Mes doigts serrent le manche du poignard. Dans un souffle, je le plante dans son cœur.

Je me réveille en sursaut. Mon visage est congestionné. Je suis couverte de sueur. Mes mains tremblent. Ma respiration est haletante. Je mets un moment à réaliser que j'ai quitté ce cauchemar. Je retrouve peu à peu mes esprits. Les faisceaux orangés des lampadaires de la rue me rappellent où je suis. J'ai besoin de prendre l'air. Je dois sortir de là.

Dans le lit voisin, Penny est profondément endormie. Son bras pend dans le vide. Un fin filet de bave s'écoule de ses lèvres. Je me lève en silence et quitte la chambre sur la pointe des pieds pour rejoindre la cuisine. Pour toute lumière, j'éclaire la hotte. Je ne voudrais réveiller personne.

Je bois un verre d'eau. Puis un autre. La chaleur qui se dégage de moi est insoutenable. Je passe mes mains sous le robinet et mouille mon visage. Voilà qui est mieux. À mesure que mon corps reprend une température normale, je retrouve peu à peu mes esprits.

Ce n'était qu'un cauchemar. Rien de plus qu'un horrible cauchemar. Jusqu'à preuve du contraire, je suis encore bien vivante. Ignorant la raison, je passe ma main sous mon tee-shirt. Pas de trace de plaie sur ma poitrine, voilà qui me rassure.

Même si j'ai la certitude que ce n'était qu'un mauvais rêve, je ne peux ignorer ces détails d'une troublante vraisemblance. Ces loups ressemblaient à celui qui rôdait autour de la maison hier soir. Ils avaient ces étranges yeux jaunes qui toisaient Gemma Queller. Et ces silhouettes sombres aux masques d'or, je les ai aperçues la nuit où la jeune fille a été tuée. Sans oublier la clairière et cette stèle que j'ai vues de mes propres yeux. Je n'ai pas pu inventer tout ça.

J'avale un nouveau verre d'eau d'une traite.

Non, en effet. Mais j'ai pu tout mélanger. J'ai lu quelque part que les rêves étaient des productions psychiques qui s'appuyaient sur le vécu. Considérant les choses étranges survenues dans ma vie ces derniers jours, ce cauchemar aurait pu être bien plus terrifiant.

Rassurée, je quitte la cuisine aussi discrètement que j'y suis entrée. Je m'apprête à remonter les escaliers lorsque quelque chose dans le salon attire mon attention. Un jeu de lumière révèle une forme sombre tout près de la cheminée. Je m'immobilise. La silhouette se retourne. C'est un visage de porc.

Je hurle.

En quelques secondes, toutes les ampoules de la maison s'éclairent. J'entends des pas qui dévalent les escaliers. Tania, sa robe de chambre flottant sur ses hanches menues, court vers moi.

— Que se passe-t-il ?

La capuche noire a disparu. Mon cœur bat encore à tout rompre. Elle était là. Elle m'a suivie. Les Rivers me dévisagent. Sur la plus haute marche de l'escalier, Wyatt enlace Max. Penny frotte ses paupières. Chase et Nate bâillent à l'unisson. Jon se fraye un chemin jusqu'à moi.

— Serena, chuchote ce dernier. Qu'est-ce qui t'est arrivé ?

Les yeux exorbités de Tania ne me quittent plus. Je rentre mes mains tremblantes dans les poches de mon pyjama et murmure avec autant de contenance que j'en suis encore capable.

— J'ai vu un chat.
— Un chat ? répète mon aîné.

J'acquiesce.

— Il était effrayant.

Les frères Rivers retournent aussitôt à leur sommeil.

— Je vais faire un thé, dit la mère de famille. Ça t'aidera à dormir.

Jon m'observe un moment. Il finit par s'en aller, comme tous les autres. Penny me rejoint dans la cuisine. Autour de la table, Tania sert trois tasses de thé fumant. Je colle mes paumes contre la porcelaine.

Des battements irréguliers martèlent ma poitrine. Les images du visage de porc tournent dans mon esprit. La première fois que je l'ai vu, c'était dans ce parc, le soir du bal masqué. Il est ensuite apparu dans le manoir pendant le gala. Jusqu'ici, je n'avais pas eu peur de lui. Mais tapi dans la pénombre ce soir, il m'a paru soudain terrifiant. Il a pénétré dans la maison alors que nous étions endormis. Que cherchait-il ? En a-t-il après moi ? Après ma famille ? Mes amis ?

Et s'il était lié à toutes ces choses inexplicables, à la mort de Gemma Queller, à cette cérémonie étrange dans la forêt, à l'effondrement du manoir ?

Il est un endroit dans les songes où la réalité se mêle dangereusement à l'imagination. Cet espace fait d'élucubrations est tapissé de doutes, de rêves brisés et de questions sans réponses capables d'éveiller les sentiments les plus terribles. On y trouve des portraits terrifiants d'un futur incertain, des hypothèses loufoques auxquelles personne ne se confrontera jamais. Mais aussi une peur viscérale de ne pas parvenir à élucider ces énigmes avant qu'il ne soit trop tard. C'est là que je suis à présent. Mon seul moyen d'en sortir est de trouver les réponses.

***

Nous rentrons au manoir le lendemain. Sitôt descendus de voiture, nous sommes accueillis par Monica. Notre tante porte une robe rouge et ses longs cheveux noirs sont lâchés. Ses bras nous enlacent alors que Klaus et Betsy s'attellent à récupérer nos bagages dans le coffre. La ressemblance flagrante avec la scène de notre arrivée quelques semaines plus tôt ne m'échappe pas.

À l'intérieur de la bâtisse, pas de trace d'une quelconque fissure. Le hall a retrouvé son habit d'ombre et de lumière. Les escaliers en parfait état conduisent à l'étage, où tous les lustres sont de nouveau suspendus. Pas une once de poussière ni le moindre bout de plâtre qui traîne.

— Comment c'est possible ? murmure Wyatt.

— Lorsque l'on y met le prix, répond Monica, tout peut être fait dans des délais convenables.

Elle sourit. J'ai bien peur de devoir me contenter de cette explication.

Monica nous conduit jusque dans le grand salon. Vendredi soir, dans cette pièce, la chute du toit avait formé un trou vers le ciel. On voyait les étoiles à travers la pluie de gravats. Les moulures de plâtre ont à présent retrouvé leur place.

Le thé est servi sur une table basse en noyer verni. Une fine fumée s'échappe de la théière de porcelaine. Wyatt empoigne un biscuit aux amandes et se laisse glisser au fond du canapé. Un regard de Monica et il se redresse en grimaçant. Il doit s'en vouloir de ne pas avoir assez profité du poulet dégusté avec les doigts chez les Rivers.

Avant même qu'elle n'ait pu s'asseoir, Monica est rappelée à l'ordre par son téléphone. Elle s'excuse et disparaît. On entend d'abord sa voix forte. Une porte claque et plus rien. Elle a dû s'enfermer dans son bureau.

— C'est quand même très étrange, dit Jon en s'asseyant sur le fauteuil. Cette maison était en ruine. Elle n'avait même plus de toit. Et en moins d'une semaine, tout est de nouveau comme neuf.

— Peut-être que le manoir est équipé d'un super-bouclier, rit Wyatt.

— Tu veux dire comme dans *Star Trek* ? je demande.

Je m'installe sur la causeuse tout près de la cheminée.

Après une semaine d'absence, je devrais éprouver un infime bien-être à l'idée d'être de nouveau chez moi. Je ne ressens pourtant rien. Ces murs trop blancs me sont étrangers. De même que ces tableaux aussi singuliers que troublants et toutes ces choses d'un autre temps. J'ai le sentiment de n'être rien de plus qu'une apparition fugace dans cette bâtisse. Un voyageur qui s'en ira bientôt pour laisser place à un nouvel occupant.

— À quoi est-ce que tu penses ? demande Jon.

Je saisis un biscuit aux amandes et le trempe dans ma tasse de thé.

— Rien d'intéressant.

— Tu es sûre ? Pas même au chat qui t'a fait hurler cette nuit ?

Ma colonne vertébrale se raidit. J'espère qu'il ne remarque rien. J'avale une petite lampée de thé pour dissimuler mon malaise.

— Tu es sûre que c'était bien un chat ?

— Que voudrais-tu que ce soit ?

— Je n'en ai aucune idée, répond mon aîné en haussant les épaules. Après t'avoir entendue crier, je m'attendais davantage à trouver un monstre dans le salon.

— Tu sais que je n'ai aucun sang-froid, je renchéris en léchant le thé sur mes doigts.

Jon pose sèchement sa tasse sur la coupelle. Le bruit de la porcelaine me fait sursauter. Il se dresse d'un bond. Ses mains s'enfoncent dans ses cheveux bruns qu'il tire en arrière.

— Tout va bien, Jon ?

— Il se passe des choses étranges.

C'est à mon tour d'abandonner ma tasse. Jon tournicote autour du canapé, puis il s'appuie sur le dossier. Il empoigne un coussin, qu'il serre de toutes ses forces. Wyatt a attrapé la panière de biscuits, qu'il avale les uns après les autres.

— Le soir du bal, un peu avant que la maison ne s'effondre, j'ai aperçu quelque chose dans la cuisine. Ça va vous sembler dingue. Il avait comme une longue cape noire et...
— Un masque de porc, termine Wyatt.

Nous nous dévisageons tous trois. Après un instant de flottement pendant lequel les mots de Jon restent comme suspendus, nous réalisons l'ampleur de notre découverte.

Bon sang ! Je ne suis pas folle alors ! Cette chose existe bel et bien !

— Ce n'était pas la première fois que je rencontrais cette chose, reprend mon grand frère. Je suis tombé nez à nez avec elle à l'entraînement de football. Elle était sous les gradins. Je suis le seul à l'avoir aperçue.

— Moi, c'était à la bibliothèque de St George. Elle était dans la section d'histoire régionale. Et le soir du bal, elle était dans ma chambre.

Mes frères se tournent dans ma direction. Mes idées sont confuses. La certitude que cette chose existe, loin de régler un problème, ne fait que compliquer la situation. Elle nous est tous apparue à une première occasion et de nouveau avant l'effondrement du manoir.

Je raconte à mes frères mes propres rencontres avec le masque de porc. Jon est satisfait de savoir qu'il avait bien raison sur la nuit dernière.

— Qu'est-on censé faire lorsque ça se produira ? demande Jon.

— Nous devons découvrir qui se cache derrière ce masque, dit Wyatt.

— Imagine que la personne sous ce capuchon soit armée, fait remarquer l'aîné.

Tandis qu'ils réfléchissent à modifier leur approche, je repense à l'autre mystère. Auraient-ils pu rêver eux aussi de la mort de Gemma Queller, des loups ou même de cette clairière ?

— Vous avez fait des cauchemars récemment ? je demande lorsque le calme est revenu dans le salon.

— J'ai rêvé que je ratais les sélections de l'équipe de football, dit Jon.

— Et moi que j'oubliais de réviser pour mon examen de biologie.

Mes frères m'observent. Je crois que c'est la manière dont je tiens cette tasse devant mon visage qui me trahit. Je baisse la coupelle sur mes genoux.

Monica revient bientôt. Le sujet dévie sur la soirée du bal. J'admire avec quelle grâce ma tante omet les évènements désastreux qui ont mis fin à la fête pour se concentrer sur notre entrée dans le gratin de Salem et l'accueil chaleureux de nos nouveaux amis du West Side. Ce pourrait presque être de l'optimisme.

L'après-midi passe à toute vitesse. Sitôt nos quartiers retrouvés et nos affaires de nouveau dans nos tiroirs, nous sommes conviés au dîner. Sur la longue table de la salle à manger, Jon et Monica se trouvent chacun à une extrémité. Au milieu, Wyatt et moi nous lançons de furtifs regards mal à l'aise. Ce soir, pas de poulet avec les doigts. Tania nous sert une farandole de plats tous plus raffinés les uns que les autres. Je ne suis pas certaine d'aimer le goût de la truffe. Quant à ces cailles que nous devons manger avec les couverts, ce pourrait presque être une épreuve dans l'un de ces jeux télévisés de survie. Au dessert, nous dégustons une tarte à la rhubarbe, la favorite de notre tante. Là encore, la fourchette est de rigueur. Wyatt passe un doigt gourmand dans le fond de son assiette. Il n'échappe pas au regard de braise de Monica. Nous rions aux éclats.

Je me couche la tête trop pleine de ces idées confuses. Les minutes défilent sur mon réveil sans que je ne parvienne à trouver le sommeil. Mes doigts caressent la soie pourpre.

Le réveil affiche 23 heures quand j'entends du grabuge dehors. Je quitte mon lit et m'approche de la fenêtre. Ça vient de la forêt.

La porte de ma chambre s'ouvre à la volée. Dans

l'encadrement, Betsy, vêtue de sa longue robe de nuit blanche, me dévisage avec effroi. Sa chevelure rousse tombe sur ses épaules. Je me presse vers la gouvernante. Elle esquisse un sourire forcé, que la sueur sur son front ne rend que plus terrible.

— Navrée de vous réveiller, mademoiselle Serena. Mais il est l'heure.

— L'heure ? je répète. L'heure de quoi ?

Elle ne répond pas et me tend un morceau de tissu noir.

— Mettez ça.

Betsy ne me laisse pas le temps de m'inquiéter. J'enfile la longue cape. Mes pieds nus disparaissent sous les pans sombres.

— Vite !

Elle me tire vers les escaliers.

— Nous ne devons pas les faire attendre.

Je traverse l'étage au pas de course. Dévalant les marches, je trouve dans le hall Jon et Wyatt, groggy, par manque de sommeil, et qui peinent comme moi à comprendre ce qui se passe.

J'enfile mes bottes. Nous quittons le manoir. Betsy nous fait signe de la suivre. Nous contournons la bâtisse à toute vitesse. Nos longues traînes noires glissent sur l'herbe humide.

— Vite !

Pas de lune dans le ciel ce soir. Nous avançons à l'aveuglette dans le jardin semé d'embûches. Wyatt tombe. Je le relève. Jon attrape sa main pour l'aider à marcher.

Nous arrivons à la lisière de la forêt. Betsy s'arrête enfin. La jeune femme hors d'haleine nous dévisage. Sa peur ne fait qu'accroître mon insécurité. Elle remonte sur nos têtes les capuchons noirs. Ses lèvres tremblantes lâchent dans un souffle.

— Je suis désolée.

13

— Vous devez arriver là-haut avant le douzième coup de minuit.

— Là-haut ? s'enquiert Jon déboussolé. Qu'est-ce qui se trouve là-haut ?

— Que se passe-t-il si on n'y parvient pas à temps ? demande Wyatt.

Betsy ne répond pas. Ses doigts passent sur la joue de mon jeune frère. Nous lançant un ultime regard, elle s'évanouit dans les ténèbres. Estomaqués, nous ne savons que fixer l'endroit où elle se trouvait il y a tout juste une minute.

Dans cette obscurité totale, je ne parviens pas même à discerner mes jambes. Pas un faisceau de lumière ne filtre du manoir. Les habitations voisines sont trop loin pour que nous puissions compter sur leur aide. Nous sommes plongés dans le noir.

— Bon sang, qu'est-ce qui se passe ?

Les tremblements dans la voix de Wyatt trahissent son angoisse.

— Je n'en sais rien, répond Jon. Nous devrions rentrer.

Il ajoute à mon attention.

— Prends ma main. Mieux vaut éviter de se perdre.

Tandis que mes frères s'apprêtent à faire demi-tour, des bruissements me parviennent de la forêt.

— Si on allait voir.

— Tu es folle ! s'exclame mon cadet. Qui sait quel animal dangereux rôde dans ces bois !

Je l'ignore et avance d'un pas. Mon pied s'écrase dans

quelque chose de mou. Ça colle sous mes chaussures. On dirait...

Un faisceau de lumière jaillit de la pénombre. Dans les ténèbres de la forêt, des torches s'embrasent le long d'un sentier obscur. Je baisse les yeux. Le liquide rouge a taché mes bottes.

— Le chemin de sang.

— C'est dégoûtant ! s'exclame Wyatt.

— Cette histoire devient de plus en plus étrange, observe Jon. Rentrons avant que ça n'empire. J'ignore ce qui a pris à Betsy, mais elle n'a visiblement pas toute sa tête.

— Où est-ce que tu vas, Serena ?

Papillon attiré par la lumière, je sens comme un appel vers cet obscur passage. Mes pieds avancent sans que je leur demande. Wyatt attrape ma main. Je sors de ma transe et fais volte-face.

— Nous devons aller voir ce qui se trouve en haut ! je m'exclame.

— C'est beaucoup trop dangereux ! objecte Jon.

Je devrais être terrorisée. S'il y a bien là-haut ce que j'imagine, alors mon frère a raison et notre intérêt est sans l'ombre d'un doute de fuir cette forêt. Mais que faire de l'euphorie qui me gagne, de cette excitation qui gorge mes veines ? Cela fait des jours que j'essaie de comprendre ce qui m'arrive, d'où viennent ces rêves étranges et qui sont ces masques d'or qui hantent mes nuits. La réponse pourrait se trouver quelque part dans cette forêt. Je ne peux pas laisser passer ma chance.

— Rentrez au manoir. Je vais aller voir.

J'avance d'un nouveau pas. Mes bottes collent sur le chemin de sang. La main de Jon me retient. Lorsque je me retourne, mon frère, malmené par une respiration saccadée, me dévisage. Il regarde à tour de rôle la bâtisse, Wyatt, puis la forêt, et murmure :

— Ensemble.

Il prend la tête du convoi. Ça n'aurait pas pu se passer autrement. Jon s'est toujours complu dans son rôle d'aîné, de leader de notre fratrie. Wyatt se tient derrière lui. Je ferme la marche.

Nous nous enfonçons dans les profondeurs de la forêt. À mesure que nous avançons, les torches qui nous précèdent s'éteignent. Nous ne pouvons plus faire demi-tour. Le chemin de sang sillonne les bois. Nous traversons des espaces étroits que les branches des chênes obstruent et d'autres, plus vastes, où nous découvrons des voûtes de sapin. J'entends dans la forêt les bruissements des animaux noctambules. L'air est frais et sec. Wyatt grelotte. Je ne saurais dire si c'est la température ou la peur qui joue sur ses nerfs.

Nous marchons depuis un moment quand la pente commence à se faire raide. Le parcours devient plus difficile. Je sens mon cœur au bord de mes lèvres m'intimer de ralentir la cadence. Je ne peux pourtant lui obéir. La mise en garde de Betsy me revient. Nous devons arriver en haut avant minuit.

— Qu'est-ce que c'était ?

Jon s'est arrêté net. Je suis son regard vers la gauche, puis la droite. Difficile de discerner quoi que ce soit dans tout ce noir.

— J'ai entendu un bruit, ajoute mon frère. On aurait dit des pas.

— On est au beau milieu de la forêt, dit Wyatt en le doublant. Qui veux-tu qui vienne traîner par ici à une heure pareille ?

Le cadet prend la tête du convoi. Jon scrute l'obscurité. Il finit par abandonner et trottine pour retrouver sa place en tête. Sa précipitation fait gicler un peu de sang sur ma cape.

À l'endroit où nous passons, l'abattage d'un conifère a creusé un trou dans le feuillage. On devine un bout de ciel. La contemplation du plafond d'étoiles est comme une parenthèse dans ces moments d'incertitude.

— Je viens d'apercevoir un truc bouger ! s'exclame Jon en s'arrêtant de nouveau.

Il pointe des buissons épais dont on devine tout juste les contours. Wyatt soupire.

— D'abord, tu entends des bruits. Maintenant, tu vois des…

Il s'interrompt. Ses petits yeux bruns écarquillés fixent les broussailles. Il se précipite derrière notre aîné.

— Il a raison. Il a raison !

Je plisse les paupières pour tenter de percevoir ce qui les a mis dans cet état. Je ne trouve rien. Je voudrais m'approcher, mais Jon me retient. Il me fait signe de rester positionnée derrière lui. Je refuse son geste.

Un énorme loup noir émerge des ténèbres. L'animal, plus grand qu'un homme, a un long museau fuselé et deux yeux d'un jaune d'or. Ses pattes gigantesques s'écrasent sur le sol meuble. Ses canines affûtées dépassent de ses babines tachetées de blanc. Il s'approche de nous. Mon souffle se fait court. Mes jambes de coton ne me soutiennent pratiquement plus. Si je devais fuir, je serais incapable de courir.

Un mouvement secoue des feuilles à notre gauche et nous sursautons. Deux nouveaux loups émergent du néant. Plus petits que la créature noire, ils n'en demeurent pas moins terrifiants. L'un est d'un brun roux, l'autre, plus blanc que neige, a retroussé ses babines et dévoile ses crocs.

Un quatrième animal surgit de l'ombre. Puis un cinquième. Une dizaine de loups nous encerclent bientôt : tous aussi terrifiants, tous aussi menaçants. Jon pose une main tremblante sur mon ventre pour me faire reculer. Son visage dégoulinant de sueur fait le va-et-vient entre les différentes créatures, dont les yeux jaunes ne nous quittent plus.

Ils n'auraient besoin que d'une seconde. Une minuscule et ridicule seconde pour faire de nous leur dîner. Ils nous cernent, nous ne pouvons pas fuir. Pourtant, ils ne bougent pas. Si la brise ne soulevait pas leur pelage, on pourrait croire que ce sont des statues.

Je repense à mon rêve. Alors que j'avançais sur le chemin de sang, des loups identiques m'entouraient. Pourtant, je n'avais pas peur. Je savais qu'ils étaient là pour me protéger. Et si ce rêve n'avait finalement pas été une mise en garde, mais plutôt l'envoi d'un signal. Comme des instructions sur la manière dont nous devons procéder.

Je passe devant Jon.
— Qu'est-ce que tu fais ? chuchote ce dernier. Reviens ici ! S'ils te voient bouger, ils vont t'attaquer.
— Ils ne nous feront aucun mal.
Je continue d'avancer. Cette fois, c'est Wyatt qui attrape ma cape pour me tirer. Je manque de basculer en arrière.
— Règle numéro 1, grommelle-t-il, en présence d'animaux sauvages, ne pas bouger ! Si on ne les effraie pas, ils finiront par partir.
— Je sais ce que je fais.
Je récupère ma traîne et me remets à marcher. La peur pourrait faire céder à tout moment mes jambes, j'avance d'un pas sans être certaine de pouvoir faire celui d'après. Des gouttes de sueur perlent le long de mon échine. Inspirer, expirer. Les loups me suivent du regard. Je suis de moins en moins sûre de ce que je fais. Inspirer, expirer.

Mes frères, malgré leurs réticences, m'imitent. Nous avançons, tête basse, priant pour que les animaux ne changent pas brusquement de comportement. Après plusieurs minutes, je reprends enfin mon souffle. J'essuie mes mains moites sur ma cape.
— Comment est-ce que tu savais ? demande Wyatt.
Sans répondre, j'attrape son bras et le tire vers moi.
Nous sommes presque au sommet. On entend derrière nous les pattes des loups à notre suite. Les bêtes demeurant dans la pénombre, on ne devine que leurs yeux jaunes. Nous traversons un passage escarpé. J'aide Wyatt à s'extraire des branchages, lorsqu'on entend l'écho de voix fortes. Nous échangeons des regards inquiets. Nous n'allons pas tarder à savoir ce qui se cache au bout de ce chemin de sang.
Une cloche retentit au loin.
— Le premier coup de minuit ! s'écrie Wyatt.
Je tire plus fort sur sa robe pour l'aider à se libérer. Le temps que nous nous relevions, le deuxième coup a sonné.
— Vite ! s'exclame Jon.
Nous courons. Nos longues capes traînant au sol ne font

que nous ralentir. Mon capuchon glisse sur ma tête et tombe sur mes épaules. Des branchages fouettent mon visage.

Le cinquième coup retentit.

Les pas des loups s'accélèrent. Ils galopent. Les agiles créatures semblent voler au-dessus des pièges de la nature. Je ne peux pas en dire autant de nous. Un bout de bois pointu griffe ma joue. Du sang coule dans mon cou.

Neuvième coup.

— Dépêchez-vous ! hurle Jon.

Les voix sont de plus en plus fortes. Je pousse mon corps au-delà de ses limites. Mes poumons me brûlent. Je n'ai jamais été une grande sportive, encore moins une marathonienne. Je ralentis mes frères. Ils attrapent tous deux mes mains pour m'aider à garder le cap.

Onzième coup.

La clairière est là, je la vois ! Le feu encercle l'écrin d'herbe où trône cette stèle de granit. Un dernier effort, c'est tout ce que je dois faire. Une ultime foulée et nous y serons.

Douzième coup.

Nous passons le cerceau de flammes qui se referme sur nous. Je tombe à plat ventre. Ma joue brûlante se colle au sol. La fraîcheur de l'herbe contre ma peau m'apaise. J'ai la sensation que mes jambes vont se détacher de mon tronc. Je ne pourrai plus jamais marcher, mais qu'importe. J'ai couru pour toute une vie et plus encore. Mon cœur martèle mes côtes, si fort que j'en ai la nausée.

Quelque chose attrape mon bras pour me forcer à me relever. Je me retrouve à genoux, à côté de mes frères haletants. La sueur qui embue mes yeux rend tout ce qui m'entoure flou.

Un être tout de noir vêtu se tient devant moi. Il porte une longue cape sombre, identique aux nôtres, des gants noirs, et un capuchon dissimule son crâne. Un masque d'or est posé sur son visage, dont les arabesques forment sur ses joues et son front des lianes dorées. Derrière les trous creusés pour les yeux, je ne distingue que le néant.

Deux personnes se placent à sa droite et à sa gauche. Vêtues de longues capes sombres identiques, leurs masques scintillants sont bien moins sophistiqués. Des figures semblables cernent le cercle de feu. Ils sont plusieurs dizaines, peut-être même une centaine. Je ne parviens pas à distinguer toute l'assemblée qu'occultent les ténèbres de la forêt. Leurs masques d'or sont tous tournés dans notre direction.

À ma gauche, Wyatt tremble de tout son être. Jon, haletant, lance des regards terrifiés dans toutes les directions. Je n'aurais jamais dû les laisser me suivre. Cette histoire ne concernait que moi. Si j'avais été plus directive, ils seraient rentrés au manoir et ne courraient aucun danger. À présent, ils paient le prix de ma curiosité.

— Laissez-les partir ! je m'écrie.

— Silence ! aboie l'un des seconds.

Sa voix est caverneuse. Elle me fait frissonner.

— Soyez les bienvenus, héritiers des ténèbres.

Cette fois, c'était le masque aux arabesques qui s'exprime. Son timbre est grave et guttural. Il n'a rien d'humain.

— Vous avez été choisis par Satan lui-même pour être les porteurs de son pouvoir.

Les acolytes alentour scandent des mots en latin dont je ne comprends rien. La chaleur des flammes me brûle la peau. Je sens des gouttes de sueur perler sur mon front et dégouliner sur le bout de mon nez et mes lèvres.

— En ces bois sacrés, les secrets les plus obscurs vont vous être révélés. Nous scellons notre destin au vôtre. *Secretum nostrum !*

— *Secretum nostrum !* répètent les autres en chœur.

Un acolyte apporte une cage noire contenant un corbeau.

Le numéro 1 empoigne l'oiseau et rompt sa nuque à main nue. Un haut-le-cœur me soulève. Il verse le sang qui s'écoule dans un calice tenu par son bras droit.

— Que le sang de l'animal des dieux vous préserve de leur courroux en cette nuit sans lune où leurs yeux sont clos. *Oculi deorum !*

— *Oculi deorum !* scande l'assemblée.

Un masque d'or apporte une nouvelle cage. Celle-ci est blanche. À l'intérieur, un aigle tente de s'échapper. La poigne du chef le rattrape. D'un coup sec, il brise la gorge de l'oiseau et verse son sang sur celui du corbeau.

— Et par votre fluide de vie, nous scellons ce pacte ! *Quod sanguis vitae !*

— *Quod sanguis vitae !*

Les deux acolytes se dirigent alors vers nous. Ils placent la lame du poignard sur ma paume et tirent d'un coup sec. La douleur irradie dans toute ma main. Je pince les lèvres pour ne pas gémir. Mon sang coule et ils le versent dans la coupe. Wyatt subit le même sort. Jon tente de protester. Encerclé par ces figures terrifiantes, il sait qu'il n'a pas le choix.

Le numéro 1 récupère le calice rempli. Il secoue délicatement le récipient pour mélanger le breuvage. Puis, s'approchant d'un pas, il reprend plus fort.

— Frères sorciers, anciens et nouveaux, en cette nuit sacrée, j'en appelle à vous. Accueillez ces enfants en votre demeure. Ouvrez-leur les portes de la connaissance. *Magicae et vita !*

Les acolytes dans l'assemblée lèvent les mains vers le ciel. Une brise s'élève dans la clairière. Elle passe entre nous. Le numéro 1 trempe son doigt dans le calice et l'appose tour à tour sur nos fronts. La sensation du sang sur ma peau me fait tressaillir.

— Vous faites à présent partie du secret de notre ville. Acceptez-vous de le protéger, quel qu'en soit le prix, quelles qu'en soient les conséquences ? Répondez « nous le jurons ».

— Nous le jurons, dit Wyatt.

Jon et moi dévisageons notre cadet. Je ne m'attendais pas à ce qu'il soit le premier à s'exprimer. Le garçon, serrant sa main endolorie contre sa poitrine, nous lance des regards insistants. Je me tourne vers Jon.

— Nous le jurons, dit-il.

— Nous le jurons.

Mes lèvres sont tremblantes.

— Descendants des enfers, par le sang vous nous rejoignez. Par le sang vous périrez si vous trahissez votre parole.

Le vent tombe dans la clairière. Les flammes s'éteignent. À la lisière de la forêt, les acolytes nous observent. Numéro 1 pose le calice sur la stèle. Lentement, il soulève son masque. Mon souffle se coupe. Je manque de tomber à la renverse.

— Tante Monica !

14

Je ne suis pas au bout de mes surprises. Derrière Monica, les deux seconds retirent eux aussi leur déguisement. À droite, monsieur Hubbard ébouriffe ses mèches auburn, tandis qu'à gauche je découvre monsieur Walcott. Les membres de l'assemblée enlèvent un à un leurs masques. Madame Walcott avec sa chevelure couleur de lune est ici. À ses côtés, je reconnais, stupéfaite, Alec et ce garçon qui nous a aidés à entrer au Peabody Hall, Parker. Un peu plus loin, c'est Zahra qui se tient en compagnie de ses amies. Sous ces capuchons, ce sont des camarades de classe, des connaissances, des voisins qui se dévoilent.

Je me sens vaciller. Ma main blessée me fait terriblement mal. Pourtant, c'est le cadet de mes soucis. Le silence a gagné la clairière.

Y a-t-il seulement déjà eu autre chose ici ? Je ne pourrais en témoigner.

Les vibrations de mon corps me certifient que je suis bien en vie, et consciente. Que se passe-t-il ? Comment en est-on arrivé là ? À cet instant, je suis effrayée par l'idée que quelqu'un parle de nouveau. J'aimerais rester enfermée pour l'éternité dans une bulle où mes sens se seraient éteints.

— Vous vous en êtes très bien sortis les enfants, sourit Monica.

Le voilà, ce moment terrible que je redoutais tant. Celui où je dois revenir à ce monde et affronter ces personnes. Je devrais peut-être rire, ou laisser n'importe quelle autre émotion me submerger. J'en serai incapable. Ma torpeur n'a d'égal que le froid qui m'inonde.

Monica m'aide à me lever. J'avais oublié que j'étais agenouillée dans l'herbe. Mes jambes sont engourdies d'avoir tenu trop longtemps cette posture.

— Rentrons, dit monsieur Hubbard. Les enfants seront plus à même de nous écouter quand ils auront un vêtement chaud sur le dos.

***

Je ne sais comment je me retrouve dans ma chambre. Betsy, qui a renfilé sa tenue de service, essuie vigoureusement la trace de sang sur mon front. Elle enroule une bande autour de ma main. Ma cape sombre a laissé la place à une robe noire, elle aussi. C'est Monica qui l'a choisie. La gouvernante noue mes cheveux en un chignon haut. Cinq minutes plus tard, je frappe à la porte du bureau.

— Entre, Serena, lance ma tante. Nous t'attendions.

Une bûche crépite dans l'âtre. Ses flammes dessinent dans la pièce de gigantesques faisceaux orangés. Une dizaine d'adultes discutent autour de verres en cristal. J'avais espéré trouver Alec ou Zahra. Je devrais me contenter de leurs parents. On me fait signe de m'asseoir. Je rejoins mes frères et nous nous serrons sur une causeuse deux places.

Je n'arrive toujours pas à comprendre ce qui vient de se passer. J'étais sûre en pénétrant dans cette forêt de trouver les réponses à mes questions. J'en suis sortie avec d'autant plus d'interrogations et une confusion totale.

La fatigue ne joue pas en ma faveur. L'horloge au-dessus de la porte indique presque 2 heures du matin. Les adolescents ordinaires à cette heure-ci achèvent un énième épisode de série, surfent sur le Web ou rentrent discrètement par la fenêtre après avoir contourné l'interdiction de sortie. Je parie que peu d'entre eux célèbrent des rituels sataniques.

Je retrouve au-dessus de nos têtes ce portrait effrayant. Ce soir, sa place au centre de cette pièce m'interpelle. Que fait un puritain au sein d'une assemblée de... de... je crois que je ne suis pas encore prête à le dire.

Les discussions s'étouffent. L'attention des convives – si on peut les appeler ainsi – se porte sur nous. Ils prennent place dans ce salon de fortune, certains assis sur les accoudoirs, d'autres adossés à la cheminée, dont les flammes caractérielles menacent de s'échapper.

Monica s'éclaircit la voix.

— Tout d'abord, permettez-moi de vous dire à quel point je suis fière de ce que vous avez accompli ce soir. Emprunter le chemin de sang requiert beaucoup de courage. D'autant plus lorsqu'on n'a aucune idée de ce qui nous attend en haut, comme c'était votre cas.

Elle trempe ses lèvres dans son verre. Derrière elle, Hubbard et Walcott acquiescent à chacun de ses mots.

— Après la cérémonie d'initiation, vous êtes sans doute en attente de réponses. C'est la raison pour laquelle nous sommes ici, avec vous, ce soir. Nous avons le devoir, en tant que membres du conseil de Salem, d'épauler les héritiers de Samuel Parris.

Monica lance un coup d'œil furtif au portrait. Bon sang, mais bien sûr ! Comment ai-je fait pour ne pas le reconnaître plus tôt ? C'est lui, l'ancêtre dont mon père me rabâchait les oreilles : le révérend Samuel Parris.

Je dévisage mes frères. Aucun de nous ne saurait par où commencer.

— Je comprends que ce ne soit pas facile à avaler pour vous, intervient monsieur Hubbard. Ce le serait bien davantage si vous aviez grandi parmi les vôtres et que vous aviez été initiés dès l'enfance. Vos parents ont fait le choix de vous tenir à l'écart de ce monde, votre monde. Vous avez à présent beaucoup de retard à rattraper.

— Pour ne rien vous cacher, reprend Monica, nous avons hésité avant de vous révéler tout cela. Nous souhaitions avant tout respecter la volonté de vos parents. Néanmoins, certains évènements récents nous ont conduits à revoir la question. Nous sommes finalement arrivés à la conclusion que votre intérêt était d'être mis dans la confidence.

Jon s'avance sur son siège.

— À quels évènements faites-vous allusion ?

— L'incident du manoir, répond monsieur Walcott. Pour n'en citer qu'un.

Nous ont-ils caché autre chose ? Se peut-il qu'ils pensent aussi au masque de porc ?

Je sors peu à peu de ma léthargie et balaye du regard l'assemblée. Ils sont tous si droits, si dignes, leurs mentons dressés de cet air supérieur qui me met mal à l'aise.

— Il y a une chose que je ne comprends pas, intervient Wyatt, étonnamment serein. Si nous pouvons faire de la magie, nous aurions dû nous en rendre compte.

— Vous n'avez peut-être pas été assez attentifs, réagit madame Walcott, croisant les mains sur sa jupe. N'avez-vous jamais perçu des phénomènes étranges quand vous étiez en colère ? Des portes qui claquent, des verres qui explosent, des objets qui volent ? Le ciel s'est-il déjà assombri lorsque vous étiez triste ? Je parie qu'après la disparition de vos parents, San Diego a subi plusieurs semaines de mauvais temps.

C'est absurde. Tout cela n'a aucun sens. Oui, il pleuvait à San Diego lorsque nous avons appris que papa et maman avaient disparu. Cela fait-il pour autant de nous des magiciens ?

Complètement irrationnel.

Pourtant, je n'imagine pas ces personnes de raison, ces hommes, ces femmes à la tête des plus grandes familles du Massachusetts, orchestrer une si grotesque farce. Cela signifie-t-il qu'ils disent vrai ?

Impossible à croire.

Le temps s'est suspendu dans le bureau. Les regards sombres de nos invités scrutent la moindre de nos réactions. Mon esprit, lui, fouille dans ma mémoire. Depuis notre arrivée à Salem, je ne compte plus les étranges coïncidences et les phénomènes inexpliqués. La présence de la magie dans cette ville, aussi hallucinante soit-elle, ne serait-elle pas en fin de compte une fatalité ?

Difficile à dire.

— Rien de tout ça n'a de sens ! s'exclame Jon. Dois-je vous rappeler que l'histoire a retenu les Parris pour avoir contribué à débarrasser cette ville des sorcières ?

— Tout comme vos familles, j'ajoute. Chacun d'entre vous a pour ancêtre l'un de ceux qui en 1692 ont dénoncé ces femmes et les ont envoyées à la potence.

— Samuel Parris, reprend monsieur Hubbard, tout comme nos aïeux, était un sorcier. Il n'a pas débarrassé Salem de la magie. Il l'a protégée.

Je ne comprends plus rien. Toute ma vie, on m'a répété que je pouvais être fière de faire partie de la lignée de l'honorable révérend Samuel Parris grâce à qui les sorcières ont été chassées du Massachusetts. Ça ne représentait rien pour moi. Du moins, je le croyais. À présent que tout s'effondre, j'ai le sentiment qu'une part de moi s'écroule avec ces révélations.

— Nos ancêtres se sont installés dans le Nouveau Monde au XVIIe siècle pour fuir la persécution, dit Monica. En bâtissant leur propre ville, ici à Salem, ils étaient déterminés à se soustraire à la loi des hommes pour ne jamais plus être menacés. Ils vécurent pendant un moment en paix avec d'autres colons, non-sorciers, mais qui appréciaient les bienfaits que la magie apportait à leur communauté.

J'avale ma salive. Monica a dû longuement répéter cette histoire lorsqu'elle s'est préparée à ce moment.

— En 1691, de nouveaux humains sont venus s'installer dans la ville. Eux, en revanche, se montrèrent plus réticents à l'usage de la magie. De nombreux conflits déchirèrent Salem. Ce qui finit par attirer des chasseurs de sorcières.

— Après des années de fuite, poursuit monsieur Hubbard, nos ancêtres ne pouvaient se résoudre à quitter cet endroit qui était leur. Alors, pour repousser les chasseurs, ils trouvèrent une solution. Ce n'était pas la meilleure, mais la plus juste pour leur communauté.

— Le conseil de Salem, reprend Monica, présidé par Samuel Parris, décida de faire accuser les étrangers qui s'étaient invités dans leur cité paisible de sorcellerie. Nos ancêtres n'eurent aucune difficulté à pénétrer ces esprits faibles et rendre leurs comportements suspects. Ainsi ils débarrassèrent la ville de ceux qui avaient cherché leur perte et donnèrent aux chasseurs des coupables à éliminer.

J'avale ma salive. Cette histoire, à quelques mots près, est celle que l'on m'a depuis toujours contée. Ces modifications infimes en changent pourtant tout le sens.

— Vous voulez dire, je murmure, que ces gens qui sont morts parce que la société puritaine les soupçonnait d'être des sorciers n'avaient pour seul tort que d'être venus à Salem ?

— Ils menaçaient nos ancêtres ! s'exclame un homme dont je ne me rappelle plus le nom. Ils les auraient fait tuer. Et nous ne serions pas là pour en parler.

— Ils ont sauvé leurs vies, intervient madame Walcott.

La voix de la mère d'Alec est d'une rare douceur.

— Et celles de leurs enfants avec eux, achève la femme aux cheveux d'argent.

Le silence revient dans le bureau. J'ai beau tourner l'affaire dans tous les sens, les preuves sont là. Ce soir, nous sommes entrés dans le monde des sorciers. Je dois me faire à cette nouvelle réalité, aussi irréaliste soit-elle.

— Nous devons à présent vous parler d'un sujet bien moins joyeux.

Je ne peux me retenir de lâcher :

— Parce que tout ce qui s'est dit avant était censé l'être ?

Monica grimace. Wyatt est secoué d'un hoquet de rire. En d'autres circonstances, Jon en aurait fait de même. Ce soir, il est bien trop angoissé pour ça.

— La famille Parris descend de l'une des plus anciennes et des plus pures lignées de sorciers, reprend ma tante.

— Qu'est-ce que ça signifie ? je demande.

— Par Satan, Serena, vas-tu cesser de me couper !

La remarque de Monica fait l'effet d'une décharge dans l'audience. Elle passe sa main dans ses cheveux pour les lisser. Puis, croisant ses doigts sur sa jupe, elle reprend en souriant :

— Vos parents, comme tous vos ancêtres Parris, étaient des créateurs, des sorciers très puissants maniant une forme de magie ancienne appelée l'Osmose. C'est une pratique dangereuse qui est désormais interdite. Nombreux sont ceux, humains comme espèces surnaturelles, à traquer les créateurs. Certains cherchent à s'approprier leurs pouvoirs quand d'autres désirent l'extinction pure et simple de l'Osmose.

Serait-ce une façon élégante de nous dire que de très nombreuses personnes sont en ce moment à nos trousses ?

— Avant toute chose, les enfants, soyez certains que nous mettrons tout en œuvre pour vous protéger de la menace.

— Quelle menace ? je m'exclame. Vous tournez autour du pot depuis tout à l'heure. Nommez ce qui doit l'être !

Les conseillers échangent des regards en coin.

— Pour l'instant, intervient monsieur Walcott, nous avons plusieurs pistes. Hélas, aucune n'est suffisamment concrète pour pouvoir l'exploiter. Nous ne savons pas encore qui a orchestré l'incident du manoir, mais nous ne tarderons pas à le découvrir.

— En attendant, poursuit Monica, nous allons redoubler de vigilance. J'ai d'ores et déjà demandé à Tom Wilkerson d'accroître la surveillance des loups.

Des loups ? Je n'ai plus la force de poser une question de plus. Je me contenterai d'accepter cette information comme elle me vient. Tom Wilkerson, les loups, la surveillance. Pas de danger. Vraiment ? Cela fait à peine un mois que nous sommes à Salem, et déjà on a essayé de nous tuer.

Le conseil prend congé. Sur le pas de la porte, tandis que ma tante raccompagne les derniers convives, je surprends un furtif échange entre elle et monsieur Hubbard.

— *Miserere nobis*, murmure Monica la main sur la poignée.

— *Ora pro nobis*, rétorque l'homme, hochant le menton.

Monsieur Hubbard s'évanouit dans la nuit.

Je suis épuisée, incapable de formuler la moindre question, ni même d'avoir la patience d'écouter la réponse. Pourtant, de si nombreuses choses me sont encore incompréhensibles, demeurant dans mon esprit tout à la fois étranges et hostiles.

— J'ai promis à vos parents que je veillerais sur vous et que j'empêcherais quiconque de vous faire du mal.

Un pied sur l'escalier, ma détermination à retrouver au plus vite mon lit ne fait pas le poids face à l'idée qui émerge soudain dans mon esprit et envahit sur-le-champ chaque parcelle de mon cerveau. Je me retourne.

— Monica. Est-ce que la disparition de nos parents a quelque chose à voir avec la sorcellerie ?

Dans le silence du hall désert, ma tante, immobile, me dévisage. Mon cœur se serre, mes mains se font moites. Je presse mes doigts autour de la rambarde de l'escalier pour ne pas tomber.

— Ils n'ont pas disparu, n'est-ce pas ?

Monica fait non de la tête. Lorsqu'elle ouvre la bouche, sa voix, fluette, est parcourue de trémolos.

— Vos parents étaient poursuivis, Serena. Nous ignorons encore par qui et pour quelle raison. Ce dont nous sommes certains en revanche, c'est que pour vous protéger, ils n'ont eu d'autre choix que de vous abandonner.

15

La pendule de la cuisine affiche 7 h 30. Assise au comptoir, je pique du nez dans mon mug. Mes paupières sont si lourdes qu'elles pourraient se décrocher de mon visage. Ma gorge est sèche, ma conscience engourdie.

Mes pensées tumultueuses m'ont tenue en éveil jusqu'à l'aube. Après la cérémonie d'initiation et la visite du conseil, une foule de questions sur lesquelles je n'avais aucun contrôle se sont invitées dans mon esprit.

En un claquement de doigts, le monde que je connaissais a soudain changé. Mes certitudes se sont écroulées. J'ai la désagréable sensation que tout ce qui m'entoure n'est qu'une masse molle, aussi informe qu'instable, sur laquelle je ne peux plus m'appuyer. Hier, j'étais une simple jeune fille. Ce matin, je me suis réveillée sorcière. J'ignore ce que cela implique. Suis-je un monstre ? Ces gens ont-ils raison de chercher à me tuer ? Mais je ne veux pas mourir. Pas maintenant. J'ai tant de choses à vivre. Je veux aller à Yale, faire des études de littérature pour devenir écrivaine. Je veux fonder une famille, avoir des enfants et un chien.

Et si la vie dont j'avais toujours rêvé m'était désormais interdite ?

— On aurait dû leur dire ! s'exclame Jon.

Je sors de mes songes et avale une gorgée de mon troisième café avant de répondre.

— Après tout ça, tu avais encore envie de discuter, toi ?

— Le conseil cherche quelqu'un qui en a après nous, renchérit mon frère. La moindre des choses serait de leur parler du masque de porc ! Vous étiez d'accord avec moi pour dire que cette chose étrange nous voulait du mal !

— Et nous sommes toujours de ton avis, j'ajoute. Mais nous venons de découvrir ce monde. La soirée d'hier a été épuisante, sans parler de toutes ces questions qui bourdonnent de tous côtés. Ne peut-on pas s'accorder une pause avant de partir à la chasse au cochon ? Juste une journée, Jon.

— Je mourrais pour passer une journée normale, soupire Wyatt. Enfin, façon de parler.

Mon cadet a boutonné sa chemise lundi avec mardi. Je lui fais signe d'approcher. Il fulmine, mais obtempère. Il surveille par-dessus son tout petit nez la manipulation.

— Je persiste à dire que nous aurions dû raconter au conseil ce que nous savions.

— Juste une journée, j'implore.

Mon frère ne desserre pas les lèvres. Ses yeux bruns paraissent d'autant plus perçants que des rides bordent ses cils. Mes parents disaient de lui qu'il était la force de notre famille. Comme un pilier, inébranlable. Pour ma part, je le définirais plutôt comme têtu.

— Très bien, j'acquiesce. Fais ce que tu veux. De toute façon, je m'en fiche.

Depuis hier soir, une tout autre préoccupation me hante. Elle est là, dès que je ferme les paupières, tapie dans les ténèbres de mes songes. Elle est dans le silence qui m'enveloppe et dans l'innocence de mes frères. Mes parents se sont enfuis.

La nouvelle a formé dans ma poitrine un trou béant. D'abord l'inquiétude de ceux qui intentent à leur vie. Mais surtout la douleur de n'en avoir rien su. Je ne comprenais pas pourquoi papa et maman nous avaient caché leurs problèmes. Et puis, je me suis souvenue toutes ces nuits où je les ai surpris à parler de Salem à demi-mot. Même à l'autre bout du pays, le secret de cette ville pesait encore sur leurs épaules. Ils ne sont jamais parvenus à s'en débarrasser.

J'en suis arrivée à la conclusion qu'à leur place, j'en aurais fait autant. Si je savais qu'une personne voulant m'atteindre pourrait s'en prendre à ceux que j'aime, je partirais le plus loin possible et sans laisser de trace. Je les protégerais.

Il n'empêche que ce matin, la douleur est encore là. Où sont-ils ? Que font-ils ? Qui sont ceux qui les poursuivent ? Sont-ils parvenus à leur échapper ? Pourront-ils nous revenir ? Vais-je un jour revoir mes parents ? N'ayant aucun moyen de répondre à ces questions, je suis réduite à les regarder tourner.

Une larme fugace se dérobe à mon attention. Je l'essuie d'un revers de main. Mes frères ne remarquent rien. J'avale une gorgée de café et replace le voile nébuleux sur mes pensées.

— J'ai une idée, intervient Wyatt. Attendons la prochaine manifestation du masque de porc pour parler au conseil. Nous aurons ainsi des éléments factuels à leur apporter.

— Bonjour, bonjour !

Monica tout sourire se joint à notre petit déjeuner sur le pouce. Elle observe en grimaçant les boîtes de céréales éventrées sur la table, et se tourne vers la machine à café en bougonnant.

— Ne vous ai-je pas déjà dit que celui qui finit le café doit remplir la cafetière ?

— C'est Serena ! s'exclame Jon en retirant le sachet d'Earl Grey de sa tasse.

Monica me toise.

— Tu n'as qu'à claquer des doigts, dis-je d'un haussement d'épaules. Tu auras autant de café que tu veux.

— Ce n'est pas ainsi que fonctionne la magie, très chère ! s'exclame ma tante. La sorcellerie est un art noble qui se pratique avec respect. Et pas pour des choses aussi futiles que remplir une cafetière.

À ces mots, elle dresse l'index. Des toasts chauds bondissent du grille-pain. Une assiette regorgeant de mets apparaît devant elle. Nous la dévisageons. La bouche pleine d'œufs brouillés et d'avocat, elle lance :

— Vous comptez me dénoncer ?

Nos têtes oscillent de gauche à droite.

— À la bonne heure !

Monica lève de nouveau la main. Elle murmure quelque chose. Les boîtes de céréales disparaissent, remplacées par des assiettes garnies d'œufs, de bacon et de toasts. L'odeur est alléchante, mais mon estomac est noué. Impossible d'avaler quoi que ce soit.

— Je vous ai entendus discuter du conseil, reprend-elle. De quoi parliez-vous ?

Jon manque de s'étouffer avec sa gorgée de thé. Je dois répondre avant qu'il n'ait le temps de s'exprimer. J'aurai mon jour de répit.

— Nous nous faisions la remarque que l'idée de dissimuler un groupe de sorciers derrière un étendard puritain était, disons, bien pensé.

Mon aîné bougonne. Il éponge le thé sur sa chemise et gobe trois morceaux de bacon. Wyatt, lové dans sa chaise, savoure son bol de céréales ramollies.

— Un coven.

Je plisse les paupières. Monica lève les yeux au ciel. Elle avale une gorgée de café et essuie ses lèvres maquillées de rouge.

— Un groupe de sorciers, ça s'appelle un coven.

— Si tu le dis, je souffle. Quoi qu'il en soit, c'était une idée osée.

— N'est-ce pas ! s'exclame ma tante. Nous n'aurions pu imaginer plus parfaite couverture ! Qui irait croire que des sorciers vivent toujours à Salem alors qu'un conseil puritain mène la ville !

Le petit déjeuner se termine. Nous rejoignons la voiture qui nous conduit à St George. Une voûte nuageuse nous accueille à l'entrée du lycée. Encore une autre journée pluvieuse qui se profile à l'horizon. Sitôt sur le parvis, mon frère est assailli par des adolescents aux blousons Thunderwolfs. Je mets un moment à comprendre ce qui se passe.

— Félicitations, Parris. Tu es des nôtres.

L'un de ses nouveaux coéquipiers pose sur les épaules de

Jon un teddy à tête de loup enragé. Tout à côté, Redwood observe la scène, amusé. Depuis la soirée du bal et le perron des Rivers, il se comporte étrangement. Je crois qu'il m'évite.

Jullian se tourne vers moi. Ses yeux émeraude détaillent mon visage. Je soutiens son regard. Je suis très forte à ce jeu-là.

À 12 ans, j'ai défié Jon à un concours de regard. Le perdant devait laisser sa chambre à un ami de papa à qui nos parents avaient offert l'hospitalité le temps de son séjour à San Diego. Jon a tenu 8 minutes 56 secondes et il a passé la semaine suivante sur le divan.

Les Thunderwolfs hèlent leur capitaine. Redwood leur répond d'un sourire.

Gagné.

Je m'assois en haut des marches. Penny ne devrait pas tarder à arriver. C'est Chase qui la dépose le matin avant d'aller travailler.

— Je dois admettre que tu t'en es plutôt bien sortie.

Une ombre me surplombe. Dressant le menton, je trouve Redwood, les mains rentrées dans les poches de son uniforme, observant les étudiants investir l'Institut.

— Je te demande pardon ?

Il continue de regarder droit devant lui. Compte-t-il me donner plus d'explications ?

— La plupart des novices arrivent en haut après l'heure. Quand ils ne s'arrêtent pas en route. Un animal qui fait deux fois votre taille peut être intimidant pour certains.

Il était à la cérémonie ? Ça se tient. Tant de personnes étaient présentes, tant de visages dissimulés dans la forêt, que j'ai très bien pu le rater. Dans la foule, chaque masque d'or ressemblait à celui d'à côté.

Une minute... Ça voudrait dire que lui aussi...

— Tu es un sorcier ? je lâche du bout des lèvres.

Jullian éclate de rire. Je ne perçois que les vibrations de son menton.

— Bien sûr que non !

— Dans ce cas, comment peux-tu savoir ?

Il baisse enfin la tête. Ses yeux cherchent les miens.

— Je pensais que tu aurais déjà compris.

Il fait demi-tour et s'éloigne. Jullian se fond parmi les étudiants.

Compris ? Qu'y a-t-il à comprendre ? Qu'il essaie de jouer avec mes nerfs en me baladant du chaud au froid ? Je ne sais jamais sur quel pied danser avec lui et ça devient franchement agaçant.

— La nuit a été longue à ce que je vois.

Le camion de Chase disparaît au coin de la rue.

— Dure soirée ? demande-t-elle.

Je lui emboîte le pas dans les escaliers. Joue-t-elle les innocentes ou ne sait-elle bel et bien rien de ce qui m'a tenue éveillée ? Elle pourrait très bien s'être trouvée au milieu de cette assemblée de masques d'or. Redwood faisait partie des invités, pourtant je ne l'ai pas vu non plus.

Mais comment aborder le sujet ? « Dis-moi, tu n'aurais pas participé à une cérémonie satanique hier soir dans les bois ? » Certes très direct, mais ça ne me semble pas être des plus judicieux. Si je me trompais, je pourrais mettre en péril le secret que l'on m'a confié. « Par le sang, vous nous rejoignez. Par le sang, vous périrez si vous trahissez votre parole. » Mieux vaut ne pas tenter le diable. Même si dans cette situation le proverbe pourrait être pris au sens propre. Je pars du principe qu'elle est sincère. C'est l'une des qualités que j'ai toujours appréciée chez elle. Elle est mon amie, la seule personne que j'ai rencontrée dans cette ville en qui j'ai toute confiance. Je dois le garder à l'esprit.

— On peut dire ça, je murmure.

Dans la classe du professeur Dawkins, mes camarades profitent des derniers instants avant le début du cours. Certains discutent du match à venir de l'équipe de football, qui promet, selon eux, d'être épique. D'autres tiennent un débat autour des sentiments d'Elizabeth pour Darcy dans l'œuvre de Jane Austin que nous étudions. Redwood, comme toujours, est accoudé à la fenêtre. Sa joue, posée sur le verre glacé, a formé une auréole blanchâtre. Son doigt défile à toute vitesse sur l'écran de son téléphone.

Je croise sur mon passage des regards que je ne sais comment interpréter. Je reconnais des personnes présentes hier soir. Elles semblent en tout cas bien moins fatiguées que moi. Peut-être après un certain temps et pas mal de pratique s'habitue-t-on aux nuits blanches de sabbat.

Sabbat. Si j'avais imaginé un jour employer ce mot au premier degré.

En ce qui concerne Veronica et ses suivantes, je sais que l'attention qu'elles me portent n'a rien de bienveillant. Assises au fond de la salle, elles discutent à voix basse, puis me jettent leurs regards condescendants et éclatent de rire. Je les ignore.

— Là, dit Penny en pointant les deux dernières places libres au fond de la classe.

Je change d'allée et avance vers les tables. Veronica attrape son sac et le pose sur la chaise en question avec un air de défi.

— Est-ce que tu peux enlever ça ? je demande. S'il te plaît.

— Désolée, répond-elle. La place est prise.

Derrière la reine du lycée, Bethany mastique un chewing-gum avec une telle force qu'elle paraît sur le point de se décrocher la mâchoire.

— Par qui ?

À nouveau, les premières échangent des regards accommodés de sourcils arqués. Bethany mâche toujours plus fort. Grace se balance sur sa chaise. Veronica sourit.

— Mon sac à main.

Elles éclatent de rire.

Inspirer, expirer. Ne pas céder. Elle veut me pousser à bout.

— Je ne suis pas persuadée qu'un sac soit intéressé par un cours de littérature.

— Un truc informe comme le tien, sûrement pas. Mais celui-ci coûte 16 000 dollars. Même la lanière vaut plus cher que toi, Parris.

Mes dents se serrent. Je sens mes ongles s'enfoncer dans mes paumes. Le peu de sang-froid qu'il me reste disparaît avec la nouvelle salve de leurs rires qui retentit dans toute la classe.

— Enlève ce truc immédiatement ou tu risques de voir 16 000 dollars passer par la fenêtre.

Tous nos camarades ont cessé leur ouvrage pour observer la scène. Les respirations sont suspendues à nos mouvements.

— Essaie Parris. Et tu voleras pour le rejoindre.
— Est-ce que ce sont des menaces ?
— Tu en doutes encore ?
— Veronica, ça suffit !

Redwood me frôle. Sa voix est grave. Je crois ne l'avoir jamais vu aussi sec.

— On ne t'a rien demandé, Jullian, grimace Veronica.

Les muscles de ses bras tendent le tissu de son blazer, dessinant d'harmonieux reliefs.

— Ce n'est qu'une place. Je ne comprends pas pourquoi tu en fais toute une affaire.

— Je ne veux pas de quelqu'un comme elle à côté de moi ! Elle apporte suffisamment de problèmes à cette ville rien qu'en respirant, hors de question que je supporte sa présence à côté de moi.

Tout self-control me quitte. Ma colère dicte mes pas. J'attrape le sac à main à la volée. Les yeux écarquillés, Veronica bondit de sa chaise.

— Voyons ce qu'il renferme de si précieux pour valoir 16 000 dollars. Peut-être un reçu pour ta rhinoplastie ?

Bethany pouffe. Veronica la dévisage. La jeune fille manque de s'étouffer avec son chewing-gum avalé de travers.

— Rends-moi mon sac, pétasse.
— Ne fais pas ça, Serena.

La voix de Jullian est redevenue calme. Ça ne me fera pas changer d'avis. Je ne peux plus reculer. Maintenant que j'ai ce sac entre les mains, alors que tous mes camarades sont à l'affût, je ne peux plus revenir en arrière.

Debout à ma gauche, Penny me fait signe de la tête. Je prends ça pour un encouragement.

— Un portefeuille en imprimé léopard, je commence en sortant l'objet. Assez classique, mais parfaitement à ton image. J'imagine qu'il est assorti à tes sous-vêtements.

— Tu vas me le payer, Parris !

Veronica avance, je recule. Au milieu, Jullian essaie encore de temporiser.

— Des mouchoirs ? Tu veux dire, pour pleurer ? Je croyais pourtant que les pétasses étaient dépourvues de liquide lacrymal.

Je jette le paquet de l'autre côté de la salle. Un garçon à la tignasse noire l'attrape à la volée. C'est Taylor, l'un des proches amis de Redwood.

— Des tampons, du rouge à lèvres, une crème pour les mains... Oh, un portable ! Voyons voir ce qu'il y a dessus. Je suis sûre que tu adorerais partager avec nous les photos que tu prends avec tes sous-vêtements léopard.

Veronica bondit sur moi. Elle est rattrapée *in extremis* par Jullian. Alors qu'il la repousse vers le fond de la classe, j'aperçois sur son visage deux perles d'or. Des yeux jaunes.

Redwood profite de ma stupeur pour saisir le portable à la volée. Il me dévisage, mâchoire crispée, puis tire le sac à lui.

— Que se passe-t-il ici ?

La voix de monsieur Dawkins a fait bondir les élèves sur leurs chaises. Le dos droit, ils fixent le professeur devant son tableau. Seuls Jullian et moi demeurons debout au milieu de l'allée.

— Y a-t-il un problème, monsieur Redwood ? demande Dawkins.

— Aucun, professeur.

Jullian ajoute à mon adresse :

— Avance.

Sa main se pose dans mon dos et me force à obtempérer. Je rejoins le premier rang et m'assois devant le professeur.

Je peine à comprendre ce qui vient de se passer. La fatigue a pu me faire halluciner. Pourtant, je suis certaine de ce que j'ai vu. Veronica avait les yeux jaunes. Aussi luisants et étranges que ceux que j'ai aperçus la nuit du meurtre de Gemma.

Des yeux d'or.

Des yeux de loup.

16

Se pourrait-il que ce soit vrai ? Veronica, un loup ? Une vipère, peut-être. L'un de ces chatons qui se prennent pour un tigre, à la limite. Mais un loup...

Enfin... Il y a une semaine, je n'aurais jamais cru être une sorcière. Au point où j'en suis, je ne devrais plus être étonnée de rien.

Il y a forcément une explication rationnelle à tout ça. Wyatt aurait déjà trouvé. Je dois penser comme lui. Réfléchissons.

Pourquoi pas la lumière du jour ? Malgré les nuages extérieurs, un rayon de soleil a pu se faufiler jusqu'à son visage. Ou alors le reflet de l'écran de son portable. Tout est allé si vite. Et si c'était une maladie ?

Gretel, l'une de mes amies de San Diego, s'est retrouvée du jour au lendemain avec un œil complètement rouge. Elle nous avait expliqué que des vaisseaux avaient éclaté à cause des nouveaux médicaments que lui avait prescrits son médecin. Veronica pourrait avoir un problème similaire.

— C'était un peu comme me dire « vous pouvez postuler autant que vous voudrez, jamais nous n'examinerons votre dossier ». Je trouve ça écœurant !

— Qu'est-ce qui est écœurant ?

Penny penche la tête sur son épaule droite. Ses nattes blondes glissent sur son blazer. Sa poitrine se soulève dans un long soupir.

— Désolée, je murmure. J'étais ailleurs. De quoi est-ce que tu parlais ?

À nouveau, la jeune fille m'observe de ce regard tendre qui rend sa ressemblance avec sa mère encore plus flagrante.

— Tu devrais manger avant que ce soit froid, reprend-elle en pointant du bout du nez l'assiette dans laquelle je fais tourner mes petits pois.

Je réponds d'un sourire. À cet instant, je mourrais pour que Penny ait été parmi ces capuchons sombres hier soir. Je pourrais partager avec elle mes questions. Considérant sa très large connaissance d'à peu près tout ce qui nous entoure, elle pourrait m'aider à y voir plus clair.

L'unique personne en qui j'ai toute confiance est justement la seule à qui je ne peux rien dire. Je touche à peine du doigt ce qui se cache derrière les étendards puritains de Salem, et j'en entr'aperçois déjà les limites, qui drapent autour de mon cou un foulard de soie. La menace est d'une rare douceur. Elle est pourtant là, attendant le moindre de mes faux pas pour resserrer son étreinte.

— Vous permettez qu'on se joigne à vous ?

La tête blonde d'Alec me surplombe. Parker l'accompagne. À côté du golden boy, Parker paraît encore plus grand et mince. Ses cheveux sombres sont soigneusement peignés en arrière, loin des mèches récalcitrantes d'Alec.

Je hoche le menton. Ils posent leurs plateaux et s'installent en silence.

— Comment s'est passée ta soirée, Serena ? s'enquiert Parker.

Je manque d'avaler de travers ma fourchette de petits pois. Penny me lance un regard intrigué. J'attrape un verre d'eau que je descends à grandes gorgées. C'est le répit dont j'ai besoin pour trouver quoi répondre.

— Tumultueuse, dis-je enfin. J'ai fait des cauchemars toute la nuit.

Les rires fusent autour de nous. Nos camarades, profitant de la pause déjeuner pour retrouver l'esprit adolescent que ce monde élitiste cherche à étouffer, se laissent aller aux plus frivoles conversations. J'ai l'impression d'être la seule tendue dans cette cafétéria. Ma colonne vertébrale est raide, chacun de mes muscles est contracté. Sous la table, je serre mes paumes moites pour les empêcher de trembler.

Parker et Alec échangent des regards auxquels je ne comprends rien.

— Est-ce que tu te sens bien, Serena ? murmure Penny en posant sa main sur mon épaule.

Le contact de ses doigts provoque une décharge électrique dans tout mon corps.

— Un petit pois m'est resté en travers de la gorge, dis-je en attrapant ma fourchette. Mais ça va mieux.

L'arrivée à notre table d'une tornade aux cheveux auburn coupe court à toutes tensions. Zahra, d'un large sourire, s'installe à côté de moi. Elle a dans son assiette le même arrangement de viande, petits pois et purée. À ceci près que sur son plateau, cela semble encore mangeable.

— De quoi est-ce que vous parliez ? demande la jeune fille entre deux gorgées d'eau.

— De Serena qui a fait des cauchemars toute la nuit, dit Parker.

Ça pourrait paraître presque normal si Parker n'avait pas ponctué sa phrase d'un haussement de sourcils et d'un sourire en coin. Un bruit sourd retentit sous la table. Alec grimace.

— Tu m'as fait mal ! s'exclame ce dernier en massant son tibia.

— Désolée, répond Zahra. Ce n'est pas toi que je visais.

Penny est secouée par un hoquet de rire.

— Et vous, les filles. De quoi parliez-vous avant que ces deux enquiquineurs viennent vous déranger ?

Elle se tourne vers moi. Je ne parviens pas à la regarder dans les yeux. Son énorme pendentif de diamant taillé en forme de cœur accapare toute mon attention. Je crois n'avoir jamais vu un bijou aussi imposant.

— Du comité des fêtes, lance Penny. J'ai déposé une candidature ce matin. La secrétaire de monsieur Wellberg m'a gentiment répondu que les places étaient limitées et qu'aucun poste n'était à pourvoir. Je trouve ça aberrant ! C'est un comité de fêtes, pas une équipe de football !

Elle avale une cuillérée de yaourt et reprend en marmonnant :

— Si le nom en haut du dossier avait été celui d'un fondateur, les choses ne se seraient certainement pas passées de cette manière.

Malgré moi, mes yeux glissent de l'autre côté de la table. Ils rencontrent ceux d'Alec. Le contact dure une poignée de secondes. Mal à l'aise, je me détourne.

— À vrai dire, reprend Zahra. Je suis la présidente du comité des fêtes.

— Oh, laisse échapper Penny.

Mon amie n'est pas aussi bonne actrice qu'elle l'espérait. Sa surprise sonne plutôt comme une satisfaction.

— Pour ne rien te cacher, c'est moi qui ai dit à Dorothea de clore le recrutement.

Elle vérifie par un coup d'œil à droite, puis à gauche. Son attention s'attarde sur les tables au fond de la cafétéria, où Veronica et ses suivantes rient à gorge déployée.

— Vois-tu, certaines personnes postulent pour se donner bonne conscience ou pour laisser croire qu'elles sont impliquées dans la vie de St George. Ce n'est pas le genre de membre dont le comité a besoin. Mais nous cherchons toujours des volontaires dévoués qui prendraient la mission de cette institution au sérieux.

Zahra s'avance sur la table. Son index touche le bout du nez de Penny. Maman faisait pareil avec notre lapin, Albert, à chaque fois qu'il dégustait l'une des bottes de carottes qu'elle lui donnait. Ce qui rend le geste de l'adolescente encore plus étrange. Penny ne relève pas.

— Je vais prévenir Dorothea que le comité a ouvert une place pour un nouveau membre, dit Zahra en sortant son portable. Tu devrais passer la voir immédiatement. La connaissant, dans dix minutes elle aura oublié.

— Vraiment ?

Les yeux écarquillés de Penny sont rivés sur les doigts de

Zahra, qui pianotent sur l'écran. Quand elle range son téléphone, Penny, se perdant en remerciements, quitte le réfectoire au pas de course.

— Enfin ! s'exclame Parker.

— Ne me remerciez pas, rit Zahra en avalant une bouchée de purée.

Interdite, je fais la navette entre les deux camarades. Alec laisse tomber sa fourchette dans son assiette.

— Rien ne vous oblige à vous montrer aussi condescendants, bougonne-t-il. Penny est l'amie de Serena. Même si vous n'appréciez pas ce qu'elle est, vous devez au moins la respecter !

— Tu veux dire plutôt ce qu'elle n'est pas, ricane Parker.

La table se soulève sous l'effet d'un coup de pied d'Alec, qui aboutit dans mon tibia. Ils doivent décidément apprendre à viser tous autant qu'ils sont !

— Désolé, murmure le jeune homme.

— Alec a raison, reprend Zahra à l'attention de Parker. Les amis de nos amis sont... enfin... Ils ont le droit d'être amis.

Elle se tourne vers moi.

— Excuse-moi. C'est que nous n'avons pas vraiment l'habitude de nous mélanger avec ceux de son espèce.

— Son espèce ? je répète en massant mon tibia. Quelle espèce ?

— Les humains, rétorque Parker en grimaçant.

C'est peut-être ma seule chance d'avoir des réponses à mes questions. Je m'éclaircis la voix. Jetant un regard à droite et à gauche, je m'avance sur la table et reprends à voix basse.

— Et est-ce que d'autres espèces que les sorciers et les humains fréquentent St George ?

Les trois échangent des coups d'œil en coin. Ils finissent par éclater de rire. Même Alec. J'avais pourtant espéré qu'il serait le seul à ne pas se moquer de mon ignorance.

— Tu as vraiment des tas de choses à apprendre, toi ! s'esclaffe Parker.

— Eh bien, reprend Zahra, il y a très longtemps de ça,

des vampires vivaient à Salem. Les Phips. Mais ils sont partis depuis des années.

— C'est tout ?

La gravité avec laquelle j'ai prononcé ces mots m'interpelle moi-même. Je me force à retrouver une attitude normale.

— Oui, répond Parker avec un haussement d'épaules. Les loups tiennent à distance les démons de la ville.

— Donc il y a des loups aussi !

À nouveau, mon enthousiasme intrigue mes camarades. *Essaie de rester tranquille*, Serena.

— Bien sûr qu'il y a des loups, reprend Parker. Qui garderait la ville sinon ?

— Tu en as croisé dans la forêt, non ? intervient Alec.

J'acquiesce. Sans que je m'en rende compte, ma tête se tourne vers le fond de la salle, où se trouvent Veronica et ses suivantes. Ainsi, elle n'a pas l'air si féroce. Mais serait-ce possible qu'à la nuit tombée elle cède son enveloppe charnelle à une bête sanguinaire ?

— Oh, je vois, lance Zahra.

Elle croise les mains sur la table.

— J'aurais pensé que le conseil t'aurait expliqué tout ça.

— Tout ça quoi ?

Sans me répondre, Zahra pousse les assiettes de ses camarades et place la sienne au centre. De son couteau, elle sépare d'un côté le steak, de l'autre les petits pois et trace au milieu une ligne de purée. Alec et Parker la regardent faire, amusés.

— Il était une fois des sorciers puissants et respectés qui avaient fui la persécution et bâti dans le Nouveau Monde une cité à leur image.

Elle pointe le steak.

— Un jour, des villageois puritains arrivèrent à Salem. Le coven leur ouvrit les portes de la ville et leur offrit l'hospitalité. C'était peu de temps avant les chasseurs de sorcières, quelques mois avant les procès.

Cette fois, Zahra indique les petits pois.

— Les humains ne tardèrent pas à découvrir la nature

magique de leurs hôtes. Convaincus que les sorciers les mèneraient à leur perte, ils entreprirent d'éliminer les descendants de Satan.

Zahra pousse les petits pois jusqu'à dessiner un cercle autour de la pièce de viande.

— Heureusement, les sorciers pouvaient compter sur des alliés parmi les humains. Ceux-ci les informèrent des plans des intrus. Ce qui laissa aux sorciers le temps de préparer leur contre-attaque.

Elle forme une ronde de purée autour du steak. Je ne sais plus bien où se trouve la métaphore et où est la réalité.

— Les sorciers transformèrent les villageois alliés en une nouvelle espèce mi-animale, mi-humaine, qui disposerait de la force nécessaire pour assurer leur protection contre l'ennemi et pourrait, le jour venu, se fondre dans la foule.

— Les loups-garous.

Ces mots m'échappent et je prends seulement conscience de leur sens. Hier soir, Monica a dit quelque chose à propos de Tom Wilkerson et de ses loups. C'était à ces espèces hybrides qu'elle faisait allusion. Ces êtres mi-hommes mi-bêtes qui assurent la protection de la ville.

Dans la forêt, c'étaient eux. Ces animaux gigantesques qui m'ont tant effrayée, c'étaient mes voisins. Peut-être mes camarades.

Peut-être même Veronica.

— Tu n'as pas à avoir peur d'eux, ajoute Alec. Les loups obéissent au doigt et à l'œil au conseil.

Parker me sourit. J'essaie de lui rendre son sourire mais ma confusion n'en fait qu'un rictus. Zahra couvre mes mains des siennes.

— Allez, s'exclame-t-elle. Haut les cœurs ! Le monde ne vient pas de s'effondrer, rassure-toi ! C'est une nouvelle vision qui s'offre à toi ! La plupart des humains passeront leur vie dans l'ignorance. Tu as la chance de voir plus loin qu'eux, par-delà les limites de l'entendement.

J'aimerais avoir son enthousiasme et considérer ce qui

m'arrive comme une bonne chose. Pourtant, depuis que ces évènements étranges sont apparus dans ma vie, je ne les ai perçus que comme des menaces. D'abord le masque de porc, ensuite le rêve à propos de Gemma Queller, le rituel sacrificiel et... bon sang Gemma Queller !

— Attendez une minute. Si les loups obéissent au conseil, ça voudrait dire que ce sont les sorciers qui ont orchestré la mort de cette fille le soir de la pleine lune ?

Les trois amis échangent des regards. Un silence glaçant s'installe entre nous. Les éclats de rire des tables voisines ne rendent l'instant que plus pesant encore.

— Jamais le conseil ne ferait ça, lance soudain Alec.

Il boit une longue gorgée d'eau et dissimule son visage derrière la bouteille.

— Parfois, des animaux sauvages rôdent dans les bois, ajoute Parker.

— Mais c'était un loup ! je m'exclame. Il avait les yeux jaunes, comme ceux qui étaient dans la forêt hier soir !

— Comment tu le sais ? grimace Alec. Tu n'y étais pas.

— Je l'ai rêvé.

À nouveau, des regards s'échangent sans que je puisse comprendre quoi que ce soit.

— Les sorciers aussi font des rêves, Serena, conclut Zahra.

Elle a retrouvé son sourire charmeur, trop large pour être franc. Ils en savent bien plus sur cette attaque de loup qu'ils ne l'avouent. J'ignore pourquoi ils continuent de me cacher la vérité alors que nous sommes désormais dans le même camp.

— Je crois que toute cette histoire t'a embrouillé l'esprit, reprend Zahra. Que dirais-tu de tout oublier le temps d'une soirée ? J'ai quelques très bonnes amies que j'aimerais te présenter. Nous nous retrouvons au *Dawn*.

— Le *Dawn* ? je répète.

— C'est un bar sympa dans le centre-ville de Salem, dit Parker. Le vrai Salem.

Je sais reconnaître une tentative de détournement d'attention quand j'en rencontre une. Je dois accorder à Zahra qu'elle est très douée pour ça. Et quelque chose me laisse entendre qu'à essayer de les faire parler, je risque de les voir se renfermer plus encore. Cette soirée pourrait être l'occasion de délier les langues.

— Ce serait super, je réponds. Penny sera ravie elle aussi.

— À vrai dire, dit Zahra à mi-voix, je pense qu'il serait préférable que ton amie ne vienne pas avec nous. Tu sais, au cas où nous parlerions de magie.

— Je croyais que le but de cette soirée était justement de discuter de tout sauf de sorcellerie.

— Un mot peut si vite s'échapper, répond-elle avec un haussement d'épaules.

Elle empoigne son plateau et se lève.

— Disons demain. Je passe te prendre à 20 heures.

Zahra s'en va aussi furtivement qu'elle est arrivée. Parker la suit. Lorsque Penny revient, seul Alec, terminant sa pomme, est encore là.

— Oh ! C'est fantastique, Serena ! Dorothea m'a donné le planning du comité. Et j'ai eu un badge, regarde ! dit la jeune fille débordante d'enthousiasme.

Elle soulève une natte blonde et dévoile une pince multicolore. Quelque chose est écrit dessus. C'est beaucoup trop petit pour que j'arrive à le lire. Alec étouffe un rire. Je le dévisage. Il place son trognon de pomme entre ses dents, attrape son plateau et disparaît à son tour.

***

Dans le couloir devant la salle d'histoire, Redwood est accoudé au mur. Ses camarades font virevolter un ballon à quelques centimètres de son visage, mais il ne leur accorde pas un regard. Captivé par sa lecture, il tourne les pages de son roman en silence.

J'entends encore cette voix grave avec laquelle il m'a ordonné d'avancer. L'idée qu'il puisse penser de moi que je ne suis qu'une pauvre petite égoïste me met mal à l'aise.

Je m'excuse auprès de Penny et m'approche de lui.

La tête de Jullian se dresse soudain. Son regard est vide, dépourvu de toute émotion. Il m'observe avancer vers lui. Puis, refermant son livre d'un claquement, il fait signe à ses amis et rentre dans la classe.

Interdite, je m'arrête au milieu du couloir. L'agitation de mes camarades m'est étrangère. Il est parti. Il m'a vue, il a compris que je venais vers lui, et il a préféré s'en aller. Un goût âpre emplit ma gorge. Celui de la déception. Si j'ai cru à un moment que nous partagions une forme de camaraderie, j'ai la certitude à présent qu'il me déteste.

17

Les articles de journaux forment sur mon lit une couverture grisâtre. Plus je regarde le portrait de Gemma Queller, plus notre ressemblance me frappe. Nous avons les mêmes cheveux bruns, de petits yeux marron, des pommettes saillantes, une peau aux nuances de pêche, de longs cils noirs, une taille menue, des jambes courtes et musclées, une poitrine quasi inexistante et à peine 16 années au compteur de notre vie.

Seule l'une de nous deux fêtera son 17e anniversaire. Cette idée me noue l'estomac.

Je suis persuadée que Zahra, Alec et Parker en savent plus qu'ils ne l'admettent. Je suis déterminée à découvrir ce qu'ils cachent. Je veux comprendre ce qui est arrivé à cette fille, et surtout quelle est l'implication du coven là-dedans.

Après avoir écumé les kiosques à journaux et récolté le plus d'articles possible sur cet incident tragique, je me retrouve dans une impasse. Chacun de ces papiers relate les évènements de la nuit de la pleine lune avec la même insipidité. Les faits sont détaillés dans un ordre presque mathématique. Seuls les mots changent.

Gemma Queller, adolescente de l'East Side de Danvers, a été retrouvée morte par un randonneur au petit matin. Les entailles profondes sur son visage et son torse indiquent que la jeune fille a été attaquée pendant la nuit par un animal sauvage. Les poils coincés sous ses ongles laissent entendre qu'elle a tenté de se défendre. Cependant, la terre et l'absence de griffures dans son dos attestent que l'adolescente s'est retrouvée bloquée par l'animal, qui devait être bien plus lourd qu'elle.

À peu de chose près, la description est celle du rêve que j'ai fait. Seules divergent les conclusions. Pour la police de Danvers, cette agression est l'œuvre d'un grizzly. En ce qui me concerne, je demeure persuadée que c'était un loup.

Trois coups frappés à ma porte me font brusquement sortir de mes songes. J'empile en toute hâte les coupures de journaux, les fourre sous mon matelas et ouvre la porte.

— Klaus ? je murmure en resserrant mon peignoir autour de ma taille.

— Mademoiselle Hubbard est en bas. Elle vous attend.

Les yeux exorbités, je vérifie mon réveil. Déjà 20 heures ! Je n'ai pas vu le temps passer.

— Mince !

— Voulez-vous que je demande à Betsy de venir vous préparer ?

— Non ! je proteste en baladant mes doigts dans mes cheveux. Dites à Zahra que j'arrive dans une minute.

D'un hochement de tête, le majordome acquiesce et repart. Je claque la porte et me précipite vers la penderie. Que vais-je mettre ? Qu'est-on censé porter dans ce genre de soirée ? À San Diego, lors de mes sorties en ville, j'adoptais l'uniforme jean-tee-shirt. Tout accoutrement exubérant aurait paru ridicule. Ici, j'ai bien peur que ce soit l'inverse.

Une robe, je vais opter pour une robe. Je me tourne vers la partie de la penderie où j'ai entassé toutes les affaires achetées par ma tante avant mon arrivée.

— Mets la rouge.

Je n'ai pas entendu Monica entrer. Serait-ce de la magie ? Ou simplement la moquette qui a amorti le cliquetis de ses talons ? Je penche pour la seconde option. Je ne dois pas commencer à voir des phénomènes paranormaux partout.

Me saisissant du cintre, je sors la pièce à sequins carmin que m'indique ma tante et me presse devant le miroir. C'est beaucoup trop exubérant.

— Parfait ! s'exclame Monica.

En une poignée de secondes, je me retrouve à l'intérieur. Même comme ça, je ne suis pas convaincue. Elle est un peu courte. Et l'encolure bateau n'a rien de confortable. Elle tombe sur mes épaules. Au moindre mouvement brusque, elle pourrait dévoiler ma poitrine.

— Je vais essayer autre chose.

— Bien sûr que non ! rétorque ma tante.

Je finis par me soumettre, me murmurant que je m'y ferai. De toute façon, je n'ai pas le temps d'enfiler autre chose. Je me presse vers ma coiffeuse et empoigne un tube de mascara.

— Je vais le faire, s'enquiert Monica en me prenant l'objet des mains.

Sceptique, je finis par m'asseoir. Ma tante fouille dans les tiroirs. Elle hisse mon menton d'un doigt et poudre mon visage.

— Je devrais me presser, dis-je vérifiant l'heure sur mon portable. Zahra attend depuis un moment.

— Jon s'en occupe, riposte Monica en ramenant mon visage vers elle.

Un petit rire soulève sa poitrine.

— Et crois-moi, c'est loin de la déranger.

J'avais oublié que ma nouvelle camarade en pinçait pour mon frère.

— Je suis tellement ravie que tu t'entendes avec Zahra, dit-elle marquant mes joues d'un peu de blush. Sa mère et moi étions très amies lorsque nous étions jeunes. À vrai dire, elle était plutôt proche de ta mère. Mais Rosalie et moi faisions toujours tout ensemble.

Elle repose son pinceau et empoigne une palette aux couleurs sombres. Je lis dans son regard une lueur étrange. Serait-ce de la peine ?

Depuis bientôt un mois que nous vivons sous son toit, c'est la première fois que Monica évoque ma mère. J'en avais presque oublié qu'elles étaient sœurs. Si Jon ou Wyatt venaient à disparaître, je serais dans tous mes états. Monica ressent sans doute la même chose. Elle le cache simplement très bien.

— J'ignorais que vous étiez si proches.

— Pourtant c'est vrai, répond Monica sur un ton enthousiaste mêlé de nostalgie. Je ne pensais pas que nous puissions un jour être séparées. Mais lorsque Rick est entré dans ma vie, tout a changé. Nos relations se sont détériorées. Et puis, un beau matin, ils sont partis. Je n'ai plus eu de nouvelles pendant des années. J'ai bien cru l'avoir perdue pour toujours.

Maman parlait parfois d'Emeric, l'homme qui avait pris le cœur de sa sœur et toute sa raison. Bien sûr, c'étaient de ces messes basses échangées tard le soir. Je n'aurais sans doute jamais dû l'entendre.

Elle disait que les envies de grandeur, et l'appétit pour le pouvoir du jeune homme avaient fait de Monica une tout autre personne. Et puis, un jour, Emeric est mort. C'est la seule fois depuis que nous avions déménagé que maman est rentrée à Salem.

— Je n'ai jamais rencontré la mère de Zahra, dis-je pour couper court au sujet déplaisant. Elle ne fait pas partie du conseil ?

— Elle le faisait, il y a longtemps. Mais elle est morte en mettant au monde sa fille. Une histoire tragique dont je te déconseille de parler avec Zahra.

— Bien sûr.

Pense-t-elle sérieusement que je pourrais évoquer un sujet aussi sensible avec quiconque ?

Après avoir courbé mes cils, Monica passe au-dessus de ma tête un délicat voile de parfum. Quelle n'est pas ma surprise lorsque je me tourne vers le miroir ! Mon reflet n'a rien de cette jeune fille frêle que j'ai aperçue le jour de mon arrivée. J'ai l'air étonnamment sûre de moi.

Je dévale les escaliers en m'efforçant de ne pas me tordre les chevilles dans ces bottines à talons. Dire que Monica voulait me faire enfiler des escarpins !

Dans le hall, Jon, les mains dans les poches de son jean,

hoche discrètement la tête face à une Zahra au summum de l'élégance. La jeune fille porte une robe verte scintillante, qui s'accorde parfaitement à son teint, et son éternel pendentif de diamant en forme de cœur. À croire qu'elle dort avec.

M'entendant arriver, mon frère tourne la tête dans ma direction. Sa surprise n'a d'égal que le rire qu'il laisse échapper.

Je dois tirer à plusieurs reprises sur le bras de Zahra pour la faire céder. Elle consent finalement à se séparer de Jon et nous quittons Wailing Hill. Sur le pas de la porte, mon frère nous observe en souriant. Tante Monica lance depuis le perron :

— Tu ne rentres pas tard Serena !

Je sais qu'elle s'en moque. Mais peu importe.

Je m'installe à l'arrière de la limousine et salue poliment les jeunes filles. Je reconnais certains visages familiers. Je les ai déjà croisées à St George et lors de cette nuit étrange dans la forêt.

— Serena, je te présente Emily, Petra, Constance et Reese.

Toutes m'offrent de grands sourires. La première, Emily, est une rouquine menue enveloppée dans un drapé jaune. Son nez est si petit qu'il semble disparaître derrière ses taches de rousseur. La seconde, Petra, aux mèches brunes nouées en une queue de cheval haute, a les hanches larges et la peau si pâle que je voudrais passer une couverture sur ses épaules pour la réchauffer. Constance, blonde aux cheveux courts, est très grande. Sa tête dépasse celles de ses camarades d'une vingtaine de centimètres. À côté d'elle, la chétive petite Reese paraît frêle. Un chignon châtain est posé au sommet de son minuscule crâne.

Les adolescentes ont troqué leurs uniformes pour de folles tenues. Je commence à me dire que l'idée de Monica n'était pas si mauvaise.

— Direction le *Dawn* ! s'exclame Zahra, hilare.

Le moteur démarre et nous quittons Wailing Hill. Tandis que nous nous éloignons, je jette un dernier regard à la bâtisse enserrée dans la forêt. Un loup avance dans l'allée de gravier.

L'animal est immense, si grand qu'il en paraît presque

irréel. Son poil, d'un brun nuancé de cuivre, est hérissé. De son museau longiligne dépassent deux crocs menaçants. Ses oreilles sont dressées. Ses yeux, d'un jaune strié de noir, suivent la limousine. On croirait qu'il nous observe. L'animal m'effraie autant qu'il me fascine. Son regard a quelque chose d'inexplicablement familier.

— Tiens Serena !

Constance me tend une coupe de champagne. Le temps que je m'en saisisse, le loup a disparu.

***

Nous arrivons dans le centre-ville de Salem aux premières heures de la soirée. Je n'étais jamais venue ici. Je suis surprise de trouver un quartier aussi festif et chaleureux. La lumière des enseignes projette un éventail de couleurs sur la rue. Au bord des trottoirs, des jeunes adultes échangent de vives conversations. Leurs voix, dans un brouhaha sourd, forment une fascinante mélodie. On distingue un peu plus loin un square où des arbres centenaires côtoient des jeux pour enfants. Il me rappelle ce parc où j'ai vu pour la première fois le visage de porc.

L'idée me fait frissonner et je tourne la tête.

La limousine nous arrête devant une vitrine surplombée d'un néon couleur prune formant le mot *Dawn*.

Lorsque je quitte la voiture, je me raidis. Ce ne sont plus ma tenue ni mon maquillage qui me mettent mal à l'aise. Ainsi apprêtée, je fais finalement partie du décor. Mais il y a tant de monde. La musique fait vibrer les murs et résonne jusqu'au bloc voisin. Zahra me murmure quelque chose. Je ne comprends pas. Levant les yeux au ciel, la jeune fille saisit mon poignet. Je la suis à l'intérieur.

Je vois leurs lèvres s'agiter, mais la musique est si forte que je ne discerne rien sinon un bourdonnement sourd. Les cocktails passent de main en main. Je devine des businessmans venus célébrer la fin d'une dure journée de labeur, des étudiants profitant d'une brèche dans leurs révisions pour s'octroyer une virée en ville, des amies ayant trouvé une occasion de se réunir.

Un serveur nous invite à le suivre. Nous longeons le flot de clients accoudés au comptoir, doublons des jeunes filles s'adonnant à des danses lascives, et parvenons finalement à une table, un peu excentrée, entourée de fauteuils en velours. La vue sur la salle y est imprenable.

— Merci Rob, sourit Zahra.

Ce sont les premiers mots que je comprends depuis que nous sommes arrivées. Le serveur opine du menton.

— Ce sera comme d'habitude ?

— Comme d'habitude, rit l'intéressée.

Je surprends un furtif coup d'œil dans ma direction.

Le serveur revient, cinq minutes plus tard, le plateau chargé de cocktails à la couleur chatoyante. Lorsque je demande ce qu'il contient on me répond « que des bonnes choses ». J'ai du mal à y croire. Ce truc sent l'alcool à plein nez. Je ne suis pas une habituée des bars.

Les discussions se mettent à fuser alors que je fais tourner mon verre encore plein sur la table. Les amies classent, les yeux scintillants, les plus beaux partis de St George (Jon arrive en tête de liste). Tandis que les jeunes filles conversent, je laisse vagabonder mon regard dans la pièce. La lumière tamisée favorise une certaine intimité. Je distingue à peine les traits des femmes assises à la table voisine.

Un homme près de l'entrée attire mon attention. Je ne parviens pas à voir son visage. J'ai pourtant l'étrange impression qu'il regarde par ici. Ses cheveux noir corbeau sont balayés en arrière. Certaines mèches rebelles s'égarent sur son front et ses tempes. Il porte un complet de cuir noir et une chemise sombre entrouverte qui laisse deviner les muscles saillants de sa poitrine. Des contours de son visage, je ne distingue que sa mâchoire proéminente et des yeux, trop petits pour que j'en perçoive la couleur.

— Tout va bien, Serena ?

D'un sursaut, je me retourne. Zahra m'observe en souriant. J'essaie de lui rendre la pareille. Sans succès.

— J'avais la tête ailleurs.
— Rien de grave j'espère.

Je m'apprête à esquisser une réponse, mais Petra s'exclame, en sautillant sur son siège :

— Et si on faisait un jeu ?

Partageant son euphorie, ses camarades acquiescent. Constance frappe frénétiquement des mains. Emily sourit sans discontinuer. Je me demande à quel genre de « jeu » des filles comme Zahra et ses amies peuvent s'adonner dans un bar bondé de Salem.

— Cap ou pas cap ! s'exclame Constance.

Je ris. Toutes me dévisagent gravement. Alors ce n'était pas une plaisanterie.

— Je commence, lance Emily.
— C'est toujours toi ! réplique Petra. Un peu à moi.
— Vous n'allez pas vous disputer, intervient Zahra. Puisque c'est comme ça, je serai la première.

La jeune fille m'observe d'un œil. Elle se racle la gorge et s'exclame.

— Emily !

Je ne peux retenir un soupir de soulagement. J'ai cru une seconde que j'allais devoir engager les festivités.

Assise sur le bord de la table, agitant son doigt sous les taches rousses d'Emily, Zahra pourrait tout aussi bien être la fée de Cendrillon s'apprêtant à transformer une citrouille en carrosse.

— Cap ou pas cap ?

Je n'ai plus joué à ça depuis l'école primaire. À l'époque, Mercy Bold m'avait défiée d'avaler de la terre. Bonne joueuse, j'avais relevé le challenge. Ce que j'ignorais, c'était qu'il s'agissait de l'engrais avec lequel Miss Day, notre enseignante, nourrissait les bégonias. Rien que d'y penser, j'ai encore le goût du fumier dans la bouche et la nausée qui remonte.

Emily doit prendre un téléphone à la table voisine et

composer le premier numéro du répertoire. Se saisir de l'objet est la partie la plus facile. Lorsqu'elle tombe sur la petite amie un peu jalouse du propriétaire, loin de se dégonfler, Emily raconte une histoire abracadabrante qui n'a pour résultat que d'énerver plus encore son interlocutrice.

Tandis que l'adolescente se débat avec le téléphone volé, j'aperçois au bar un visage connu. Alec, dressant son verre dans ma direction, me lance un clin d'œil. Plusieurs jeunes garçons l'accompagnent, dont l'immense Parker, qui discute vivement avec ses amis.

Alec me détaille. Je me souviens brusquement que ma robe est particulièrement courte, dévoilant un peu trop mes jambes. Et que ma poitrine est soulignée par des sequins rouges. Je me sens nue. D'un réflexe, je resserre mes mains contre mon buste.

Je ne m'attendais pas à le trouver ici.

Je lui renvoie son geste et m'en retourne à l'agitation de ma table.

Le jeu gagne en ferveur. Les filles ne prennent pas cela à la légère. Je tâche d'en faire autant. Malgré mes réticences initiales, leur compagnie m'est finalement très agréable. Emily est un esprit vif avec lequel j'aimerais beaucoup discuter. Petra, en dépit de sa froideur, est plutôt marrante. Quoique parfois un peu grossière. Constance est d'une rare éloquence. Son articulation parfaite rend chacune de ses paroles mélodieuses. Quant à la chétive petite Reese, elle cherche constamment le regard de Zahra. C'est sans doute avec elle que j'aurais le moins d'affinités.

Et puis il y a Zahra. Voilà son tour qui arrive. Reese est en charge de la sentence.

— La fille, là-bas, lance l'adolescente.

Elle pointe une femme blonde de l'autre côté de la salle habillée d'un drapé bleu.

— Échange ta robe avec la sienne.

Le challenge est à la hauteur du personnage. Convaincre

une parfaite étrangère de lui céder ses vêtements, Zahra en est la seule capable.

Cillant à peine, elle ne quitte pas sa cible des yeux. Zahra murmure des paroles qui me sont inaudibles. L'instant suivant, dans un nuage de fumée, la lycéenne apparaît vêtue de la robe bleue, tandis que la jeune femme, qui n'a rien remarqué, porte le drapé couleur émeraude de Zahra.

Interdite, je dévisage le cercle de sorcières. Celles-ci, hilares, reprennent un verre d'alcool.

— Attends, je lance. Tu as le droit de faire ça ?

Elles éclatent de rire. Constance met un doigt sur sa bouche.

— Tu ne vas pas nous dénoncer ? murmure Emily.

— Pourquoi je le ferais ?

C'est au tour de Petra de s'avancer vers moi. Elle libère un instant la paille entre ses lèvres et pose son cocktail orange.

— Disons que nous ne sommes pas censés faire de la magie en dehors de Salem.

— Ça pourrait, commence Reese en vérifiant les environs avant de reprendre à mi-voix, ça pourrait attirer des personnes malintentionnées.

— Des chasseurs ?

— Ou des démons, ou des esprits tourmentés, ou des sorciers corrompus, ou des organisations angéliques, ou des humains curieux, dit Emily. La liste est longue.

Je réalise que faire partie du coven de Salem est bien plus dangereux que je ne l'avais imaginé. Lors de l'initiation, Monica a omis de préciser que les sorciers étaient une espèce menacée, traquée par des prédateurs en tout genre.

Dire que ma plus grande angoisse en arrivant ici était de ne pas réussir à me faire d'amis.

— De toute façon, soupire Petra en se laissant aller au fond de la banquette, même chez nous ils brident de plus en plus nos pouvoirs.

Je penche la tête sur le côté, intriguée.

— Ils ont installé des détecteurs, explique Constance. Ça doit faire cinq ou six ans.

— Comment ça, des détecteurs ? je demande.

— Des sorciers détecteurs ! s'exclame Reese en levant les yeux au ciel.

— Nos prédécesseurs avaient le droit de pratiquer leur art où bon leur semblait, reprend Emily. Mais les loups-garous se sont plaints. Et lorsque la fondation Fleming a décidé d'offrir des bourses à des humains, ils ont mis en place ce système archaïque.

Elle croise les bras sur sa poitrine et soupire.

— Dire que nos ancêtres ont fui la persécution. Trois cents ans plus tard, nous y sommes de nouveau.

— Arrêtez, les filles ! s'exclame Zahra. Vous êtes en train de lui faire peur !

Elle se tourne vers moi. Une mèche auburn barre sa vue. Zahra la replace délicatement derrière son oreille.

— Être sorcier a plein de bons côtés.

— Tu peux avoir tout ce que tu veux, s'exclame Constance.

— Les bijoux, les vêtements, les garçons, glousse Petra.

La jeune fille lance un regard en coin vers le comptoir où se trouvent Alec, Parker et leurs amis.

— Le pouvoir, dit Reese. Tu es l'un des maîtres de cette ville.

— Tu fais partie de la grande famille du coven, ajoute Emily. Jamais plus tu ne seras seule.

— Tout ce dont tu as toujours rêvé se trouve là, entre tes mains, murmure Zahra. Il ne tient qu'à toi de t'en saisir.

Je regarde ce verre, plein, que Constance glisse sur le bord de la table. Je comprends qu'il est le symbole du choix que je dois faire. Pile, j'opte pour la magie et ce que cela implique. Face, je pars en courant et je me fais enfermer dans un hôpital psychiatrique.

L'alcool me brûle la gorge. J'espère ne pas regretter ma décision.

Rapidement, le jeu reprend. Les règles changent. Les défis, plus irréalistes les uns que les autres, ne peuvent être relevés que par la magie. Fascinée, je regarde mes camarades user de tant de délicatesse et de volupté lorsqu'en quelques murmures elles rendent l'impossible réel. Bizarrement, autour de nous, personne ne remarque ce qui se passe. Moi, je vois Emily changer les verres de vin sur le plateau du barman en eau pétillante. Quand il arrive devant ses clients, il se confond en excuses, avant de retourner en toute hâte au comptoir. La jeune fille réitère son petit jeu jusqu'à rendre le serveur complètement fou. Constance use d'un sortilège de persuasion sur un groupe de garçons. Elle pose une main tendre sur leurs épaules. Et elle transforme ces avocats en strip-teaseurs d'un soir.

En face, Alec et ses camarades nous lancent des regards en coin, tantôt amusés, tantôt désolés. Je suis surprise qu'ils ne s'adonnent pas au même genre de jeu. J'en déduis que les sorciers sont plus raisonnables que leurs homologues féminines.

C'est à Petra que revient la palme. De ses mains s'échappe une fumée rosée qui enveloppe sa victime : un bel apollon d'une table voisine. L'homme, épris d'amour, ne quitte plus sa dulcinée.

Jusqu'à ce que mon tour arrive.

— Désolée, dis-je avalant le fond de mon verre. Je passe.

— Pourquoi ? demande Constance.

Un peu honteuse, sans que je ne m'explique pourquoi, je réponds :

— Je ne sais pas faire de magie.

— Il n'est jamais trop tard pour apprendre.

18

Zahra glisse sur la banquette pour se rapprocher de moi. Les verres d'alcool successifs commencent à me monter à la tête. Tout ce qui m'entoure se fait de plus en plus vaporeux. Difficile de refuser longtemps. La fascination que j'éprouve me domine. J'ai envie de savoir, d'apprendre, de pouvoir, comme elles, faire plier les éléments par ma volonté.

— On va commencer par quelque chose d'assez simple, reprend Zahra dont la voix s'est abaissée.

Hypnotisée par les paroles de la jeune femme, je ne parviens plus à la quitter des yeux. Loin d'en être dérangée, elle poursuit d'un air mystérieux, qui achève de me plonger dans ses paroles :

— Quoi qu'il se passe, tu dois suivre ma voix.

Et si je n'y arrivais pas ? Je n'ai jamais eu la preuve que je détenais des pouvoirs. Le conseil a très bien pu se tromper.

— Tu dois avoir confiance en toi. Ferme les yeux maintenant.

Je m'exécute.

— Tu dois sentir la magie à l'intérieur de toi. Elle est l'essence même de ce que tu es. Elle fait vibrer ton corps, transporte tes sens et guide tes pensées. Tu dois la chercher au plus profond de ton âme.

Je me concentre sur le timbre, doux et chaleureux, de Zahra.

— Ce sont tes désirs et ta seule volonté qui dirigent ta magie. Maintenant, ouvre les yeux.

J'obéis.

Prends conscience de cette détermination. Celle d'entendre ma voix. Mais regarde, je ne parle pas.

Je manque de tomber de mon siège. Les lèvres de Zahra sont immobiles. Pourtant, ses mots résonnent dans ma tête. Je suis fascinée.

La télépathie est l'une des premières facultés que nous apprenons à maîtriser, lance Zahra, lèvres cousues. *C'est un moyen pour nous d'échanger lorsque nous sommes en présence d'êtres non sorciers. Ça nous permet également de communiquer avec nos loups quand ils sont sous leur forme animale. Une fois que tu contrôleras suffisamment ce pouvoir, tu pourras te mettre en réseau avec les esprits de plusieurs sorciers et ainsi ne plus avoir à sélectionner les pensées que tu infiltres.*

Les pensées ?

Aussitôt, ces paroles s'échappent-elles que je réalise que, moi non plus, je ne parle plus. Toute la communication se fait par nos esprits reliés.

Tu peux user de ce don pour écouter les pensées d'une personne. C'est assez marrant. Essaie avec le type là-bas.

Suivant le mouvement de son menton, je tombe sur un homme d'une quarantaine d'années. Vautré dans un fauteuil en cuir, il observe, intrigué, le verre de whisky dans sa main.

Pénétrer cet esprit est plus complexe. Je n'ai plus la voix de Zahra pour me guider. Je me concentre, ne quittant plus des yeux ma cible. Je me remémore ce que la sorcière m'a dit ; tout passe par ma volonté. Ma seule et unique volonté. Si je le décide, la serrure de son esprit s'ouvrira et ses pensées se dévoileront à moi.

Une minute, puis deux, cinq, et je n'entends que le brouhaha ambiant. La musique frappe contre mes oreilles et ces voix qui s'entremêlent me donnent le tournis. Je n'y arrive pas. Je n'ai pas assez de pouvoir.

Bien sûr que si, lance Zahra. *Tu dois réussir à faire abstraction de tout ce qui t'entoure. Tu n'es pas vraiment là. Seul ton corps se trouve dans cette salle. Ton esprit, lui, vole au-dessus de la foule. Il traverse le bar et pénètre les pensées de l'autre.*

Sortir de mon enveloppe, planer au-dessus de la pièce...
Comment suis-je censée m'y prendre ?
Je ferme les yeux pour tenter de faire le vide en moi. Je focalise mon attention sur les battements de mon cœur. Ils vont si vite. J'inspire à pleins poumons. Ils s'apaisent peu à peu. Je m'enfonce plus profondément à l'intérieur de moi-même. Le silence m'accueille. Et puis une lueur surgit du néant.
N'importe quoi.
J'ouvre précipitamment les yeux. D'où vient ce bruit, cette voix dans mon crâne ? Elle était grave et...
Ils doivent arrêter leurs conneries. Du pétrole dans le whisky. Et puis quoi encore ?
J'ai réussi ! Je suis dans sa tête ! Je voudrais sauter de joie. Mais quelque chose me dit que le moindre mouvement brusque pourrait couper le contact.

Étranger à mon petit jeu de manipulation, l'homme détaille avec avidité un groupe de jeunes femmes qui rient aux éclats à la table voisine.

Les implants mammaires, ça, c'est un endroit où ils doivent foutre du pétrole !

— Oh mon Dieu !
Je bouche mes oreilles d'instinct.
— N'est-ce pas génial ? demande Zahra.
Le retour à la réalité est étrange. Je me surprends à contempler les lèvres de Zahra, observant les mots en sortir pour se frayer un chemin jusqu'à mon oreille. J'en avais presque oublié que c'était comme ça que les sons étaient supposés me parvenir.

Le temps de me faire à cette nouvelle faculté, j'échange quelques bribes de conversation avec mes camarades par la pensée. Quelle capacité extraordinaire ! J'ai envie d'entendre les pensées de tous ces gens qui m'entourent. J'ai tant de choses à découvrir. Heureusement, je me reprends aussitôt. Emily lance d'un air presque trop léger une phrase qui m'interpelle.

— Ce qui fait un bon sorcier, ce ne sont pas les pouvoirs qu'il détient, mais sa capacité à les utiliser à bon escient.

Ce petit aperçu éveille en moi une soif intense de connaissance. Je veux en savoir plus, je veux maîtriser de nouveaux dons. Je veux, comme elles, réciter des formules presque inaudibles et forger ce monde selon ma volonté.

Le jeu reprend de plus belle. Un goût amer me reste dans la gorge. Une part de moi me murmure que le meilleur moyen d'en découvrir davantage est de me tenir au plus près des filles. En devenant l'une des leurs, je pourrai apprendre des jeunes sorcières tout ce que je veux. Pour l'heure, je dois faire en sorte de gagner leur amitié.

— Serena !

Je sursaute. Plongée dans mes pensées, j'en avais presque oublié la ritournelle infernale du cap ou pas cap.

— Tu nous dois un tour ! rappelle Petra.

— Je vous ai dit que je ne savais pas faire de sorcellerie.

Je prends mon air mi-attristé, mi-gêné, espérant qu'elles y verront une invitation à m'enseigner un nouveau sort.

— J'ai ma petite idée, sourit Reese. Et pour celui-là, tu n'as pas besoin de recourir à la magie.

Des coups d'œil fugaces traversent la table. Je comprends qu'elles sont en train de communiquer par la pensée. Je tente de me connecter à elle. Mais elles vont si vite. Je suis à peine rentrée dans un esprit que les mots se sont envolés.

Constance et Petra grommellent. Reese et Emily se frottent les mains. Zahra, pour sa part, affiche ce sourire en coin dont elle seule a le secret.

— Très bien, dit cette dernière.

Puis, s'éclaircissant la gorge, elle se tourne vers moi.

— Tu vois le garçon accoudé au bar ?

— Tu parles d'Alec ?

Elle bascule gravement la tête de haut en bas.

— Tu vas le rejoindre. Et tu vas l'embrasser.

Je manque de m'étouffer.

— Alec ? Mais enfin, je ne peux pas, je... il...

— Alors, me coupe Zahra, cap ou pas cap ?

Non, bien sûr que non ! Je ne peux pas faire ça, pas à Alec. Depuis notre rencontre, il n'a eu de cesse de se montrer gentil à mon égard. C'est un garçon doux qui ne mérite pas qu'on le traite de la sorte. Pas pour un stupide jeu !

Mais.

Je voudrais tant qu'il n'y ait pas de *mais*. Que ma simple volonté, comme pour la magie, résolve mon dilemme. Pourtant, il est là, ce mot atrocement égoïste qui me rappelle que ma nature de sorcière n'enlève rien à ma condition d'être humain.

Si je souhaite qu'elles m'apprécient, au point de faire de moi l'une des leurs, je dois être à la hauteur. Si je veux apprendre la magie, et savoir enfin qui je suis réellement, je n'ai d'autre choix que de me plier à leurs caprices. Je dois leur montrer que je ne recule devant rien.

— Cap.

Avalant le fond de mon verre, je me lève, incertaine. J'ai la sensation de foncer droit dans un mur. Je pourrais bien l'éviter en tournant le volant à quatre-vingt-dix degrés. Mais cet impact, aussi douloureux sera-t-il, pourrait bien être nécessaire à ma renaissance.

Pas la peine de te leurrer Serena. Ça va être un fiasco monumental.

— Salut.

Une place se libère à côté d'Alec. Je m'y installe. Le jeune homme délaisse ses camarades pour se tourner vers moi. À gauche, les lycéens de St George sont en plein débat sur la composition des Thunderwolfs pour cette saison.

— Pitoyable, dit Parker.

— Affligeant, répond Drew.

Je croyais pourtant qu'ils faisaient la fierté de St George.

— Des loups, ricane l'un d'eux. Ils ont confié les rênes de l'équipe à des animaux.

— Tu n'es pas venue discuter football j'espère, murmure Alec.

— Non, dis-je tâchant de faire le vide dans mon esprit. C'est plutôt la spécialité de Jon.

— Tant mieux. Je n'en peux plus de les écouter se plaindre.

D'un signe, l'adolescent hèle le barman. L'homme revient, un whisky et un cocktail rose dans chaque main. Alec fait glisser dans ma direction le verre à pied.

— Encore félicitations pour ton initiation. Vu le courage avec lequel tu as traversé la forêt, tu vas devenir une sacrée bonne sorcière.

— C'est très gentil. Mais je ne possède pas le quart des aptitudes dont me pense capable le conseil.

— Je n'en serais pas certaine à ta place.

Intriguée, je penche la tête sur le côté. Mes lèvres trempent dans le verre. L'alcool coule dans ma gorge et une délicieuse sensation me parcourt.

— La nuit qui précède l'initiation, reprend-il, le conseil envoie des rêves prémonitoires aux futurs sorciers. Le but est de déceler leurs capacités.

Il avale une lampée de whisky. Ses paupières affaissées trahissent son ébriété.

— En ce qui me concerne, je n'ai perçu qu'un brouillard flou. Zahra a vu le chemin de sang et les loups. Enfin, c'est ce qu'elle raconte. Et je crois savoir que tes frères n'ont rien rêvé du tout. Mais d'après ce que dit ta tante, toi tu aurais perçu clairement la cérémonie.

C'était ça, mon rêve étrange ? Une sorte de test du conseil pour connaître l'étendue de mes pouvoirs ? Dois-je en conclure que j'ai réellement des dons ?

C'est forcément une erreur. Comment pourrais-je être une sorcière aguerrie alors que j'ai découvert l'existence de la magie le soir de mon initiation ?

Non, pas le soir de l'initiation. Celui de la pleine lune. Celui de la mort de Gemma Queller. Alors c'est pour ça que j'ai pu voir son meurtre.

Pourquoi est-ce qu'elle ne dit rien ? J'ai fait quelque chose qui l'a mise mal à l'aise ? C'est le cocktail. J'en suis certain. Je n'aurais jamais dû commander de cocktail. Tu en fais toujours trop Alec. Toujours, toujours, toujours trop.

Pourquoi est-ce que j'entends la voix d'Alec dans ma tête ?

Non. C'est moi. Je suis entrée dans son esprit. Je dois arrêter ça immédiatement ! Mais comment faire ? J'ai pénétré ses pensées sans même le vouloir.

— En tout cas, j'admire ton cran. Moi, j'ai toujours baigné là-dedans. Je n'ai jamais connu que cet univers. Mais toi, tu n'en savais rien. Et pourtant tu prends ça avec tant de courage. J'aimerais avoir ta force.

— Je n'ai rien à envier.

Je voudrais tant la serrer dans mes bras pour la réconforter. Lui dire qu'elle pourra toujours compter sur moi. Il n'est pas trop tard pour ça.

— Tu sais, si tu as besoin d'en parler. À quelqu'un d'autre que ta tante, je veux dire. Ce n'est pas que je ne l'apprécie pas, mais... Monica restera Monica. Enfin, si tu as envie, tu peux compter sur moi.

Elle ne répond pas. Pourquoi grimace-t-elle ? Ça y est, cette fois c'est sûr, j'en ai trop fait.

— Merci. Je ne l'oublierai pas.

Elle est si proche.

Bon sang, comment arrête-t-on ce truc ? Vite, penser à autre chose !

Penny m'a montré une vidéo pendant le cours de français. C'était un chat sur une planche de surf. Un chat ! Il passait dans un tube, toutes moustaches dehors. C'était hilarant !

A-t-elle jamais été si proche de moi ? C'est peut-être un signe, une façon pour elle de me faire comprendre que nos sentiments sont réciproques.

J'ai un mouvement de recul et je bascule du tabouret. Alec attrape mon bras *in extremis*. Les doigts du jeune homme s'attardent sur ma peau. Son pouce dessine des petits cercles autour de mon poignet. Ses yeux se posent sur moi avec douceur. Ils sont parcourus d'une lueur que je ne leur avais jamais connue mais qui me donne des sueurs froides.

Je n'entends plus ses pensées. Je n'en ai pas besoin pour saisir ses intentions.

Mon cœur s'emballe. Mes lèvres happent l'oxygène, cherchant désespérément à sauver mes poumons de l'asphyxie. Je ne peux pas rester là. Je ne peux pas lui faire ça.

Je repousse brusquement ses doigts et quitte le bar. J'ai besoin d'air. Je vais étouffer. Je me précipite à l'extérieur, bousculant les malheureux qui se trouvent sur mon chemin.

La brise nocturne m'enveloppe. Son souffle picote ma peau. Je respire enfin. Mes yeux se ferment, mes bras s'enroulent autour de ma poitrine. Je suis stupide. STUPIDE ! Comment ai-je pu un seul instant envisagé que faire souffrir Alec pouvait être un moyen d'obtenir ce que je voulais ?

Le lampadaire à ma droite se met à clignoter. Je passe mes doigts dans mes cheveux et presse mes tempes. Quelle idiote !

Mes parents disaient que j'étais le cœur de notre famille. Que mon empathie faisait de moi une personne unique. Que penseraient-ils de la nouvelle Serena ? La fille prête à embrasser pour se faire des amis ? À se servir d'Alec pour quelques pouvoirs ?

Je me dégoûte !

L'ampoule du lampadaire explose. Des éclats de verre se dispersent autour de moi. Je les vois tomber du ciel telle une pluie d'étoiles, qui se posent sur le trottoir en un halo.

Les clients, surpris, retournent à l'intérieur du bar.

— Serena ?

L'arrivée soudaine de Parker me fait l'effet d'une douche froide. Je reprends mes esprits. J'espère que ce n'est pas l'explosion du lampadaire qui l'a alerté. Je n'ai pas de quoi m'en faire. Le verre ne m'a pas touchée.

— Serena, est-ce que tu vas bien ?

— Oui, je murmure en serrant mes bras autour de mon torse.

Je n'avais pas réalisé qu'il faisait aussi froid à l'extérieur.

— Je t'ai vue partir à toute vitesse. Alec n'avait pas l'air bien. Que s'est-il passé ?

— Rien. C'est bon.

Je suis frigorifiée. Mes muscles se tendent. Je frotte mes paumes sur mes épaules.

— Tiens, prends ma veste.

Parker ôte son blazer, qu'il passe sur mon dos. Je le remercie d'un signe de tête.

— Tu as pleuré ?

Je fronce les sourcils.

— Allez, viens, on va discuter.

Pressant ses mains autour de mes bras, Parker m'amène jusqu'à l'angle du *Dawn*. Cette partie de la rue baigne dans la pénombre. Je devine une benne à ordures un peu plus loin. Et le bruissement sourd d'un rat qui se faufile entre les conteneurs.

— Tu ne dois pas en vouloir à Alec. Il a beaucoup bu ce soir.

— Je ne lui reproche rien.

— Alors pourquoi tu pleures ?

Mes joues sont sèches. J'observe Parker sans savoir quoi répondre.

Si seulement je pouvais pleurer. Ce serait le signe qu'il y a encore quelque chose d'humain au fond de moi. Mais rien, rien sinon une noirceur qui me terrifie ne parvient à sortir de mon corps. Je n'aurais jamais pensé être capable d'une telle cruauté.

— Calme-toi Serena. Allez, viens là, ça va passer.

Parker s'approche. Il m'enveloppe de ses bras. Malgré son élan de gentillesse, je le connais trop peu pour que cette étreinte me soit agréable. Mal à l'aise, je le repousse. Le lycéen resserre la pression de son torse contre le mien.

Je pousse ses épaules pour me dégager, Parker se rapproche encore.

— Laisse-moi, s'il te plaît.

Il ne répond pas. Je sens son souffle sur mon visage. Je tente de le contourner. En vain. Ses mains saisissent mes poignets.

— Lâche-moi, tu me fais mal !

— N'essaie pas de lutter, murmure-t-il. Je sais que tu en as envie.

Lorsque je comprends ce qui se passe, il est déjà trop tard. Nous sommes seuls, à l'entrée d'une ruelle déserte. Parker me tire vers l'obscurité. Et tandis que je me débats, que je tente de hurler, sa main se plaque sur ma bouche. Il recouvre mon cou de baisers.

Mes poings frappent son torse. Que va-t-il me faire ? Je cède sous sa force colossale. Parker me pousse contre l'une des bennes. Ses lèvres, trop occupées à lécher les parties nues de ma peau, ne prennent même plus la peine de me murmurer quoi que ce soit. Je crie, je hurle. Rien à faire, il ne me lâche plus. Ses doigts descendent le long de ma robe. Ils passent sous le tissu, remontant sur ma cuisse.

Ça ne peut pas se terminer ainsi dans une ruelle sombre, à me faire agresser par un gosse de riche en mal d'affection.

Je pose mes mains sur son torse dans une ultime tentative de le repousser. Sa force est bien supérieure à la mienne. La colère irradie dans mes veines. Mon corps est parcouru par une chaleur ardente. Je la sens dans mon cœur, dans mes poumons, dans mes bras, dans mes mains.

Parker recule brusquement. Il grimace. Je suis son regard. Mes paumes sont rouges. Toute ma fureur s'est concentrée dans mes doigts. J'ignore comment j'ai fait ça, mais je ne compte pas laisser passer ma chance. Je plaque mes mains sur sa poitrine. Il hurle. Ses bras me repoussent. Mon dos frappe contre la benne. Une violente décharge parcourt ma colonne. La douleur me fait grimacer. J'essaie de me ressaisir.

Parker revient à l'assaut. Deux trous se sont formés à l'endroit où mes paumes se sont posées. Dessous, sa poitrine fume encore. Son visage est empreint d'une terrible noirceur. C'est bien plus que de la colère. Il est déterminé à me tuer.

Je tends les bras en avant. S'il essaie d'approcher, je le brûlerai.

Parker serre mes poignets en ricanant. Mes mains ont perdu leur pouvoir. Elles sont redevenues blanches. Mon souffle se fait court. Je me débats. J'envoie mon pied de toutes mes forces entre ses jambes. Parker se plie en deux. Je rampe au sol et attrape la première chose qui me vient. Un sac-poubelle. Je lui lance au visage. Mes respirations hachurées me font l'effet de particules de verre râpant ma gorge.

Rien n'arrête la brute qui me fonce dessus. Il va me tuer.

Je repense au petit Wyatt dans mes bras à la maternité, Jon qui m'emmène faire du skate, maman qui fait des gaufres et papa qui la serre contre lui sur un air de jazz. Depuis la fenêtre, je vois l'océan et le soleil. Les éclats de rire passent de porte en porte. Notre maison était si radieuse. Si vivante.

La platine du tourne-disque ralentit. Les images s'estompent les unes après les autres. Ma famille disparaît. Puis ce sont les couleurs, les vagues, la lumière, les murs. Je me retrouve dans cette ruelle sombre, allongée sur le sol, enfouissant mon visage entre mes bras.

Tout s'arrête ce soir. Je vais mourir.

19

Parker me force à me lever. Il me bloque contre la benne. Ses gestes tendres ont laissé place à la brutalité. Sa chemise est brûlée, ses épaules et ses joues souillées par les ordures. Il écrase ses mains de titan autour de mon cou et serre. L'oxygène me manque. Je griffe ses doigts pour l'obliger à lâcher. Le sang coule de ses plaies. Mais il ne bouge pas. Ses yeux noirs sont rivés sur mon visage à l'agonie. J'étouffe.

Soudain, l'étreinte se défait. Parker, propulsé dans les airs, atterrit cinq mètres plus loin. Interdite, je regarde son corps glisser le long des sacs-poubelle et rouler sur le bitume.

Mon cœur manque un battement. Dans la lumière de la rue, j'aperçois Jullian. Ses mèches de cuivre sont tirées en arrière. Les traits fins de son visage ont perdu toute trace de cette douceur qui m'avait fait chavirer. Je ne lis que la colère. De ses lèvres dépassent deux canines. Ses yeux scrutent l'obscurité.

Des yeux jaunes.

Mon souffle est court. Chaque parcelle de mon corps, précipité par la peur, est tendue à l'extrême. Plaquée contre la benne, je fixe le garçon à l'entrée de la ruelle. Sa poitrine se soulève à toute vitesse.

— Serena, monte dans la voiture.

Sa voix est grave, bestiale. Il ne lâche pas des yeux le lycéen à terre.

Revenant brusquement à moi, je me rappelle ma condition. Mes cheveux sont emmêlés, mon cou rougi par les mains de mon agresseur. Mes joues, bouffies, trahissent les larmes que la peur m'a arrachées. Je tire sur le bas de ma robe et jette à terre la veste de Parker que je piétine en partant.

Je passe à côté de Jullian et il attrape mon bras.

— Est-ce que ça va ?

— Oui, je lâche du bout des lèvres. Il ne m'a pas fait de mal.

Jullian me libère et je monte dans le 4 × 4 garé à l'entrée de la ruelle. Mes bras tremblants se serrent autour de ma poitrine meurtrie.

Je revois le visage de Parker si près du mien, sa bouche dans mon cou, ses doigts sur ma peau. Je ressens cette colère qui a enflammé mes paumes et la peur qui les a éteintes. L'adrénaline qui m'a donné la force de le frapper emplit toujours mes veines. Ses yeux étaient si sombres. Il allait me tuer. Si Jullian n'était pas intervenu, il m'aurait étranglée.

— Si tu t'approches encore d'elle, je te tue.

Le retour à la lumière ramène avec lui les bruits des bars voisins. Parker s'agenouille. Ses mains plaquées contre son flanc gauche, il toise son adversaire.

— Tu ne peux rien contre moi, Redwood, ricane-t-il. Tu n'es qu'un minable chien de garde. Moi, je suis un maître.

— C'est ce qu'on verra, rétorque Jullian, frappant de son pied les côtes de Parker.

Dans un râle de douleur, le jeune homme s'effondre. Des plaintes sourdes s'échappent de ses lèvres collées au bitume. Sans lui offrir de répit, Jullian plaque sa chaussure sur son visage. Parker gémit plus fort. Un filet de sang s'écoule de sa bouche écorchée. Le contact de sa joue contre le sol produit des petits craquements qui me glacent. Jullian frappe une nouvelle fois dans l'abdomen de Parker. Ce dernier se replie sur lui-même en hurlant.

Lorsque Jullian quitte les ténèbres, ses poings sont serrés, sa mâchoire crispée. Ses yeux ont retrouvé leur couleur verte. La lumière jaune du lampadaire donne à ses cheveux une teinte étrange. Il monte dans la voiture. Et sans un regard vers moi, il démarre.

Les vitres sont grandes ouvertes. Le froid de la nuit me fait l'effet d'aiguilles s'enfonçant sur chaque parcelle de ma peau. Jullian, lui, est en ébullition. Une fumée épaisse s'échappe de son nez concave. Ses mains sont serrées autour du volant. Il fixe la route obscure devant lui.

Dans un exercice de contorsion, Jullian tend son bras vers la banquette arrière. Il attrape son teddy et le jette sur mes genoux.

— Mets ça.

Je passe les bras dans les manches trop grandes. Je sens tout contre moi la chaleur du coton mêlée à l'odeur musquée du garçon. Réchauffée, je retrouve un peu de contenance et le courage de parler.

— Merci. Sans toi, je ne sais pas ce qui s...
— Tu saignes, me coupe-t-il.
— Quoi ?
— Ta lèvre, répète-t-il sévère. Tu saignes.

Mes doigts palpent ma bouche. Le contact de mon index contre la plaie déclenche des picotements. Je ne m'en étais même pas rendu compte. J'ai dû me mordre. À moins que ce ne soit Parker qui m'ait frappée. Tout est allé si vite.

Jullian allonge son bras devant moi, ouvre la boîte à gants sans quitter la route des yeux et sort un paquet de mouchoirs.

La voiture, lancée à pleine vitesse, s'éloigne du centre-ville. Jullian, cramponné au volant, respire très fort. Son souffle claque sur mes oreilles. Ses doigts se crispent sur le cuir, comme s'il cherchait à l'étouffer. Le silence dans l'habitacle me tord l'estomac.

— Dis quelque chose.

Ses muscles sont toujours aussi raides depuis que nous avons quitté Salem. Il serre plus fort le volant.

— Jullian, je t'en prie, parle.
— Il est parfois préférable de garder certaines choses sous silence.

Le calme de sa voix me fait tressaillir. J'aurais préféré qu'il me hurle dessus.

— Je peux tout entendre.

— Si tu insistes.

Jullian freine brusquement. Nous sommes au milieu de nulle part, sur une route déserte, mal éclairée, traversant la forêt qui sépare Salem de Danvers. Prise de panique, je ne sais que me cramponner au siège. La voiture s'immobilise sur le bas-côté. Le moteur du Hummer continue de tourner.

— Jullian, qu'est-ce que tu fais ? je m'époumone.

Même à l'arrêt, il serre toujours le volant. Ses doigts nerveux étranglent le cuir. Il fixe le brouillard dans la lumière des phares.

— Quand j'ai vu Parker te traîner comme il le faisait, j'ai eu terriblement peur. S'il t'avait touchée, s'il t'avait fait le moindre mal, j'aurais été capable de le tuer.

— Mais il n'est pas arrivé à ses fins.

— Il y serait parvenu si je n'étais pas intervenu.

Je pose une main hésitante sur la sienne. Jullian regarde mes doigts un moment. Il se défait du contact et serre de nouveau le volant.

— Quand je t'ai rencontrée, je t'ai trouvée très différente de tous ces gens. Tu n'avais rien à voir avec ces gosses de riches égoïstes et prétentieux. Mais je t'ai observée ce soir, et je réalise que, finalement, tu n'es peut-être pas si différente.

— Qu'est-ce que tu entends par là ?

— Regarde-toi. Tu t'es maquillée comme si tu avais 30 ans, tout ça pour rentrer dans un bar. Tu portes une robe qui te fait rougir. Tu n'as pas besoin de tous ces artifices ! Tu es belle telle que tu es !

Je le dévisage un instant. Il me trouve belle. Je secoue nerveusement la tête. Ce n'est pas le moment de me laisser apitoyer.

— La manière dont je m'habille ne te regarde pas !

— Non, soupire-t-il, bien sûr que non.

Sa voix a retrouvé un semblant de calme. Il bascule sur le dossier de son siège. Ses yeux d'émeraude se tournent vers le ciel. Dans cet endroit déserté des lumières de la ville, on aperçoit distinctement les étoiles.

— Mais ce n'est que le reflet de tout ce qui se passe autour de toi. Tu viens de découvrir un nouveau monde auquel tu ne comprends rien. Au lieu de faire face, tu essaies de te fondre dans la peau d'une autre en espérant que ça t'aidera à savoir qui tu es.

J'avale cette boule de salive qui traverse ma gorge, incapable de répondre. Même si je lui avais demandé d'être sincère, je le hais pour s'être montré si moralisateur. Il n'avait pas le droit de me juger et encore moins d'émettre le moindre commentaire sur mes décisions.

Nos sièges sont tout juste séparés par le frein à main. J'ai pourtant l'impression que nous nous trouvons à des années-lumière l'un de l'autre. Jullian continue de regarder les étoiles. Je m'adosse au fauteuil. Le vrombissement d'un moteur fend le silence de la nuit.

— Je vais te ramener, murmure-t-il. Ta tante va s'inquiéter.

La voiture démarre et nous repartons sur la route endormie. Les kilomètres défilent sans qu'aucun mot ne soit prononcé. Ma tête molle rebondit sur l'appuie-tête.

Je repense à Parker allongé dans cette ruelle. Quelqu'un va-t-il le trouver ? Que va-t-il raconter ? Il voudra se défendre. Il niera en bloc tout ce qu'il s'est passé. Il dira que Jullian l'a agressé. Tout le monde le croira, parce qu'il est un sorcier.

Je ne devrais plus parler. Le silence est encore ce que nous partageons le mieux. Pourtant, une question brûle mes lèvres. Je dois savoir.

— Tu es un loup.

Ce n'est pas vraiment une question, je le réalise seulement. Le doute ne m'est plus offert. Sa force, son agilité, sa rapidité et ses yeux jaunes sont autant de preuves accablantes. Je crois que j'avais simplement besoin de le dire tout haut. Pour me faire à cette réalité.

— Le coven recrute des têtes pensantes à ce que je vois.

Du sarcasme. Est-ce bien nécessaire ?

J'entends Jullian se racler la gorge. Collée à la vitre, je

regarde le paysage défiler. Il me hait. Je crois que je commence à le détester tout autant.

Ma tête roule dans sa direction. La pression de ses doigts s'est apaisée sur le volant. L'un de ses bras repose sur la portière. Le vent a tiré ses cheveux en arrière.

Lorsque nous passons le panneau de Danvers, toute pensée a quitté mon esprit. J'ai la sensation d'être enveloppée dans un nuage de coton. Plus rien ne me paraît tangible.

— Comment es-tu devenu un loup-garou ?

Jullian sourit. Je ne m'attendais plus à voir ça de sitôt.

— Je suis né comme ça.

La voiture ralentit au carrefour. Sur le panneau en face, indiquant Melrose Street, un corbeau solitaire nous observe.

— Mes parents sont des loups, leurs parents l'étaient avant eux.

— Veronica aussi est un loup, n'est-ce pas ?

Il hoche la tête.

— Elle est la fille de l'alpha.

— Tom Wilkerson.

Nouvel acquiescement. Le silence revient. Je n'y fais plus obstruction et me laisse porter par le ronron du moteur.

Après encore cinq minutes de route, Jullian me dépose à l'entrée de Wailing Hill. Monica dévale les escaliers, enroulée dans son pyjama de satin rouge. Elle serre dans la main un téléphone. Un voile sombre obscurcit ses traits alors qu'elle me détaille. Elle me parle, pourtant je n'entends pas. Je serre fort la veste de Jullian sur mes épaules. Elle sent le musc et l'after-shave. La voiture s'éloigne dans l'allée. Le jeune homme disparaît sans même un au revoir.

20

La pénombre, le silence, la peur, la ruelle, les yeux noirs, l'air qui manque.
— Mademoiselle Parris.
Je sursaute sur ma chaise. Mon écart n'a pas échappé à mes camarades, m'observant avec amusement. Madame Fetuchi s'approche lentement. Les claquements stridents de ses talons aiguilles résonnent dans toute la classe.
— Si vos résultats étaient aussi notoires que l'est votre nom de famille, vous pourriez vous autoriser un instant de rêverie. Ce n'est pas le cas. Pour le moment, je ne vous demande même pas de tenter de résoudre cette équation. Vous en seriez bien incapable. Mais si vous notiez le résultat, cela vous ferait peut-être de la lecture pour ce soir.
Ce n'est pas l'amabilité qui l'étouffe !
Je me contente de forcer un sourire. Resserrant mes mains l'une contre l'autre, je fixe l'enseignante sans ciller. Avec moins de trois heures de sommeil au compteur, c'est toute la défiance dont je suis capable. À ma droite, Penny fait rouler ses yeux.
— Bien, reprend Madame Fetuchi. Mis à part mademoiselle Parris, y a-t-il une tête pleine qui voudrait venir corriger cet exercice ? Mademoiselle Wilkerson par exemple ?
L'intéressée ne met qu'un instant à se lever. Nul besoin de voir son visage pour savoir qu'elle jubile. Le professeur de mathématique se joint à son enthousiasme, cédant sa craie à la lycéenne. Une minute lui suffit pour compléter l'équation.

Puis, d'un air satisfait, elle se retourne vers nous, son auditoire, pour nous offrir son sourire hollywoodien.

Ses lèvres s'entrouvrent, prêtes à accompagner les propos du professeur d'une remarque acerbe à mon attention, mais la sonnerie retentit. Je prends mes affaires et quitte la salle sans un regard en arrière.

— Serena !

Dans le capharnaüm du couloir, la chevelure auburn de Zahra se détache. Elle avance vers moi tel un saumon remontant la rivière. Son visage est blême, marqué par des cernes sombres.

— Serena, dit la jeune fille hors d'haleine, je suis tellement désolée pour ce qui s'est passé hier soir ! J'ai appelé des centaines de fois chez toi. Mais ton frère a dit que tu ne voulais pas me parler.

Mon frère ?

— Si tu savais comme je me sens responsable ! Je n'aurais jamais dû te dire d'aller voir Alec, c'était une si mauvaise idée ! J'étais au courant qu'il en pinçait pour toi et... enfin... je trouvais ça marrant que Petra et Constance soient vertes de jalousie alors...

Elle enfouit son visage entre ses mains.

— Pitié, pardonne-moi, Serena.

Soudain, ses doigts se posent sur mon épaule. Je me défais de son étreinte. Je mords mes joues pour ne pas ciller. Stupéfaite, Zahra me dévisage. Je la contourne pour reprendre mon chemin.

Je ne lui en veux pas. Du moins, pas comme elle le croit. Mais la personne que j'ai découverte hier soir – celle que je suis devenue à son contact –, elle, me fait horreur.

Penny est devant son casier. Ses longs cheveux blonds sont noués en une tresse qui retombe sur son épaule. Elle est la seule avec qui j'ai envie de passer du temps. La seule en qui j'ai confiance. La seule avec qui je peux être moi.

Même si ça me fait mal de l'admettre, Jullian avait raison. J'ai voulu endosser l'identité d'une autre.

— Est-ce que tout va bien ? me demande mon amie.

Elle scrute mon visage. Je n'ai pas bien dormi cette nuit. À chaque fois que je fermais les paupières, je voyais de nouveau la ruelle sombre et les yeux de Parker déterminés à me tuer. Je ressentais la pression de ses doigts autour de mon cou et mon impuissance.

— Je dois te parler de quelque chose.

Sans attendre sa réponse, j'attrape son bras et la tire vers le couloir voisin. De l'autre côté, Zahra me dévisage.

***

Vers midi, Penny et moi quittons la classe de littérature pour le réfectoire. À quelques pas du bureau des étudiants, un brouhaha nous interpelle. Des élèves se sont attroupés au milieu du couloir. Les nouveaux arrivants poussent les premiers arrivés dans l'espoir de savoir ce qui se passe. Penny, intriguée, s'approche. Un éclat de voix familier me fait l'effet d'une décharge. Jon. Je bouscule mes camarades et me fraye un chemin dans la mêlée.

— Sale fils de...

— Jon !

Interdite, je dévisage mon frère. Ses yeux sont rougis, sa mâchoire crispée, tous les muscles de son corps tendus à l'extrême. D'une main, il serre la gorge de Parker contre les casiers. Son poing se tient à quelques centimètres du lycéen. À côté de lui, l'air grave, Alec observe la scène.

— Jon, je répète.

— Je ne peux pas le laisser s'en tirer comme ça après ce qu'il t'a fait !

Tous les regards se tournent vers moi. Jon ne baisse pas sa garde.

— Petite ordure, grogne mon frère. Comment as-tu osé ? Je te croyais mon ami !

Le coup part sans que je puisse l'en empêcher et fracasse la mâchoire de Parker. Le sang coule entre ses lèvres. Je retiens un cri d'effroi en plaquant mes mains sur ma bouche.

Alec n'a pas bougé, pas même cillé.

— Si tu t'avises une seule fois encore de regarder ma sœur, je t'arracherai les yeux et je te les ferai bouffer. Est-ce que t'as compris ?

Parker répond faiblement. Jon le libère. Tandis que le lycéen reprend ses esprits, mon frère lance son genou dans son ventre. Parker percute les casiers et s'effondre au sol.

Jon saisit son sac. Un instant, Alec regarde le garçon se tordre de douleur sur le carrelage. Il lâche du bout des lèvres :

— *Inflamare.*

L'uniforme de Parker s'embrase. Des cris s'élèvent dans la foule, qui se disperse immédiatement. Un professeur, accourant d'une salle voisine, brandit un extincteur et asperge le jeune homme d'une fumée blanche.

Dans ce capharnaüm, une alarme se déclenche. Les lycéens, pris d'effroi, évacuent aussitôt le couloir. La voix du proviseur adjoint retentit dans les haut-parleurs.

— Monsieur Walcott, dans mon bureau, immédiatement.

Je cherche mon frère pendant le restant de la pause. Impossible de le trouver.

À la fin du déjeuner, les choses semblent revenues dans l'ordre. Et tandis que je m'apprête à entrer dans la classe d'histoire, redoutant déjà de devoir croiser le regard vide de Jullian, une nouvelle ombre se présente au tableau. Celle-ci porte des talons vernis rouges, une cape brune et un sac de créateur.

— Serena, chérie, se force à sourire la jeune fille, j'ignorais que tant de garçons te tournaient autour. Ma pauvre, tu les mets dans tous leurs états. Ça ne doit pas être simple !

— Qu'est-ce que tu veux Veronica ?

Sans quitter cet air de fausse amie qu'elle manie à la perfection, la lycéenne fouille dans son sac pour en tirer un bout de papier. Perplexe, je m'en saisis du bout des doigts.

— Ma famille organise une fête en blanc le week-end prochain. C'est une sorte de tradition.

— Est-ce que tu es en train de m'inviter ? Tu me détestes.

— Si j'avais eu le choix, tu ne serais pas sur la liste. Mais ce n'est pas moi qui décide.

Je croise les bras sur mon uniforme. Je ne vois pas où elle veut en venir.

— Je tenais simplement à m'assurer que tu ne feras pas de vague. J'ai dit à mon père que nous étions de très bonnes amies. Ce qui, tu t'en doutes, est crucial dans le cadre de l'entente entre le coven et la meute.

— Je ne v...

— Contente-toi de sourire, c'est tout ce que je te demande. Si mes parents te questionnent, fais comme si tu m'appréciais. Ou du moins comme si je t'étais indifférente. Je ne vais pas rentrer dans les détails. Tu n'y comprendrais rien de toute façon. Tu dois me faire confiance, pour une fois. Ça sera tout aussi profitable à ta famille qu'à la mienne.

Je passe ma main dans mes cheveux.

— J'ai eu mon lot de festivités pour toute une vie, je réponds. Je préfère autant ne pas venir à votre soirée.

— Ça serait un geste très généreux de ta part. Mais je crois que tu n'auras pas vraiment le choix.

Elle sourit et pivote sur ses talons vers l'entrée de la salle. Ses doigts diaphanes se posent sur mon épaule.

— Alors à plus tard, copine !

Je passe la porte derrière Veronica. Le professeur, feuilletant un ouvrage ancien, ne nous accorde pas un regard. Redwood est assis au fond de la classe, encerclé de son groupe de Thunderwolfs. Voilà donc le mystère de la réussite en championnat de l'équipe de St George. Leurs adversaires pensent affronter de simples joueurs de football. Ils s'attaquent en réalité à des loups-garous.

Je scrute un moment les derniers rangs, espérant un vague mouvement qui laisserait entendre que ses mots d'hier ont dépassé sa pensée. Qu'il était trop énervé pour parler calmement. Mais rien. Son ignorance me fait l'effet d'un coup de poignard dans l'estomac.

Le cours démarre. Le professeur nous rappelle l'arrivée imminente des examens. Je vais devoir mettre les bouchées doubles pour réussir. C'est mon objectif dorénavant. Je dois laisser derrière moi ces histoires de filles, de loups, de sorciers et de garçons pour me concentrer sur mes études. Je réussirai peut-être à renouer le lien avec la vraie Serena.

***

Lorsque je rentre au manoir, je retrouve Tania, s'affairant en cuisine. Nous échangeons quelques mots. J'observe ses gestes méticuleux, admirant la délicatesse avec laquelle elle découpe de fines lamelles de carottes et de si petits morceaux d'oignons.

Le téléphone, un appareil archaïque accroché au mur, sonne. Tania me fait signe de répondre à sa place.

— Résidence Parris.
— Je suis désolé.

Alec ! Sa voix est grave. J'ai failli ne pas le reconnaître.

— Où étais-tu ? Je vous ai cherchés partout Jon et toi !
— Pour ton frère je n'en sais rien. Moi, j'étais retenu dans le bureau du proviseur à négocier mon non-renvoi du lycée.
— Est-ce que c'est toi qui as parlé à mon frère de l'incident avec Parker ?
— Je n'y suis pour rien. C'est Jon qui m'a tout raconté. Il était dans tous ses états. Et j'ignore comment il a su.

Ça ne laisse plus beaucoup d'options. À moins que Parker ait délibérément avoué à mon frère qu'il avait tenté de me violer, ce qui malgré sa stupidité est peu probable, seules deux autres personnes étaient au courant de l'incident : Monica et Jullian.

— Serena, je suis désolé.
— Tu plaisantes ? Tu n'y es pour rien !

La respiration d'Alec dans le combiné est si lourde.

— Si je t'appelais, reprend-il, c'était pour te demander de dîner avec moi.

— Alec je...

— Écoute-moi jusqu'au bout. Demain soir, c'est la pleine lune. Tu devras de toute façon quitter la ville. Alors, viens avec moi. On se protégera mutuellement et puis... Je dois te parler de choses importantes.

Je devrais lui dire non, par égard pour lui, pour ne pas réitérer mes erreurs. Mais ma mauvaise conscience est telle que je suis incapable de lui refuser quoi que ce soit.

Quand je raccroche, j'ai un nœud à l'estomac. Je quitte la cuisine, laissant Tania à ses préparations sans plus d'explications. Alors que je prends la direction de ma chambre, la voix de Monica me hèle de l'autre côté du manoir. J'ignorais qu'elle était rentrée.

Je n'ai aucune envie de discuter avec elle, ressasser les récents évènements, parler de Jullian, d'Alec, de Parker, de Jon, de Penny et même de Veronica. Je ne suis pas assez forte pour ça. Alors, feignant de n'avoir rien entendu, je me dirige vers l'étage.

— Serena !

Cette fois, impossible de l'éviter. Monica se tient en bas de l'escalier. Lorsque je me retourne, je ne peux dissimuler ma surprise. Enveloppée dans un gilet de laine gris, les cheveux noués en un chignon haut, ma tante n'a plus rien de son élégance habituelle. Elle semble fatiguée, épuisée même.

— Serena, répète-t-elle. Ce sont tes parents. Nous venons de retrouver une trace d'eux. Ils sont vivants.

***

Je suis ma tante dans le couloir obscur. Les bougies s'éclairent sur son passage.

Dans le bureau, on entend les crépitements des bûches dans l'âtre. Pour toute lumière, les rayons du jour qui traversent les vitraux déversent des éclats de rouge et de bleu.

— Je réalise que je n'ai pas pris le temps de parler avec vous de la visite du conseil.

La voix de Monica est différente. Elle semble fatiguée, dépourvue de tout artifice.

— Oui... dis-je hésitante.

— J'avais bien envisagé que la pilule allait être difficile à avaler. Mais...

Monica traverse la pièce. Elle se sert un verre de vodka. Ses paroles, suspendues dans les airs, retiennent les battements de mon cœur.

— ... je ne m'attendais pas à ce que ce soit aussi traumatisant.

Puis, venant se lover dans un fauteuil près de la cheminée, elle me fait signe de m'asseoir.

— J'ai eu le principal de St George. Il m'a informée de l'échange musclé entre Jon, Alec et Parker. Tout ça, c'est ma faute.

J'ignore si elle s'adresse toujours à moi. Son attention est tournée vers les flammes.

— Tout est si confus encore dans ma tête. J'aimerais pouvoir vous offrir le meilleur. Mais j'ai la sensation de ne pas pouvoir y parvenir. C'est si dur pour moi de me mettre à votre place. Et j'en comprends d'autant plus vos difficultés à vous faire à notre monde. Si seulement il existait un lieu, intermédiaire, où nous pourrions nous retrouver.

Son visage exprime une étrange tristesse. Je ne réussis pourtant pas à m'ôter de l'esprit la raison pour laquelle elle m'a fait venir.

— Monica, tu m'as dit que tu avais du nouveau sur papa et maman, une preuve qu'ils étaient vivants.

Subitement, ma tante se redresse dans son siège comme se souvenant de ma présence. Elle pose son verre sur la table basse. Le gilet de laine tombe sur ses épaules menues. Elle n'a jamais paru aussi maigre.

Monica fouille dans le bazar du bureau. C'est la première fois que je trouve l'endroit si peu ordonné. Très maniaque et méthodique, ma tante ne laisse d'ordinaire pas un stylo de travers. À présent, les dossiers s'entremêlent dans un fouillis de feuilles. Elle empoigne un certain nombre d'entre elles et revient vers moi.

— Nous avons retrouvé une trace magnétique, au large de l'île de Zapatera.

À ma perplexité, Monica ajoute.

— C'est vrai, tu ne sais pas ce que c'est.

Elle s'assoit à côté de moi. Ses mains font glisser le dossier sur la table basse. Je m'en saisis, tournant en toute hâte les pages noircies d'encre. Je ne comprends pas le quart des termes qu'elle utilise. J'aurais lu une langue étrangère, cela n'aurait rien changé. Déconcertée, j'en reviens à Monica. Si près, son visage paraît encore plus marqué par la fatigue.

— Je t'ai déjà parlé de l'Osmose, cette magie très puissante que pratiquaient tes parents.

J'acquiesce.

— Eh bien, lorsqu'un sort est lancé par l'Osmose, il laisse une trace magnétique. Une sorte d'empreinte unique que ne peuvent lire que les puissants sorciers.

— Ça voudrait dire qu'ils ont utilisé la magie à cet endroit-là ?

C'est au tour de Monica de hocher la tête.

— Mais quel sort, reprend-elle aussitôt, je l'ignore.

— Quelque chose pour les aider à se cacher, je propose. Les personnes à leurs trousses s'étaient peut-être dangereusement approchées.

— Ils n'auraient pas eu besoin de l'Osmose pour ça.

Je reprends mon air intrigué.

— La magie, traditionnelle, permet de réaliser la plupart des actes de sorcellerie. L'Osmose, elle, est capable de modifier l'ordre des choses et la nature même de notre monde.

— Je ne suis pas sûre de comprendre.

Le feu commence à faiblir dans la cheminée. Avec ce froid, j'y aurais volontiers jeté une bûche. Pourtant, le soudain rapprochement opéré par Monica me laisse supposer que ce qu'elle s'apprête à me raconter est mille fois plus important.

— L'Osmose est à l'origine de tout. Certains l'appellent

« magie des dieux ». C'est parce qu'elle est la source de ce monde. Elle est dans chaque particule qui nous entoure. C'est elle qui fait de nous ce que nous sommes, qui permet à notre univers d'exister. Elle est l'origine de toute chose. Les créateurs, qui la maîtrisent, ont le pouvoir de modifier notre réalité. C'est ainsi, par exemple, qu'ils ont créé les loups-garous ou les vampires. L'Osmose est capable de changer la nature intrinsèque d'un élément. Elle peut donner la vie ou la reprendre. Elle est si puissante qu'à côté, la magie que nous pratiquons pourrait être neutralisée. Tu n'imagines pas quel pouvoir détiennent les créateurs.

Au bout de son récit, Monica se laisse aller dans le dossier du fauteuil. Elle récupère son verre de vodka et y trempe ses lèvres.

— Dans ce cas, pourquoi papa et maman l'ont utilisée ?

— Je l'ignore. Mais c'était suffisamment important pour qu'ils risquent d'attirer des chasseurs.

— Attirer des chasseurs ?

Monica balance la tête de haut en bas.

— Les chasseurs de sorcières sont capables de détecter ces traces magnétiques. C'est comme ça qu'ils repèrent les créateurs.

Je passe nerveusement la main dans mes cheveux. Je regarde les voiles rouges et or danser entre les braises. L'image du corps incandescent de Parker me revient. Je me rappelle soudain que Jon a séché les cours et que je n'ai aucune nouvelle de lui.

— Donc, je résume. Tu sais que papa et maman sont en vie parce qu'ils ont lancé un sortilège ? Ça n'a aucun sens.

— Au contraire. Les traces magnétiques sont éphémères. Ils étaient à cet endroit il y a moins de trois jours.

Une soudaine allégresse me gagne. Enfin, après tout ce temps, et alors que l'espoir faiblissait, j'ai une preuve qu'ils sont vivants. J'ignore s'ils vont bien, mais cela me laisse entrevoir que nous parviendrons peut-être bientôt à les retrouver. Bientôt, peut-être, pourrais-je les serrer dans mes bras.

Je me lève, respirant cette nouvelle bouffée d'oxygène, intimement persuadée que rien ne pourra plus obscurcir cette journée. Prise par ma joie, j'en oublie l'espace d'un instant cette nuit terrible où j'ai cru mourir dans une ruelle sombre.

Monica me rappelle à elle.

— Tu dois faire très attention, Serena, dit ma tante en saisissant mon bras. Tu vas très bientôt vouloir pratiquer la magie. Si ce n'est pas déjà fait. Je ne pourrais pas te le reprocher. Te l'interdire reviendrait à te donner un jouet en t'ordonnant de ne pas y toucher. Mais tu dois te montrer extrêmement prudente.

Ses sourcils froncés trahissent son inquiétude. Je me rassois.

— Tu as du sang de créateur. Tu as de grandes chances d'en être une, toi aussi.

— C'est à cause du rêve, c'est ça ? Alec m'a parlé de ce test que fait le conseil la veille de l'initiation. Je suis persuadée que ça ne veut rien dire. J'ai toujours eu une imagination débordante.

— S'il ne s'agissait que de ça, soupire-t-elle.

Sa main passe sur ma joue. Elle remet délicatement derrière mon oreille une mèche égarée.

— Tu dois te méfier de l'Osmose, Serena. Dès que tu lui auras entrouvert la voie, elle s'y précipitera et s'insinuera en toi. Si l'Osmose est interdite, c'est parce qu'elle est dangereuse ! Ce n'est pas une bonne magie. Elle n'a pour unique aspiration que d'assurer sa propre survie. Lorsqu'un créateur lance un sortilège en utilisant l'Osmose, il est obligé de compenser dans les forces obscures. Tu n'imagines même pas les conséquences que cela peut avoir !

Dans le bureau, le temps se suspend. On n'entend plus dans la cheminée que le craquement des derniers morceaux de bois cédant aux flammes. Levant le menton, je tombe sur le visage sévère de Samuel Parris.

— Promets-moi d'être vigilante.

Je sais à peine lire dans les pensées. La chose la plus terrifiante que j'ai faite, c'est de brûler la poitrine de Parker.

Et je n'étais même pas consciente de ce que je faisais. Sans oublier que, sitôt que je m'en suis rendu compte, cela a cessé. Comment pourrais-je me servir d'une magie, aussi ancienne que complexe, dont seuls sont capables les plus grands sorciers de ce monde ?

Avalant ma salive, je murmure :

— Promis.

Monica s'approche et pose un baiser sur mon front. Je récupère mes affaires et, alors que je passe la porte, elle déclare :

— Une dernière chose.

Ma tante a refermé son gilet autour de sa taille. Elle contourne la causeuse. Elle s'assoit derrière son immense bureau. L'ombre de Samuel Parris plane sur elle. La tendresse des minutes précédentes a disparu.

— Je sais que tu as eu à ton arrivée des démêlés avec Veronica Wilkerson. Le problème s'est-il réglé ?

Je revois la main de la reine du lycée posée sur mon épaule. « Copine. »

— Nous sommes de grandes amies.

J'ignore pourquoi je mens. Je devrais pouvoir tout dire à Monica.

— À la bonne heure ! Ce sera tout, je te remercie.

Elle dresse la paume. Les portes du bureau s'ouvrent. Je regarde le couloir obscur derrière. J'avance d'un pas et fais volte-face.

— Pourquoi cette question ?

— Rien qui te concerne, Serena. Tu peux y aller.

Monica attrape une plume et commence à griffonner sur les pages d'un carnet. Je l'observe un moment. Elle ignore ma présence. Je finis par quitter le bureau. Les portes se referment en claquant dans mon dos.

21

19 h 23. Alec ne devrait plus tarder. Assise au comptoir de la cuisine, je ronge mes ongles en scrutant les aiguilles sur le cadran. Je me demande encore si cette sortie en tête à tête est une bonne idée. J'ai une certaine affection pour Alec. Mais après avoir entendu ses pensées, je ne suis plus sûre de ce que lui éprouve. Attend-il de moi autre chose que de l'amitié ? Et si c'est le cas, ai-je envie de partager cela avec lui ?

— Oh non, chérie. Pas tes ongles enfin !

Monica passe à côté de moi et me tire les doigts de la bouche. Je pose mes mains sur le comptoir. Dessous, mon genou s'est mis à trembler.

— Nerveuse ?

Monica dégage une forme d'élégance surnaturelle. Elle a troqué ses robes de tailleur colorées contre un long drapé de mousseline noire. La tenue de cérémonie. Ses cheveux ondulent sur ses épaules.

— Non.

Ma tante me glisse un sourire. Elle n'est pas dupe.

Le voile sombre tombe sur les arbres de la forêt par-delà les fenêtres. Bientôt, le dernier rayon de soleil disparaîtra derrière les troncs centenaires.

— Tout va bien se passer, Serena. Alec Walcott est un garçon charmant. Vous ferez un très beau couple.

Je manque de m'étrangler avec ma propre salive.

— Ce n'est pas l'objet de cette sortie.

Monica se sert un verre d'eau. Lorsqu'elle avale une gorgée, je crois la voir grimacer.

— Si tu le dis.

Le tic-tac infernal de la pendule me donne le tournis. Je n'ai jamais été patiente. Ce soir, l'attente est un supplice. Je ne devrais pas être nerveuse. Ce n'est qu'Alec, le garçon sympa avec qui je déjeune parfois. Cet adolescent charmant qui m'a fait valser durant le bal. Le sorcier qui a brûlé Parker pour me venger.

Je sais que je lui plais. Mais je ne suis pas certaine de ce qu'il en est de mon côté. Si je le blessais, si je lui faisais du mal ?

Je me remets à ronger mes ongles. Monica me dévisage sévèrement. Je fourre mes mains dans les poches de ma veste.

Dire quelque chose. Je dois m'occuper l'esprit.

— Tu ne nous as jamais parlé d'Emeric.

Monica s'arrête net.

— Emeric ? Pourquoi est-ce que tu t'intéresses à lui ?

— C'est à toi que je m'intéresse. J'aimerais apprendre à te connaître davantage et en savoir plus sur cet homme qui a tant compté pour toi.

Elle sourit. Un instant de silence plane dans la cuisine. Ce ne sont que quelques secondes, pourtant elles trahissent un malaise que je ne comprends pas.

La sonnerie retentit dans l'entrée et Monica bondit.

— Je vais ouvrir !

Elle revient en compagnie d'Alec. Le garçon m'observe en souriant. Je lui rends son sourire et descends du tabouret. Je garde les mains dans mes poches. Je préfère autant qu'il ne surprenne pas mes tremblements.

— Prête ?

Monica, radieuse, nous souhaite une bonne soirée. Elle disparaît aussitôt, tenant son masque d'or, dans les ténèbres de la nuit. Je me dirige à sa suite. Alec attrape mon bras et m'attire vers le salon.

— Je croyais que nous sortions.

Il ne réagit pas et me lance un sourire en coin.

— Prends mes mains, dit-il. Et ferme les yeux.

C'est à mon tour de l'observer. Alec se met à rire. Je ne comprends rien à ce qui se passe.

— Tu as confiance en moi ?

Je devrais répondre immédiatement. Pourtant, j'en suis incapable. Et lui avouer mes doutes ne ferait que rendre la situation plus étrange encore. Alors, j'attrape ses mains. Sa peau est gelée.

J'observe Alec. Il réprime un sourire. Ma poitrine se gonfle d'une profonde inspiration. Je ferme les yeux.

J'entends le jeune homme murmurer des mots que je ne comprends pas. Un vent glacé se met à souffler. Il s'insinue entre mes pieds, remonte le long de mes jambes, s'enroule autour de ma taille, caresse ma poitrine, enveloppe mes bras. Je le sens contre mon visage, dans mes cheveux qui virevoltent. Le contact de cet air froid picote ma peau. J'ai la sensation de n'être plus qu'un gigantesque frisson. Cette sensation propage dans mon corps une bouffée d'allégresse.

Le lien entre nos mains se coupe soudain. Le vent disparaît.

— Maintenant, ouvre les yeux.

J'obéis. Je tourne trois fois sur moi-même pour être bien certaine de ne pas rêver. Le constat se fait de lui-même : nous avons quitté le manoir.

Nous sommes au milieu d'un parc, entourés de chênes abandonnant à l'automne leurs feuilles orangées. Un sycomore au bout du chemin en terre est le dernier à faire résistance à l'arrivée de l'hiver, préservant sur ses longues branches ses teintes prune. À ma droite, un lampadaire solitaire inonde un banc de pierre de sa lumière jaunâtre. Des buildings scintillants côtoient la lune ronde.

— Bienvenue à Philadelphie.

Tandis que je m'égare dans la contemplation de tout ce qui nous entoure, le jeune homme m'entraîne vers la sortie du parc. Nous arrivons sur une route grouillante de vie. Alec attrape ma main. J'observe un moment ses doigts entrelacés dans les miens. Il me tire précipitamment avec lui au travers du ballet des voitures. Parvenu de l'autre côté de la voie, il me lâche.

— Par là, dit Alec en prenant la direction d'une ruelle passante. On y est presque.

Je le suis. Nous longeons plusieurs bars animés desquels émanent des vapeurs d'alcool mêlées de parfums floraux. Les genres musicaux les plus variés se côtoient. Ici, c'est de la country. Dix mètres plus loin, de la salsa. De l'autre côté de la rue résonne un air de hip-hop.

Alec m'arrête devant une des vitrines. La devanture est décorée de panneaux blancs éclairés de néons bleutés. On dirait une boutique. À ceci près que rien ne se trouve en exposition. À l'intérieur, j'entends de faibles voix aux nuances jazzy.

Un pas me suffit pour comprendre où nous sommes, et la raison pour laquelle Alec m'a conduite ici.

— Clint Montgomery, dis-je en m'approchant de l'un des gigantesques clichés accrochés aux murs. Comment as-tu su ?

Depuis ma plus tendre enfance, j'éprouve une forme d'admiration rare pour cet homme. Un photographe de renom originaire de San Diego qui a pour sujet favori le surf. J'ai prié mes parents un nombre incalculable de fois d'aller voir une de ses expositions.

La joie monte à mon visage, transportant avec elle un flot de souvenirs d'un passé qui m'est encore douloureux. Je ne peux retenir une larme, qui coule le long de ma joue. Je la balaye aussitôt d'un revers de main, m'approchant d'une photo de grandes dimensions, celle de l'intérieur du tube dans une vague dont l'eau est si bleue.

— C'est Wyatt qui a eu cette idée, répond finalement Alec. Je n'ai plus eu qu'à trouver le lieu de son exposition en cours.

Lorsque je regarde Alec, son visage m'apparaît soudain très différent. Je me surprends à contempler les contours de son menton, l'ovale de ses paupières. Je remarque des mèches un peu plus longues qui tombent sur ses oreilles.

Un serveur qui passe par là nous propose des coupes de champagne. Je m'en saisis aussitôt et avale une gorgée, tâchant de rassembler mes esprits. Nous poursuivons la visite. Cette exposition est extraordinaire. Je me délecte de chacune des œuvres. Les images sont spectaculaires, prises sur le vif. À travers elles, je revis ce qui n'est plus à présent qu'une lointaine passion. J'ai la sensation de replonger dans une vie antérieure.

Lorsque je crois ne plus pouvoir être émerveillée, Alec m'introduit auprès d'un homme d'une cinquantaine d'années, une de ses vieilles connaissances. Je ne le reconnais pas tout de suite. C'est après un rapide échange que je réalise que son visage m'est familier. Il s'agit de Clint Montgomery en personne.

Nous discutons un long moment de surf et de Californie. La nuit a avancé lorsque nous quittons l'exposition. J'ai des étoiles plein les yeux et des crampes à la mâchoire à force de sourire.

— Alec, dis-je le regard rivé sur le ciel. C'était merveilleux ! Je n'ai jamais rien vécu de tel !

— Content que ça t'ait plu.

Dans un élan de joie, je me presse contre le jeune homme et me serre sur sa poitrine. Ses bras m'enveloppent. Je me surprends à apprécier cette étreinte. Il sent l'ambre et la menthe. Ma joue se colle contre son torse et je perçois une musculature entretenue.

Et puis, naturellement, nous nous séparons. Le silence s'installe entre nous. Quelques ruelles plus loin, nous prenons place sur des sièges de velours, au milieu d'une salle décorée d'or et de pourpre. Un tout autre registre que ce restaurant très chic au regard de la simplicité de l'exposition. Sans doute un moyen pour Alec de me rappeler Salem.

Je lis la carte plusieurs fois sans comprendre un mot de ce qui y est écrit. Ça fait un moment qu'aucun de nous n'a plus ouvert la bouche. Lorsque les plats arrivent, intimidée par ce lourd silence, je me décide à reprendre la parole.

— Tu as dit au téléphone que tu devais me parler de quelque chose d'important.

Essuyant ses lèvres du coin de sa serviette, Alec acquiesce.

— C'est au sujet de Zahra.

D'un signe de tête, je lui intime de poursuivre.

— Ce n'est rien de grave. Mais, je pense que tu dois savoir certaines choses à son sujet.

— Quel genre de choses ?

Il s'essuie à nouveau les lèvres.

— Jusqu'à l'année dernière, elle avait beaucoup de problèmes.

Je penche la tête sur le côté.

— Le moins qu'on puisse dire, c'est qu'elle ne se formalisait pas des règles. Elle a manqué de se faire renvoyer plusieurs fois du lycée pour des histoires de harcèlement et d'abus de pouvoir. Sans parler de cette fête qu'elle a organisée en secret à la piscine de St George et où une humaine a bien failli y rester.

Je prends une petite gorgée d'eau pour éclaircir mes idées. Il y a une semaine, j'aurais été étonnée. Après cette soirée étrange, je commence à entrevoir une tout autre facette de la jeune fille. Elle n'est peut-être pas aussi douce et attentionnée qu'elle le laisse croire.

— Je ne cherche pas à t'effrayer. Mais je préfère t'en parler pour que tu sois vigilante. Ce qui s'est produit au *Dawn* ne doit plus jamais arriver. Et je m'en assurerai.

Comment oublier ? À chaque fois que mes paupières se ferment, je revois le visage de Parker, si proche du mien, ses yeux emplis de colère, je sens ses doigts sur ma peau, ses mains qui serrent ma gorge. Sans Jullian, je serais morte dans cette ruelle.

— Je serai sur mes gardes, dis-je coupant court à mes sombres songes. À moi de te parler de quelque chose à présent.

— Je t'écoute.

Je termine mon verre d'eau. Puis, le reposant sur la table, je jette un œil autour de nous. Une chance que le restaurant soit presque vide.

— J'ai appris à lire dans les pensées.

— Je sais.

— Comment ça, tu sais ?

Il rit. Je ne vois pas ce qu'il y a de drôle.

— Quand tu contrôleras suffisamment tes pouvoirs, tu pourras détecter la magie qui t'entoure. Et, en l'occurrence, remarquer lorsqu'une personne entre dans ton esprit à ton insu.

Mes joues s'empourprent.

— Je suis désolée. Je suis vraiment, vraiment désolée.

— Tu ne dois pas, rit Alec. C'est moi plutôt qui devrais m'excuser pour les mots que tu as dû entendre. J'avais trop bu, ce soir-là. Et je ne contrôlais plus mes pensées.

J'enfouis mon visage dans mes mains.

— Cela dit, je ne crois pas que ce soit pour parler de cet incident que tu aies évoqué le sujet, reprend le jeune homme.

Je hoche la tête tout en hélant le serveur. Ce dernier tarde à nous rapporter une bouteille d'eau. Où est-il passé bon sang ? Enfin, le voilà ! Je me serre deux verres d'affilée, que j'avale d'une traite.

— J'avais une question à te poser. Et je voudrais que tu me répondes sincèrement.

— Je vais faire de mon mieux.

Les yeux d'Alec ne quittent plus les miens.

— À l'époque où j'ignorais tout de la magie, es-tu déjà rentré dans ma tête ?

Alec baisse le menton. Sa main passe nerveusement dans sa nuque.

— Oui, lâche-t-il du bout des lèvres. Le soir de notre rencontre. Je voulais savoir à quoi m'attendre. Et puis, je t'ai entendue penser que je devais appartenir à un groupe de pro-Parris. J'ai trouvé cette idée un peu folle et amusante. Alors je suis sorti de ton esprit. Et jamais plus je n'y suis retourné.

J'apprécie sa franchise.

— Tu es rentré dans ma tête, je murmure en vérifiant une nouvelle fois que personne ne nous écoute, je suis rentrée dans la tienne. Je crois qu'on est quittes.

Je tends une main. Alec me considère avec perplexité. Finalement, il saisit mes doigts et les serre.

— Cette sauce est délicieuse, je reprends. Tu veux goûter ?

Il accepte. Le débat concernant l'usage abusif de nos pouvoirs respectifs est définitivement clos. Lorsque nous quittons le restaurant, rassasiés, il est déjà tard. Les rues de Philadelphie débordent toujours de monde.

Dans la lumière très blanche de la pleine lune, nulle ombre ne parvient à s'insinuer. Alec me propose de profiter encore un peu des éclats de Philadelphie avant de rejoindre l'hôtel. J'accepte. Nous montons dans un taxi, direction Fairmount Park.

L'endroit est désert. Nous longeons les allées bordées d'une végétation luxuriante qui me font presque oublier que nous sommes en plein cœur de la ville. Des lampadaires éclairent d'une lueur orangée notre chemin. Tout est si calme.

Tandis qu'Alec me raconte l'histoire de la création de Philadelphie, nous nous enfonçons dans une partie plus sauvage du parc. La lumière se fait rare. Nous passons sous un pont. Je n'y vois presque plus rien.

— Attends.

Entrouvrant la main, Alec libère une petite sphère d'or. Telle une minuscule étoile, elle se place au-dessus de nos têtes et éclaire notre chemin. Je la regarde virevolter dans les airs.

— Tu veux que je te montre comment faire ?

Les hochements vifs de ma tête décrochent un éclat de rire au jeune homme.

— Très bien.

Nous nous arrêtons. Alec saisit ma main qu'il replie sur elle-même.

— Tu dois te concentrer sur ce que tu veux créer. Toutes tes pensées doivent converger vers tes doigts. Sens la chaleur qui grandit dans tes paumes.

Je ferme les yeux. La fraîcheur de l'air qui nous enveloppe n'aide en rien. Je redouble d'efforts. Alec s'approche d'un pas.

Ses lèvres murmurent tout contre mon oreille. Son souffle chaud caresse mon lobe.

— Quand tu seras prête, tu n'auras qu'à prononcer la formule : *Lux*.

La main d'Alec entoure la mienne. Le contact de sa peau me fait frissonner. Lorsque mon regard croise le sien, mes joues s'empourprent.

— *Lux* !

J'entrouvre les doigts. Une petite boule blanche s'élève. Je l'observe monter, encore et encore, rejoignant celle d'Alec. Les deux forment une ronde qui me vole un sourire.

Puis mon regard se pose de nouveau sur Alec, qui détaille mon visage.

— Je voudrais te montrer autre chose.

Sa voix est si douce. Je hoche timidement le menton. Ses doigts n'ont pas quitté les miens. Dois-je me défaire ? En ai-je seulement envie ?

Alec dresse la tête vers le ciel. Je le suis. Sa main libre tournoie au-dessus de nous. Surprise, je le regarde procéder. Alors, dans l'obscurité de la nuit, le ciel se meut et les étoiles se mettent à danser avec délicatesse et volupté. Quel spectacle extraordinaire !

— Comment tu as fait ça ? dis-je avec un sourire émerveillé.

— Je pourrais te l'enseigner si tu veux, murmure Alec. Mais tu devras d'abord apprendre à maîtriser tes pouvoirs.

Sous la surveillance de la lune ronde, les étoiles virevoltent et filent d'un bord à l'autre du dôme sombre. Et puis, Alec lève de nouveau la main. D'un simple tour de poignet, il fait cesser le ballet. Les étoiles retrouvent leur position ordinaire.

Je voudrais que cela continue.

Alec m'observe d'un air amusé. Son sourire s'efface lentement. Son regard détaille chaque parcelle de mon visage. Je le sens glisser autour de mes yeux, sur mes joues et s'arrêter sur mes lèvres.

Alors, m'attirant vers lui, il m'embrasse.

Le contact de sa bouche contre la mienne me fait l'effet

d'une décharge électrique. Je devrais être prise d'une chaleur troublante. Je ne ressens qu'un malaise. Ce n'est pas ce que je veux partager avec Alec.

Je pose ma main sur son torse et le repousse lentement. Derrière ses sourcils blonds arqués, le jeune homme me regarde. Je passe ma langue sur mes lèvres de nervosité. Ses doigts préservent leur étreinte dans mon dos.

— Je suis désolée.

Il me lâche et recule d'un pas. Son index essuie sa bouche. Il observe le sol un moment. Lorsque son menton se dresse dans ma direction, l'expression de son visage a changé. L'allégresse des minutes qui ont précédé a disparu. Il ne reste qu'un voile sombre.

— C'est moi. Je n'aurais pas dû. Je te prie de m'excuser.

Nous quittons le parc. Nous rentrons à l'hôtel dans un silence terrible. Je m'en veux. Si seulement j'avais ressenti quelque chose lorsqu'il m'a embrassée. Nous n'en serions pas là. Tout au long de cette soirée, j'ai commencé à croire que j'éprouvais plus que de l'affection envers Alec. Je réalise à présent que ce n'est que de l'amitié. J'espère qu'il me pardonnera. J'espère que nous saurons passer à autre chose.

En quittant le manoir, je n'étais pas certaine de faire confiance à Alec. À présent, l'idée de le perdre m'est insupportable.

22

Assise sur le rebord de ma fenêtre, je regarde la lune décroissante répandre sur la forêt ses rayons d'argent. Je resserre mes genoux contre ma poitrine et colle ma joue à la vitre glacée. Tout paraît si paisible d'ici. Qui pourrait croire que des choses terrifiantes se déroulent dans ces bois ?

Un corbeau se pose sur la plus haute branche du vieux frêne. Sous les lumières de la nuit, son plumage prend des teintes perlées. Il se tient, impérial, sur son perchoir. Si je ne l'avais pas vu arriver, j'aurais pu croire qu'il s'agissait d'une statue tant il est immobile. Ses yeux sont tournés vers ma fenêtre. Est-ce qu'il me voit ? Ou admire-t-il simplement son reflet dans la vitre ? Il s'envole avant que je n'aie pu trouver la réponse.

J'ai jeté tous les articles relatifs à la mort de Gemma Queller. À les relire en boucle, j'en devenais folle. Hier soir, la nuit de pleine lune n'a donné lieu à aucun meurtre rituel. C'était un incident isolé. Enfin, je crois. Ce qui n'exclut pas l'implication du coven. Ça la rend juste... moins probable.

J'ignore si c'est la fatigue, les évènements récents, ou la menace qui plane au-dessus de nos têtes, mais une folle idée a émergé dans mon esprit. J'ai eu beau essayer de l'étouffer, je ne suis parvenue qu'à la rendre plus forte encore.

Et si ma ressemblance avec Gemma n'était pas un hasard ? Si ce n'était pas elle qui était visée par cette attaque ? S'il y avait eu erreur sur la personne ? Si celle qui aurait dû mourir cette nuit-là, c'était moi ?

Je frotte mes tempes pour faire disparaître cette grotesque

idée. *Tu n'es pas le centre du monde, Serena. Tout ne tourne pas autour de toi.*

Mais alors, que faire du silence de mes camarades, de la rapidité avec laquelle la police a classé cette affaire, de mon intuition qui me murmure que ça ne fait que commencer ?

Un bruissement attire mon attention. J'aperçois dans le jardin trois loups formant une ronde. Immobiles, leurs poils sont tachetés de rayons d'argent. Ils se séparent finalement. Le plus grand revient par ici. Des mèches orangées parsèment son pelage brun. Il s'arrête près du vieux chêne et dresse le museau vers ma fenêtre. Malgré les deux billes d'or qui ont pris la place de ses yeux, je reconnais immédiatement son regard.

— Jullian.

Comme s'il m'avait entendue, le loup baisse la tête et part en trottinant. Même là, il réussit à m'ignorer. Je devrais en faire autant. Après tout, il ne représente rien pour moi. Rien de plus qu'un camarade de classe le jour et un protecteur la nuit. Nous avons peu de choses en commun. Nous n'avons jamais tenu de grandes discussions. Je ne sais même rien de lui.

Dans ce cas, pourquoi mon cœur bat-il plus vite lorsqu'il est proche de moi ? Pourquoi est-ce que je sens mon souffle se faire court quand il me parle ? Pourquoi ai-je toujours envie de m'approcher de lui, comme s'il était la flamme et moi le papillon ?

Je retourne me coucher. J'ai besoin de dormir. Le manque de sommeil m'embrouille l'esprit. Je ne sais plus ce que je dis, ni ce que je pense.

Je me glisse entre les draps et pose ma tête sur l'oreiller. Le contact de la soie contre ma joue est doux. Je ferme les yeux.

Me revoilà dans cette ruelle. Les ténèbres sont les gardiennes de ma détresse.

Je rouvre précipitamment les paupières. Mon souffle est court, les battements de mon cœur irréguliers. Ce n'était pas réel. Je dois me calmer. C'est le seul moyen de contrôler mes pensées. Inspirer, expirer. Tout va bien se passer. Je suis dans mon lit, au manoir de Wailing Hill. Une dizaine de loups patrouillent dehors. Rien ne peut m'arriver.

Inspirer. Expirer.

Je clos mes paupières.

Parker avance vers moi. Je tends les mains pour le repousser. Il m'attrape par les poignets et me force à me lever. Ses doigts se serrent autour de mon cou. J'essaie de crier. Mais aucun son ne sort. Je me débats. Il est toujours là.

Je me redresse en sursaut. Mon front, couvert de sueur, s'enfouit dans mes paumes moites. Je dois me débarrasser de ces images. Je ne dois pas les laisser me faire du mal. Parker a réussi une fois à m'effrayer. Je refuse qu'il me hante plus longtemps.

Il existe sûrement un moyen de me libérer de ces souvenirs. Peut-être même un sort.

Je tombe en arrière. Mes cheveux glissent sur la soie. Encore une idée stupide. Non seulement je ne connais rien à la magie, mais au vu de mes médiocres performances en la matière, je serais bien capable d'effacer toute ma mémoire.

Un hurlement résonne au loin. Wyatt.

Je me précipite hors de mon lit et traverse le couloir en courant. Jon sort de sa chambre en trombe, les yeux encore mi-clos par le sommeil profond duquel il a été tiré. Il se rue vers la chambre de notre frère et ouvre la porte.

Wyatt est recroquevillé contre la tête de lit. Ses petits bras serrent ses jambes contre son torse. Il a enfoui son visage entre ses genoux. J'entends ses lourds sanglots. Je me précipite vers lui.

Jon examine la pièce. Il tire chaque rideau, pousse tous les meubles. Il ouvre la fenêtre, les placards. Je serre plus fort Wyatt contre ma poitrine. Ses mains tremblantes agrippent mes poignets. Il cache sa tête dans mon cou.

— Qu'est-ce qui s'est passé ? demande Jon en ramassant un coussin à terre.

Monica arrive. Elle noue son peignoir de soie autour de sa taille.

— Qu'est-ce qui se passe ? questionne-t-elle à son tour.

Wyatt murmure quelque chose. Sa voix est si faible que même collée contre lui je n'entends rien. Je caresse son dos.

— Il était là. Il... il... il tenait le coussin au-dessus de ma tête.

Jon soulève l'oreiller à hauteur de ses yeux.

— Qui ? s'enquiert Monica. Qui était là ?

Wyatt me regarde. Puis se tourne vers Jon. Sa respiration s'est calmée. Son cœur continue de battre à toute vitesse.

— Le masque de porc.

Un brouhaha sourd s'élève du couloir. Jon laisse tomber le coussin et dresse les poings. Je serre plus fort Wyatt contre moi. Monica se tient à l'entrée de la chambre. Ses mains écartées se positionnent en bouclier.

Les pas se rapprochent. Mon cœur bat de plus en plus vite. J'essaie de me contenir pour Wyatt. Mais je sens mes muscles se tendre et mon souffle se faire court.

Trois têtes surgissent dans l'encadrement de la porte. Monica baisse aussitôt sa garde. Deux d'entre eux, un homme et une femme d'une trentaine d'années, me sont vaguement familiers. Je crois les avoir déjà croisés sans savoir où. Dans leur ombre, je reconnais distinctement les traits de Jullian. Une expression étrange traverse son visage. Ses yeux écarquillés et ses lèvres grandes ouvertes laissent entendre qu'il est tout aussi surpris que nous.

— On a entendu du bruit, dit l'un d'eux. Est-ce que tout va bien ?

Ce sont les loups. Ceux qui rôdaient sous ma fenêtre tout à l'heure.

— Quelqu'un s'est introduit au manoir, s'exclame gravement Monica. Rassemblez votre équipe, Shankar. Et quadrillez le secteur.

L'homme acquiesce. Ils s'apprêtent à repartir.

— Retrouvez-moi celui qui est entré ici.

Les yeux de Jullian s'attardent à l'intérieur de la chambre.

Il me fixe. Comme s'il se retenait de me hurler dessus une fois encore.

Je serre plus fort Wyatt contre moi. Les loups disparaissent.

— Venez, dit ma tante. Nous allons boire quelque chose de chaud. Nous avons des choses à nous dire.

***

Jon actionne l'interrupteur de la cuisine. Le retour de la lumière me fait l'effet d'aiguilles se plantant dans ma rétine. Je plisse des yeux plusieurs fois.

Monica se rend derrière le comptoir. Observant ce qui l'entoure, elle ouvre des placards au hasard. Elle en sort une casserole qu'elle remplit de lait et pose sur la gazinière. Ses doigts passent de bouton en bouton. Elle examine les plaques en soupirant.

— Comment ça peut bien marcher ?

Je retiens un rire. Ce n'est sûrement pas le moment, mais l'idée que ce soit la première fois que Monica se trouve derrière des fourneaux minimise un instant la gravité de la situation.

— Je vais m'en occuper, dit Jon.

— À la bonne heure !

Monica nous rejoint sur la banquette qui encercle la table. Derrière nous, les rideaux grands ouverts dévoilent les jardins endormis. Deux loups, museaux dressés, inspectent les environs. Plus loin, j'en aperçois un troisième reniflant l'herbe, et un quatrième qui remonte l'allée.

Si malgré la surveillance accrue des loups le masque de porc a réussi à s'infiltrer dans le manoir, nous n'avons plus la moindre chance de lui échapper.

Jon revient avec quatre tasses de lait fumant. Wyatt rajoute du chocolat dans le sien, Monica, un liquide transparent, contenu dans une flasque.

— Je lis sur vos visages que ce qui s'est passé ce soir n'est pas une surprise, dit-elle. Parlez-moi de ce masque de porc.

Je regarde Jon qui regarde Wyatt, qui me regarde. Je serre

mes mains autour de la tasse. Je sais que nous n'avons pas le choix, que nous avons besoin de l'aide de Monica. Je sais aussi que je peux avoir entière confiance en ma tante. Mais révéler ces choses que nous avons gardées secrètes les rendrait bien trop réelles. Jusqu'ici, notre silence préservait le mystère autour de ces évènements étranges. Cela pouvait être une hallucination, un rêve. Dès lors que nous aurons prononcé ces mots, le masque de porc existera bel et bien. De même que sa menace.

— Tout a commencé il y a un peu plus d'un mois. Le soir du bal. Je me suis perdue en sortant de Peabody Hall. Et c'est là que je l'ai vu pour la première fois.

Pendant les quinze minutes qui suivent, nous racontons chacun notre tour nos mésaventures avec le masque de porc. Comment il s'est d'abord montré à nous pour ressurgir le soir de l'effondrement du toit. La peur au ventre, les lèvres tremblantes, Wyatt est le dernier à parler.

— Je dormais profondément. Et puis d'un coup, j'ai entendu une voix dans ma tête qui me disait de me réveiller.

Il avale sa salive avec difficulté. Ses mains frissonnantes se resserrent autour de sa poitrine.

— J'ai ouvert les yeux et... et il était au-dessus de moi.

Une décharge me parcourt.

— Je voyais chaque détail de son masque, les trous noirs à la place de ses orbites. Ce n'est pas du plastique. C'est de la vraie peau.

C'est à mon tour de frissonner de dégoût.

— J'ai juste eu le temps de rouler pour éviter le coussin. J'ai crié aussi fort que je pouvais. Et il a disparu.

— Par où il s'est enfui ? s'enquiert Jon.

— Nulle part.

— Mais il est bien sorti par un endroit, reprend mon frère.

Wyatt bascule la tête de gauche à droite.

— Il était là. La seconde suivante, il n'y était plus. Il s'est...

— Envolé, termine Monica.

La porte du manoir s'ouvre. Shankar est seul à revenir. Des gouttes de sueur maculent son visage couleur de miel.

— Nous avons fouillé tous les recoins du domaine, dit-il. Nous n'avons trouvé aucune trace de l'intrus. Doit-on recommencer les recherches ?

— Ça ira pour ce soir, répond Monica.

Elle avale une gorgée de son lait alcoolisé.

— Reprenez les rondes. Que chaque entrée soit gardée en permanence par deux protecteurs. Demandez des renforts pour fouiller la forêt. On ne sait jamais.

Shankar acquiesce. Il s'en va. Quelques secondes plus tard, sa veste de cuir repose sur le perron et le loup repart en courant dans le parc.

— J'aurais aimé que vous m'en parliez avant, dit Monica.

J'aurais pensé qu'elle nous en voudrait de lui avoir dissimulé ces secrets. Ma tante ne semble pourtant pas avoir la moindre trace d'amertume.

Elle avale d'une traite le fond de son lait. Puis, saisissant sa flasque, elle verse son contenu dans la tasse vide.

— Je ne peux pas vous faire la leçon. J'ai moi aussi manqué de franchise.

Je pose mes coudes sur la table pour m'approcher davantage.

Monica plonge dans ses songes. Si ses yeux nous regardent, je ne suis pas certaine qu'ils nous voient encore. Elle semble partie très loin.

— Il y a une vingtaine d'années, des troubles ont émergé dans le conseil. Les sorciers ne s'entendaient plus sur la manière dont la ville devait être dirigée et la pratique qu'ils devaient avoir de la magie. Ces divergences d'opinions au sein du coven ont donné naissance à une faction dissidente dont les membres se prétendaient les gardiens de la magie pure.

Monica passe sa main dans ses cheveux. Je tends la nuque pour m'approcher encore.

— Ils voulaient un retour aux valeurs originelles, celles qui avaient conduit nos pères fondateurs à quitter l'Angleterre et la persécution. Ils vénéraient l'Osmose pour ce qu'elle avait de pur et pratiquaient la magie telle que le faisaient les anciens sorciers. L'une de ces traditions consistait à porter sur le visage la peau des animaux qu'ils avaient sacrifiés à Satan.

— Le porc, murmure Jon.

Ma tante ne réagit pas. Elle est absorbée dans le passé.

— Leur mésentente avec le conseil aurait pu s'arrêter là. S'ils n'avaient pas tenté de soulever l'ordre établi depuis des générations. Ils considéraient comme une hérésie le système hiérarchique du coven et l'attribution du pouvoir aux grandes familles de cette ville. Pour eux, tous les sorciers, qu'importait leur naissance, étaient égaux. Ils affirmaient que les savoirs ancestraux ne devaient pas être détenus par une poignée d'élitistes, mais par l'ensemble de la communauté.

Soudain, Monica sort de ses pensées. Elle avale une longue gorgée d'alcool. Puis, reposant sa tasse, elle s'accoude à la table. Son regard bienveillant passe sur chacun de nous.

— Comme vous vous en doutez, le conseil tenait beaucoup trop à son fonctionnement pour envisager des négociations. Les gardiens ont fini par disparaître. Tout le monde croyait l'assemblée dissoute. Ils préparaient en réalité leur grand retour.

Adossé à la banquette, les bras croisés sur la poitrine, Jon n'a pas cligné des yeux depuis le début du récit. Respire-t-il encore ?

— Il y a un peu plus de quinze ans, les gardiens ont ressurgi. Ils étaient moins nombreux. Mais ceux qui étaient restés étaient les plus radicaux. Leurs préceptes pacifistes s'étaient transformés en hymne de guerre. N'étant pas parvenus à leurs fins par la discussion, ils ont entrepris de détruire toutes les grandes familles de cette ville. Leur cible principale était la couronne de Salem, la dynastie de sorciers se transmettant les pleins pouvoirs du conseil depuis des générations.

Les Parris.

Il y a quinze ans, mes parents ont quitté Salem pour recommencer leur vie à l'autre bout du pays. Papa disait que la ville était trop petite pour leurs si grandes ambitions. Maman, elle, affirmait ne plus pouvoir passer une minute de plus sous les nuages et la grisaille. Mais je comprends maintenant que la vérité était tout autre. Ils ne sont pas partis. Ils ont fui.

— Ça y est, dit Monica, vous avez saisi ?

Jon et moi échangeons un regard. C'est Wyatt, notre petit génie, qui acquiesce en premier.

— Les derniers gardiens que cette guerre civile n'avait pas décimés furent arrêtés et emprisonnés par le conseil. Des procès ont été tenus et les sorciers exécutés.

— Tu veux dire qu'ils sont tous morts ?

Monica trempe ses lèvres dans sa tasse et lâche à mi-voix :
— Je le croyais.

Mes doigts parcourent mes mèches, qu'ils tirent en arrière. J'ai la gorge sèche et dans la bouche le goût âpre de ces révélations.

— Ne vous en faites pas. Le manoir est sous bonne garde.

— Il a réussi à entrer ce soir, je rétorque.

Monica baisse la tête sur sa tasse vide. Quand elle me regarde de nouveau, son visage s'est fermé. Comme lorsqu'elle s'adressait à Shankar.

— Nous serons plus efficaces maintenant que nous savons à qui nous avons affaire. Je vais avertir immédiatement le conseil. N'ayez crainte, les enfants. Nous vous protégerons.

Elle fait signe que la conversation est close. Nous nous apprêtons à retourner dans nos chambres la tête pleine de doutes et l'estomac noué par l'incertitude. Monica nous rappelle à elle.

— La dernière vendetta des gardiens a manqué de détruire notre ville. Je vous demanderai donc de ne pas ébruiter l'affaire. Cela pourrait engendrer un désordre qui donnerait l'avantage à l'ennemi.

Je ne vois pas bien à qui je pourrais en parler. Mais j'acquiesce.

Je raccompagne Wyatt à sa chambre. Jon examine une nouvelle fois la pièce tandis que je remonte la couverture sur les frêles épaules de mon cadet. Nous sortons. Lorsque je croise le regard de mon aîné, j'y lis la confusion. Mon frère dépose un baiser sur ma joue et part retrouver sa chambre. Il n'a jamais été du genre à s'étaler sur ses émotions. Rien que de penser que quelqu'un pourrait percevoir ses doutes le met mal à l'aise.

Arrivée à mi-chemin de mon lit, je fais demi-tour. L'idée de me retrouver seule dans cette chambre me renvoie l'image de cette ruelle obscure et le visage de Parker.

Enfant, j'étais souvent sujette aux cauchemars. Maman avait une recette de tisane qu'elle me préparait à chaque fois que mes rêves s'assombrissaient et qui me faisait dormir comme un ange jusqu'au lendemain. Je réalise maintenant que ce devait être une potion. Monica en connaît sûrement la formule.

Je descends les escaliers. Ma tante doit être encore dans la cuisine. Je devine le bruit de l'eau qui coule dans l'évier.

La lumière est éteinte. Les rayons de lune filtrant par la fenêtre révèlent la carrure athlétique d'un homme aux cheveux brun cuivré. Jullian grommelle. M'entendant arriver, il sursaute et coupe le robinet.

— Qu'est-ce que tu fais ici ? lance-t-il.

La pénombre donne à son visage fermé une gravité supplémentaire.

— Je suis chez moi, je riposte amère. Et toi ?

Ses mains, qu'il essaie de cacher, sont une partie de la réponse. Un sang épais s'écoule de ses phalanges écorchées. J'empoigne une serviette et approche.

— Qu'est-ce que tu as fait ?

Je passe le tissu sous l'eau et attrape ses poings. Il tente de m'en empêcher. Je tire plus fort. Jullian cède sans protestation.

— Tu n'es pas obligée de faire ça.

Cette fois, c'est moi qui me tais. Je sens son regard peser sur le sommet de mon crâne. Je fais mon possible pour l'ignorer.

— Qui as-tu frappé ?

J'enveloppe ses mains dans la serviette et m'éloigne vers le garde-manger. Je crois avoir vu Tania y ranger un nécessaire de premiers soins.

— Ce n'est pas qui, intervient une voix grave, mais quoi.

Shankar est entré dans la cuisine sans que je l'entende. Les garçons se dévisagent. Communiquent-ils par la pensée ? Le loup finit par acquiescer et il s'en va aussi discrètement qu'il est arrivé.

— Alors, je demande en revenant, qui est ta victime ?
— Ça ne te regarde pas.

La colère empourpre mes joues. Je jette la boîte en métal sur le comptoir.

J'en ai marre de son attitude, marre de son agressivité. Est-ce parce qu'il s'est montré gentil avec moi le soir de l'effondrement du manoir qu'il se doit à présent d'être mauvais ? Pour équilibrer la balance ? Son jeu ne m'amuse plus. J'ai autre chose à penser en ce moment qu'à un garçon qui me hait.

Je rebrousse chemin. Jullian attrape mon poignet.

— Attends.

Sous l'effet de ses doigts sur ma peau, une décharge électrise mon bras. Mon cœur bat si vite. Je ne parviens pas à quitter des yeux sa main dégoulinante qui me retient.

Il me lâche. Je récupère le nécessaire à pharmacie et sors une bombe de produit désinfectant. Il me regarde tapoter ses plaies. Le silence a pris possession de la cuisine. Je ne le briserai pour rien au monde. J'ai trop peur de ce qui pourrait suivre. Va-t-il se montrer doux, comme le jeune homme qui m'a prise dans ses bras sur le perron des Rivers, ou agressif, comme le loup qui m'a poussée dans la classe pour m'obliger à avancer.

— Un arbre.

Je dresse la tête. Il passe la langue sur ses lèvres et répète.

— J'ai frappé un arbre.

Je réprime mon amusement et continue de tapoter.

— Je ne t'imaginais pas du genre à passer tes nerfs sur un tronc.

Il sourit. Enfin, je crois. Dans la pénombre, deviner son expression n'est pas aisé.

— Pourquoi est-ce que tu as fait ça ?

Il ne répond pas. J'ai fini de nettoyer ses mains. Il hoche la tête. Je prends ça pour un remerciement. Je retourne au garde-manger. Il me suit.

Jullian se tient dans l'encadrement de la porte. La pièce est exiguë. Les centimètres qui nous séparent se comptent sur les doigts d'une main. En rangeant la boîte, je fais trembler le meuble. Les paquets de farine au-dessus de ma tête manquent de tomber. Jullian les rattrape *in extremis*. Son torse est collé contre mon dos. Je sens son souffle contre mon oreille.

— Merci.

Il ne bouge pas. Appuyé sur l'étagère au-dessus de moi, il maintient le contact entre nos deux corps. Mes respirations se font courtes. La chaleur de sa poitrine irradie dans mon dos. Sa bouche se rapproche de mon oreille. Je ferme les paupières. J'entends ses lèvres happer l'air.

Des pas résonnent dans l'escalier.

J'ouvre précipitamment les yeux. Je me retourne. Jullian a disparu.

23

L'eau caresse mes épaules. Ma respiration, mesurée, s'équilibre à chaque retour à la surface. Tandis que mes jambes et mes bras, à l'unisson, me propulsent dans cet espace dénué de pesanteur. Quelle sensation extraordinaire que de nager à nouveau !

Pas besoin de réfléchir, tout est mécanique. Je suis le rythme de mon corps, n'écoutant que ma seule volonté. J'ai le sentiment intime qu'à chaque nouvelle longueur, j'estompe un peu plus les tourments de mon esprit : mes parents, Monica, St George, la magie, le conseil, Alec, Veronica, les examens, Jullian. Tout cela est si loin à présent.

Arrivant au bout du bassin, je m'apprête à plonger pour faire demi-tour. Lorsqu'une main saisit mon bras. Surprise, je remonte précipitamment à la surface. L'eau ruisselant sur mes lunettes me brouille la vue. Je reconnais le visage angélique de mon grand frère.

— Qu'est-ce que tu fais là ? Je te pensais parti depuis des heures.

— Je suis venu te chercher, réplique Jon d'un haussement d'épaules. Je croyais que tu ne voulais pas faire partie de l'équipe de natation.

D'aucuns verraient en ma décision de passer les sélections un moyen de fuir mes obligations. En ce qui me concerne, j'ai agi par instinct. J'avais besoin de m'évader. Et le fait que j'ai choisi justement le soir du gala des Wilkerson pour m'entraîner tient du hasard.

— J'ai changé d'avis.

J'enfonce ma tête sous l'eau, roule sur moi-même et frappe mes pieds contre la paroi pour repartir en arrière.

— Allez, Serena. On va être en retard !

Mon frère me tend une serviette. Je termine ma longueur en dos crawlé.

— Tu n'as qu'à t'y rendre sans moi. Je vous rejoindrai après. Ou pas.

J'arrive presque au bout.

— De toute façon, je lance dans un souffle, personne ne remarquera mon absence.

Ma main touche le carrelage. Je m'apprête à repartir en avant. Les doigts de Jon saisissent mon poignet. Il m'oblige à m'arrêter.

— Très bien, je soupire. Je sors.

Mon frère me connaît trop bien. Il ne me laisse pas l'opportunité de m'échapper et me hisse hors du bassin.

— Nous devons rentrer au manoir. Nous aurons une heure de retard, mais nous n'avons pas le choix. Je n'ai pas de quoi m'habiller.

— Monica a pensé à tout.

Jon pointe l'une des chaises des gradins où reposent une robe de soie blanche et une paire d'escarpins dorés.

— Va te changer, je t'attends ici. Et n'envisage même pas de sortir par la fenêtre des W-C.

Je souris. Ça aurait presque pu être une bonne idée.

***

La résidence des Wilkerson se dresse à la limite du West Side. Le domaine est bordé par la falaise donnant sur l'impétueuse rivière Crane, frontière entre les deux pôles de la ville. La vue sur la cité endormie y est imprenable. D'immenses colonnes gardent l'entrée. Elles me rappellent ces vestiges de l'Antiquité gréco-romaine dans mes livres d'histoire.

Des spots lumineux tracent sur la façade des faisceaux blancs striés d'or. Les limousines se pressent devant la porte.

Les convives défilent sur un tapis rouge, accueillis par des hôtesses vêtues de longs drapés, telles les toges de ces statues antiques. Les Wilkerson ont fait les choses en grand.

L'entrée se fait par un salon voûté situé à trois marches en dessous de la porte. J'y retrouve Monica, en grande discussion avec monsieur Hubbard. Elle dessine un geste de la main auquel je réponds d'un sourire.

Une serveuse nous propose de minuscules biscuits salés, tandis qu'un homme au costume immaculé nous tend des cocktails aux couleurs flamboyantes. Par-delà les conversations, je devine les notes doucereuses d'une harpe.

Jon me fait signe de le suivre. Nous nous frayons un chemin jusqu'à l'extérieur.

Sous des voilages tirés de part et d'autre du parc, le gratin de Salem se délecte de mets raffinés sur des fauteuils couleur de neige. Faisant office de ciel, des guirlandes scintillantes mêlées de plumes sont suspendues entre les arbres. Çà et là, on trouve des sculptures de roses blanches, des rideaux de feuilles ou encore des cerceaux d'or.

Mon frère m'abandonne pour rejoindre des amis. Je me hisse sur la pointe des pieds à la recherche d'un visage familier. Je tombe sur quelques camarades de classe. Bethany et Grace conversent vivement autour d'une fontaine de chocolat. Je reconnais l'immense Constance accompagnée de la petite Reese et de la rouquine Emily. Un peu plus loin, Petra discute avec Alec. Le jeune homme, dans un complet de lin blanc, rivalise d'élégance. Sa tignasse blonde, ébouriffée, lui donne un côté sauvage qui ne semble pas déplaire à son interlocutrice.

Veronica descend les escaliers. Elle a revêtu une robe de strass dorés. Ses longs cheveux blonds sont noués dans une couronne de roses blanches. La jeune fille se balade au bras de Redwood. Leurs sourires à l'unisson me procurent un pincement dans la poitrine. Ma gorge est sèche, mes mains moites. Serait-ce de la jalousie ?

— Je suis contente que tu aies changé d'avis.

Zahra s'arrête à côté de moi. Ce soir encore, elle prouve son sens du style dans une robe d'argent qui lui arrive juste au-dessus des genoux.

— Je n'aurais raté cette fête pour rien au monde.

Je ne la regarde pas. Même si je me moque qu'elle puisse savoir que je mens, je ne me sens plus aussi à l'aise avec elle depuis qu'elle m'a poussée dans les bras d'Alec pour un jeu stupide.

— Je faisais plutôt référence à ta décision d'intégrer l'équipe de natation.

Elle avale une lampée de champagne.

— Je ne suis pas encore certaine de le vouloir.

Je serre mes mains l'une contre l'autre pour ne pas trahir ma nervosité.

— Tu as tort. Je t'ai vue nager, tu ferais des merveilles dans l'équipe.

Un serveur passe par là. J'empoigne une coupe que je descends à grands goulots. Le liquide sucré apaise pour un instant les tiraillements de ma gorge.

Jullian et Veronica continuent de briller dans la foule des invités. J'ai rarement vu un couple aussi assorti. Voilà cette douleur dans ma poitrine qui revient.

— Je tenais à m'excuser, reprend Zahra. Depuis ce soir-là, je n'arrête pas de me dire que si je ne t'avais pas poussé vers Alec, jamais tu n'aurais quitté le bar. Et jamais Parker n'aurait... Enfin tu vois.

Je ne peux m'empêcher de fixer le couple princier.

— Pour nous, ce n'était qu'un jeu, continue-t-elle. Je ne pensais pas que ça tournerait aussi mal.

La ruelle sombre. Le bruit de ses pas s'écrasant sur le sol. La force de ses mains autour de ma gorge. L'air qui me manque. La certitude que je vais mourir.

Je n'ai qu'à battre des paupières pour m'y retrouver. J'en ai plus qu'assez. Je dois passer à autre chose. Je dois laisser derrière moi cet accident.

Je ne suis ni philosophe ni penseur. Je n'ai que seize années d'expérience. Mais j'ai vécu au cours du dernier mois ce que d'autres ne connaîtront jamais, même après toute une vie. Si j'en ai retenu une leçon, c'est la nécessité de m'adapter.

— Tu n'y es pour rien, dis-je en me tournant vers elle.

La regarder dans les yeux me demande un effort colossal.

— Parker est le seul responsable de toute cette histoire.

La jeune fille me sourit. Le silence s'étire quelques secondes, ponctué par les voix des convives et cette harpe.

— Puisque nous sommes redevenues amies, dit-elle, je dois te parler de quelque chose.

Elle a un air très sérieux. J'espère que ce n'est pas grave. Je trempe mes lèvres dans le liquide pétillant. L'alcool commence à me monter à la tête.

— Ton frère m'a proposé d'aller faire une partie de billard au *Hallow*. Bon, le billard c'était mon idée, je l'avoue.

— C'est génial.

— Tu trouves ?

Sa grimace m'étonne. Je croyais pourtant que c'était ce qu'elle voulait. Zahra n'a eu de cesse de parler de mon frère et de répéter à quel point il lui plaisait.

— C'est qu'il n'est pas comme les garçons que j'ai fréquentés. Il est...

— Normal ?

Zahra hoche la tête en faisant la moue. Je n'aurais jamais pensé que notre absence de conformité à ce monde élitiste pourrait un jour intimider quelqu'un.

— Sois toi-même. Et tout ira bien.

— Et s'il trouve que j'en fais trop ?

Je réprime un sourire.

— Tu dois garder à l'esprit qu'il t'apprécie pour qui tu es et non pas celle que tu voudrais lui montrer.

La jeune fille me serre dans ses bras. Je sens la pression de ses muscles puissants, forgés par des années à parcourir de long en large les bassins du Massachusetts. Zahra me remercie une dernière fois et s'en va. Me voilà de nouveau seule.

La foule s'est densifiée dans le jardin. Je ne distingue ni

Veronica et sa couronne de fleurs ni Jullian. Alec m'aperçoit. Il dresse la main dans ma direction et s'en retourne à sa conversation. Nous n'avons plus échangé un mot depuis notre voyage à Philadelphie. Le souvenir de l'instant où il a posé ses lèvres sur les miennes suffit à me couper le souffle. Je revois mon attitude tout au long de cette soirée et je prends la mesure de mon erreur. À vouloir comprendre ce que j'éprouvais, je lui ai laissé croire que je ressentais la même chose que lui. Si notre amitié devait se briser, j'en serais entièrement responsable.

Je déambule entre les convives sans savoir où aller. Certains m'offrent des sourires auxquels je réponds poliment. Je ne me suis jamais sentie aussi seule qu'au milieu de cette foule. Je pose ma flûte à champagne vide sur une table recouverte de petits gâteaux et m'éloigne des festivités.

Les jardins s'étendent jusqu'à une frontière de sapins. Au loin, on entend la rivière. Je slalome entre les arbres. Le sous-bois est jonché de mousse et de feuilles mortes. À mesure que je m'éloigne de la maison, les voix se font moins fortes et le vacarme des eaux plus intense. Des embruns d'écume me parviennent. Je dépasse le dernier arbre et arrive à une falaise.

En bas, la rivière frappe contre la roche. Un courant d'air frais fouette mon visage par bourrasques. J'aperçois au loin les lumières de l'East Side. Je ferme les yeux pour accueillir les sensations : le froid sur ma peau, le sel dans mes narines, le vent dans mes cheveux.

— Tu ne devrais pas t'approcher trop près.

Je sursaute et fais volte-face.

Redwood. Les mains rentrées dans les poches de son pantalon, il m'observe. Son visage est dépourvu de toute expression. Je ne saurais dire s'il voulait me mettre en garde ou me réprimander.

— Je ne compte pas sauter, si c'est ce qui t'inquiète.

Il fait un pas vers moi. J'ignore toujours sur quel pied danser. Cette idée me rend nerveuse. Je me tourne vers les lumières et reprends à mi-voix :

— C'est magnifique, n'est-ce pas.

Pour réponse, je n'obtiens que son silence. Jullian continue de m'observer de cet air neutre. Mes joues s'empourprent. Mon cœur bat de plus en plus vite.

Soudain, sa main attrape délicatement mon poignet.

— Viens.

L'étreinte de ses doigts autour de mon bras est douce. Je le suis sans poser de question. Jullian nous entraîne sur un petit sentier. Nous suivons un chemin rocailleux. Certaines pierres aiguisées manquent de m'écorcher.

Le passage se rétrécit. Je me mets de profil pour traverser. Un monticule de pierres m'arrête. Je tente d'escalader. La longueur de ma robe se prend dans la roche et se fend jusqu'à mes genoux. Loin de capituler, je me hisse au sommet. La falaise est trop lisse et mes chaussures à talons hauts inadaptées. Je glisse et retombe. Jullian attrape ma taille. Il me soulève par-dessus l'obstacle. Le contact de ses doigts sur mes hanches me fait frémir. Je respire intensément pour tenter de ne pas rougir.

— Ta tante va être furieuse.

Il pointe ma robe.

Je réponds d'un sourire. Puis, empoignant les deux pans de la jupe, je tire pour agrandir l'ouverture jusqu'à ma cuisse.

— Déchiré pour déchiré, autant que ça me serve à quelque chose.

C'est au tour de Jullian de sourire. Il reprend son étreinte autour de mon poignet. Sa main glisse sur ma peau jusqu'à nouer ses doigts aux miens.

Nous arrivons sur une plage de galets blancs dans un renfoncement de la falaise. La rivière Crane, paisible, repose dans son lit. Le croissant de lune dessine sur la surface limpide de l'eau de fines raies argentées.

— Pourquoi est-ce que tu m'as amenée ici ?

Jullian me lâche la main, me laissant avec une sensation de vide.

— J'ai toujours trouvé la rivière apaisante.

Il déboutonne sa veste qu'il pose sur un rocher. Il enlève

ses chaussures et avant que je n'aie pu comprendre, il saute. Mes yeux s'écarquillent. Je suis sa silhouette sous la surface. Il ressort quelques mètres plus loin. Son visage si fin est illuminé de milliers de gouttes d'eau scintillant au clair de lune. Sa chemise blanche trempée colle à sa peau, laissant apparaître les détails de son torse musclé.

— Tu devrais venir, sourit-il. Elle est vraiment bonne !

Je m'assois sur un bout de rocher. Ce n'est pas le siège le plus stable, mais ça fera l'affaire pour l'instant.

— Sans façons.

Il plonge de nouveau. Sa silhouette se déplace sous la surface. Il ressort devant moi. J'ai des papillons dans le ventre et la tête qui tourne.

Jullian s'accoude à la pierre. Il ne dit rien. Son regard se pose sur moi comme s'il essayait de me percer. Ses lèvres dessinent l'esquisse d'un sourire. J'ai le sentiment de retrouver le garçon que j'appréciais tant. Celui que j'ai rencontré devant la porte le premier jour.

Je me lève sans réfléchir, défais le nœud de ma robe. La soie glisse le long de mes cuisses et s'étale sur les rochers. Je plonge.

L'eau glacée m'enveloppe. Des frissons parcourent ma peau nue. Lorsque j'émerge, je sens l'allégresse me gagner. L'adrénaline tient mon corps en éveil. Jullian me rejoint. Près de lui, ni le froid ni la peur ne peuvent m'atteindre.

La lumière de la lune donne à sa peau des reflets argentés. Sa main saisit la mienne. Je frissonne. Il m'attire vers lui. Ma poitrine se colle contre son torse. Je sens sa chaleur traverser sa chemise et s'insinuer sous ma peau.

— Tu as froid ?

Je fais non de la tête. Son index se pose sur mes lèvres. Je me perds dans la contemplation de son regard, si pur. Un instant, j'en oublie mes tourments et le monde qui nous entoure. Ce pourrait être un moment parfait. Doucement, son doigt quitte ma bouche pour dessiner le contour de mon menton. Je suis suspendue à cet instant de grâce.

Ses bras m'enlacent. Sa main caresse ma nuque. Ses lèvres saisissent les miennes. Ma bouche s'entrouvre et je me perds dans l'intensité de ce baiser. Ma main passe sous sa chemise, effleurant les muscles de son dos. Nos lèvres, scellées, ne font plus qu'un. Je sens sa peau contre la mienne et le brasier ardent qui nous anime.

Lentement, Jullian s'écarte. Je me blottis au creux de son torse. Il m'encercle de ses bras. Sous sa poitrine, j'entends les battements irréguliers de son cœur. Sa joue se pose contre mon front.

— Si tout pouvait être aussi simple que de plonger dans l'eau.

Je dresse ma tête vers Jullian. Une ombre obscurcit ses traits.

— De quoi est-ce que tu parles ?

Il descend ses doigts le long de ma colonne. Sa pression sur mes reins me rapproche un peu plus. Ses lèvres se posent entre mes sourcils.

Il s'écarte. Je retiens mes mains sur son dos pour le garder près de moi. Il ne résiste pas. Jullian embrasse mon front. Il me serre encore. Ses paumes parcourent mes bras. Il attrape mes doigts et défait leur étreinte. Il s'en va.

Interdite, je le suis des yeux alors qu'il remonte sur la berge. Il me tend une main que j'ignore. Je me hisse sur les rochers à la force de mes bras. Il me regarde faire en riant. Personnellement, je ne trouve plus ça drôle du tout.

— D'abord le froid, dis-je en remettant ma robe. Ensuite le chaud. Et maintenant le silence. Je ne comprends rien, Jullian !

Il enlève sa chemise et enfile sa veste sur son torse nu. Il ne daigne même plus m'accorder un regard.

— Ce qui s'est passé ce soir est et restera un moment unique. Dans tous les sens du terme.

Un moment unique ? Bon sang, qu'essaie-t-il de dire au juste ?

— Tu es une sorcière, Serena, reprend-il comme s'il avait lu dans mes pensées. L'héritière d'une longue lignée de créateurs. Moi, je ne suis qu'un loup. Ça fait des siècles que les tiens nous élèvent pour assurer leur protection. À St George, la différence n'est pas frappante. Mais pour notre communauté, je ne suis rien de plus qu'un chien de garde.

Chien de garde. Ce sont exactement les mots que Parker a utilisés cette fameuse nuit dans la ruelle.

— Qu'est-ce que ça change ?

Il dresse enfin son visage dans ma direction. Son regard est froid. Plus encore que l'eau de la rivière.

— L'union de nos deux espèces est impossible. Jamais toi et moi nous ne pourrons être ensemble.

— Et tu me dis ça après m'avoir embrassée.

Il réprime un sourire. Je pourrais lui sauter à la gorge pour le faire cesser. Mais je pourrais aussi me jeter dans ses bras pour le supplier de changer d'avis. À défaut de savoir comment agir, je m'abstiens.

— C'était un moment d'égarement. Nous avions trop bu.

— Tu essaies de te justifier ?

Ma voix est devenue amère. C'est plus fort que moi, cette histoire absurde de loup et de sorcière me rend folle de rage.

— Ça ne doit plus se reproduire, répond-il apathique.

Il achève de fermer sa veste et remet ses chaussures. La colère gronde dans mon ventre. Je ne l'attends pas et pars sur le sentier escarpé. Je ne crois pas un mot de ses mensonges. Toute cette histoire d'espèces n'est qu'un prétexte pour justifier ce qu'il regrette. J'ai été stupide. Je n'aurais pas dû le suivre jusqu'ici, ni plonger dans l'eau. Et encore moins l'embrasser...

Mon doigt passe malgré moi sur mes lèvres. Je ressens encore l'ardeur de son baiser. Peut-on feindre ce genre de choses ?

Soudain, je glisse. Je me rattrape tant bien que mal sur un pan de falaise. Mais la roche pointue entaille ma paume. Je serre les dents pour ne pas crier et plaque ma main contre ma poitrine.

— Fais voir.

Mon refus d'obtempérer le pousse à saisir mon bras. Ses sourcils froncés examinent la plaie. Le sang coule abondamment. Ma robe en est couverte.

— Ce n'est pas très profond. Il faut simplement désinfecter.
— Je vais m'en occuper.

Ce à quoi j'ajoute, dans un murmure :

— Une fois que j'aurais mis la moitié de la ville entre toi et moi.

Jullian fait mine de m'ignorer. Les rides sur son front sont pourtant la preuve qu'il m'a bien entendue.

— Les Wilkerson ont un nécessaire de soin dans une salle de bains à l'étage. Je vais désinfecter ça.

Il me détaille de la tête aux pieds.

— Et te trouver une tenue propre et sèche.
— Je peux m'en sortir sans toi, je te remercie.

Cette fois, Jullian me regarde et soupire. Il attrape mon poignet valide et me tire.

— On t'a déjà dit que tu étais une sacrée tête de mule ?

Dans la pénombre ambiante, je perçois tout juste les traits de son visage. J'ai pourtant la certitude qu'un sourire s'esquisse aux coins de ses lèvres.

24

Jullian nous fait passer par une porte dérobée. Nous pénétrons dans une petite pièce sans lumière. À la vue des panières remplies de linge et des multiples machines, j'en déduis que c'est la buanderie. Je le suis sur la pointe des pieds. L'agitation de la fête nous provient du lointain. Les voix fortes des convives se mêlent à la musique en un brouhaha sourd. Nous traversons une série de pièces en enfilade ; la cuisine, une salle à manger, un bar et d'autres lieux dont j'ignore l'utilité. Arrivés dans le hall, Jullian me fait signe de m'arrêter. Il tend l'oreille. Je serre de toutes mes forces ma main contre ma poitrine. Le sang a cessé de couler. La douleur irradie toujours de ma paume jusqu'à mon poignet.

— On y va.

Nous nous faufilons à la suite d'un groupe de serveurs. Jullian dévie devant l'escalier et je le suis. Le hall est presque vide, à l'exception de quelques employés qui débattent avec de grands gestes. Il est question d'une caisse de champagne portée disparue. Un sujet futile qui les accapare pourtant et grâce auquel nous nous faufilons incognito.

Jullian accélère la cadence en direction d'un couloir. Je le suis aussi vite que mes pieds, démesurément minuscules à côté des siens, en sont capables. Nous traversons d'un bout à l'autre jusqu'à un renfoncement. Sans Jullian, jamais je n'aurais vu que ce recoin dissimulait une pièce. Il ouvre une porte et me laisse entrer. Ma main valide tâtonne le mur à la recherche de la lumière. Mes jambes heurtent quelque chose de dur et je grimace. Je presse l'interrupteur et découvre une petite salle de bains. Elle est tout juste assez grande pour contenir une douche, des W-C et un lavabo.

Seule dans cette pièce, je parviens à peine à tourner sur moi-même. Lorsque Jullian rentre à son tour, je me retrouve coincée entre les toilettes et le mur. Je me rappelle soudain que je suis trempée jusqu'à l'os. Mes cheveux ruissellent sur mes épaules. Des taches rouges maculent ma robe.

Son bras me frôle. J'avale une boule de salive. Ses yeux se plantent sur mon visage. Il baisse la lunette des toilettes.

— Assieds-toi.

À l'image du garçon dont elle émane, sa voix se trouve quelque part entre l'indifférence et la sollicitude.

Redwood ouvre le placard qui surplombe l'évier et se met à fouiller sur les étagères. Il sort une bombe de désinfectant et un paquet de compresses. Dans cette pièce minuscule, le silence fait bourdonner mes oreilles. Jullian saisit ma main avec délicatesse et tapote ma plaie. Les battements de mon cœur sont suspendus aux quelques centimètres qui nous séparent.

— Tu connais bien cette maison, je murmure pour couper court à cet atroce bourdonnement.

— J'y ai passé pas mal de temps.

— Veronica et toi vous êtes sortis ensemble ?

La question m'a échappé. Je suis trop curieuse. Mais ça me démangeait depuis un moment.

Redwood lève le menton vers moi. Ses doigts en suspens au-dessus de ma main, il sourit et reprend immédiatement son ouvrage.

— Non, répond-il dans un demi-rire. Veronica est comme une sœur. Jamais je ne pourrais...

Il achève sa phrase d'une grimace. Un sentiment de légèreté m'envahit. Ils paraissaient tous deux si parfaits : la *cheerleader* et le capitaine de l'équipe de football, la reine et le roi du lycée, les stars des soirées mondaines. Mais s'il n'éprouve rien d'autre que de l'amitié pour elle...

Voilà que c'est moi qui ne termine plus mes phrases.

— C'est la salle de bains du personnel, reprend-il en arrachant un bout de sparadrap de ses dents. Enfant, j'étais du genre casse-cou. J'ai souvent fini dans cette pièce avec la gouvernante.

Il parfait le pansement sur ma main.

— Une chance que les loups-garous cicatrisent plus vite que la moyenne. Ça m'a évité pas mal de plâtres et autres points de suture.

J'imagine un petit Redwood aux cheveux cuivrés, s'élançant dans les escaliers en skateboard, sautant de la balançoire, escaladant les sculptures du jardin. Un sourire m'échappe.

— Voilà. C'est terminé.

Il replie mes doigts sur le pansement. Sa main s'attarde cinq secondes de plus que nécessaire. Ce ne sont que cinq minuscules petites secondes. Pourtant, elles me donnent la sensation de plonger dans le vide. Il s'écarte et je me rappelle sa froideur lorsque nous sommes sortis de l'eau.

— Viens. On va te trouver quelque chose de propre et de sec à te mettre sur le dos.

Jullian m'entraîne de nouveau dans les méandres du couloir. Il pousse une double porte et je pénètre dans une chambre. La pièce est immense. Les tons pastel y côtoient des tableaux impressionnistes : tantôt des danseuses, tantôt des natures mortes. Le lit à baldaquin est installé sur une sorte d'estrade. De longs rideaux couleur de pêche encadrent des fenêtres dont l'une donne sur un balcon. En contrebas, on entend la fête battre son plein.

Un mur entier n'est fait que de miroirs. Des polaroïds se superposent tout à côté sur un tableau en liège. Au-dessus de nos têtes flotte une guirlande où je lis les lettres V-E-R-O-N-I-C-A.

— Je ne devrais pas rester ici, je murmure. Si elle apprend que...

Jullian passe devant moi et je m'interromps. A-t-il fait exprès de me frôler ? Nous ne sommes plus dans cette salle de bains exiguë. S'il avait voulu m'éviter, il l'aurait pu.

Je secoue la tête. Ça n'a aucune importance.

Il plaque ses mains sur le mur de miroirs. Je découvre mon reflet avec stupeur. J'ai l'air encore plus amochée que je ne l'aurais cru. Mon maquillage a coulé sur mon visage. Mes cheveux, trempés, sont collés à mon crâne. La fente de ma robe a transformé ma tenue de soirée en haillons. Sans oublier ces taches de sang.

J'ignore comment le miroir laisse la place à une porte. Jullian tire vers lui pour dévoiler un long couloir bordé de penderies. Les vêtements les plus extravagants côtoient des bijoux en diamant, des chaussures de créateurs, des sacs à main et tant d'autres accessoires. Tandis que je me perds dans les rayonnages, Jullian fouille dans un tiroir. Il récupère un pantalon noir et un tee-shirt vert kaki qu'il me tend.

— Enfile ça, dit-il.

— Je ne suis pas certaine que Veronica apprécierait de me voir porter ses affaires.

Non seulement nous ne sommes pas de grandes amies, mais quelque chose me dit que la reine du lycée n'est pas du genre à partager ce qui lui appartient.

Jullian rit.

— Tu crois vraiment qu'avec tout ce qu'il y a là-dedans elle se rendra compte que tu as pris quoi que ce soit ?

Il pose le tas de tissu sur un banc.

— Habille-toi.

Redwood tourne les talons. L'idée qu'il puisse partir me donne le vertige.

— Où est-ce que tu vas ?

Jullian fait volte-face.

— Eh bien, commence-t-il passant son doigt sur son menton, je te laisse un peu d'intimité pour te changer. Et je dois trouver des vêtements propres moi aussi.

Il baisse les yeux sur son costume. Son pantalon colle à sa peau. J'en avais presque oublié qu'il avait sauté tout habillé.

— Tu... tu veux que je reste ? hésite-t-il.

Je ne demande même que ça : qu'il arrête de jouer au feu et

à la glace, qu'il dévoile enfin ce qui se cache sous sa carapace. J'aimerais qu'il m'explique pourquoi il se comporte parfois de façon si distante tandis qu'à d'autres moments il est si doux. Mais quelque chose me dit que ce n'était pas ce à quoi il faisait allusion.

— Je vais m'en sortir toute seule.

Déjà, il claque la porte derrière lui et disparaît.

Je défais délicatement la fermeture de ma robe. Je n'ai jamais été très adroite avec ma main gauche. Je dois me contorsionner pour contraindre le zip à céder. Le tissu tombe au sol et forme une auréole sur la moquette. J'empoigne le pantalon, que j'enfile non sans mal, ainsi que le tee-shirt. L'exercice est plus ardu qu'il n'y paraît. Ma paume meurtrie effleure les vêtements un peu trop vite et une douleur me lance jusqu'au coude. Je serre les dents pour ne pas gémir.

Fin habillée, je m'apprête à repartir quand quelque chose attire mon attention. Un petit bout de tissu noir dépasse d'un recoin de la penderie. Je m'approche. C'est une cape, semblable à celles que portaient les sorciers le soir de mon initiation. Les loups ont-ils aussi des cérémonies ?

Je ne devrais pas me montrer si curieuse. Mais c'est plus fort que moi. J'ouvre les tiroirs et y trouve des écrins remplis de bijoux. Des boucles d'oreilles, des bagues, des colliers... une vie tout entière ne suffira pas à Veronica pour porter tout ça.

L'un des coffrets est anormalement incliné. Je le soulève et découvre une autre boîte. Celle-ci est sobrement couverte de velours noir. Quelque chose d'aussi bien caché ne peut renfermer que des secrets. La morale voudrait que je respecte l'intimité de Veronica. Non pas parce qu'elle risquerait de m'arracher les yeux si elle apprenait ce que je suis en train de faire, mais parce que c'est ainsi qu'il serait politiquement correct de se comporter.

Je ne suis pas politiquement correcte. Pas ce soir en tout cas.

Je soulève le couvercle et il m'échappe. L'air me manque. Je m'appuie contre le mur pour ne pas tomber.

Un visage de porc.

Les doigts tremblants, je sors le masque de la boîte. La peau est poisseuse et encore par endroits tachée de sang. Deux trous remplacent les orbites. Mes idées se précipitent. Je dévisage la robe noire suspendue.

C'est elle. Le masque de porc, c'est Veronica !

Tout cela paraît impossible. Les preuves sont pourtant là. D'un côté la cape, et de l'autre, ce visage répugnant. Ils viennent confirmer mes premières hypothèses, que j'avais éludées, à défaut d'éléments probants. À présent, ils me reviennent en plein visage. Tout était là, sous mes yeux, depuis le départ.

Le goût amer de la bile monte dans ma gorge. Le masque me glisse des mains et roule sur la moquette. Je tremble comme une feuille. Cette fois, ce n'est pas la peur qui m'anime, mais la colère. Je la sens gronder au fond de moi et répandre son venin brûlant dans tout mon corps. Mon sang n'est qu'un flot de lave irradiant dans mon corps et bousculant mes pensées.

Tout concorde. Elle savait à chaque fois où nous trouver ; le soir du bal masqué, à l'entraînement de football de Jon ou dans la chambre de Wyatt. Elle pouvait entrer et sortir sans problème. Aucun loup n'aurait soupçonné l'un des leurs. C'est sûrement même elle qui a attaqué Gemma Queller en pensant me poursuivre.

Mes poings se serrent. Mes muscles sont tendus à l'extrême, prêts à bondir.

Veronica a menacé ceux que j'aime. Elle s'est introduite chez moi et a essayé de s'en prendre à mes frères. Elle a tenté de nous ensevelir sous les décombres de notre maison. Elle a réveillé un vieil ennemi – les gardiens de la magie pure – pour lui servir de couverture. Mais dans le fond, tout cela n'est qu'une question d'ego. Elle ne supportait pas que les Parris lui fassent de l'ombre. Alors elle a entrepris de nous exterminer.

Mes jambes me guident vers la sortie. J'entends mes pas s'écraser sur le sol. Mon esprit, déconnecté, ne contrôle plus rien. Je traverse le couloir et dévale les marches. Une voix résonne au loin. Est-ce Jullian qui m'appelle ? Quelle importance ?

J'arrive dans le hall et cours jusqu'aux jardins. L'air frais de l'extérieur ne réussit pas même à apaiser cette chaleur ardente qui a pris possession de mon corps. Les sons me parviennent sans que j'en distingue une quelconque nuance. Mon nez dressé inspecte la foule.

Enfin, je trouve sa couronne de fleurs.

J'avance sans prêter attention à ceux qui m'entourent. Je repousse tout ce qui se met en travers de mon chemin. Leurs plaintes me sont étrangères. Le bourdonnement de la colère gronde dans mes oreilles.

Veronica discute avec des amis. Elle rit aux éclats en avalant de petites gorgées de champagne. Je pose ma main sur son épaule et tire.

— Qu'est-ce qui te prend, Parris ?

Elle repousse mes doigts et me fait front.

— C'est toi !

— Oui, je suis moi, grimace-t-elle. Tu es vraiment perspicace, Parris.

— Ne me prends pas pour une idiote !

— Tu n'as pas besoin de moi pour ça.

Elle rit et ses suivantes l'imitent. Folle de rage, je pousse ses épaules en arrière. Veronica se force à sourire aux invités qui se sont approchés. Toujours cette préoccupation pour les apparences.

— Là, ça n'est plus drôle, dit-elle les dents serrées. Je peux savoir ce qui te prend ?

Les convives forment un cercle autour de nous.

— Tu le sais exactement ! je m'écrie.

— Non ! s'époumone-t-elle. Je ne vois pas pourquoi tu te comportes brusquement comme une folle furieuse !

Les chuchotements s'élèvent. Je n'entends plus que le battement de mon sang dans mes tempes.

— Ton petit jeu de sainte nitouche ne marche pas avec moi !

Mes mains se posent sur ses épaules et je la propulse de nouveau en arrière. Veronica se réceptionne après avoir manqué tomber et un « oh » de surprise jaillit du groupe de spectateurs. Je réalise que j'ai laissé ma colère me dominer et je me raidis. Veronica n'a pas dit son dernier mot. Elle se précipite dans ma direction et me pousse à son tour. Cette fois, j'abandonne ma bonne conscience et me jette dans le corps-à-corps.

Elle me fait pivoter et passe son bras autour de mon cou. J'enfonce mes ongles dans sa peau. Veronica grogne et lâche sa prise. Elle attrape mon épaule. Ma main fuse vers son visage. Plus rapide, la blonde esquive mon geste. Elle saisit mon poignet et tourne. Je tombe à genoux. Une douleur frappe dans tout mon bras. Elle ne me libère pas.

Au-dessus de ma tête, je perçois les regards inquiets des spectateurs. J'avais presque oublié qu'ils étaient là. La foule se fend et Redwood se précipite vers nous.

— Lâche-la ! aboie-t-il.

Veronica serre plus fort. Je gémis. J'ai la sensation que tout mon bras est frappé de paralysie.

— Lâche-la, reprend-il plus calmement.

— C'est elle qui a commencé !

La tête de Jullian se tourne vers moi. Ses sourcils froncés m'observent.

— Et je ne sais même pas pourquoi en plus !

— Bien sûr que si !

Ma voix siffle entre mes dents. Sa minable tentative de se protéger ne réussit qu'à raviver ma colère. La douleur m'est étrangère. Je brûle de nouveau. Veronica lâche précipitamment mon poignet. Les regards ébahis des badauds sont tournés vers mes mains devenues rouges.

Je me relève.

— Tu as menacé mes frères. Tu as essayé de t'en prendre à eux, à notre famille !

— Serena, de quoi est-ce que tu parles ? s'exclame Jullian.

Je ne l'écoute plus. La chaleur dans mes veines gorge mon

être d'un sentiment de toute-puissance qui parcourt chaque centimètre de ma peau. Je sens sa force m'envahir.

Mes doigts caressent l'air, faisant voleter le jupon de Veronica. Ma conscience se sépare de mon corps. J'ai l'impression de flotter à côté de lui, devenue spectatrice de ce pouvoir qui m'anime sans que je contrôle quoi que ce soit.

Jullian parle de nouveau. Mais je ne l'entends plus.

Face à moi, Veronica, dont les canines s'allongent, les pupilles auréolées de prunelles jaunes ont pris la forme d'amandes, les épaules sont tirées en arrière, est prête à bondir.

— C'est tout ce dont tu es capable, sorcière ?

Un sourire se dessine sur mon visage. Mes lèvres s'entrouvrent.

— *Inflamare.*

Un cerceau de feu s'élève autour de nous. Veronica ne cille pas. Ses pupilles jaunes continuent de me fixer. La chaleur du brasier s'anime grâce à la puissance de mes mains. Je n'aurais besoin que d'un geste pour la transformer en torche vivante.

Jullian se plante devant moi. Ses yeux cherchent les miens. Il parle, mais je n'entends pas. Rien ne peut m'atteindre.

Le contact de ses doigts sur ma peau me rappelle soudain à lui. Je baisse la tête et réalise qu'il grimace. La force invisible me quitte. Je me reconnecte subitement à mon corps. Prise d'effroi, je fixe les mains de Jullian, qui serrent mes bras. De la fumée s'en échappe.

Il me lâche enfin et tombe à genoux.

— Qu'est-ce qui se passe ? je m'écrie.

Il tremble. J'attrape ses poignets. La peau de ses paumes est brûlée.

— Qu'est-ce que j'ai fait ?

Jullian récupère ses mains, qu'il serre contre sa poitrine. Des gouttes de sueur perlent sur son front. Lorsque ses yeux se posent sur moi, je ne trouve que les ténèbres. Il bondit sur ses pieds et s'en va.

Qu'ai-je fait ?

Ma conscience vacille. Je reste agenouillée dans l'herbe. Ma colère s'estompe brusquement. Je me reconnecte à la réalité et à ces voix qui grouillent autour de moi. J'étouffe au milieu de cette foule.

Je me lève. Veronica a disparu.

Serena.

C'est la voix de Monica dans ma tête. Je ne mets qu'un instant à trouver ma tante. Prostrée sous l'arche du salon, elle me dévisage sévèrement. Je traverse les quelques marches menant à l'intérieur de la bâtisse sous les regards effarés des invités. Ma tante prend la direction de la sortie. Je la suis.

Nous montons dans la limousine. Monica, installée tout contre la fenêtre, pianote sur son téléphone portable. Elle ne m'adresse pas un mot. Où est Jon ? Sait-il seulement que nous partons ?

***

Lorsque nous arrivons au manoir, Monica claque la portière. Je trottine derrière elle. Wyatt est sans doute déjà couché depuis longtemps. Le bruit de pas qui fait grincer le parquet, c'est sûrement Betsy ou Klaus. Pour le reste, la bâtisse baigne dans un silence qui me glace le sang. Les bougies de l'obscur couloir s'allument sur le passage de Monica.

Les portes du bureau claquent dans mon dos. Le portrait de Samuel Parris me dévisage avec sévérité.

— PETITE IDIOTE !

La cheminée s'embrase. Je sursaute. Lorsque je croise le regard de Monica, ses prunelles brunes sont devenues noires.

— RÉALISES-TU SEULEMENT LA GRAVITÉ DE CE QUE TU VIENS DE FAIRE ?

— Je ne...

— TAIS-TOI ! hurle Monica en frappant ses mains sur le bord de la table. JE NE VEUX RIEN ENTENDRE QUI SORTE DE TA BOUCHE !

Monica se hâte vers le bar. Elle descend un premier verre

de vodka d'une traite. Remplissant le second, elle n'en avale qu'une gorgée avant de le jeter au feu avec violence.

— Tu viens de gâcher des années de travail !

Je voudrais tout lui expliquer. Elle comprendrait si elle savait ce que Veronica a fait. Mes lèvres sont incapables de former le moindre mot.

— Le coven est en pleines négociations avec la meute pour une révision de nos accords ! Je suis penchée là-dessus depuis plus de quatre ans ! Quatre foutues années, Serena ! Ils étaient à deux doigts de signer !

Ma tante fait les cent pas sur le tapis. Un nouveau verre est apparu dans sa main. J'ignore comment. Elle avale de longues gorgées.

— Veronica est le masque de porc.

Monica s'arrête. Ses grands cils écarquillés me fixent. Je ne sais même pas si elle respire encore.

— Qui t'a dit ça ?

— Je l'ai découvert. Dans ses affaires.

Elle descend cul sec son deuxième verre. Monica se laisse tomber dans son fauteuil.

— Tu en es certaine ?

— Le masque était caché dans une boîte et la cape accrochée dans sa penderie.

Elle fixe le plafond. Sa main passe dans ses cheveux.

— Serena, soupire-t-elle.

— Ça m'a mise tellement en colère ! Je ne pouvais pas ne rien faire. Alors oui, j'aurais dû te prévenir d'abord. Mais je ne regrette pas ce que j'ai fait.

J'avale ma salive, avant de reprendre d'une voix étranglée :

— Pas à elle en tout cas.

Je revois les mains fumantes de Jullian dont le seul tort est d'avoir voulu m'empêcher d'aller trop loin. S'il n'avait pas été là, j'aurais sans doute mis le feu à Veronica. Peut-être même à toute cette maudite fête. Et en guise de remerciements, j'en ai fait une victime collatérale de ma fureur. Cette idée me rend furieuse. À défaut de pouvoir hurler, je me mords l'intérieur de la joue jusqu'à sentir le sang dans ma gorge.

Monica me fait signe de m'asseoir. Elle passe ses jambes par-dessus l'accoudoir. Ses chaussures à talon tombent. Ma tante a perdu toute sa férocité.

— Je comprends mieux. Mais...

Elle prend une longue inspiration. Son regard se porte sur le portrait de Samuel Parris. Puis sur moi.

— Serena, ma chérie, je crois bien que tu as été piégée.

Je m'assois dans le canapé, prise de sueurs froides.

— Réfléchis un peu. La brume, l'effondrement de la maison, l'apparition et la disparition subite... Un loup n'est pas capable de choses pareilles.

— Mais Veronica pouv...

— Veronica ne peut pas faire ça. La personne qui en a après vous, le masque de porc, est forcément un sorcier.

Monica se tourne vers le brasier. À nouveau, je sens ma conscience vaciller. Il y a moins d'une demi-heure, j'étais persuadée que Veronica était le masque de porc. C'était d'ailleurs mon dernier rempart. Cette idée me protégeait de la culpabilité d'avoir agi avec une telle violence. À présent, je ne suis plus certaine de rien. J'aimerais que Monica se trompe. Mais les preuves sont si flagrantes que je me demande comment j'ai fait pour passer à côté. J'ai été impulsive, irréfléchie et brutale. Tout ce que j'ai réussi, c'est à faire du mal.

J'enfouis mon visage dans mes mains.

— Monica, je murmure entre mes paumes, je suis désolée.

Je repense à Jullian et ma gorge se noue. Je serre les dents pour ne pas pleurer. Je n'en ai pas le droit. Je suis la seule responsable de ce carnage. Si ces chamailleries d'adolescente ne m'avaient pas aveuglée, je ne serais pas tombée dans le panneau. Et je ne lui aurais pas fait de mal.

— Je commence à croire que le but de ce masque de porc n'est pas seulement de s'en prendre à vous. Mais aussi de détruire le conseil. Tous les sorciers sont au courant de la renégociation des accords. En plaçant les preuves sous tes yeux, il s'est assuré que tu fasses capoter les discussions. Ce qui met en péril le coven.

Je fais glisser mes mains moites sur mes lèvres et dresse le menton.

— De quoi est-ce que tu parles ?

— Depuis leur création, nous tenons les loups-garous sous notre joug non pas par leur dévotion envers le coven, mais parce que nous leur avons offert pouvoir et argent en échange de leur protection. Nous avons mis entre leurs mains les entreprises les plus florissantes de ce pays et leur avons octroyé les meilleures places dans cette ville : la mairie, la direction du poste de police, la tête de tous les comités et j'en passe.

Je déglutis. Voilà donc la raison de cette fissure. Ce ne sont pas les grands entrepreneurs qui se sont installés dans le West Side, mais les soldats grassement payés du conseil.

— Encore aujourd'hui, ils ne nous restent fidèles que parce qu'ils savent que s'ils quittent Salem, ils perdront leur fortune et toute l'influence qu'ils ont. Compte tenu de la mésentente grandissante entre nos deux espèces, il ne faudra pas beaucoup de temps avant qu'ils décident de choisir la liberté à l'argent.

Monica se lève. Ses pieds nus s'écrasent sur le tapis. Elle se poste tout contre la cheminée. Ses doigts manucurés caressent la pierre.

— Nous étions prêts à leur offrir une place au sein du conseil, ce qui leur aurait permis de prendre part aux décisions du coven. En échange de quoi, ils nous assuraient encore quatre générations de protecteurs. Et d'ici cent ans, nous aurions trouvé un nouveau compromis qui aurait convenu à chacun.

Quatre générations ? Ça voudrait dire que Jullian... et ses enfants. Comment peut-on acheter des êtres vivants ?

— Hélas, ton altercation avec Veronica n'a pas fait bonne impression. Les Wilkerson et les Parris sont les deux plus puissantes familles de chacun des clans. En vous opposant, vous avez ravivé les flammes des dissidences. Les négociations vont reprendre. Et si nous n'arrivons pas à signer de nouveaux accords, nous pourrions bien perdre la protection de la meute. Ce qui mettrait le coven à la merci de toutes les forces malveillantes qui convoitent Salem.

Monica soupire et revient vers moi. Elle s'assoit dans le fauteuil. Sa main caresse mes cheveux. Elle remet une mèche derrière mon oreille.

— Toi et moi nous sommes bien fait avoir ce soir.
— Il semblerait.

Elle dépose un baiser sur mon front.

— Quoi qu'il se passe, même si les accords n'en pâtissent pas, la démonstration de magie que tu as faite ne restera pas sans conséquences. En utilisant le feu, tu as mis en danger tout le monde.

Sa voix est douce. C'est une véritable torture. Des hurlements feraient taire mes pensées tumultueuses. Ils les assourdiraient par leur brutalité. Mais son calme ne fait que décupler mes remords. Ils bourdonnent dans ma tête comme autant d'abeilles piquant mon cerveau de leur dard.

— Je parlerai au conseil. Je leur expliquerai que tu as été piégée. Peut-être que ça jouera en ta faveur.

Je me lève, la tête trop lourde et les idées confuses. Les souvenirs de la soirée me parviennent derrière un voile, comme un cauchemar. Mes membres tremblants me rappellent à mes actes. Je sens de nouveau la chaleur sur ma peau et la colère dans mes veines.

— Serena ?

Je fais volte-face.

— Quelle que soit la nature de tes relations avec Jullian Redwood, mets-y un terme immédiatement. Si nous devons entretenir des liens courtois avec la meute, nous ne pouvons nous permettre ce genre de rapprochement. Tu vois ce que je veux dire, n'est-ce pas ?

Je hoche la tête. La question est surtout de savoir comment elle est au courant.

— Ce n'était qu'un moment d'égarement.

Ma réponse semble satisfaire ma tante. Peut-être qu'à force de l'avoir entendu de la bouche de Jullian, une part de moi commence à penser que toute cette histoire n'est qu'une sombre mascarade.

— Tant mieux. Si une descendante de Samuel Parris venait à s'enticher d'un loup, ce serait le début de la fin pour le coven. Alors quoi que tu aies cru éprouver pour lui, c'est terminé. Mieux vaut éteindre la flamme avant qu'elle ne dévore tout ce qui l'entoure.

25

Le bureau du maire est un endroit étrangement lumineux. Par les immenses baies vitrées tout autour de la pièce, on distingue les jardins verdoyants du parc.

— Bien.

Monsieur Wilkerson s'accoude à sa table. Derrière lui, Monica et l'ensemble du conseil ne nous quittent plus des yeux. J'entends à côté de moi le souffle lourd de Veronica. Je n'ose pas la regarder.

— Au vu du différend qui vous a opposées, lance ma tante, nous nous voyons dans l'obligation de prendre des mesures disciplinaires.

— Il est formellement interdit pour un loup d'attaquer un sorcier, s'exclame monsieur Hubbard. La peine encourue pour un pareil crime peut aller jusqu'à la sentence ultime.

Veronica déglutit.

— Cependant, poursuit Monica, dans le cas présent, c'est Serena qui a déclenché la bagarre. Et bien que les circonstances qui l'ont poussée à agir ne soient pas encore très claires, vous serez toutes deux jugées au même titre.

— Il a donc été convenu, lance monsieur Wilkerson, dont l'autorité paraît bien relative à côté du cercle des conseillers, que jusqu'à nouvel ordre, la sorcière Serena Parris devra se tenir en permanence à vue du loup Veronica Wilkerson afin que celle-ci lui assure la pleine sécurité. En outre, le loup Veronica Wilkerson devra intégrer la garde de nuit du manoir de Wailing Hill…

— Mais papa ! proteste l'adolescente.

— ... et prendre part aux rondes de surveillance chaque soir, termine le maire imperturbable.

— Monsieur Wilkerson !

L'homme se tourne vers moi. Derrière lui, les membres du conseil l'imitent.

— Permettez-moi d'intervenir, dis-je, avalant difficilement ma salive. Je suis entièrement responsable de ce qu'il s'est passé hier.

— Nous ne cherchons pas un coupable, dit monsieur Hubbard. Mais à veiller à ce que pareil incident ne se reproduise plus.

Je n'en reviens pas de ce que je m'apprête à dire.

— Alors, punissez-moi ! Veronica n'a rien à voir dans tout ça ! Elle n'a fait que se défendre !

Non, je n'ai pas changé d'opinion en une nuit. Non, je n'apprécie toujours pas Veronica. Non, je ne suis pas tombée sous son joug. Non, je n'ai pas pitié d'elle. Mais s'il y a bien une valeur à laquelle j'accorde plus d'importance que notre mésentente, c'est la justice. Malgré tout ce que je reproche à la reine du lycée, je ne peux accepter d'être l'objet de l'injustice qu'elle subit.

— Serena, intervient Monica avec un sourire crispé, ce n'est pas à toi de décider ce que le conseil doit faire.

— Et pourquoi pas ? Vous perdez votre temps à vouloir désigner un coupable alors que vous devriez chercher qui a mis ce masque dans les affaires de Veronica !

— Un masque ? répète monsieur Hubbard.

Monica se raidit. Elle se tourne vers l'homme. Les traits froncés de son visage laissent deviner qu'ils échangent par la pensée.

Je me lève de mon siège.

— Puisque tout ce qui semble compter pour vous, c'est le protocole, je refuse de passer une minute de plus dans cet endroit.

— Cesse tes sottises ! aboie ma tante. Et rassieds-toi !

— Quelqu'un essaie de nous tuer et tout ce que tu trouves

à faire c'est de nous gronder parce qu'en nous battant nous avons ouvert une faille dans la négociation de vos précieux accords !

— Assieds-toi !

Le bras tendu dans ma direction, ma tante me contraint à obéir. Une force invisible pousse mes épaules jusqu'à ce que je me retrouve de nouveau sur ma chaise. Je tente de parler, mais je sens une pression autour de mes lèvres. Monica me dévisage gravement. C'est elle ! Elle est en train de me bâillonner !

Dans un ultime élan de désespoir, je me tourne vers Veronica. La jeune fille, imperturbable, évite mon regard.

— Afin de s'assurer du respect de ces règles, lance monsieur Hubbard, ignorant la scène qui vient de se jouer, le loup Veronica Wilkerson subira le sortilège du Vinculum, qui l'unira à la sorcière Serena Parris.

Les yeux de l'intéressée s'écarquillent. Son visage blêmit.

— Ce sort a pour but de lier l'âme du protégé à celle du protecteur, poursuit madame Walcott, jusqu'ici demeurée en retrait. Dans l'éventualité où la sorcière serait attaquée, la louve subira les mêmes sévices.

Je voudrais protester. Mais la force invisible m'en empêche. Je répugne à l'idée de devoir me soumettre à eux et laisser faire cette injustice. Cette histoire de maîtres est donc vraie. Et ceux qui n'en font pas partie sont traités comme des êtres inférieurs.

On me contraint à me lever. C'est Monica qui officie. Prélevant un peu de nos sangs sans délicatesse, elle les mêle dans un gobelet d'argent. Je reconnais le calice de la cérémonie d'initiation. Et prononçant une formule étrangère, elle jette sur nous son terrible sortilège.

***

La pression qui me rend docile s'estompe sitôt que je quitte la mairie. Je rejoins le lycée, suivie de près par Veronica. À sa place, j'aurais fui le plus loin possible.

— Je me passe de ta pitié, lance la blonde lorsque nous arrivons à la loge de l'accueil. N'essaie plus jamais de prendre ma défense ! Toi et moi, nous ne sommes pas amies. Nous avons des obligations vis-à-vis du conseil. Là s'arrête notre lien. Mais si tu venais de nouveau à jouer la protectrice des grandes causes, sache que je ne te laisserais pas faire. Hors de question que tu piétines mon honneur encore une fois !

— Veronica, je murmure hésitante, je ne cherchais pas à te faire du tort, j'essayais seulement...

— N'essaie rien du tout, Parris ! Je suis la descendante d'une puissante lignée de loups-garous. Je ne veux pas de ton aide !

Elle tourne les talons. Je la regarde s'éloigner dans le couloir. Ce matin, ma détermination est plus forte que tout. L'entretien avec le conseil était l'étincelle dont j'avais besoin pour réagir. Personne ne cherche vraiment ce masque de porc. Ils sont tous trop préoccupés par les conflits entre la meute et le coven. Si je veux stopper la menace, je vais devoir le faire moi-même. Seul problème, je ne connais rien à la magie. Mais je sais exactement qui pourra m'aider à remédier à cela.

***

À St George ce matin, un seul mot est sur toutes les lèvres : le match. La rencontre qui oppose les Thunderwolfs aux Red Rocks a vite éclipsé l'incident d'hier. Impossible d'échapper aux banderoles suspendues dans tous les couloirs. Le slogan « Libérer la bête » est accompagné de photographies de l'équipe. Je suis si fière de mon frère. Lorsque je tombe sur le portrait de Jullian, je sens une boule dans mon estomac. Je baisse immédiatement les yeux et accélère le pas.

Je retrouve Penny dans le bureau des étudiants. Mon amie, penchée sur un épais livre de cuir, m'accueille d'un sourire. Je me laisse tomber dans un fauteuil et lui raconte les péripéties de ma soirée. En omettant bien sûr tous les détails surnaturels. Lorsque je lui relate mon tête-à-tête avec Jullian au bord de l'eau, elle s'accoude sur ses genoux et ses yeux se mettent à pétiller.

— Enfin, dis-je en enroulant ma mèche autour de mon doigt, ça n'aurait jamais dû arriver. C'était une erreur.

Je ressens un pincement au cœur. J'ai beau essayer de me persuader que je suis d'accord avec lui, je lui en veux terriblement. J'ai l'impression d'avoir été son jouet.

— Parce que c'est un loup-garou et toi une sorcière, soupire Penny en se laissant aller contre le dossier de son fauteuil. Je me doutais que tôt ou tard ça poserait problème.

Je retiens mon souffle. Ai-je bien entendu ce qu'elle vient de dire ?

Mes yeux exorbités ne quittent plus le visage poupin de mon amie. Elle me regarde et rit.

— Tu imaginais sincèrement que j'ignorais ce qui se passait ?

Ma gorge est sèche. Les mots me manquent. J'ai la sensation de ne pas avoir respecté mon serment. Je n'ai pas su protéger le secret de la ville.

— Relax, Serena, sourit-elle. J'étais au courant bien avant ton arrivée. J'attendais simplement que tu abordes le sujet en premier. Mais je vois que tu es bien plus douée pour garder les secrets que la plupart des habitants de cette ville.

— Comment... comment...

Je suis incapable de dire autre chose.

— Comment je l'ai su ?

Elle s'éclaircit la voix.

— Ma famille était au service des dynasties magiques bien avant leur arrivée à Salem. Nous sommes ce qu'ils appellent des initiés. Nous avons choisi d'assister les sorciers parce que nous croyons en l'importance de leur place en ce monde.

Des initiés ? Pourquoi est-ce que j'apprends ce mot seulement aujourd'hui ?

— Et si ça n'avait pas suffi, reprend-elle, en grandissant avec un loup-garou, j'aurais vite découvert le pot aux roses. Jullian n'était vraiment pas doué pour cacher ses pouvoirs lorsqu'il était petit. Il marchait à peine qu'il soulevait déjà le canapé d'une seule main et urinait partout dans la maison.

Elle continue de sourire. Je ne parviens pas à sortir de ma stupeur.

— Pourquoi est-ce que tu ne m'as jamais rien dit ?

— Eh bien, jusqu'à peu je pensais que la décision du conseil de vous garder dans l'ignorance était la meilleure chose à faire. Tant que vous ne saviez rien de ce monde de magie, vous pouviez espérer avoir une vie normale.

Penny soupire de plus belle.

— Et une fois qu'ils t'ont tout raconté, c'est devenu compliqué de parler. Je n'imaginais pas venir te voir et te dire que j'étais déjà au courant depuis longtemps. Alors j'ai attendu. Peut-être trop longtemps, je m'en rends compte.

L'agitation augmente dans le couloir. Il va bientôt être l'heure d'aller en cours.

Penny approche son visage. Je réalise que ma bouche est entrouverte depuis un bon moment. J'ai des crampes à la mâchoire et la sensation d'avoir avalé du coton.

— Tu aurais raison de m'en vouloir. Je t'ai menti pendant des semaines. Mais tu dois garder à l'esprit que je n'ai fait ça que dans ton intérêt.

— Je ne t'en veux pas.

Comment le pourrais-je alors que je lui ai caché des choses ? D'aucuns diraient qu'une amitié doit être fondée sur la sincérité. Qu'une relation ne peut être bâtie sur une succession de mensonges. Mais dans un monde aussi dangereux que le nôtre, les secrets sont avant tout érigés pour nous protéger. Et le véritable ami est celui qui est capable de les garder.

***

Le restant de la matinée n'est qu'une succession de désillusions. Les résultats des examens sont tombés. Le moins que l'on puisse dire, c'est que mes notes sont bien en deçà de la moyenne de mes camarades. Je m'en serai doutée. Les exigences de St George dépassent de très loin ce qui était attendu dans mon précédent lycée. Je vais devoir mettre les bouchées doubles si je veux remonter dans le classement et espérer avoir un ticket pour les universités de prestige.

Je passe ma pause déjeuner dans la salle des fêtes, une pièce extraordinaire dont j'ignorais l'existence, à apporter mon aide au comité de décoration. Au moins, je suis certaine de ne pas être confrontée à Jullian.

Voilà plus d'une demi-heure que j'étire une énième couche de peinture couleur de bois sur cette immense colonne, perchée tout en haut d'une échelle vertigineuse. Dans mon ancien lycée, on passait la soirée d'Halloween dans une maison hantée installée pour l'occasion dans le gymnase. Ici, cette fête dont le nom commence par un H, mot proscrit, s'appelle le bal de l'automne. Le thème cette année est la forêt enchantée. Penny espère faire passer ladite colonne pour un arbre.

La voilà d'ailleurs, son calepin à la main, circulant de groupe en groupe. Les responsabilités lui siéent à merveille. Je ne pense pas l'avoir déjà vue plus heureuse. Elle insiste auprès d'une troupe de secondes pour qu'elles doublent le recouvrement de fausse herbe aux abords de la scène.

— Personne n'y croira ! s'exclame-t-elle.

Je ris. Essuyant mon front humide, je frotte malencontreusement le pinceau contre ma peau. La plaie ! Espérons que ça partira avec un mouchoir.

— Salut Serena.

En bas de l'échelle, serrant son carnet contre sa poitrine, Zahra me fait signe de la main. Je repose le pinceau dans le pot de peinture et descends précautionneusement les barreaux. À un mètre du sol, je rate une marche, basculant en arrière. Zahra me rattrape de justesse et m'aide à rejoindre la terre ferme.

— Merci.

Elle opine du chef en souriant.

— Penny m'a dit que tu voulais me parler.

Les oreilles indiscrètes sont trop nombreuses ici. J'empoigne le bras de Zahra et l'attire vers une porte battante. Nous pénétrons dans une réserve où s'entasse tout un bric-à-brac d'objets de décoration. Un boa rose est enroulé autour d'un mannequin en tissu. Sur des panneaux en bois, des clichés d'époque détaillent les étapes d'un charleston. J'aperçois aussi une cage à oiseaux en or, une tenture orange et ce qui semble être un ours empaillé sur une bicyclette.

— Du mystère, sourit Zahra. J'adore ça !
— C'est à propos, je commence hésitante, de magie.
Les sourcils de la jeune fille se froncent.
— J'aurais besoin que tu m'apprennes quelques trucs.
— Après l'incident au *Dawn*, je préfère autant laisser ton éducation de sorcière à ta famille.

Si seulement c'était aussi simple. Après ses mises en garde sur l'utilisation de la magie, je doute que Monica veuille m'apprendre quoi que ce soit. Et quelque chose me dit qu'elle refusera catégoriquement de m'aider à partir à la poursuite d'un dangereux sorcier.

— S'il te plaît ! J'en ai vraiment besoin !
— Pour quelle raison ?

Je passe ma main dans mes cheveux. Ma seule chance de la convaincre est encore de tout lui avouer.

— Quelqu'un en a après nous.
— Tu parles de l'effondrement du manoir ?

J'acquiesce. Je n'ai pas le temps de lui raconter tout le reste.

— Je veux découvrir de qui il s'agit.
— Laisse faire le conseil, Serena. Ils vont vous protéger !
— C'est ce qu'ils disent aussi. Mais ça fait des semaines que ça dure et rien n'avance. L'idée que ce monstre puisse de nouveau entrer chez moi et menacer mes frères m'est insupportable. Je ne peux pas rester sans rien faire.

Zahra caresse ses lèvres du bout des doigts. Elle fait quelques pas dans la pièce. Puis, passant la tête dans l'entrebâillement de la porte pour vérifier que personne ne nous écoute, elle reprend.

— Très bien. Je t'aiderai.

— Tu es formidable !

— Mais je veux que ça reste entre toi et moi. C'est compris ? Personne ne doit savoir que je t'apprends la magie !

— On n'aura qu'à dire que tu me donnes des cours de maths. Vu mes résultats, ma tante ne tiquera pas.

Le compromis est trouvé. Je donne rendez-vous à Zahra chez moi demain après le lycée. Elle sort la première de la réserve. J'attends cinq minutes avant de la quitter à mon tour. Zahra a raison. Mieux vaut que nous nous montrions prudentes.

Ma peinture achevée, j'abandonne le comité de décoration. Lorsque je quitte la salle des fêtes, je croise à l'entrée du couloir le visage horripilé de Veronica.

— Tu n'as vraiment rien à faire de ta vie ! s'exclame-t-elle en faisant rouler ses yeux.

— Je te demande pardon ?

— Les gens normaux sortent pendant la pause déjeuner, reprend la jeune fille en m'emboîtant le pas. Ils vont au restaurant ou au moins respirer de l'air qui ne sent pas les maths et la littérature. Mais toi...

Elle ne termine pas sa phrase, la ponctuant seulement d'une grimace de dégoût.

— Je ne pensais pas te trouver là.

— Moi non plus, soupire-t-elle, remettant en arrière ses longs cheveux blonds.

— Tu n'as aucune intention de me dire ce que tu fais ici, n'est-ce pas ?

Pour réponse, la jeune fille s'interpose entre le reste du bâtiment et moi. Tirant sur ma main, elle remonte la manche de ma chemise et dévoile la cicatrice laissée par le poignard de Monica. Puis, repoussant ses bracelets sur son poignet, elle fait apparaître l'entaille de sa chair presque refermée.

— J'aurais adoré qu'ils nous fassent des tatouages identiques, ironise la lycéenne. Ça aurait vraiment donné un nouveau souffle à notre amitié. Tu ne trouves pas ?

— Le Vinculum...

— Gagné ! s'exclame-t-elle. C'est que tu as fait le plein de neurones ce midi, Parris.

Je contourne Veronica pour reprendre le chemin de la salle de classe.

— Tu pourrais au moins m'attendre !

Veronica fait claquer ses talons sur le sol. Ça me donne mal à la tête. Nous passons l'angle du couloir et arrivons aux laboratoires de langues.

— Je vais arranger cette histoire de sortilège avec ma tante.

— Tu veux encore jouer à sainte Parris ? s'exclame Veronica. Hors de question.

Surprise, je m'arrête et dévisage la jeune fille. Les lycéens circulent autour de nous sans nous voir.

— De quoi tu parles ?

— De ta façon de toujours faire en sorte que tout aille dans ton sens ! Tout le monde est en permanence d'accord avec toi, tout le monde désire être ton ami, tout le monde veut ta bénédiction. Même moi j'ai failli y céder ! Et pourquoi ? Parce que tu es une Parris ! Tu n'as rien eu à faire depuis ton arrivée à Salem que de te pavaner en portant fièrement ton patronyme !

— Je ne comprends pas un traître mot de ce que tu dis.

— C'est normal ! Tu es une sorcière ! Tu n'as aucune idée de ce que ça fait d'être un loup. Devoir se faire sa place parmi les grands noms de la ville. Tu dois arrêter de croire tous les mensonges que ces vieux idiots racontent. Le pouvoir ne nous est donné qu'avec l'argent. Pour le reste, on doit se débrouiller. Alors oui, j'ai eu plus de chance que les autres. Mon père est le chef de la meute. J'ai un siège privilégié au sein de notre clan. Mais ici, ça ne vaut rien ! Si tu savais le temps et l'énergie que ça m'a demandé de me faire une place à St George, de me faire respecter par les autres et de n'être pas seulement vue comme la fille mignonne, mais un peu débile, de l'alpha. Ça m'a pris des années avant d'en arriver là ! Et toi, maudite Parris, tu n'as qu'à te pointer pour que tout le monde te propulse sur un trône !

Je comprends mieux la carapace qu'elle s'est forgée, celle

d'une jeune fille froide et austère, destinée à éloigner quiconque en aurait après ce statut qu'elle a si durement acquis.

— Comme si ce n'était pas suffisant, on me demande, à moi, de te protéger ! Et ce sortilège du Vinculum par-dessus le marché !

— Veronica, j'ignorais tout ça. Je...

— Tu recommences ! me coupe-t-elle. Sainte Parris ! Tu vas tirer un trait sur nos différends parce que je t'ai fait de la peine. Tu vas absoudre tous mes péchés et nous serons amies pour la vie. On peut se faire des nattes si tu veux ?

Dans le ballet des lycéens qui traversent le bâtiment, Veronica, immobile, me considère un moment. Je voudrais répondre. Mais j'ignore quoi dire. Finalement, elle pousse mon épaule vers le couloir.

— Allez, avance. On va être en retard.

Je m'exécute.

— Et ne t'avise jamais de raconter quoi que ce soit de ce que je viens de te dire. Ou je te jure que ce seront les derniers mots que tu prononceras.

Dans l'aile des sciences, monsieur Towneley, fraîchement rentré de convalescence, accueille les étudiants à l'entrée de la salle. Lorsque mon tour arrive, il s'interpose.

— Vous avez rendez-vous avec le proviseur, mademoiselle Parris.

— Je vous demande pardon ?

— Il vous attend dans son bureau.

L'homme au crâne dégarni dresse sa montre à hauteur de son nez.

— Si j'étais vous, je me dépêcherais. Il déteste les retardataires.

— Je l'accompagne, propose Veronica.

— Non, mademoiselle Wilkerson. Vous, vous avez un cours sur le fractionnement cellulaire qui démarre dans trois minutes.

L'air sévère, Veronica me dévisage.

Hypnotise-le !

Je tâche de contenir ma surprise, souriant au professeur Towneley.
Comment es-tu entrée dans ma tête ?
Comme tout le monde ! s'exclame Veronica.
Ça me revient maintenant. Lors de leur transformation, les loups-garous obtiennent la faculté de communiquer par la pensée.
Hypnotise-le, qu'on en finisse ! réitère-t-elle.
Hors de question ! Ce n'est pas le moment de faire ta mijaurée Parris ! Fais ce que je te dis et nous n'aurons pas de problème !
— Est-ce que tout va bien, mesdemoiselles ? demande Towneley inquiet.
— Parfaitement bien ! je réponds.
Si l'un des membres du conseil nous voit l'une sans l'autre, on va avoir de gros ennuis !
Je ne sais même pas comment faire !
Veronica soupire.
Je n'en reviens pas de devoir apprendre à une sorcière à faire de la magie. Monsieur Towneley nous observe. Notre immobilité commence à devenir franchement louche.
Tu poses la main sur son épaule.
Je m'exécute.
Tu prends une profonde inspiration et tu chasses les idées parasites. Ensuite, tu lui murmures ce que tu veux qu'il dise ou qu'il fasse.
— Monsieur Towneley, dis-je capturant son regard. Ce ne serait pas sage de laisser une élève se promener seule dans les couloirs.
— Non, répond-il avec un air bovin, ce ne serait pas sage.
Je n'en reviens pas. Ça marche ! Je tâche de ne pas exprimer ma surprise. Je pourrais tout faire rater en coupant le contact. Je me racle la gorge et reprends froidement.
— Afin de prévenir tout incident, mieux vaut que mademoiselle Wilkerson m'accompagne au bureau du proviseur.

— Mademoiselle Wilkerson, lance-t-il en se tournant vers la jeune fille.

L'intéressée fait mine d'être intriguée.

— Voudriez-vous bien accompagner mademoiselle Parris au bureau du proviseur ?

— Si cela est vraiment nécessaire, soupire-t-elle, alors d'accord.

Nous retournons dans le dédale des couloirs. Rapidement, nous parvenons à l'administration. L'assistante est surprise de nous voir arriver. Elle s'excuse et part informer le directeur de notre présence. Dans l'instant, la porte du bureau s'ouvre sur le visage de Monica. Son regard, sévère, se pose d'abord sur moi. Lorsqu'elle aperçoit la reine du lycée à mes côtés, elle esquisse un sourire.

— Merci Veronica. Tu peux disposer. Serena ?

Je me faufile entre ma tante et le bureau, les mains croisées sur ma jupe en tartan, prise d'une sueur froide.

— Mademoiselle Parris, dit le proviseur, prenez place, je vous prie.

Je m'assois sur le fauteuil au revêtement de velours que m'indique l'homme en costume.

— Comment se passent vos premiers mois dans notre institut ?

— Bien, je lâche à mi-voix.

— Je suis ravi de l'apprendre ! Sachez que si j'ai convoqué votre tante, c'est avant tout par égard pour votre famille et leur contribution à la grandeur de notre établissement. Pour n'importe quel autre élève, j'aurais pris les mesures nécessaires sans plus de ménagement.

— Navrée de vous interrompre, dis-je, mais je ne comprends absolument pas ce que je fais ici.

— Serena ! lance Monica exaspérée. Veux-tu bien faire preuve d'un peu de civisme et laisser monsieur Wellberg terminer ?

— N'ayez crainte, mademoiselle Lewis, rit l'homme en resserrant le nœud de sa cravate. Depuis mon arrivée à la tête de

St George, j'ai eu affaire à des tempéraments autrement plus explosifs que celui de votre nièce.

Il se racle la gorge. Ses mains se posent sur le rebord du bureau. Et ses doigts se joignent jusqu'à former une sorte de pyramide.

— À la suite des examens qui se sont tenus dans les dernières semaines, vos résultats, mademoiselle Parris, se sont avérés très en deçà du seuil d'exigence de notre institution. Une chose déplorable, je le crains. Si notre établissement jouit d'une telle renommée, c'est avant tout grâce à ses élèves sérieux. Non pas que vous ne soyez pas sérieuse, mademoiselle Parris, mais nos élèves sont notre meilleure publicité...

Ça et les créatures surnaturelles, il semble l'oublier.

— Encore une fois, je tiens à vous rappeler que cette mise en garde vous est faite par égard pour vos parents et leurs parents avant eux. Sachez néanmoins que je me montrerai particulièrement attentif à vos notes dorénavant. Si vous ne parvenez pas à revenir à des résultats satisfaisants, je serai contraint de vous renvoyer de l'établissement.

26

Renvoyée de St George ? Est-ce vraiment possible ?

Le proviseur m'a demandé de patienter dans le vestibule. Monica est restée pour « éclaircir la situation et tenter de trouver des solutions ». J'avoue que je suis sceptique. Au moment de partir, je l'ai vue tirer de son sac un chèque. J'ignore combien de zéros elle a dessinés dessus pour s'assurer qu'on m'accorde une seconde chance.

La porte s'ouvre. Monica, après avoir serré la main du proviseur, se hâte dans ma direction. Elle passe son bras sous le mien. Son geste bienveillant prend une tout autre tournure lorsque ses ongles s'enfoncent dans ma chair.

— J'ai honte ! lance-t-elle en me conduisant vers la sortie. Terriblement honte ! Tes parents étaient têtes de classes. Moi-même, j'ai toujours réussi mes examens haut la main. Wyatt a obtenu les félicitations de ses professeurs et même Jon, dont les résultats à San Diego ont failli poser un problème pour son inscription à St George, s'en est sorti ! Pourquoi n'es-tu pas comme eux ?

Monica marche d'un pas rapide. Tant et si bien que nous arrivons en un bref instant à l'extérieur. Le soleil m'aveugle. Nous passons le seuil de l'établissement et retrouvons sa limousine.

— Je t'écoute, dit-elle. Tu dois bien avoir une remarque cinglante pour te défendre. Tu es au moins douée pour ça.

Si elle croit que je vais céder, c'est... merde !

— Peut-être qu'il y a d'autres problèmes dans ma vie qui

font que je n'ai pas toujours la tête à mes études, je m'écrie si fort qu'une bande de lycéens flânant sur un banc se retourne. Le chauffeur approche. D'un signe de main, Monica lui intime de patienter.

— Alors, dis-moi ! Explique-moi Serena !

À quoi bon ? Elle ne m'écouterait pas. Vu la surprise de monsieur Hubbard lorsque j'ai évoqué les masques, je sais qu'elle n'en a pas informé le conseil. Nous a-t-elle seulement pris au sérieux quand nous lui avons parlé de ce visage de porc ? Ou ne nous a-t-elle raconté cette histoire de gardiens de la magie pure que pour nous enfumer ?

Son téléphone portable carillonne. Elle décroche et échange de rapides mots avec un certain Allan. Elle lui promet de rentrer au plus vite au bureau.

— Qu'il attende ! s'exclame-t-elle en coupant la conversation. Ça fait des années qu'il n'a plus remis le pied dans cette ville. Il n'est pas à une heure près !

Elle range son portable dans son sac à main.

— J'ai bien discuté avec monsieur Wellberg, reprend-elle d'une voix apaisée. Tu as jusqu'à la fin du semestre pour montrer ce dont tu es capable.

— Tu as surtout fait un don généreux à l'Institut qui complique mon renvoi.

— S'il te plaît, Serena, ne rends pas les choses plus difficiles qu'elles ne le sont déjà.

Mes doigts passent dans mes cheveux.

— Comme je le disais, tu as jusqu'à la fin du semestre.

— Je vais faire le nécessaire.

— Toi et moi savons que ce ne sera pas suffisant. C'est pourquoi je vais te prendre un précepteur. Chaque soir, en rentrant au manoir, tu travailleras avec lui.

Je n'aurais pu rêver meilleure opportunité.

— Zahra s'est proposée pour m'aider en maths.

— C'est très gentil de sa part. Mais nous allons décliner son offre. Vu ce que tu as à rattraper, tu as besoin d'un professeur autrement plus expérimenté.

D'un signe de tête, Monica hèle son chauffeur. Elle ne me laisse même pas le temps de protester.

— Avant que j'oublie, je souhaitais te parler du bal de l'automne, qui, comme tu le sais, arrive très vite. Ta présence est fortement attendue en tant que membre éminent de notre coven. Je compte sur toi pour être le reflet de la grandeur de tes aïeux, notamment en t'assurant de renouer le contact avec les loups-garous. Je crois que Veronica Wilkerson se présente pour être reine de l'automne. Ta contribution à sa campagne et ton appui auprès de nos alliés seraient un gage de ton amitié, surtout après le récent différend qui vous a opposées. Cela serait d'une grande aide pour le coven en ces périodes de négociations. Je compte sur toi, Serena.

Remontant ses lunettes fumées sur son nez, Monica pénètre dans l'habitacle. La portière claque, le moteur démarre.

**

Penny avait raison. La soirée du match est une pure folie. L'affrontement n'a pas commencé mais l'effervescence est déjà à son comble. Aux pieds du terrain, les pom-pom girls, aussi gracieuses que dynamiques, font une démonstration de leurs prouesses. Parmi elles, Veronica, virevoltant à deux mètres du sol, est radieuse.

— Wyatt t'a abandonnée ?

Penny me tend un soda.

— Oui, dis-je, pointant le bas des gradins. Un ami lui a proposé de les rejoindre.

D'ici, je vois la tête brune de mon jeune frère, sautillant sur les premiers rangs comme un lion en cage. Wyatt a toujours adoré regarder Jon jouer au football.

La mascotte de St George, un loup gris portant le maillot rouge des Thunderwolfs, s'élance à toute vitesse sur le terrain. Ses soubresauts et ses acrobaties attisent l'excitation du public. Même les supporters adverses se sont levés pour l'applaudir.

La musique retentit dans l'immense stade. Les acclamations fusent, tandis que les pom-pom girls achèvent leur chorégraphie. Lorsque monsieur Wellberg s'approche du micro, l'ambiance s'apaise, le temps de le laisser féliciter les footballeurs, les entraîneurs, et se lancer des fleurs. Aussitôt le proviseur a-t-il quitté son estrade que les basses vibrent de nouveau.

Les joueurs de l'équipe adverse sont les premiers à entrer dans le stade sous les applaudissements polis des supporters de St George.

— Regarde leurs petits culs, murmure Petra. Miam ! J'en mangerais bien un au dîner.

Penny s'esclaffe.

— Tu es vraiment en chaleur en ce moment, riposte Constance.

Je plains celui qui se trouve derrière elle. Avec son bonnet en laine, l'immense Constance doit barrer la vue de toute une rangée.

— Ne fais pas ta sainte nitouche, ricane Petra. C'est bien toi qu'on a retrouvée pendant la finale l'an dernier te faisant tripoter par un remplaçant de l'équipe de Boston.

— Il n'était pas remplaçant ! se défend Constance en grimaçant.

— Taisez-vous les filles, ordonne Zahra. Nos joueurs arrivent.

Les pom-pom girls ont formé une arche sous laquelle s'élancent à toute vitesse les jeunes hommes aux maillots rouge et noir. Lorsque le premier sort du tunnel, les battements de mon cœur s'accélèrent.

Jullian.

L'excitation de la foule est à son sommet. Redwood, tout sourire, se donne à son public. Il entame un tour du stade qui déchaîne une vague d'applaudissements. À la lumière des projecteurs, il scintille de mille étoiles. Il échange de rapides poignées de mains avec ses adversaires. Je sais que je ne devrais pas le regarder ainsi. Mais c'est plus fort que moi. Il est ma flamme. Et le stupide petit papillon que je suis est désespérément attiré par lui, même si j'ai conscience que son contact pourrait bien me faire brûler.

C'est à mon frère d'entrer sur le terrain. Zahra frappe son coude dans mes côtes. Des étincelles illuminent ses yeux bruns. A-t-elle jamais souri autant ? Penny porte ses doigts à sa bouche pour siffler.

Le match démarre. Le jeu va très vite. Jon avait raison, les footballeurs font preuve d'une rapidité et d'une agilité sans pareille. Considérant qu'une part très importante de l'équipe est constituée de loups-garous, c'est même logique. À côté, les Red Rocks s'essoufflent et se fatiguent à tenter de stopper ces boulets de canon lancés à pleine vitesse. Jon réalise de belles prouesses, usant de sa musculature développée pour ralentir l'avancée adverse. Le poste de *linebacker* ne lui sied pas aussi bien que celui de *quarterback*. Il s'en sort pourtant très bien. Mais celui que tout le monde admire, qui émerveille autant les supporters de St George que ceux de l'ennemi, c'est Jullian. Entre ses mains, le ballon virevolte. Il se faufile entre les jambes des autres joueurs jusqu'au bout du terrain.

La mi-temps arrive. Zahra nous double et descend les marches quatre à quatre. La jeune fille est déterminée à embrasser Jon avant qu'il retourne au vestiaire.

— Vous allez à la buvette ? lance Emily.

J'acquiesce.

— Tu veux venir ? demande Penny.

— On va garder les places, répond Reese.

Elles attendent plutôt que nous ayons tourné le dos pour aller draguer les supporters de l'autre équipe. Je les ai entendues en parler pendant le match.

— Vous pourrez nous rapporter des hot-dogs et du soda light ?

— Hot-dogs et soda light, je répète. C'est tout ce que vous voulez ?

— S'il y a du champagne, rétorque Petra d'un haussement d'épaules.

La queue devant le stand est immense. Les jeunes cuisiniers

en sueur s'affairent dans la petite baraque face à des clients pas très conciliants. Autour de nous, les commentaires sur le match vont bon train. Le nom de Jullian est sur toutes les lèvres. Un pincement saisit ma poitrine lorsque j'entends un groupe de terminale vanter les mérites du capitaine de l'équipe d'une façon qui n'a plus rien à voir avec le sport.

— Il est tellement sexy, dit l'une. Tu crois qu'il a quelqu'un ?

— Je sais qu'il est sorti avec Rebecca Thompson en seconde, répond une seconde. Et avec Silver du *Hallow* pendant l'été. Mais depuis, je crois qu'il est célibataire.

— Je vais peut-être tenter ma chance, reprend la première.

— Oublie, rétorque une troisième. Le pacte entre sa famille et les Wilkerson finirait par tout foutre en l'air.

Le pacte ? De quel pacte parle-t-elle ?

— Serena, tu m'écoutes ?

Je sursaute. À vouloir capter ce qui se raconte à côté, j'en ai complètement ignoré Penny.

— Excuse-moi, je murmure. Tu disais ?

— Peter Goodwin, tu sais, le rédacteur en chef du journal du lycée.

C'est la première fois que j'entends ce nom. J'acquiesce pour l'effet.

— Il m'a appelée hier. Apparemment, quelqu'un s'est désisté dans l'équipe. Bon, je ne suis pas encore prise. Il m'a demandé de lui faire un papier pour lundi prochain sur le thème de mon choix.

Des applaudissements s'élèvent et Penny s'interrompt. Nous remontons jusqu'à la source du brouhaha. Une partie des Thunderwolfs, ayant troqué leurs maillots pour des survêtements, est sortie des vestiaires. Tandis que certains étreignent leurs admirateurs, profitant de la pause pour discuter avec leurs proches amis, d'autres font la queue à la buvette. C'est le cas de Jullian.

À la seconde où mon regard se pose sur son visage, une bouffée de chaleur m'envahit.

— Donc cet article ? je reprends en tâchant de sortir Jullian de ma tête.

Penny sourit.

— Eh bien, dit-elle se raclant la gorge, je n'ai pas encore choisi mon sujet. J'envisageais de parler des mauvais traitements du personnel de cantine. Ils sont exploités et sous-payés. Mais j'ai peur que ça ne plaise pas vraiment au conseil d'administration. En d'autres circonstances, je m'en serai moquée. Cela dit, si je veux intégrer le journal et pouvoir par la suite mettre en avant ce qui déraille à St George, je devrais peut-être choisir quelque chose de plus...

Elle tapote son index sur son menton.

— Politiquement correct.

— Pourquoi pas le comité de décoration ? Tu as un pied à l'intérieur.

Penny lève les yeux en soupirant. Qu'ai-je dit ?

— Je ne veux pas faire du journalisme pour occuper les gens pendant que les vrais problèmes se terrent dans l'ombre.

La jeune fille serre la lanière de son sac sur son épaule. La file avance.

— Et si je parlais du diktat de la minceur dans l'équipe des *cheerleaders* ?

Mon amie semble soudain montée sur ressort. Son sourire s'étire de l'une à l'autre de ses oreilles. Ses yeux s'écarquillent un peu plus à chaque seconde.

— Avant le cours de gym mardi, j'ai entendu Bethany qui discutait avec Grace dans le vestiaire. Elle disait que Veronica lui avait posé un ultimatum. Soit elle arrêtait de déjeuner, soit elle la renvoyait de l'équipe. Tout ça pour un malheureux kilo qu'elle a pris pendant l'été.

Je ne suis qu'à moitié étonnée. Veronica est connue pour ne faire de cadeau à personne. Pas même à ses proches amies.

— Je vais aller lui parler tout de suite, dit-elle. J'ai hâte de voir comment elle va réagir en présence de tout le gratin de St George. Je te parie qu'elle va nier !

Ou l'envoyer voler dans les airs. Ou la gifler. Ou lui tordre le cou. Veronica ne manque pas d'originalité dans les traitements qu'elle réserve aux personnes qui s'opposent à elle.

— Je viens avec toi. Si je suis là, elle sera plus calme.

Elle semble prendre au sérieux la menace du conseil. Avec un peu de chance, ma présence la forcera à garder son sang-froid.

— Je suis assez grande pour me débrouiller. Et puis tu as d'autres choses à voir dans l'immédiat.

Penny tourne la tête en direction de Jullian. Le jeune homme a quitté ses camarades et posé sur ses oreilles des écouteurs qui le coupent du reste du monde. Ça lui évite au moins d'entendre les gémissements de ses admiratrices.

— Après qu'il m'a envoyée sur les roses, sans façon !

— Je croyais que tu n'étais pas du genre à faiblir devant l'adversité.

Je ris. C'est nerveux. Penny ne me laisse pas le temps de rétorquer.

— Si tu ne veux pas échanger des mots avec lui, alors tu pourrais peut-être partager des pensées.

Sur ces mots mystérieux, elle s'en va. Elle s'enfonce dans la foule et disparaît en direction du stade. Tandis que je la regarde s'éloigner, Jullian traverse mon champ de vision. Il pianote sur son téléphone portable et secoue la tête au rythme de la musique. Subitement, nos yeux se rencontrent. Je me détourne aussitôt.

Était-ce un accident ?

Penny a raison. Je ne dois pas me laisser abattre.

Salut.

Aucune réponse. J'espère ne pas m'être trompée d'esprit. À moins que je m'y sois mal pris. Je n'ai pas une grande expérience de la télépathie.

Salut, murmure Jullian.

Je happe une grande goulée d'air. Tout aurait été plus simple si, comme je le pensais, il n'avait pas répondu. À présent, je ne sais plus quoi dire. Vite. Une idée.

Je suis désolée pour hier soir. Je ne voulais pas brûler tes mains.

Ce n'est rien. Tu ne l'as pas fait exprès. Et puis je cicatrise rapidement.

Je te promets de ne pas recommencer.

Pas de réponse. Un bourdonnement sourd gronde dans mon crâne.

Serena ?

Oui.

J'ai le sentiment que ce qu'il s'est passé t'a rendue confuse. Je préfère que les choses soient claires. C'était une erreur. Lorsque je t'ai dit que nous n'aurions jamais dû faire ça, ce n'était pas un moyen de te protéger. Je le pensais sincèrement. Je t'apprécie, mais pas de la manière que tu espères.

Je coupe aussitôt le contact. Une violente douleur saisit mon ventre. J'ai l'impression qu'une lame s'enfonce dans mon estomac. Mes mains se portent à la source de ma souffrance. Je me replie sur moi-même.

Je m'effondre dans les cris étouffés des personnes qui m'entourent. Mes paumes et mon tee-shirt sont couverts de sang.

— Serena !

Jullian se précipite vers moi. Repoussant mes doigts, il ne sait retenir sa stupéfaction lorsqu'il aperçoit la tache rouge qui grandit sur mes vêtements. Il presse les supporters de lui apporter des serviettes.

— Appelez les secours ! s'écrie-t-il.

Le froid m'envahit. Je sens l'odeur de la terre et de l'herbe fraîchement coupée. Le visage terrifié de Jullian me surplombe. La douleur s'intensifie. On dirait que quelqu'un s'amuse à tordre un poignard dans mon abdomen.

À moins que ce ne soit pas le mien.

— Le sortilège du Vinculum.

— N'essaie pas de parler, dit Jullian en comprimant la plaie.

Avec les dernières forces dont je dispose, ma main agrippe le bras de Jullian. Il n'a d'autre choix que de me regarder. Par la pensée, je lui transmets toutes les informations importantes. Il doit retrouver immédiatement Veronica. C'est elle que l'on torture.

Il acquiesce et cède sa place à Emily. Je sens la lame du couteau plantée dans le ventre de Veronica déchirer ma chair.

— Ça va aller, murmurent les filles.

Le brouhaha gronde autour de moi. Wyatt arrive à son tour. Mon frère passe ses doigts sur mon front. Ses larmes coulent dans mes cheveux. J'ai si froid. Mes paupières s'alourdissent.

— Tout va bien, je chuchote.

Quelle pitoyable menteuse ! La flaque de sang tout autour de moi grandit à vue d'œil. J'entends au loin les sirènes des ambulances. Je ne dois pas m'endormir.

— Serena !

Jon repousse tous ceux qui nous entourent. Je suis si fatiguée.

— Accroche-toi Serena !

Mes yeux se ferment. Je plonge dans le néant.

27

Le clapotis de l'eau qui s'écoule goutte à goutte. Le bruit strident des moniteurs. Et ce bourdonnement qui résonne dans ma tête.

J'ai mal.

— Elle ouvre les yeux.

Mes paupières peinent à se faire à la lumière si blanche. J'ai la gorge sèche et la sensation à chaque inspiration d'avaler des morceaux de verre. Mes membres sont si lourds. J'ai l'impression que mon corps tout entier est en alliage de plomb. J'ai dans la bouche le goût pâteux d'un sommeil trop long.

— Serena ?

Cette voix m'est familière. Je reconnais les tonalités rauques mêlées de notes aiguës d'un garçon entrant dans l'adolescence. Je sens une main dans la mienne. J'ouvre un peu plus les yeux et découvre mon jeune frère assis à mon chevet. Tout autour, les murs blancs aseptisés ne peuvent être que ceux d'un hôpital.

— Salut.

Une larme perle le long de ses joues rougies. Je voudrais me lever pour le prendre dans mes bras.

— Ne bouge pas, m'intime Jon.

D'un sourire, mon aîné s'assoit aux pieds de mon lit. La lumière tamisée qui filtre à travers les fins rideaux caresse son visage.

— Serena chérie, on a eu si peur pour toi !

L'élégante Monica dans son tailleur-pantalon bleu électrique s'installe à côté de mon cadet. Sa main se pose sur la mienne.

— Comment tu te sens ? demande Wyatt.

— J'ai connu des jours meilleurs, je murmure.

J'ai besoin d'un moment pour rassembler mes idées. Les images de la soirée du match remontent à mon esprit : les Thunderwolfs parcourant le terrain tels des félins, l'effervescence du public, le monde à la buvette, mon échange avec Redwood et puis la douleur. Le sang qui macule mes vêtements, la sensation d'un poignard enfoncé lentement dans ma chair.

— Le sortilège du Vinculum ! Il était à double sens !

— Je sais, murmure ma tante. Je m'en suis rendu compte trop tard.

Je repousse mes draps. Toute cette histoire est insensée. Je dois quitter ce lit.

Monica pose une main sur mon torse pour m'empêcher de bouger.

— Tu ne crains plus rien. Le sortilège a été levé.

— Veronica ? Comment s'en est-elle sortie ?

— Elle va bien. En ce moment, elle se rétablit dans une chambre voisine. Les loups-garous cicatrisent bien plus vite que les sorciers.

Ses doigts diaphanes caressent mon visage.

— Reste tranquille. Je vais aller prévenir un médecin que tu t'es réveillée.

Déposant un baiser sur mon front moite, Monica s'en va. Lorsqu'elle referme la porte, je me redresse contre la tête de lit.

— Attends, dit Jon en se hâtant vers moi, je vais t'aider.

Je n'en ai pas besoin. Étrange. La douleur n'est pas aussi intense que je l'imaginais. Mis à part les médicaments qui me ralentissent, je réussis plutôt bien à me mouvoir.

Je repasse en boucle les images de la soirée. La morphine dissimule mes souvenirs derrière un voile nébuleux. Je redouble d'efforts pour remettre mes pensées en ordre.

— Penny ! je m'exclame. Elle est allée voir Veronica juste

à ce moment-là. Vous avez de ses nouvelles ? Est-ce qu'elle va bien ?

— Elle est passée ce matin, dit Wyatt. Elle semblait bouleversée. Mais physiquement, ça a l'air d'aller.

Je frotte mes mains sur mes tempes pour m'aider à réfléchir.

— Envoyez-lui un message. Dites-lui de venir au plus vite.

Wyatt acquiesce et sort son téléphone portable.

La porte de la chambre s'ouvre. Monica revient accompagnée d'un homme en blouse blanche. Il a l'air un peu jeune pour être médecin.

— Ravi de vous voir enfin consciente, mademoiselle Parris.

Il replace sur le bout de son nez aquilin une paire de lunettes rondes. Il s'approche et descend le drap sur mes jambes. Ses doigts s'insinuent sous ma blouse d'hôpital. Un frisson désagréable me parcourt. Il remonte la chemise jusqu'à dévoiler le pansement qui recouvre mon abdomen. Avec une minutie d'orfèvre, il défait les attaches.

— Qu'est-ce que...

Je m'interromps. On ne voit plus sur ma peau qu'une petite ligne blanche, dernier témoin d'une entaille qui a cicatrisé. Combien de temps ai-je dormi ?

— Formidable ! s'exclame le docteur.

Monica ne se départit plus de son sourire.

— Attendez, s'étonne Wyatt. J'étais là hier soir, j'ai vu le trou dans son ventre ! Comment est-ce possible ?

— Combinée à la magie, répond l'homme en ôtant ses lunettes, la médecine moderne réalise de véritables prouesses. Rien à voir avec l'Osmose, bien sûr. Mais nous pouvons soigner en quelques heures des blessures qui nécessiteraient des semaines de convalescence.

Il se tourne vers Monica.

— Je tiens à la garder en observation au moins jusqu'à demain matin. Ensuite, mademoiselle Parris pourra rentrer chez elle.

L'examen se termine et le médecin s'en va.

— Je voudrais rester plus longtemps, dit Monica. Mais je

dois impérativement retourner à la mairie. Le conseil organise une réunion de crise.

— Tu comptes leur parler du masque de porc ?

Monica me dévisage avec stupéfaction. Mes frères font la navette entre nous deux.

— Attends, dit Jon. Tu n'as toujours rien dit ?

— Pourquoi ? s'exclame Wyatt.

Ma tante dresse la main en signe de protestation.

— C'est encore à moi de juger quand et comment je parlerai au conseil. Certaines informations, lorsqu'elles sont hasardeusement délivrées, peuvent davantage porter préjudice qu'être profitables.

— Tu peux au moins nous donner des explications ! s'exclame Jon.

— Vous saurez tout en temps et en heure. Pour l'instant, vous devez me faire confiance.

Elle quitte la chambre, dans laquelle le silence s'installe. Nous échangeons des regards sans réussir à formuler le moindre mot. Chacun de nous en est arrivé à la même conclusion : Monica nous cache quelque chose.

Ce n'est que lorsque les infirmières entrent que les premiers bruits nous parviennent. Je perçois l'écho de leurs voix comme provenant d'un long tunnel. Elles me sourient. Je m'efforce de leur sourire en retour.

Penny nous rejoint en début d'après-midi. La jeune fille a troqué son uniforme contre une salopette en jean et un pull à col roulé couleur moutarde. Sitôt entrée dans la chambre, elle se précipite à mon chevet pour me serrer dans ses bras. Ses cheveux se perdent sur mon visage. Elle sent la noix de coco et le linge frais.

— Tu n'as rien ?

— Non, murmure mon amie en s'asseyant au bord du lit. Je vais bien.

— Raconte-moi ce qui est arrivé lorsque tu as rejoint Veronica. Est-ce que tu as vu quelque chose ?

Penny passe lentement la main dans ses cheveux.

— Je me suis rendue en bordure du terrain. Veronica n'était pas avec les autres pom-pom girls. Sue m'a dit que je la trouverais sûrement sous les gradins.
— Sous les gradins ? répète Jon.
Penny acquiesce.
— Pourquoi vous avez tous l'air choqués ? s'étonne Wyatt. Les *cheerleaders* qui se font peloter à la mi-temps, ça fait partie de la tradition du football !
— Wyatt ! nous exclamons-nous en chœur.
Je secoue la tête. J'ai encore du mal à me faire à l'idée que mon petit frère soit entré dans l'adolescence. J'ai l'impression qu'hier à peine il me demandait de lui lire une histoire avant de dormir.
— Continue.
Penny se racle la gorge.
— Je suis allée sous les gradins. C'est là que je l'ai vue avec Parker.
— Parker ? je m'exclame. Parker Booth ?
Elle acquiesce.
— Pitié, ne me dis pas qu'ils étaient en train de s'embrasser.
— En tout cas, ils étaient bien partis pour. Mais quand je suis arrivée, Parker a filé.
— Tu penses que c'est à cause de ce qui est arrivé avec Serena ? demande Wyatt.
— Je ne crois pas, répond Jon. Parker est un débile. Il ne doit même pas savoir que vous êtes amies. C'est plutôt que...
— Un sorcier n'est pas censé sympathiser autant avec un loup, je termine.
Un goût amer envahit ma gorge.
— Et ensuite ? s'enquiert Wyatt.
— Veronica est venue me voir. J'ai à peine eu le temps de l'entendre m'insulter.
— Pourquoi à peine ? je demande.
— Tout est devenu flou autour de moi. J'avais l'impression d'être enveloppée dans une sorte de voile de coton. Mon esprit était brouillé, je n'y voyais plus rien.

— De la magie, murmure Wyatt.

— Quand j'ai retrouvé mes pleines facultés, Veronica était allongée sur le sol et Jullian, penché sur elle, comprimait sa plaie.

— Tu en as parlé à quelqu'un d'autre ? je demande.

Mon amie fait non de la tête.

— De toute façon, grimace Penny, les membres du conseil n'accordent aucun crédit au témoignage d'un humain.

— Peut-être se montreront-ils plus attentifs à celui d'un loup.

Nous nous tournons vers Jon.

— Veronica a dû voir quelque chose.

— Nous n'avons qu'à lui demander, dit Wyatt. Sa chambre est juste à côté.

— Impossible, reprend Penny. Jullian fait le piquet devant la porte. Il a ordre de veiller à ce que rien n'entre ni ne sorte d'ici sans autorisation. Il ne vous laissera jamais passer.

Jullian est là ? Depuis combien de temps ?

— Si tu allais lui parler ? propose Wyatt à Penny. Tu es de nous quatre celle qui le connaît le mieux.

— Tu me demandes de le distraire ?

Le petit génie hoche la tête.

— Comment ? demande-t-elle avec une grimace.

— Tu n'as qu'à lui dire que tu veux discuter de quelque chose d'important.

La jeune fille réfléchit un moment. Lorsqu'elle sort de ses songes, elle récupère, déterminée, ses affaires et quitte la chambre. Je bondis aussitôt de mon lit. Sans chaussures, je déambule pieds nus, tout juste vêtue de cette affreuse blouse d'hôpital. Je m'apprête à débrancher la perfusion quand Wyatt intervient.

— Tu devrais la garder.

— Ce n'est rien de plus que de l'eau salée, dis-je. Je n'en ai pas besoin et ça me ralentit.

— Je pense au contraire que c'est grâce à ce truc que tu

cicatrises aussi vite, lance mon jeune frère. Tu peux continuer à marcher, mais ne l'enlève pas.

Sceptique, je finis par obtempérer. J'empoigne la perche. Jon passe la tête par la porte. Après un rapide coup d'œil, il nous fait signe d'avancer. Nous nous faufilons dans le couloir. On aperçoit tout au bout des infirmières discutant entre elles et de rares patients qui se dégourdissent les jambes.

La chambre de Veronica est celle d'à côté. Mon aîné joue une fois de plus l'éclaireur et colle son oreille à la porte. D'un air convaincu, il presse la poignée et nous hâte de pénétrer dans la pièce.

— Pas vous !

Veronica, à demi-assise dans son lit, bascule sa tête sur l'oreiller. La reine du lycée n'a rien perdu de sa superbe. Elle est maquillée et coiffée, portant par-dessus sa chemise d'hôpital un peignoir rose. Autour d'elle, des compositions de roses blanches recouvrent toutes les surfaces visibles. Ça fait un sacré paquet de fleurs !

— Que me vaut la visite de la dynastie Parris ? s'exclame-t-elle en abandonnant son téléphone portable sur sa table de chevet.

— Nous avons des questions à te poser, je chuchote. À propos de l'accident.

La jeune fille me regarde m'asseoir sur le bord de son lit en grimaçant.

— J'ai déjà dit aux membres du conseil tout ce que je savais.

— Dans ce cas, tu voudras bien le répéter ? je demande.

— Pourquoi ? Vous n'avez qu'à leur poser la question !

— Allez, Veronica ! J'ai conscience que toi et moi ne sommes pas de grandes amies. Mais c'est le moment d'enterrer la hache de guerre ! Quelqu'un essaie de nous nuire et il se sert de toi pour parvenir à ses fins. Ne me dis pas que tu te complais à jouer les marionnettes d'un esprit diabolique. Je t'ai connue plus maligne que ça !

— Tu ne perds rien pour attendre, Parris, grommelle-t-elle.

— Ce que ma sœur essaie de te dire, reprend Jon... d'une

façon je l'avoue peu adroite, c'est que nous avons besoin de toi pour comprendre ce qu'il s'est passé.

— Donnez-moi une seule bonne raison de vous aider, riposte la blonde.

— Ne pas finir en chair à pâté ! je m'exclame.

— Parce que, s'interpose une nouvelle fois Jon, tu es tout aussi concernée que nous sur cette affaire. Les personnes qui en ont après nous ont démontré qu'elles n'hésiteront pas à te passer sur le corps si c'est nécessaire. Si tu nous aides, nous pourrons te protéger.

Veronica croise les bras sur la poitrine. D'un mouvement, elle replace derrière son oreille une mèche de cheveux blonds.

— Très bien !

Son regard balaye la pièce.

— Qu'est-ce que vous voulez savoir ?

— Tout ce dont tu te souviens, dit Wyatt.

Elle s'éclaircit la voix, serrant ses mains. Essaierait-elle de contenir sa nervosité ?

— Je remettais en place cette gourde de Rivers lorsque, d'un coup, elle est devenue immobile. On aurait dit un zombi, c'était très dérangeant. Grande âme que je suis, je me suis approchée pour vérifier qu'elle n'était pas morte. Le genre d'incident qui aurait pu jouer en ma défaveur pour la couronne du bal de l'automne.

Je lève les yeux au ciel.

— Enfin bref, poursuit-elle sur un soupir exaspéré. J'ai entendu un bruit, je me suis retournée, et là, un poignard s'est enfoncé dans mon ventre.

— Qui le tenait ? demande Jon suspendu à ses lèvres.

— C'est à ce moment que ça devient étrange. La personne au bout de la lame portait un long manteau noir qui dissimulait tout son corps. Des gants noirs, et même un capuchon. La seule chose que j'ai vue, c'est un masque. Celui d'un porc.

Je me tourne vers Jon, puis vers Wyatt. Dans leurs regards, je lis cette même détresse. Quoi que nous fassions, nous ne pouvons lui échapper. Il est partout. Il nous traque tels des animaux. Il n'a qu'un seul but : nous éliminer.

Cette fois, il y est presque arrivé.

— C'est très étrange en effet.

Mon souffle se coupe. Lentement, je fais volte-face, découvrant dans l'entrée le visage fermé de Jullian. Redwood m'observe sévèrement. Je me souviens brusquement que je ne porte qu'une chemise d'hôpital, sans aucun sous-vêtement ni chaussure. D'instinct, je serre les bras autour de ma poitrine.

— Qu'est-ce que vous faites là ? demande Jullian.

— On peut te retourner la question, lance Wyatt soutenant son regard.

Penny passe timidement la tête par la porte. Veronica lève les yeux au ciel.

— Vous n'avez pas choisi la meilleure personne pour faire distraction, reprend sèchement le loup.

— Désolée, répond l'intéressée. Je suis nulle pour les mensonges.

— Repartez dans votre chambre.

— Nous n'avons pas terminé, dis-je.

— Je crois que si au contraire.

Son timbre est amer, son visage fermé. Je commence à y être habituée. Il ne m'intimide plus.

— Jullian, reprend Jon, nous essayons de comprendre ce qu'il s'est passé hier soir. Nous avons besoin de parler à Veronica. Nous ne causerons pas de problèmes, je m'en porte garant.

— Je suis désolé, Jon, mais je fais mon travail. On m'a demandé de veiller à ce que rien ne rentre ni ne sorte de la chambre de ta sœur sans autorisation.

— Cinq minutes ! je m'exclame.

— Serena, je...

— Tu me dois bien ça !

Ai-je vraiment besoin de lui rappeler ce qu'il me disait au moment même où cette force invisible m'a transpercé l'abdomen ?

— Très bien. Cinq minutes. Pas une de plus.

S'adossant au mur, Jullian croise les bras sur la poitrine. Il fuit mon regard et s'attarde plus que de raison sur celui de mes frères. Je les soupçonne d'avoir comme moi appris à manipuler la télépathie et d'en user pour communiquer à mon insu.

— J'ai raté un épisode, lance Penny, coupant court à cet insoutenable silence. Veronica a donné un nom ?

— Veronica est en face de toi ! grommelle l'intéressée.

— Non, dis-je. Tout ce qu'elle a vu, c'est un masque de porc.

— Oh ! s'exclame Penny. Comme ceux des cérémonies d'autrefois. Comment s'appelait ce groupe déjà qui prônait le retour aux traditions anciennes ?

— Les gardiens de la magie pure, dit Jullian.

Je le dévisage.

— Comment tu es au courant ?

— Tout le monde les connaît, répond-il avec un haussement d'épaules.

— Après la pagaille qu'ils ont mise, intervient Veronica, difficile de les oublier.

— On ne peut plus se contenter de ce qui est de notoriété publique, dit Wyatt. Nous devons découvrir qui a réveillé cette ancienne menace.

— Forcément un sorcier, reprend Veronica.

Je crois que c'est la première fois que je suis d'accord avec elle.

— Génial, dit Wyatt. Ça ne représente que la moitié de la ville.

— On doit pouvoir restreindre les suspects aux personnes qui étaient présentes au manoir durant l'effondrement, lance Jon. Et au match hier soir.

— Ça fait toujours la moitié de la ville, soupire Penny.

Elle échange avec mon jeune frère un regard lourd.

— Attendez, intervient le petit génie. Qui était au courant que Serena et Veronica étaient liées ?

— Tous les membres du conseil, je réponds.

Le silence revient. Une sensation désagréable parcourt mon échine. Je peine à me faire à cette évidence. Elle est pourtant indéniable : le coupable fait partie du conseil. Il est là depuis le premier jour : le soir du bal, pendant l'initiation, au manoir, dans le bureau du maire. Le masque de porc revêt le jour l'habit d'un conseiller pour se fondre dans la masse. Il épie chacun de nos mouvements en attendant le faux pas qui nous fera tomber.

— Génial ! s'exclame Veronica. Il ne vous reste plus qu'à espérer que vous parviendrez à mettre la main sur votre sorcier avant que lui ne trouve un moyen de vous tuer.

Cette fille a l'art et la manière de clôturer les conversations.

— Je vous dérange ?

La tête blonde d'Alec passe dans l'encadrement de la porte. Le jeune homme, enveloppé dans un trench-coat beige, serre contre sa poitrine un bouquet de pivoines.

— Désolé, lance-t-il aussitôt. Je ne voulais pas m'incruster. Je suis venu voir Serena. Elle n'était pas dans sa chambre et je vous ai entendus parler, alors...

Le garçon, mal à l'aise, semble ne pas trop savoir quoi faire avec ses fleurs.

— Je vais vous laisser, dit-il enfin.

— Non ! je m'exclame. J'arrive. Nous avions fini de discuter de toute façon.

Je me dresse, empoigne la perche de ma perfusion et suis Alec. Toujours adossé au mur de la chambre, Jullian nous regarde passer devant lui sans même décroiser les bras. Mes yeux s'attardent plus que de raison sur son visage fermé. Il m'ignore et intime à mes frères de sortir, eux aussi.

Tandis que je me laisse tomber sur mon lit, Alec ferme la porte derrière nous. Jon, Wyatt et Penny sont partis nous chercher de quoi boire.

— Tiens, dit Alec en tendant son bouquet. C'est pour toi.

Il dépose les pivoines à côté de la fenêtre.

— Merci.

— Comment tu te sens ?

— Bien. Enfin, autant qu'on peut l'être après avoir reçu un coup de poignard.

Alec s'assoit à mon chevet.

— Je sais que ça n'est pas le bon moment, mais je me demandais si tu avais quelqu'un pour aller au bal de l'automne.

La surprise me rend muette. Ce n'est sûrement pas la réponse qu'Alec espérait.

— C'est ce que je pensais. Je ne vais pas t'embêter avec ça maintenant. Je...

Il s'interrompt. Je m'efforce de rassembler mes idées.

— Je serai ravie de me rendre à ce bal avec toi.

28

Debout face à la psyché, je cherche dans mon reflet les traces de celle que j'étais. J'ai beau regarder, je ne trouve plus rien de la Serena d'avant. Mes cheveux bruns ont perdu leurs nuances d'or. Ma peau est si pâle, preste diaphane. Mon visage ne parvient plus qu'à exprimer cette angoisse permanente. Plus de vêtements colorés ni de bijoux fantaisie. Cet uniforme en tartan rouge et ces boucles d'oreilles en diamant les ont remplacés.

On frappe à la porte. Je l'ignore. Betsy rentre dans la chambre, se confondant en excuses.

— Mademoiselle Serena, madame Lewis vous demande en bas.

— Dites-lui que j'arrive.

Mes doigts passent dans mes cheveux, caressant le serre-tête rouge de ma mère.

Maman.

À l'heure où tout s'effondre autour de moi, tout ce qu'elle m'a légué, ce sont des reliquats de son adolescence. Elle aurait dû savoir qu'après sa disparition j'aurais des questions d'un tout autre ordre à lui poser. Pourtant, elle n'a pas pris le temps de laisser ne serait-ce qu'une lettre. Sinon celle indiquant que nous devions être confiés à Monica.

Elle n'était peut-être pas si différente des gens de cette ville.

Tirant d'un coup sec, j'arrache le serre-tête que je jette au sol. J'enlève les boucles en diamant auxquelles je réserve le même sort. Fouillant dans les placards, j'en sors une paire de bottines, un kimono jaune et des anneaux d'or que j'accroche à mes oreilles.

— En voilà une qui sait se faire attendre, dit Monica.

Le jeune homme qui l'accompagne dépasse ma tante d'une tête. Ses mèches de cheveux, d'un noir corbeau, tombent sur ses tempes. Deux prunelles d'un bleu translucide occupent le centre de ses petits yeux. Sa peau est plus claire que l'albâtre. Un sourire en coin creuse sur son visage angélique de minuscules fossettes. Dans son complet de cuir, notre invité m'est vaguement familier.

— Qu'est-ce que c'est que cet accoutrement ? demande ma tante avec une grimace.

— Deux trois bricoles que j'ai retrouvées dans mes cartons. Tu aimes ?

Pour toute réponse, Monica lève les yeux au ciel.

— Serena, je te présente Cole. Il sera ton précepteur jusqu'à la fin du semestre.

Je croyais que Monica tenait à ce que mon professeur particulier soit expérimenté. Celui-ci est bien jeune. Il n'a pas dû quitter le lycée depuis longtemps.

Je me force à sourire.

— Enchantée.

Il penche la tête en avant.

— Tout le plaisir est pour moi.

Il a un petit accent, presque indétectable, mais qui laisse deviner qu'il n'est pas d'ici. Je parierais qu'il est anglais.

— Cole est un vieil ami de la famille, reprend Monica. Je compte sur toi pour faire preuve avec lui de la plus grande amabilité.

Elle se tourne vers le brun.

— Surtout ne te laisse pas avoir, Cole. Serena manie à la perfection l'art d'arranger les choses à sa façon. Elle a beaucoup de retard sur ses camarades. Et énormément de travail qui l'attend.

Je force un sourire. Elle s'en va. Le jeune homme me dévisage un moment. Sans doute aussi mal à l'aise que moi d'avoir dû subir le discours de Monica. Finalement, faisant claquer ses mains sur ses cuisses, il lance :

— Très bien ! On commence par quoi ?

Après un rapide tour du manoir, nous nous installons dans le salon d'hiver. Mon précepteur trouve l'endroit fort agréable et propice à la concentration.

— Qu'y a-t-il de mieux qu'une forêt ténébreuse pour rassembler ses idées ?

Je m'assois sur l'une des chaises en rotin. La table est petite. Nous nous tenons à quelques centimètres l'un de l'autre. Sa beauté troublante me met mal à l'aise. Je n'ose pas le regarder dans les yeux.

— J'ai des exercices de maths.

— Des maths ? Quelle horreur !

La blancheur de sa peau et son sourire malicieux ont quelque chose de fascinant.

— Très bien, dis-je. Alors de la biologie cellulaire ?

Le jeune homme feint la nausée. Je me retiens de rire. Son regard très bleu parcourt mon visage à toute vitesse. J'en ai des frissons.

— Comment je suis supposée réviser si vous vous montrez aussi réfractaire ?

— Je n'aime pas les sciences, dit-il dans une grimace. Ma spécialité c'est plutôt l'histoire.

Quel est cet air mystérieux et pourquoi me déstabilise-t-il autant ?

— J'ai un devoir à préparer sur la civilisation inca.

— Quel professeur vous fait étudier des lieux si lointains alors qu'il y a de fascinantes histoires par ici !

Il croise les bras derrière la tête et ajoute.

— Tu serais surprise des mystères qui entourent nos terres.

— Je pense que plus rien ne pourra m'étonner.

— Crois-le ou non, Serena, cette ville recèle bien plus de secrets que ne peuvent en garder les sorciers décrépits du conseil. J'en sais quelque chose.

Je dresse la tête de mon ouvrage et me tourne vers lui. À

bien y réfléchir, c'était évident. Un vieil ami de la famille ne peut qu'être lui-même membre du coven. Au moins, je n'aurai pas à mentir.

Je passe le reste de l'après-midi dans le jardin d'hiver avec Cole. Mon devoir d'histoire avance très peu. Le jeune homme ne semble pas enclin à se plonger dans le sujet. Par moments, lorsque je lève la tête de mes papiers, je surprends son regard perçant qui scrute mon visage. Je ne comprends vraiment pas le choix de Monica.

À la fin de la séance, je le raccompagne à la porte puis je regagne ma chambre. Je range mes manuels dans mon bureau quand un courant d'air me fait sursauter.

Zahra.

— C'est bon ? dit-elle. Il est parti ?

J'observe la fille au milieu de la pièce qui a surgi du néant.

— Il faudra que tu m'apprennes ça, aussi.

— Tu as des choses à maîtriser avant d'envisager de te téléporter, dit-elle. De nombreux jeunes sorciers avides de connaissances ont fini démembrés aux quatre coins du globe par manque de patience.

Je déglutis. Elle a réussi à me couper toute envie.

— Bien, commençons, si tu es d'accord. J'ai une réunion avec le comité de décoration dans une heure. Je ne peux pas me permettre d'être en retard.

Zahra s'assoit en tailleur par terre. Je l'imite.

— Avant toute chose, comment va ta plaie ?

— Complètement cicatrisée, dis-je en soulevant mon tee-shirt. Les mages-médecins font vraiment des miracles.

— Contente de l'apprendre.

Elle sort de son sac à main un crayon qu'elle pose entre nous deux.

— Nous allons commencer par quelque chose d'assez simple. La lévitation.

À ces mots, le crayon se soulève jusqu'à se tenir entre nous deux. Il tourne lentement et redescend se poser sur le sol.

— C'est génial. Cela dit, je voulais plutôt apprendre

comment retrouver quelqu'un ou lancer un sort de protection. Ou utiliser la foudre ! Ça pourrait m'aider à me défendre !

— Nous y viendrons, dit Zahra en posant sa main sur mon genou. Pour y parvenir, tu dois commencer par contrôler tes pouvoirs. Maîtrise d'abord la lévitation. Ensuite, nous verrons pour quelque chose de plus complexe.

Elle fixe de nouveau le crayon qui reprend son envol. Le petit bout de bois fait le tour de sa tête avant de revenir au centre.

— À toi.

Je perds mon temps. Ce n'est pas un misérable crayon qui va me permettre de retrouver le visage de porc ni de sauver ma famille. Mais je n'ai pas d'autre choix que de m'essayer à ce tour si je veux que Zahra m'aide.

Je concentre toute mon attention sur le crayon. Il se dresse telle une flèche. Zahra bascule en arrière pour éviter le projectile. Le crayon se plante dans le plafond.

— C'est pas mal pour un début, dit-elle en observant le bout de bois qui dépasse des moulures. Quoiqu'un peu nerveux.

Elle lève le bras et le crayon tombe dans sa main. Zahra le repose entre nous deux.

— Tu dois te détendre, Serena. Ta magie vient de tes émotions. Et à en juger par la force avec laquelle le crayon s'est planté dans le plafond, j'en déduis que tu n'es pas sereine.

Comment l'être alors que quelqu'un s'est mis en tête d'éliminer ma famille ?

— Essaie encore. Ferme les yeux et calme ta respiration.

J'obtempère. La pénombre derrière mes paupières me ramène à l'obscurité de cette ruelle. Parker avec ses iris noirs, déterminé à me tuer. J'inspire profondément, puis chasse cette image sur mon expiration. Je suis à présent dans le stade. Le froid m'envahit alors que la douleur grandit dans mon abdomen. La foule est sourde à ma souffrance. Inspirer, expirer. Me voilà de nouveau au manoir. J'entends Wyatt hurler. Je me précipite vers lui. Le masque de porc presse un coussin sur son visage.

— Serena ! Calme-toi !

J'ouvre les yeux. Le crayon fuse d'un bout à l'autre de la chambre. Zahra esquive le projectile qui la frôle toujours plus près. J'essaie de le stopper mais j'en suis incapable. La panique me gagne. À mesure qu'elle grandit dans mon ventre, le crayon va plus vite.

— Serena ! Arrête ça !

— Je n'y arrive pas.

Zahra prend mon visage entre ses mains.

— *Altum somnum.*

Je m'endors.

***

Les irrégularités du tapis piquent ma joue. Je me sens groggy.

— Enfin réveillée ! Ce n'est pas trop tôt. J'ai cru que j'allais devoir partir sans te dire au revoir.

Je me redresse tant bien que mal. J'ai la bouche pâteuse et les idées confuses. Comme lorsque je m'assoupis devant la télé.

— Désolée, reprend Zahra. Je n'ai pas eu le choix. Ton crayon était à deux doigts de faire de moi une borgne. Et s'il y a bien quelque chose qui ne s'accorde pas avec une robe de bal, c'est un cache-œil !

J'ai encore les bras et les jambes engourdis. Je frotte mes paupières.

— Je veux recommencer. Je vais y arriver cette fois.

— Non, non, non ! Très mauvaise idée. Nous avons eu notre quota de sensations fortes pour la journée.

Zahra pose une main bienveillante sur mon genou.

— Tu ne feras pas de progrès tant que tu ne te débarrasseras pas de ces pensées qui te parasitent. Et je peux t'y aider. Mais pour ça, tu vas devoir me parler.

Le crayon a fini sa course dans la porte. Si elle avait été ouverte, j'aurais pu blesser quelqu'un. Tout ça parce que je suis incapable de contrôler mes émotions. Au stade où j'en suis, contenir toutes ces choses fait de moi une bombe à retardement. Je ne peux pas me permettre d'être un danger supplémentaire pour ceux que j'aime.

— La première fois, c'était dans le parc, le soir du bal masqué.

Les mots s'échappent de mes lèvres sur un ton monocorde. Au départ, j'ai du mal à les laisser sortir. Ce n'est pas que je n'ai pas confiance en Zahra. Mais les seules personnes au courant de tout cela sont les membres de ma famille. Même Penny ignore certaines parties de cette histoire. Une part de moi a le sentiment de trahir mes proches en racontant tout cela à quelqu'un d'extérieur.

Plus j'avance dans mon récit, plus les mots sortent facilement. Zahra avait raison. En libérant ces choses qui tournent en boucle dans mon esprit, je me sens un peu plus légère. Ce n'est plus un poids que je porte seule.

— Tout laisse penser que c'est l'œuvre d'une ancienne faction de sorciers, dis-je. Les gardiens de la magie pure. Mais ils ont tous été éliminés. Ce qui nous conduit dans une impasse.

— Navrée de te couper, murmure Zahra. Mais sur ce sujet, tu fais erreur.

Zahra dresse le menton. Je comprends qu'elle vérifie que personne ne nous écoute. Elle se rapproche.

— L'un des gardiens est encore en vie. Le conseil a jugé qu'il avait été manipulé par le leader et à ce titre qu'il n'était pas responsable de ses actes. Ils l'ont donc épargné.

Ma tête se met à tourner. L'une de mes rares certitudes s'écroule. Alors, si même ça c'est faux, qui me dit que tout ce sur quoi je crois pouvoir m'appuyer est tangible ?

— Qui est-ce ?

À nouveau, Zahra scrute les environs. Ses lèvres s'entrouvrent. Elle lâche dans un souffle.

— Ta tante. Monica Lewis.

29

— Je préférais la rouge.

Monica avale le fond de sa coupe de champagne. Elle se laisse aller dans le canapé. La seconde suivante, le vendeur lui rapporte un nouveau verre.

— Tu préfères toujours le rouge, je réponds.

Debout devant le miroir, je tourne à gauche puis à droite pour observer les détails de ma robe. Le contact de cette matière sur ma peau est doux. Mais le tissu est si fin qu'il épouse chaque parcelle de mon corps. Je me sens nue.

La vendeuse est suspendue à mes mouvements. Je fais non de la tête. Elle retient un soupir et repart dans les rayonnages de la boutique. Je me faufile dans la cabine d'essayage.

— À propos, lance Monica derrière la porte. Comment s'est passé ton cours avec Cole ? C'est un professeur charmant, tu ne trouves pas ?

Si par charmant elle entend débordant de charme, alors oui. Si en revanche elle faisait allusion à ses capacités d'instructeur, je préfère rester sur la réserve. Son refus catégorique de travailler tout ce qui a rapport aux sciences ne m'a pas beaucoup aidée.

— Très bien.

La vendeuse glisse un cintre par le petit espace au-dessus de la porte. Les longueurs de la robe de soie pourpre s'étalent sur la moquette. Je sais déjà que ça ne va pas aller. Mais si je refuse une tenue de plus, j'ai bien peur qu'elle ne m'étrangle.

— Tu ne m'as pas raconté d'où tu le connaissais, je reprends.

Je me contorsionne pour rentrer à l'intérieur de la robe. Elle est si étroite et rigide !

— C'était un ami de la famille, répond Monica après un moment.

Ça, elle me l'a déjà dit. Et ce sont même les mots exacts qu'elle a utilisés au moment où elle m'a présenté mon précepteur : un ami de la famille. De quel genre d'ami s'agit-il ? Est-il de ceux qu'elle côtoyait lorsqu'elle fréquentait les gardiens ?

J'ouvre la porte, dégoulinante de sueur. J'aurais combattu contre le kraken que je ne serais pas en meilleur état. La vendeuse, outrée, se précipite vers moi. Elle remonte la fermeture, réajuste l'encolure et défroisse les plis comme si je n'étais qu'une vulgaire poupée de chiffon.

Monica grimace.

— Je préférais la rouge.

Je m'attarde sur les traits de ma tante. J'aimerais pouvoir percer ses pensées. J'ai cru à un moment la comprendre. À présent, ses actes désordonnés me donnent le tournis.

Elle nous a parlé des gardiens alors qu'elle aurait pu nous le cacher. *A contrario*, elle a omis de stipuler qu'elle faisait partie de ce groupe de sorciers dissidents. Qu'est-ce qui a pu la pousser dans un sens à la confidence et dans l'autre au silence ?

Quoi qu'il en soit, quelque chose n'est pas clair dans son jeu. Et je suis bien déterminée à découvrir de quoi il s'agit.

— Alors ? demande la vendeuse.

Mes lèvres se pincent. Je fais non de la tête. Elle repart, furibonde, dans le magasin.

Après plus d'une heure d'essais, j'arrête mon choix sur un drapé de satin doré. À défaut de contrebalancer ma petite poitrine, il donne l'illusion que je suis plus grande. Et puis, c'était la seule robe, mise à part la rouge, que Monica trouvait portable.

— Tu n'as plus qu'à prévenir Alec pour qu'il accorde son costume, dit ma tante.

Je réponds d'un sourire. Nous montons dans la voiture.

C'est la première fois que je vois Monica prendre le volant. D'ordinaire, elle se fait balader d'un bout à l'autre de la ville par son chauffeur. Mais elle a récemment fait l'acquisition de ce flamboyant cabriolet – rouge – et je crois qu'elle est devenue accro à l'ivresse de la vitesse.

La voiture s'élance dans les rues de Salem. Le soleil a depuis longtemps disparu dans le lointain. Les lumières des enseignes côtoient dans le centre-ville ces lampadaires aux faisceaux jaunâtres. Un vent léger soulève les manteaux automnaux des habitants.

Un fond de Grace Jones résonne dans l'habitacle. Les doigts de Monica tapotent en rythme sur le volant. Je n'aurais jamais meilleure occasion de me trouver seule avec elle. C'est le moment de lui demander.

— Monica ?

Elle me sourit.

J'avale nerveusement ma salive. Je serre mes mains moites pour contenir mon appréhension.

— Je...

Par où commencer ? Peut-on annoncer à quelqu'un de but en blanc qu'on a découvert qu'il nous mentait ? Et si elle avait une raison de nous dissimuler tout ça ? Peut-être a-t-elle un plan ? Peut-être essaie-t-elle de piéger ses anciens complices gardiens ? En lui révélant que je connais la vérité, je pourrais tout faire capoter.

Mais si je ne dis rien, ces questions vont me hanter.

— Je...

— Oui, chérie ?

Je dois savoir. Le silence est la pire des tortures. Je commence à imaginer les scénarios les plus terribles. Ça ne peut pas continuer.

— Je...

— Est-ce que tout va bien, Serena ?

Son regard doux se pose sur moi. Quand elle m'observe comme ça, elle me rappelle maman. C'est vrai qu'elle n'est pas toujours tendre. Mais elle ne mérite pas d'être traitée comme une suspecte. Elle a veillé sur nous depuis notre installation à Salem. Elle nous a pris sous son aile au moment où notre monde s'effondrait. Je ne peux pas lui faire ça.

Si elle a décidé de nous mentir, elle a forcément ses raisons.
— Je... je voudrais aller à la piscine. Pour m'entraîner. Les sélections arrivent et je ne me sens pas prête. Tu peux me déposer au lycée ?
— À cette heure-ci ?

J'acquiesce.
— L'équipe va bientôt finir son entraînement. Ce sera parfait.

Monica obtempère. Elle me laisse quelques minutes plus tard devant le parvis de St George. Je traverse les couloirs, où traînent des professeurs et quelques camarades quittant la bibliothèque.

Il est presque 20 heures lorsque j'arrive au bassin. Dans le vestiaire, je croise Zahra et sa bande. Les jeunes filles troquent leurs maillots de bain contre des survêtements. Leurs longs cheveux trempés ruissellent sur leurs épaules.

— Je suis si contente que tu prennes ton entraînement au sérieux, dit Zahra. C'est ce dont nous avons besoin dans l'équipe !
— Je n'ai manqué qu'une séance ! s'exclame Petra en levant ses yeux au ciel. C'était l'an dernier et j'avais la mononucléose.
— Ça t'apprendra à rouler des pelles à tout ce qui bouge, rit Emily.

La brune soupire.
— On pourrait passer à autre chose !
— Ça te suivra jusqu'à la fin de ta scolarité, ajoute Constance.

La chétive petite Reese est la seule à se cacher derrière la porte de son casier pour se changer. Lorsque nos regards se croisent, elle me sourit.

— Au fait, reprend Zahra, j'ai pu me libérer demain soir. 21 heures, ça t'irait ?

21 heures ? Je devrai trouver une solution pour sortir plus

tôt de table. Mais c'est d'accord. Je ne veux pas passer à côté d'une occasion d'apprendre à faire de la magie.

— Pourquoi tu vas chez elle ? s'enquiert Constance, comme si je n'étais pas là.

Zahra dresse le menton vers moi. Je m'efforce de paraître concentrée sur le code de mon casier. Les muscles de mon dos sont raides. Pitié, qu'elle ne dise rien.

— Je lui donne des cours de maths.

Je respire.

— 21 heures, ce sera parfait, je souris.

Bientôt, les filles quittent le vestiaire. Je termine de me changer et prends le chemin du bassin. Je ne réfléchis pas longtemps et me jette à l'eau. J'ai tant besoin de tout oublier.

Quelle satisfaction immense que de progresser loin de cet air oppressant ! N'écouter que les battements de mon cœur. N'obéir qu'à ma respiration. Je plonge à pic et caresse le fond du bassin. Je nage en frôlant le carrelage jusqu'au bord opposé. À ce stade, ce n'est plus vraiment de l'entraînement.

Je saute une nouvelle fois. Trois secondes me suffisent pour toucher le sol. Je m'allonge sur le dos pour observer les ondulations de l'eau déformant la surface encore agitée. Les lumières dessinent des formes scintillantes.

Une silhouette apparaît au bord. Je ne distingue que très mal ses contours. Sans doute le gardien qui s'apprête à nettoyer les gradins. Ou madame Sullivan, l'entraîneuse, qui vient me rappeler de bien fermer à clé derrière moi.

Je remonte lentement vers mon invité mystère. À mesure que j'avance, les détails se font plus précis. Je distingue un long manteau à capuche noire. Une peau très pâle. Ce visage n'est pas humain. On dirait un masque. Celui d'un porc.

Je suis coincée sous la surface. Si je remonte, il va m'attraper. Mais si je reste, je ne pourrais bientôt plus respirer. Je tente le tout pour le tout et pioche dans mes dernières réserves d'air pour atteindre l'autre côté de la piscine. J'agrippe le bord et je me hisse hors de l'eau. La longue cape noire surgit devant moi. Avant que j'aie pu mettre pied à terre, il presse sa main sur mon front. Je suis immergée de nouveau. Il m'empêche de remonter à la surface. Je me débats. Ma bouche happe une bouffée d'air. Il pousse plus fort et j'avale une lampée d'eau. Je serre mes doigts sur son poignet pour tenter de le faire lâcher. J'enfonce mes ongles dans sa chair. Il ne faiblit pas. J'essaie de crier. Mes lèvres ne parviennent plus à atteindre l'extérieur. L'eau s'insinue dans ma gorge. Je n'ai plus assez d'air et mes poumons s'emplissent de liquide.

J'étouffe.

Je lutte de toutes mes forces. Je serre plus encore sa main, griffe son bras. En vain. Les forces commencent à me manquer. Mes mouvements se font de plus en plus lents.

J'arrive au bout de ma réserve d'air.

Mon corps cède peu à peu. La fatigue me domine, si intense que je ne peux plus lutter. Je cesse de me débattre.

Une lueur m'aveugle. Je m'abandonne à la douleur de l'eau s'insinuant dans mes poumons. Je ne sens plus le poids de mon enveloppe corporelle. À sa place, une sensation de légèreté et de douceur m'accueille.

Serena !

Quelle beauté incroyable que cette lumière !

Serena !

Dans l'éclat de ce jour infini, je distingue une silhouette qui s'élance vers moi.

Serena !

Maman ?

Elle saisit mes épaules et plonge son regard empli de cette douceur qui m'a tant manqué. J'ignore pourquoi, mais je ne suis pas surprise de la trouver là.

Serena !

Je scrute chaque détail de son visage comme si je les découvrais. Elle est si belle.

Ma chérie, je suis tellement désolée ! Si tu savais ! Les choses n'étaient pas supposées se dérouler ainsi ! Nous aurions dû avoir le temps de tout vous expliquer. Mais il était trop tard !

Je ne t'en veux pas.

J'ai passé des semaines à les maudire de ne pas nous avoir parlé plus tôt de nos origines. Tout cela me paraît futile à présent.
Tu ne comprends pas, Serena. Vous n'auriez jamais dû rentrer à Danvers.
Les contours de son corps s'estompent. La lumière s'insinue en elle et efface peu à peu son image. Je ne sens presque plus le contact de ses mains sur ma peau.
Tu n'as pas beaucoup de temps ma chérie, tu dois partir.
Non, maman ! Ne me laisse pas !
Nous nous retrouverons bientôt. Je t'en fais la promesse.
Maman, non ! Je veux rester, je refuse de te quitter !
Elle ne m'écoute pas. Son regard, rivé sur mon visage, est recouvert d'un cerceau d'or. Ses deux mains se posent sur ma poitrine et pressent mon cœur. Ses fines lèvres s'entrouvrent.
Per quod divine virtus et satanas, incantatem Osmosis !
Les éclats de sa voix résonnent tout autour de moi. La lueur se met à trembler.
Incantatem Osmosis !
Ses yeux d'or sont inondés de larmes. Je sens la douleur m'envahir de nouveau. Le poids de ses mains sur ma poitrine me secoue. Je veux hurler pour la faire arrêter. Mais aucun son ne sort. La lumière disparaît, emportant avec elle le visage de ma mère. Seuls demeurent les éclats de sa voix, résonnant autour de moi.
Incantatem Osmosis !
J'ai si mal. Ma gorge brûle. Mes membres ankylosés pèsent si lourd. J'ai froid.
Osmosis !
L'eau s'écoule de ma bouche. Je respire.
— Serena !
Jullian ?
Ses bras m'enlacent. Il me serre contre son torse. La chaleur de son corps m'enveloppe. Je peine à retrouver mes esprits. Où suis-je ? Que fait-il ici ?
— Serena, j'ai eu si peur.
La main de Jullian caresse mes cheveux.

Je reconnais à droite les gradins. Dans mon dos, le carrelage glacé me fait frissonner. Nous sommes au bord de la piscine. J'ai terriblement froid.

— Tu trembles, murmure le jeune homme. Tiens, mets ça.

Il attrape une serviette et la pose sur mes épaules. Lui aussi est entièrement mouillé. Ma main passe sur sa joue, essuyant les gouttes égarées. Ses doigts m'arrêtent. Alors que mes lèvres happent cet air dont elles ont tant manqué, Jullian y presse les siennes.

Sa bouche a un goût salé.

— J'ai cru t'avoir perdue pour toujours, murmure-t-il. Quand je suis arrivé, tu flottais à la surface de l'eau comme un mannequin. J'ai plongé, je t'ai sortie de là, je t'ai fait du bouche-à-bouche, mais rien ne marchait. Je n'entendais plus ton cœur. J'ai eu si peur, Serena.

Lovée contre son torse bouillant, mon corps recouvre un peu de chaleur. Ses doigts caressent mon dos. Nos respirations à l'unisson résonnent dans l'immensité du silence.

— Ton frère arrive, murmure-t-il. Je dois retrouver la trace de ton agresseur tant qu'elle est encore fraîche.

Il me serre plus fort contre sa poitrine.

— Garde la fenêtre de ta chambre ouverte ce soir.

Ses lèvres, tendrement, se posent sur mon front. En quelques instants, Jullian disparaît. Comme il l'avait prédit, Jon passe bientôt la porte de la piscine. Mon grand frère, hors d'haleine, se précipite vers moi.

— Que s'est-il passé ?

— Le visage de porc, dis-je. Il a essayé de me noyer.

— Tu n'as rien ? Où est Jullian ?

Mes lèvres tremblantes hésitent avant de répondre.

— Parti à sa poursuite.

**

L'orage gronde au-dessus de Salem. Ce qui devait être une nuit paisible s'est transformé en une soirée d'averses. La pluie s'écoule à torrents. Les gouttes martèlent les vitres où elles s'égarent. Je les regarde glisser jusqu'à disparaître. Tandis que la voiture s'avance dans l'allée, je perçois dans les phares, au milieu du brouillard et de la pluie, une dizaine de loups qui rôdent autour du manoir.

Monica bondit sur moi dès que je pose un pied à l'intérieur de la demeure. J'ignore comment elle est au courant. Elle me prie de lui faire le récit le plus détaillé possible. Je m'exécute, serrant plus fort mes bras autour de ma poitrine. Chacune de mes phrases me ramène à mon supplice. Je me retiens de toutes mes forces pour ne pas pleurer. Ce serait donner à ce visage de porc trop d'importance. J'ai choisi de le combattre, non pas de plier devant lui.

Je parviens à éviter le souper. Je retrouve ma chambre, tremblante. Je prends une douche brûlante, mais le froid continue de posséder chaque parcelle de mon corps. J'ai encore dans la bouche le goût de l'eau. Chaque respiration est un supplice. Je m'enveloppe dans un pyjama ample. La tresse posée sur mon épaule ruisselle sur ma poitrine.

Sur la plus haute branche du vieux frêne, malgré la pluie battante, le corbeau trône, impérial. Les rayons de lune se reflètent sur son plumage couleur de nuit. Pas de trace des loups dans le jardin. J'ouvre la fenêtre et me faufile entre mes draps. Ma tête est pleine de pensées incohérentes, mon corps épuisé. Pourtant, impossible de trouver le sommeil. L'angoisse me ronge de l'intérieur. J'ai peur en fermant les yeux de me retrouver dans ce bassin à nouveau.

Un craquement sourd me fait sursauter. Ma colonne se raidit. Il est revenu. Le visage de porc est là pour achever sa mission. Si je cours, il me rattrapera. La seule solution est de lui faire face.

Mes membres sont tremblants, mon souffle court. Je rassemble mon courage et presse mon doigt sur l'interrupteur de la lampe. Je bondis contre ma tête de lit. Mes jambes se recroquevillent d'instinct contre mon buste. J'empoigne le livre sur ma table de chevet.

Jullian, trempé par la pluie, saute par-dessus la fenêtre. Je respire de nouveau.

Le garçon m'observe, amusé.

— Tu comptais m'assommer avec ce livre ?

Je repose l'ouvrage sur la table de chevet. Ma poitrine est toujours secouée par mon souffle saccadé. Jullian s'assoit près de moi, il passe sa main dans mes cheveux, caresse ma joue. Puis, saisissant mon menton du bout des doigts, il écrase ses lèvres sur les miennes.

— Tu es encore dans la garde cette nuit ?

Jullian acquiesce.

— Je ne peux pas rester trop longtemps, sinon ils réaliseront que je suis parti. Tu dois me raconter exactement ce qui t'est arrivé.

C'est donc pour ça qu'il est venu. Pour savoir si j'ai plus d'informations sur mon agresseur. Je repousse ses doigts et laisse rouler ma tête contre les barreaux du lit.

— Hey, murmure-t-il. Qu'est-ce qu'il y a ?

Je fuis son regard et croise les bras sur la poitrine. Il effleure ma peau. Son contact hérisse mes poils.

— Rien. Tenons-nous-en à ce qui t'a amené ici. Qu'est-ce que tu veux savoir exactement ?

Jullian fronce les sourcils. Il se rapproche. Impossible de reculer. Ses doigts cherchent les miens. Je serre mes bras pour l'empêcher de m'atteindre.

— Je n'ai pas la force de supporter ça une fois de plus. Tu vas m'embrasser encore et tu partiras en disant que c'était une erreur. Je ne peux plus. Alors, s'il te plaît, arrête.

Je contiens tant bien que mal les trémolos dans ma voix.

Jullian m'observe. Il recule finalement.

— Je n'ai pas été correct avec toi, murmure-t-il. Tu as raison. Je n'aurais jamais dû me montrer aussi froid et méchant. Mais c'était le seul moyen de réussir à me tenir loin de toi. J'espérais qu'en me détestant tu mettrais entre nous cette distance que je ne parvenais à imposer. Je t'ai blessée. J'en suis désolé. Mais je veux que tu saches que jamais je n'ai considéré les moments de tendresse que nous avons partagés comme une erreur.

Son doigt passe sur ses lèvres.

— Quand je t'ai aperçue dans ce bassin et que j'ai cru que tu étais morte, j'ai réalisé à quel point tout ce que j'avais fait était stupide. Je me suis dit que jamais plus je ne pourrais te voir ni te parler. Que je ne te serrerai plus dans mes bras ! Que je ne sentirai plus tes lèvres contre les miennes !

Il plante son regard dans le mien.

— C'est encore un mensonge, dis-je.

— Je croirais la même chose à ta place. La seule façon de connaître la vérité, c'est de me faire confiance.

— Je t'ai fait confiance ! Et à chaque fois tu t'es montré plus odieux !

— Tu crois vraiment que j'ai fait ça de gaieté de cœur ? Je n'avais pas le choix, Serena ! Les loups m'ont ordonné de garder mes distances avec toi.

Je serre plus fort mes bras. Sa poitrine est secouée par ses respirations rapides. Je voudrais me jeter sur lui pour l'embrasser. Mais je refuse de lui céder. Pas après ce qu'il m'a fait endurer. Pas tant qu'il y aura une infime chance que ce soit encore l'un de ses jeux stupides.

— On a toujours le choix.

— Je l'ai compris trop tard.

Il déglutit difficilement. Le timbre de sa voix s'est adouci. Il baisse la tête sur ses genoux.

— Une deuxième chance m'a été offerte. Tu ne me pardonneras sans doute jamais d'avoir été si odieux. Mais j'aurais au moins eu l'opportunité de m'excuser.

Je ne tiens plus et fonds sur lui. Qu'importe le passé. Maintenant il est là, et c'est tout ce qui compte. C'est parfaitement illogique, totalement irrationnel. Malgré tous ces retournements, et même s'il m'a brisé le cœur à plusieurs reprises, j'ai confiance en lui.

J'empoigne sa nuque. Je presse mes lèvres contre les siennes. Jullian me rend mon baiser. Il pose ses mains sur mes reins et nos corps se collent. Je sens sa chaleur et cette force animale qui sommeille en lui.

Lorsque nous nous séparons, je love la tête au creux de son cou. Ses bras se serrent autour de moi. Nous demeurons un moment l'un contre l'autre. Ses doigts dessinent dans mon dos des petits cercles. Je m'imprègne de son odeur.

Le hurlement d'un loup retentit dans la nuit. Je me défais de l'étreinte. Jullian fixe la fenêtre et le vieux frêne.

— Que se passe-t-il ?

— Rien d'important. Mais je dois y aller. Ils vont se rassembler. Si je ne retourne pas avec eux maintenant, ils vont voir que je suis parti.

Il se lève. J'attrape sa main et le ramène à moi. Ses paumes se plaquent de chaque côté de mes hanches. Il écrase ses lèvres contre les miennes. Je passe mes doigts dans sa nuque puis ses cheveux. Jullian s'écarte. Je colle mon front à sa bouche. Il dépose un baiser au sommet de ma tête puis se précipite vers la fenêtre et saute dans le vide.

30

— Tu es sûre que ça va ? Tu as quand même failli mourir noyée !

Les pas de Zahra s'enfoncent dans leur va-et-vient sur le tapis de ma chambre. Le diamant en forme de cœur pendu à son cou balance en rythme.

Je la suis du regard, cherchant quoi dire qui pourrait l'apaiser. Je ne suis pas en état de mentir. Chacune de mes respirations douloureuses me ramène à cette piscine, à l'eau s'insinuant dans ma gorge, à la brûlure dans mes poumons. Je ferme les yeux et je revois les ondulations de la surface que je ne parviens pas à atteindre. Mes membres, beaucoup trop lourds, me renvoient à mon impuissance et à cet instant où j'ai cédé.

— On devrait annuler, reprend Zahra. Tu n'es pas en état de faire de la magie. Tu dois te reposer.

Elle empoigne son sac sur mon lit. Je la rattrape.

— Surtout pas.

J'ai plus que jamais besoin d'apprendre à me défendre. Je refuse de subir une fois de plus cette force obscure. Lorsqu'elle se présentera de nouveau à moi, je veux être capable de me battre. Mais ça, ce n'est pas le genre de réponse qui fera plier mon amie.

— Ça me permettra de penser à autre chose, j'ajoute avec un sourire que j'essaie de rendre décontracté.

Elle capitule. Nous nous asseyons sur la moquette. La jeune fille me lance des coups d'œil hésitants.

J'attrape un crayon que je pose entre nous deux.

— Regarde. Je me suis entraînée.

Je prends une profonde inspiration pour apaiser les battements de mon cœur. Mon attention se fixe sur le petit bout de bois. Après une poignée de secondes, le crayon se soulève. Il se place lentement entre nous deux, tournoie sur lui-même avant de partir en flèche vers le plafond.

Ce n'est pas vraiment la fin que j'avais prévue.

— Pas mal, murmure Zahra.

Elle tend le bras. Le crayon redescend se poser dans sa paume. Voilà, c'était quelque chose comme ça que j'envisageais.

— Je peux encore m'améliorer. Je vais recommencer.

— Je pensais plutôt passer à autre chose.

— Génial ! je m'exclame. Tu vas m'apprendre à réaliser un sort de localisation ?

Elle me regarde avec amusement.

— J'avais en tête quelque chose de, disons, moins dangereux. Comme l'étude des sortilèges du memoriam.

— Qu'est-ce que c'est ?

Zahra sort de son sac un grimoire. Loin des livres anciens qui s'alignent dans la bibliothèque de Monica, celui-ci est presque neuf. Je parie que c'est l'un des ouvrages qu'étudient les terminales. Jon m'a parlé des cours de sortilège au programme des dernières années. Lui trouve le sujet barbant, mais je rêverais de pouvoir prendre sa place.

Les longs doigts de Zahra frôlent la couverture, puis tournent les feuillets jusqu'à s'arrêter sur une double page qui a pour titre « Memoriam ».

— Bien sûr, ce que nous allons voir ce soir est purement théorique. Dans la mesure où les sortilèges du memoriam regroupent, à ma connaissance, le plus vaste champ de formules, je pense que leur apprentissage est nécessaire à ta formation de sorcière.

Je ne l'écoute plus. Le livre capte toute mon attention. Il y a là une liste de sorts si longue qu'elle s'étend sur trois pages. Ici, on explique comment rendre la mémoire, là, comment l'enlever. Ici encore, comment pénétrer l'esprit de quelqu'un pour lire ses souvenirs.

Zahra glisse sur la moquette pour s'asseoir à côté de moi.

— Le premier sort que l'on va voir est celui qui permet de faire révéler à quelqu'un les souvenirs qu'il cache.

— Un sort de vérité, c'est ça ?

— Pas tout à fait. Le sort de vérité concerne le passé mais aussi le futur, il sert notamment à connaître des projets à venir. Il contraint celui qui subit le sort à révéler tous ses secrets.

Elle marque une pause pour parcourir le livre. Zahra s'arrête sur un petit encadré intitulé « Memoriam celantur ».

— Avec ce sortilège, la personne ne peut plus cacher ses souvenirs. Elle est obligée de dévoiler la vérité sur son passé.

— Il vaudrait mieux que j'apprenne le sort de vérité dans ce cas.

— Sauf qu'il est extrêmement complexe et qu'il demande le sacrifice d'une colombe.

Je frissonne. Je n'ai aucune envie de tuer un animal sans défense.

— On pourra faire ça la prochaine fois. Mais il faudra d'abord que je passe à l'animalerie.

— Je crois que je vais me contenter de ce sortilège du memorium.

— Memoriam, corrige Zahra.

Elle se hisse sur les genoux pour attraper une feuille et un stylo. Une légère brise s'infiltre de la fenêtre entrouverte et traverse ma chambre.

— Comme je te l'ai expliqué, aujourd'hui on va rester sur de la théorie. Tu vas noter tout ce que je te dirai.

La pénombre ambiante ne m'y aide pas. Je distingue à peine les mots que j'inscris sur le papier. Impossible pourtant d'allumer la lumière sans attirer l'attention. Je ne m'inquiète pas tant de ma tante ou de mes frères, qui pourraient passer dans le couloir, mais plutôt des loups qui rôdent dans le parc. Zahra n'est pas censée se trouver ici.

— Ce sortilège, commence la jeune fille, est le seul de ceux du memoriam qui ne nécessite pas de contact avec la cible.

Je griffonne à toute allure.

— Il doit cependant être lancé en présence de l'être visé. Pour cela, le sorcier doit fixer la personne à qui il veut faire révéler ses souvenirs et visualiser dans son esprit l'information qu'il cherche. Il prononcera ensuite la formule comme suit.

Zahra se tourne vers moi. Ses yeux ne me quittent plus. Elle pince les lèvres avant de murmurer.

— *Memoriam celantur.*

Mes idées s'embrouillent. J'ai la sensation d'un voile nébuleux qui envahit mes pensées. Et puis le voile délicat se transforme en main fourchue. Je la sens plongeant dans mon crâne. Ce n'est pas douloureux, mais très désagréable. Elle s'enfonce dans mon cerveau qu'elle fouille jusqu'à en extraire brusquement ce qu'elle cherche.

— J'ai perdu ma virginité l'été dernier sur la plage avec Billy Walsh.

Ma main se plaque sur mes lèvres. Interdite, je dévisage la jeune sorcière.

— Qu'est-ce qui ne tourne pas rond chez toi ? Ce genre de choses, c'est privé !

— On est entre nous, reprend Zahra en me lançant un clin d'œil. Et puis je ne savais pas comment te le demander alors le problème est réglé.

Mes doigts sont toujours plaqués sur ma bouche. Je refuse de les retirer. Elle pourrait me faire dire des choses contre ma volonté. Son manque d'empathie me donne des sueurs froides. Comment peut-elle si impunément me faire dire des choses si intimes ?

— Tu remarqueras, poursuit-elle en retrouvant un ton calme, que la cible a pleine conscience d'avoir été manipulée.

Je ravale ma rancœur. Ce n'est pas le moment.

— Encore heureux, je souffle.

— Ce sort est donc à utiliser avec parcimonie afin de prévenir d'éventuelles représailles.

— *Memoriam celantur !* je m'exclame.

Zahra s'est transformée en statue de cire. Figée dans cette expression de stupeur, elle fixe le néant. Je tente de concentrer mon attention autour d'une seule question. Faire le vide à l'intérieur de moi est encore plus difficile que je ne le pensais. Je revois les ondulations de l'eau. Mon corps, dépourvu de force, s'enfonçant dans les profondeurs. Ma gorge me brûle.

— Jon m'a embrassée le soir de notre rendez-vous au *Hallow*.

Je fixe Zahra en grimaçant.

— Enfin, pourquoi est-ce que tu...

— Ce n'est pas ce que tu souhaitais savoir ?

— Non ! je m'exclame. Je voulais te demander si tu avais des informations sur les gardiens de la magie pure et le rôle que ma tante y a joué.

Zahra pince les lèvres.

— Tu as visiblement raté ton sortilège.

— Tu pourrais peut-être me le dire sans que j'aie besoin d'user de la sorcellerie.

La jeune fille pose à nouveau sa tête sur mon épaule.

— Même si je le voulais, je n'aurais pas grand-chose à te raconter. Toutes les informations que j'ai, je les tiens de mon père. Et crois bien que ce n'est pas un sujet qu'il aborde facilement.

— Pourquoi ?

Elle ferme le livre et le remet dans son sac.

— Des raisons familiales, Serena. Tu peux le comprendre mieux que personne.

Ça signifierait que les Hubbard ont également été impliqués dans cette vendetta ? De quel côté étaient-ils ? Jeremiah Hubbard paraît si proche de Monica. Aurait-il pu être lui aussi un gardien ?

Je hoche la tête par politesse. Déjà, Zahra est debout. Elle remet ses chaussures et passe sa veste.

— Il se fait tard. Je dois y aller avant que mon père réalise que je suis partie sans le prévenir.

Elle pose sa main sur mon épaule.

— Si j'étais toi, je parlerais avec Monica. Tu as visiblement beaucoup de questions. Elle est la seule qui pourra t'apporter des réponses.

Zahra s'en va. Je me retrouve seule dans les ténèbres de ma chambre. Cette liste d'interrogations qui me taraudent grandit à vue d'œil. Et plus j'essaie de comprendre, plus je suis embrouillée.

Un bruit sourd me fait sursauter. Je tourne la tête vers la fenêtre. Un corbeau remue son plumage. Ses yeux noirs sont dirigés vers moi. Il croasse une nouvelle fois et s'envole.

***

Ma foulée est calée sur celle de mes camarades. Mes respirations saccadées rythment mes pas. L'air me brûle les poumons. Mes muscles, éreintés, peinent à me soulever. Des gouttes de sueur perlent sur mon front et s'égarent sur mes lèvres.

— Allez Serena, lâche Penny entre deux expirations bruyantes. Plus que cinq tours.

Je ne saurais dire depuis combien de temps nous tournons sur ce stade. Monsieur Whitemore, notre professeur de sport, a un don pour pousser nos corps au-delà de leurs limites. Il oublie souvent que la moitié de la classe n'a pas les capacités physiques des loups-garous.

Les voilà d'ailleurs qui passent la ligne d'arrivée. Jullian est le premier à s'arrêter, suivi par Taylor, Veronica et Bethany. C'est à peine s'ils reprennent leur souffle. Alors que je sens le feu sur mes joues et mes vêtements couverts de sueur coller à ma peau, eux ont la même allure que s'ils sortaient d'une séance de shopping.

Jullian passe son bras par-dessus l'épaule de Veronica. La jeune fille, radieuse, se laisse entraîner. Ils échangent des coups d'œil complices. Où vont-ils ? Pourquoi cherchent-ils à s'isoler ? Je croise le regard de Jullian. Son sourire tombe. Sa mâchoire se serre et il se détourne. Je retrouve le garçon froid qui m'a tant intimidée.

— Serena !

Quelle est cette voix étouffée qui m'appelle ?

— Serena !

Je tourne sur moi-même. Penny, concentrée sur sa course, expire deux fois et inspire une fois. Derrière elle, Alec et Zahra, vêtus du même complet de jogging gris, suivent ses pas.

— Serena !

J'aperçois quelque chose dans le renfoncement des gradins. Je quitte la piste et me précipite derrière cette forme obscure. Je longe les sièges, où une Constance immense et une Reese de la taille de ma main rient aux éclats en buvant le thé.

— Serena !

Je reconnais distinctement à présent le long capuchon sombre. C'est le masque de porc ! Je ne dois pas le laisser filer.

Il s'engage entre les constructions de métal soutenant les gradins. Je me faufile à sa suite. Les colonnes sont si hautes que je me retrouve à devoir les escalader pour avancer. Mes poumons me brûlent. Ils me supplient de m'arrêter. Je ne suis plus très loin.

Je passe sous la dernière barre et ma main s'écrase sur son épaule. La cape noire fait volte-face.

— Wyatt ?

— Vite, Serena, tu dois y aller !

L'immense forêt endormie se dresse devant nous. L'obscurité est telle que je distingue à peine les premiers arbres.

— Mets ça !

Wyatt me tend une cape identique à la sienne. Je l'enfile par-dessus mon survêtement.

— Tu dois y aller maintenant ! Ils t'attendent Serena !

— Qui est-ce qui m'attend ?

Gagné par la précipitation, mon frère pointe le sommet de la forêt. Le conseil ?

— Passe par le chemin de terre. Ils ne doivent pas te voir.

J'avance d'un pas hésitant vers les ténèbres. Wyatt serre mon bras pour me retenir.

— N'oublie pas ton masque.

Il me tend un tas de peau rose surmonté d'un groin et de deux oreilles pointues. Deux trous remplacent les yeux. Le sang qui couvre les plis est encore poisseux.

— Le masque de porc !

Wyatt a disparu.

J'observe le masque entre mes mains sans savoir quoi en faire. Quelque chose gronde dans la forêt. Une nuée de corbeaux s'élève au-dessus des sapins.

J'enfile le masque et m'élance dans l'obscurité. À gauche part le chemin de sang. Je me rappelle les mots de Wyatt et emprunte, à droite, le sentier de terre. Celui-ci slalome entre les arbres. Je peine à rester sur la route tant il fait sombre.

Le chemin tourne sur le flanc droit de la colline. J'avance aussi vite que ma cape, qui se prend dans les feuilles vagabondes, me le permet. Mes respirations s'écrasent sous le masque. Au loin, je devine des faisceaux de lumière : les flammes de la cérémonie rituelle. Ce sentier me conduit dans la direction opposée.

Les lueurs du feu ne sont bientôt plus qu'un point à l'horizon. La fatigue me gagne. J'aperçois enfin le bout du chemin. Des voix gravent scandent des paroles en latin dont les consonances ont l'allure d'une mélodie troublante. J'écarte les dernières branches et pénètre dans une clairière.

Elle ressemble à celle où s'est déroulée l'initiation. À ceci près que le cercle des arbres est bien plus petit, qu'aucune lumière d'aucune sorte n'y parvient, et que les membres qui y sont rassemblés portent des masques d'animaux.

La frayeur me cloue sur place. Une silhouette sombre passe devant moi sans me voir. Elle est dissimulée derrière un masque de biche et tient entre ses mains un bol en bois. Elle avance jusqu'à l'autel où sont rassemblés plusieurs capuchons noirs. Ici, je reconnais un bœuf, là un mouton, un cheval et un loup. Je me fraye un chemin entre les silhouettes se mouvant au ralenti. Personne ne réagit à ma présence.

La biche tend le bol. Un autre y trempe un doigt qu'il ressort couvert de sang. J'approche encore. Ma respiration se coupe lorsque je découvre, au centre de ce rassemblement, un corps étendu sur une stèle. L'offrande n'est pas attachée. Elle ne bouge pourtant pas. C'est une jeune fille vêtue d'une jupe en tartan rouge, d'un blazer noir et d'une chemise blanche. De longues chaussettes remontent jusqu'à ses genoux. Elle porte un serre-tête et des boucles d'oreilles en diamant.

C'est moi.

Le doigt de sang trace une ligne sur le visage de l'offrande. Il colore une moitié en rouge. Je m'approche encore et reconnais celui qui mène la cérémonie : le masque de porc.

La Serena allongée suit chacun de ces mouvements. Elle se laisse faire sans protester. Sa poitrine se soulève lentement. Elle n'a pas peur. Au contraire, elle paraît même déterminée. Un masque de brebis apporte un étui en tissu blanc. Le porc l'ouvre avec délicatesse et y récupère un poignard.

Une foule de capuchons noirs dissimulés derrière des visages d'animaux s'est formée autour de la stèle. Les prières en latin montent en intensité, encore et encore, jusqu'à s'arrêter net. Le silence se fait dans la clairière. Mes oreilles bourdonnent.

— *Donum !* s'exclame le porc. *Pignus esse nostrae, Dei omnipotentis ! Tu nuntius suae potentiae !*

Il pose la pointe du poignard sur la poitrine de la Serena allongée.

— *Reversi sunt in terram de terris !*

Il lève la lame, prend son élan et frappe en plein cœur. Un cri étouffé m'échappe. Les sorciers se tournent brusquement vers moi.

Je recule pour essayer de me soustraire. La foule dense me bloque le passage. L'étau se resserre autour de moi. Les visages d'animaux me submergent. Mon cœur bat à toute vitesse. J'ai du mal à respirer.

On m'attrape pour me forcer à m'agenouiller. Je ne vois plus le ciel derrière les capuchons noirs. Je ferme les yeux, attendant ma sentence. S'ils veulent me tuer, qu'ils fassent ça vite.

Un filet d'air me parvient. J'entrouvre les paupières. Les sorciers tracent un cercle autour de moi. Je tourne sur moi-même à la recherche d'une porte de sortie. Ensemble, ils forment une muraille impénétrable.

Le masque de porc se tient devant moi. Celui qui nous hante depuis des semaines est si près que je pourrais presque le toucher. D'instinct, je cherche un moyen de me défendre. J'examine le sol. Je ne trouve rien sinon de la terre.

Il passe une main sous sa capuche. Les autres l'imitent. Ma poitrine se serre. Je vais enfin savoir qui se cache derrière ce visage effrayant.

Il retire son masque et mon souffle se coupe. Malgré l'obscurité qui enveloppe la moitié de son corps, je reconnais son menton en pointe, ses petits yeux bruns et les pommettes saillantes dont j'ai hérité.

— Papa.

C'est au tour de la biche de se démasquer. Je bascule en arrière. De longs cheveux couleur de nuit glissent sur ses épaules.

— Maman.

Derrière la brebis, je reconnais tante Monica. Quant à l'homme squelettique qui apparaît sous les traits de l'ours, il ressemble à s'y méprendre à Jeremiah Hubbard dans une version plus jeune et bien plus mince.

Mes parents sont vivants. Et ils sont là, juste devant moi. La chaleur monte à mon visage. Un sourire s'étire entre mes oreilles. La joie qui me gagne est sans pareil. Je me précipite pour les serrer. Avant que je n'aie pu faire un pas, mon père lève une main. Deux hommes m'attrapent. Chacun tire mon bras d'un côté. Une violente douleur me lance dans les épaules. Ils appuient derrière mes jambes pour me forcer à me rasseoir. J'obéis.

Mon père approche. Son visage est dépourvu de toute expression. Je frissonne. J'essaie de parler mais mes lèvres sont comme cousues. Il me regarde comme s'il ne me connaissait pas. Maman s'avance jusqu'à lui et lui tend une cruche remplie d'eau.

— *Reversi sunt in terram de terris !* s'écrie-t-il.

— *Reversi sunt in terram de terris !* répètent les autres.

Je me débats. La force de mes assaillants me cloue à terre. On m'ouvre la bouche. C'est Monica. La gravité de ses traits me pétrifie. Papa place la cruche au-dessus de ma tête.

L'eau coule dans ma gorge sans que je ne puisse l'avaler. Elle s'insinue dans ma trachée, mes poumons. Elle me brûle de l'intérieur. Je tire plus fort pour libérer mes bras sans y parvenir. Mes yeux exorbités fixent l'homme froid qui me surplombe. Je voudrais hurler son nom. Aucun son ne s'échappe de mes lèvres. Seule l'eau coule.

L'air me manque. Je ne peux plus respirer. Je me noie.

Je me réveille couverte de sueur, les joues en feu. Ma bouche happe à toute allure cet air dont j'ai été privée. Mes mains passent dans mon cou. Je sens encore l'eau me brûler la gorge.

Peu à peu, je reprends mes esprits. Je tourne lentement sur moi-même, retrouvant les murs de ma chambre. Ce n'était qu'un cauchemar. Rien de plus qu'un cauchemar.

J'inspire profondément. Ce n'était qu'un cauchemar. Atrocement éprouvant et terriblement réaliste. Mais rien qu'un cauchemar.

Je me rends dans la salle de bains et arrose copieusement mon visage d'eau. Dans le miroir, je parais si pâle. Est-ce mon sommeil agité qui m'a rendue si affreuse ? À moins que ce ne soient l'incertitude et l'angoisse permanente qui aient transformé mes traits en ceux de cette jeune fille épuisée. Si je me croisais dans la rue, je me conseillerais de faire une cure de vitamine B, d'investir dans un bon blush et de dormir un peu plus. Mais dans mon cas, je ne suis pas sûre que cela soit d'une grande utilité.

Je tapote la serviette sur mes joues et retourne dans ma chambre. Un fin courant d'air par la fenêtre entrouverte caresse ma peau. C'est exactement ce dont j'avais besoin. Je me glisse de nouveau entre les draps. Ma tête se pose sur le coussin. Je ferme les paupières. Mes jambes se serrent contre ma poitrine. Voilà plusieurs nuits que je dors en position fœtale. Je me sens plus en sécurité repliée sur moi-même. Je passe la main sous l'oreiller pour le presser contre ma joue, quand mes doigts rencontrent quelque chose d'inhabituel. C'est moite, poisseux.

Je me redresse brusquement, allume ma lampe de chevet et soulève le coussin.

Un masque de porc.

31

La forêt enchantée scintille de milliers d'étoiles. Dans la salle de bal, les colonnes et les moulures ont disparu, remplacées par des arbres gigantesques et un ciel voilé. Sur les balcons, professeurs et parents ont revêtu leurs tenues de soirée. Ils guettent les mouvements de la foule d'un œil aiguisé.

Je descends les marches qui mènent à la piste de danse, accrochée au bras d'Alec. Le bas de ma robe de satin dorée traîne sur les escaliers. Mon cavalier n'est que charme. Dans son élégant costume d'argent, il fait tourner la tête de nos camarades féminines.

— Serena ! s'exclame une voix familière.

Fendant la foule, je reconnais le visage très blanc et les cheveux si sombres de mon précepteur. Il a troqué ce soir son complet de cuir pour une veste en queue-de-pie et un nœud papillon. À croire que tout ce qu'il porte devient sexy sur ses épaules.

Il saisit ma main gantée sur le dos de laquelle il dépose un baiser. Très vieux jeu, mais l'effet est réussi. Je m'empourpre. Alec soupire.

— Cole, je souris. Je ne savais pas que tu venais au bal.

Pourtant, au milieu de cette assemblée de lycéens, mon précepteur se fond aisément dans la masse. Il paraît si jeune.

— Ils recherchaient des chaperons. Je n'ai pas pu rater l'occasion de revenir dans ce bon vieux lycée St George. Et je dois t'avouer que depuis mon retour à Salem, mes nuits sont très longues, seul dans mon immense demeure.

Après de rapides présentations, Alec se soustrait à notre

échange, non sans un air agacé. Il va retrouver au comptoir des amis.

— Tu es splendide dans cette robe Serena.

À nouveau, mes joues s'empourprent. Je ne sais que hocher la tête, gênée.

— En revanche, reprend le jeune homme, je suis surpris du choix de ton cavalier. J'aurais pensé que tu viendrais accompagnée de ton louveteau. N'est-ce pas lui ton petit ami ?

De la sueur coule le long de mon échine. Je tâche de ne rien laisser paraître.

— Un loup ? je rétorque en me forçant à rire. Qu'est-ce que je pourrais bien faire avec un loup ?

Rentrant les mains dans les poches de son pantalon à pinces, Cole murmure :

— C'est plutôt évident.

D'abord Monica, maintenant Cole. Combien de personnes ont les yeux braqués sur mes moindres faits et gestes ? Comment peuvent-ils être au courant de choses que j'ignore moi-même ? Nous nous sommes embrassés. Et alors ? Nous ne sommes pas un couple pour autant.

Un frisson raidit ma colonne. Je commence à m'exprimer comme Jullian.

— Désolée, Cole, dis-je essayant de le contourner, mais je ne sais pas de quoi tu parles. Si tu veux bien m'excuser, je vais aller retrouver mes amis.

Il attrape mon bras pour me retenir. Ses doigts sont glacés.

— Peu de choses m'échappent, Serena, lâche-t-il à mi-voix. Si j'étais toi, et je le dis dans ton intérêt, je jouerais la carte de la franchise.

Je tire pour me détacher de sa poigne. L'homme face à moi sourit à pleines dents. N'importe qui passant par là prendrait notre échange pour une discussion conviviale.

— Qui es-tu ? Est-ce Monica qui t'a demandé de me surveiller ?

Son rire me fait tressaillir.

— Ta tante n'a rien à voir là-dedans. Quoique, techniquement parlant, c'est elle qui te rend si méfiante. Elle t'a sûrement dit que tu avais intérêt à garder tes distances avec ce bon vieux loup. Que les unions entre vos deux espèces étaient proscrites.

J'avale ma salive. Je me retiens de hocher la tête. Cet homme en sait décidément beaucoup sur mon compte. Beaucoup trop même.

— J'aurais pensé qu'une Parris comprendrait de quoi il retourne. Tu n'es peut-être pas aussi maligne qu'ils ont tous l'air de le croire.

— Si c'est pour m'insulter que tu es venu, tu peux part...

— Monica ne fait que protéger ses arrières, comme elle l'a toujours fait.

Mes sourcils se froncent malgré moi. Je ne veux pas accorder de crédit à ce qu'il raconte. Pourtant, Cole m'intrigue.

— De quoi est-ce que tu parles ?

Il sourit. Sa main passe sur ma joue pour remettre derrière mon oreille une mèche vagabonde.

— Tu le sauras bien assez tôt.

— Serena !

Penny, tout sourire, se presse dans ma direction. Lorsque je me retourne vers Cole, il a disparu.

— Est-ce que ça va, Serena ?

Je me hisse sur la pointe des pieds pour scruter la foule. Nulle part je n'aperçois mon précepteur. Il s'est volatilisé. Je sens encore sur ma joue ses doigts glacés.

— Oui, je souris. Parfaitement bien. Cette soirée est une réussite.

Penny fait un signe de la main que j'interprète comme un « ce n'est pas grand-chose ». Dans sa robe de tulle bleue, ma jeune amie est resplendissante. Elle a coupé ses cheveux. Ce carré lui va à ravir. J'ai l'impression de découvrir ce soir une tout autre Penny.

— Avec qui tu discutais ?

— Mon précepteur, dis-je. Celui qui déteste les maths.

— Avec un physique pareil, dit-elle en passant son bras sous le mien, il peut détester tout ce qu'il veut.

Elle rit. Je me joins à elle, ravalant ce sentiment étrange que Cole n'est pas le simple précepteur qu'il prétend être. Que signifiait-il exactement par « Monica protège ses arrières » ? Ça a visiblement un rapport avec les loups. Ou peut-être Jullian. Et comment Cole sait-il pour nous deux ?

Nous rejoignons la lisière de la piste de danse. Mon frère et sa cavalière ont assorti leurs tenues ivoire. Zahra me lance un clin d'œil auquel je réponds par un sourire. Ça faisait longtemps que je n'avais plus vu Jon aussi radieux.

Alec m'offre à boire. Ma gorge est tellement sèche que j'avale d'une traite le verre de punch. Alec me regarde, amusé.

— Tu es venue seule ? demande-t-il à Penny alors que je me force à faire preuve de parcimonie avec mon deuxième verre.

— Oui et non, répond l'intéressée.

— Qu'est-ce que ça signifie ? s'enquiert-il.

Elle enroule une mèche couleur de blé autour de son doigt.

— Eh bien, je suis venue en tant que membre du comité. Mais, techniquement, je ne suis pas accompagnée.

— Ils ont eu tort, murmure Alec.

Le jeune homme ne quitte plus des yeux la petite blonde. Elle se retient de sourire, mais ses maxillaires finissent par céder.

— De qui est-ce que tu parles ?

— Ces garçons qui ne t'ont pas invitée, reprend Alec à mi-voix. Ils ont eu tort.

Les joues de Penny s'empourprent. C'est à mon tour de réprimer un sourire. J'avale une petite gorgée de punch. L'orchestre marque cinq secondes de silence entre deux morceaux. Alec se tourne brusquement vers moi, comme se rappelant que je suis là.

— Et toi, Serena, pour qui tu as voté ?

Je me retiens de faire la moindre remarque et réponds :

— Veronica. Quelque chose me dit que si elle n'a pas cette couronne nous allons en entendre parler pendant des mois.

Et je me sens coupable que quelqu'un s'en soit pris à elle

pour essayer de m'atteindre. Si je ne peux effacer le mal qu'on lui a fait, je peux au moins faire l'effort de changer mon attitude vis-à-vis de la reine du lycée. Même si ses caprices de diva m'exaspéreront toujours.

— Je parie que c'est elle qui sera élue, dit Jon. C'est de loin la plus appréciée des candidates.

— Pas chez les sorciers, rétorque Zahra.

— En tant que louve, précise Alec. Mais en tant que lycéenne, elle est l'une des plus importantes figures de St George. En plus, elle est chef des pom-pom girls, ce qui lui assure les votes des joueurs de l'équipe de foot, de leurs supporters et même des entraîneurs.

— Constance n'a pas la moindre chance, soupire Zahra.

— Rien n'est gagné, dit Penny. Nous ne sommes pas à l'abri d'un retournement de situation. On est à St George !

Alec saisit ma main. Je regarde ses doigts posés sur les miens avec surprise. Sans un mot, il m'attire vers le parquet. Nous nous frayons un passage entre les étudiants en tenue de soirée. Les flashs crépitants et le rythme survolté défont mes dernières inhibitions.

Au-dessus de nos têtes, les chaperons aux balcons ne perdent pas une miette de ce qu'il se passe ici. À la moindre approche un peu trop lascive, ils somment les fautifs de quitter la piste de danse. Parmi eux, Cole trinque avec une femme en robe rouge aux épaules dénudées et aux boucles sombres.

Je me demande si cet attroupement d'adultes n'a pas un lien avec les attaques. Certains des membres les plus importants de cette ville se trouvent sur ces balcons. Ils pourraient bien être là par mesure de sécurité. L'angoisse me reprend. Et si le visage de porc était quelque part dans cette salle ? Non pas l'un des conseillers, mais son descendant. Un lycéen comme un autre en apparence, mais qui s'est donné pour mission de nous éliminer.

— Je peux t'emprunter ta cavalière ?

Plongée dans mes pensées, je n'ai pas vu cet élégant jeune

homme en costume bleu approcher. À présent que j'ai trouvé ses yeux émeraude, impossible de les quitter.

Alec tarde à acquiescer. Il cède sa place, non sans un soupir, et s'en va en nous lançant des regards en coin. Jullian passe son bras autour de ma taille. Je me sens tressaillir. Ses doigts attrapent les miens et un doux frisson caresse ma peau.

— Tu es magnifique.

— Tu n'es pas mal non plus.

Ses lèvres esquissent un sourire.

— Un compliment n'est pas un cadeau que l'on offre pour en recevoir un en retour. Tu dois juste l'accepter.

Dans le reflet de ses yeux, je vois la salle qui nous entoure, les colonnes de marbre, les balcons décorés d'or, les chaperons penchés au-dessus de nos têtes, le ballet des lumières, les sourires de nos camarades. Pourtant, une seule chose capte son attention, sans que je m'explique pourquoi : moi.

— Merci, je lâche du bout des lèvres.

Sa main glisse depuis ma hanche vers le milieu de mon dos pour m'attirer plus près de lui. Le rythme de la musique n'est pas à la promiscuité. Nous détonnons parmi les adolescents dansant avec entrain.

— Qui est l'homme avec qui tu discutais tout à l'heure ?

Je crois percevoir dans sa voix une tonalité étrange. Est-ce de la jalousie ? Je ne soulève pas et réponds.

— Alec ?

— Je sais encore reconnaître Alec, reprend Jullian dans un soupir. Celui dont je te parle avait des cheveux noirs et il était franchement pâlot.

— Cole ! je m'exclame. Mon précepteur.

Jullian fronce les sourcils.

— Que fait un précepteur ici ?

— Eh bien, de ce que j'ai compris, il était élève à St George il y a quelques années. Il est venu dire bonjour, je suppose.

Mon cavalier ne répond pas. Il continue de me faire tourner sur un air fantôme de Marvin Gaye.

— Pourquoi cette question ?

— Tu semblais très mal à l'aise lorsqu'il t'a parlé.

Jullian serre nos doigts enlacés contre son torse. Je perçois les battements calmes de son cœur.

— Pas du tout.

Il sourit avant d'approcher ses lèvres de mon oreille.

— Les loups sont capables de sentir les phéromones. Ce sont elles qui nous alertent des situations de danger. Ce sont elles aussi qui émanaient de tout ton corps lorsque tu étais face à lui.

Je dois me préparer à ce qu'il perçoive chacune de mes émotions avant même que je n'en prenne moi-même la mesure. Au moment où nous apprenons à nous connaître, j'aurais préféré garder cette part d'intimité.

— Il...

Quelque chose me dit que si je raconte à Jullian que Cole est au courant pour nous deux, je risque de déclencher un conflit.

— Phéromone, chuchote Jullian.

Mes idées s'embrouillent. C'est terriblement injuste ! Tant pis, je dois faire avec. Je prends une discrète inspiration pour me calmer.

— Il m'a parlé de Monica.

— Ta tante ?

J'opine du chef.

— Il m'a dit qu'elle tentait de protéger ses arrières, comme elle l'a toujours fait.

C'est à mon tour d'approcher de ses oreilles. Je cherche des regards indiscrets avant de reprendre à mi-voix :

— Est-ce que tu sais si elle était membre de ce groupe, celui des gardiens de la magie pure ?

Sitôt ces mots m'échappent-ils que les images de ce cauchemar étrange me reviennent en pensées. Je revois papa et maman dans cette clairière. Auraient-ils pu, eux aussi, être des sorciers dissidents ?

Je ne les imagine pas traquant les sorciers des familles fondatrices. Mais je ne pensais pas un instant qu'ils puissent être des magiciens. Et si je m'étais trompée, encore une fois ? S'ils étaient ces brutes épaisses que Monica a décrites ?

Dans notre vie d'avant, lorsque nous nous montrions grossiers, désagréables ou méchants, nos parents ne nous punissaient jamais. J'en étais rapidement arrivée à la conclusion que les rigueurs imposées durant leur jeunesse au sein de l'élite d'une ville hors norme les avaient conduits à choisir un autre mode d'éducation pour leurs enfants. Je réalise désormais que je n'avais perçu qu'une infime part des sentiers sinueux qu'ils avaient empruntés.

Rares étaient les fois où ils haussaient le ton. Ils nous faisaient asseoir et nous contraignaient à exprimer les sentiments qui nous avaient conduits à ces actes. Cela prenait souvent des heures. Leur persévérance était à toute épreuve. Comment des personnes d'une telle bienveillance auraient-elles pu organiser des tueries de masse ?

Une main se pose sur mon épaule. Je sursaute. C'est Penny. Elle salue Jullian et me fait signe de la suivre.

— Les résultats ne vont pas tarder.

Je hoche la tête, réalisant avec un peu de retard que c'est à mon cavalier qu'elle s'adresse. Bien sûr. Il doit retrouver le clan de Veronica. C'est aux côtés des siens qu'est sa place.

Constance, Reese, Emily et Petra se sont jointes à notre groupe. La première est tremblante d'excitation. J'espère de tout cœur pour elle qu'elle va perdre. Non pas parce qu'elle ne mérite pas cette couronne, mais parce que je plains celle qui viendrait à voler à Veronica le titre de reine du bal.

L'orchestre achève son morceau. Les applaudissements fusent. Le chanteur cède la place à monsieur Wellberg. Une femme brune à la robe rouge et au sourire étincelant se tient à côté de lui. C'est elle que j'ai aperçue tout à l'heure sur le balcon, discutant avec Cole.

— Très chers élèves, j'ai le grand honneur ce soir d'être accompagné de madame Von Mortensen, présidente du conseil d'administration de St George, afin de remettre la couronne du roi et de la reine du bal de l'automne.

Nouvelle vague d'applaudissements à laquelle je me joins. Plus loin, j'aperçois Jullian en compagnie de Veronica, Bethany et Taylor. Ensemble, ils ont l'air de statues de l'Antiquité grecque. Les garçons ont l'arête du menton parfaitement dessinée. Les jeunes filles paraissent flotter dans leurs robes de mousseline. J'ignore si c'est leur qualité de loup qui leur donne cette stature très droite et digne. Je ne peux nier qu'ils s'accordent à la perfection.

— Nous pouvons d'ores et déjà féliciter tous les candidats qui ont fait preuve cette année d'une créativité et d'une détermination admirables !

Applaudissements.

— Quand va-t-il en finir ? grommelle Constance. On s'en fout de tout ça !

Penny glousse. Reese lui lance un regard assassin.

— Vous avez été nombreux à voter. Et après comptage des bulletins, je suis fier d'annoncer que cette année le roi et la reine du bal d'automne sont...

Roulement de tambour. C'est presque caricatural. Veronica est en émoi. Mains jointes devant sa poitrine, on croirait qu'elle prie. Constance se hisse sur la pointe des pieds. Elle n'en paraît que plus immense encore.

— Serena Parris et Parker Booth !

Ma respiration se coupe. Je suis prise de sueurs froides.

Un projecteur braque sa lumière sur moi. Constance me dévisage, outrée. Quelques mètres plus loin, c'est la colère qui s'empare des traits de Veronica. Je vois briller dans ses yeux ces deux billes jaunes qui m'ont déjà tant effrayée. Jullian serre son bras pour la maintenir en place.

— Vas-y, murmure Penny.

Une tranchée se crée devant moi. Avalant difficilement ma salive, j'avance entre mes camarades, aussi surpris que moi. Leurs applaudissements étouffés sont la preuve que personne ne s'attendait à ça. Lorsque j'arrive en bas de la scène, la femme en robe rouge m'aide à monter. Monsieur Wellberg s'approche, la couronne de feuilles orangées à la main.

— C'est une erreur. Je ne me suis pas présentée, je n'ai pas fait campagne, je...

— Vous devrez, dans ce cas, remercier chaleureusement vos électeurs, m'interrompt le proviseur.

Sans me laisser le temps d'en dire plus, il dépose la couronne sur ma tête. Parker monte à l'extrémité de la scène. Son visage est blême. Je mettrais ma main à couper que lui non plus n'a jamais demandé à être ici.

On nous presse l'un contre l'autre. Quelqu'un fourre un bouquet dans mes bras. L'hymne de St George est lancé. Les flashs crépitent en tous sens. Ni Parker ni moi ne sourions.

Comment est-ce possible ? Comment ai-je pu être élue reine du bal ? Et Parker roi ? Ce ne peut être qu'une supercherie. Quelqu'un a truqué les votes ! Et cette personne a un sens de l'humour peu recommandable.

Un cri strident résonne au fond de la salle. La musique s'interrompt. Le projecteur braque son faisceau de lumière sur la source du vacarme.

Zahra, agenouillée à terre, serre contre elle le corps ensanglanté de Jon.

32

Je saute de la scène. L'assemblée s'affole. La foule s'est resserrée. Je me fraye tant bien que mal un chemin au milieu des corps, repoussant quiconque se met en travers de ma route.

Penny a enfoui son visage dans le cou d'Alec. Je me rue vers Jon. Mes genoux flageolants sont recouverts de ce sang qui n'en finit plus de couler.

— Le masque de porc ! s'époumone Zahra. Il était là !

— Où est-il parti ? s'exclame une voix.

La jeune fille indique le fond de la salle. Ses mains serrent plus fort le torse de Jon contre elle. Les larmes se déchaînent sur ses joues et sa nuque. Ils emportent avec eux les dernières traces de son maquillage. Des taches rouges maculent sa robe d'ivoire.

Des bras me saisissent par les épaules. Ce sont les secouristes qui prennent ma place. Je bascule en arrière. Des doigts glacés me rattrapent de justesse et me relèvent.

Cole.

On nous fait signe de reculer. Je perçois le tintement des appareils et les échanges des secouristes auxquels je ne comprends rien. Toute la peur que j'ai si ardemment contenue me submerge. Je suis tétanisée. Mes mains, tremblantes, sont hors de contrôle. Mes poumons, compressés par ma cage thoracique, peinent à happer l'air. Cole me précipite contre lui. Incapable du moindre mouvement, je le laisse faire. Ses doigts diaphanes passent dans mes cheveux.

— Calme-toi, Serena, chuchote-t-il collant ses lèvres à mon oreille.

— Il a perdu tellement de sang ! je m'écrie.
— Ses blessures sont peu profondes.
— Tu l'ignores !
— Détrompe-toi. Les secours sont arrivés à temps. Ils vont le conduire à l'hôpital. Les médecins font des miracles là-bas, tu devrais en savoir quelque chose.

Les bras de Cole m'abandonnent. Sans un mot, le jeune homme disparaît dans la foule comme il est arrivé. Je me retrouve seule, les bras ballants, incapable de bouger.

Les secours emportent Jon sur un brancard. Je m'élance à leur suite. Les exclamations de stupeur fusent dans la salle. Le cliquetis des appareils résonne dans ma boîte crânienne. Je presse mes mains sur mes oreilles pour l'étouffer. Le sang sur mes doigts colle mes cheveux entre eux. Je serre les lèvres pour ne pas craquer. Si je commence à pleurer, je ne pourrai plus m'arrêter. Ce n'est pas le moment.

— C'est ton frère ?

Je tourne la tête. Un jeune pompier m'observe.

— Oui, je réponds d'une voix étranglée.

Il regarde à droite et à gauche. Puis, posant sa main dans mon dos, il murmure :

— Monte.

Je grimpe à l'avant de l'ambulance. La sirène se déclenche. Nous quittons St George.

***

Lovée sur l'une des chaises de métal, je ne sais depuis combien de temps je patiente dans la salle d'attente. J'ai pour toute compagnie le gilet de laine que m'a prêté l'infirmière, attendrie par mon allure de monstre de foire. Ma robe dorée, maculée du sang de mon frère, a perdu toute sa superbe. Mon chignon, ébouriffé, est tout juste retenu par cette stupide couronne que je n'ai même pas pensé à ôter. Quant à mes chaussures à talons, je les ai abandonnées lorsque j'ai dû traverser St George en courant.

Rien de tout ça pourtant n'a d'importance. Car derrière ces portes, dans un bloc opératoire, mon frère aîné oscille entre la vie et la mort.

— Serena !

Monica se précipite vers moi. Son visage est carmin. A-t-elle pleuré ?

— Ma chérie, qu'ont-ils fait !

Ses bras serrent de toutes ses forces ma poitrine contre la sienne.

— Je m'en veux tellement ! Si tu savais ! Je n'aurais jamais dû vous ramener ici ! Jamais !

Une larme s'égare sur sa joue. Monica récupère un mouchoir en soie dans son sac à main avec lequel elle essuie son visage.

— Reste là ma chérie, dit-elle enfin. Je vais aller voir ce qui se passe.

— Les visiteurs sont interdits de l'autre côté de la ligne.

D'un doigt, je pointe la bande rouge à cinq mètres.

— Dans cette ville, il n'y a rien que le commun des mortels puisse me refuser.

Tandis que des salles voisines j'entends les bruits des appareils électroniques se mêlant aux sonneries incessantes du téléphone de l'accueil, ma tante entre dans la zone rouge. Certaines infirmières l'observent avec surprise. Mais personne ne l'arrête. Elle disparaît derrière des portes battantes.

— Elle est là !

Dans leurs tenues de soirée, mes compagnons détonnent avec le blanc épuré de l'hôpital. Comme moi, leurs coiffures n'ont pas survécu à la folie de la clôture anticipée du bal.

— On t'a cherchée partout ! s'exclame Penny.

— Tu aurais dû nous prévenir que tu partais ! me sermonne Alec.

Derrière eux, Zahra est enveloppée d'une couverture. Son visage, livide, ne laisse transparaître aucune émotion. Le maquillage a coulé sur ses joues. Mon amie n'a plus rien de la glorieuse élève de St George qui fait la fierté de sa famille.

— La ville est en émoi, reprend la petite blonde. Les gens courent partout dans les rues.

— Tout le monde cherche le masque de porc, lance le jeune homme.

— Ils l'ont trouvé ?

— Pas encore, répondent les deux en chœur.

— Mais il ne viendra pas par ici, poursuit Alec. Vous êtes en sécurité. Ta tante a fait poster tous les gardes du conseil devant l'hôpital.

— La meute, murmure Zahra.

Le regard vide, elle s'adosse au siège de métal. Elle ne m'a jamais semblé plus fragile que maintenant.

— Je vais aller chercher du café, lance Penny. La nuit promet d'être longue.

— Je t'accompagne, déclare Alec.

Ils repartent aussi vite qu'ils sont arrivés. Sur son banc, Zahra regarde dans le vide. Le tintamarre reprend, mêlant les bips des appareils aux voix du personnel et aux chuchotements des visiteurs. Je bascule la tête en arrière et ferme les paupières. Les images de cette soirée de malheur se bousculent dans ma tête. La lumière aveuglante, et ce cri strident qui me glace encore le sang. Mon cœur qui s'affole, l'air qui me manque, le bourdonnement dans ma tête. Un instant, j'ai pensé qu'il était trop tard. Lorsque j'ai aperçu tout ce sang autour de lui, j'ai cru que mon frère était mort.

— Serena !

Doublant un groupe d'infirmières, Jullian traverse le couloir en courant. Ses bras m'enveloppent. Il me presse contre son torse. Je pose ma joue sur sa poitrine. Il embrasse mon front. J'ignore combien de temps nous demeurons ainsi. Et puis, lentement, il défait notre étreinte et enlace ses doigts dans les miens. Nous nous asseyons dans un coin de la pièce.

— J'aimerais avoir les mots pour te dire à quel point je ressens ta peine. Mais je n'ai pas de frère, ni même de sœur. J'ignore quel sentiment tu peux éprouver pour Jon. Tout ce que je pourrais te dire serait ridicule.

Je pose ma tête dans le creux de son cou. Jullian enroule ses bras autour de moi. Pour la première fois depuis un moment, je me sens de nouveau en sécurité.

Cinq minutes plus tard, Penny est de retour avec trois cafés. À sa surprise de trouver Redwood dans la salle d'attente succède un sourire maladroit.

— Alec est au téléphone avec son père, dit-elle tendant les gobelets fumants. Tu as du nouveau ?

Je fais non de la tête, réalisant, trop tard, que c'est à Jullian qu'elle s'adressait.

— Rien. Il y avait tellement de monde. Nous avons perdu la trace.

Je trempe mes lèvres dans le café. Le liquide brûlant s'écoule le long de ma gorge. Penny propose un gobelet à Zahra. Cette dernière, léthargique, ne la regarde pas.

Je passe la main dans mes cheveux et retire la couronne.

— C'était une distraction, je murmure, tournant l'objet entre mes doigts. Il m'a éloignée de mon frère et s'est assuré que toute l'attention serait dirigée vers la scène.

— Pour pouvoir attaquer dans l'ombre, termine Penny.

Mon amie caresse mon visage. Elle se force à sourire. Puis, récupérant la couronne, elle la jette dans la poubelle.

— Tu ne pouvais pas savoir, murmure-t-elle.

— Personne n'aurait pu le prévoir, ajoute Jullian.

Sa main dessine dans mon dos de petits cercles. J'ai conscience qu'il essaie de m'apaiser. Mais cette étreinte me met brusquement mal à l'aise. Je crois que j'ai besoin d'être un peu seule.

— Où tu vas ? demande Penny.

— Prendre l'air.

— Je t'accompagne, dit Jullian.

— C'est gentil. Mais je pense que j'ai b...

— Ils l'ont arrêté !

Surgissant de l'angle du couloir, Alec, hors d'haleine, se précipite vers nous. Le jeune homme met un moment à récupérer son souffle et tout autant à réussir à prononcer un mot.

— Ils le tiennent, lâche-t-il enfin. Le conseil vient d'arrêter le masque de porc !

Ma respiration est suspendue aux lèvres du jeune sorcier. J'ai la sensation que mon sang s'est brusquement figé.

— Qui est-ce ? s'écrie Jullian.

Alec tente d'avaler la boule de salive qui l'empêche de parler. Il tourne la tête vers l'autre côté. Zahra, dans sa robe blanche maculée de sang, se tient droite face à nous.

— Bethany, lâche Alec dans un souffle. C'est Bethany.

**

Il est presque 3 heures du matin lorsque Monica revient du bloc opératoire. Alec et Penny sont rentrés chez eux depuis un moment. Il y a environ une heure, monsieur Hubbard, accompagné de son escorte de majordomes, est venu récupérer Zahra, toujours plongée dans cet état de transe troublant.

Lovée tout contre Jullian, je me suis finalement endormie. Ma tante ne tarde pas à me réveiller. Déjà, elle me somme de partir.

— Je reste.

Lentement, Jullian ouvre les yeux.

— Ça ne sert à rien. Ton frère est en salle de réveil. Son opération s'est bien déroulée. D'ici deux ou trois jours, les plaies devraient être complètement cicatrisées.

— Je veux être là lorsque Jon reviendra à lui.

— Ça n'arrivera pas avant plusieurs heures. Ce qui te laisse le temps de rentrer, prendre une douche et te reposer.

Je finis par capituler. Un changement de tenue ne sera pas du luxe. Mieux vaut qu'à son réveil Jon ne me découvre pas dans cette robe couverte de son sang. Je dépose un baiser sur la joue de Jullian. Nous dénouons nos doigts à regret. Monica et moi rejoignons la voiture. Je monte à l'arrière et le chauffeur claque la portière.

— Alec a dit qu'ils avaient arrêté Bethany.

Monica acquiesce. Son regard tourné vers l'extérieur suit le ballet des lampadaires qui défilent.

— C'est insensé.

Au silence de ma tante, je reprends d'une voix que j'essaie dépourvue d'émotion.

— Tout porte à croire que le masque de porc est un sorcier. C'est toi qui me l'as dit.

— Les preuves sont irréfutables, Serena. Bethany a été retrouvée dans la tenue du masque de porc avec un couteau ensanglanté.

— Que fais-tu de tout le reste ? Du lien avec des gardiens de la magie pure ?

Je suis parcourue d'un léger tressaillement. Monica se tourne enfin vers moi.

— C'était à l'évidence un moyen pour Bethany de brouiller les pistes.

Ma main passe dans mes cheveux. C'est insensé ! Bethany est un loup, pas une sorcière ! Elle serait incapable de lancer le moindre sortilège !

— Elle n'a même pas de mobile !

— Serena, soupire Monica. Laisse donc le jargon professionnel à ceux qui sont qualifiés.

— Alors tu penses sincèrement que c'est vrai ?

Un sourire apparaît au coin de ses lèvres. Monica pose une main sur ma jambe. Si, bien des fois, elle a prouvé sa bienveillance à notre égard, ce soir, rien dans son attitude ne me semble naturel.

— Je crois que tu devrais cesser de te torturer l'esprit. L'affaire est résolue. Le coupable a été arrêté. Vous n'êtes plus en danger.

Ma colonne se raidit. Je commence à comprendre. C'est précisément ce que souhaite le véritable masque de porc. Jusqu'ici, la surveillance accrue du coven et la protection des loups l'ont empêché d'arriver à ses fins. Mais maintenant que tout le monde croit avoir arrêté le coupable, personne ne s'attendra à une nouvelle attaque. Et lorsqu'elle se produira, nous serons incapables de nous défendre.

Nous sommes plus que jamais en danger.

33

Je passe le deuxième bras dans la manche de mon blazer. Monica tire sur les pans pour en réajuster les longueurs. Elle m'observe de ce sourire qu'elle placarde sur son visage depuis l'agression de Jon et qui me donne des sueurs froides.

— Tout va bien se passer, dit-elle. Vous n'êtes plus en danger.

Ça fait trois jours qu'elle répète la même chose. Je ne comprends pas comment elle peut être aussi sûre d'elle. Elle ignore effrontément les preuves. Ce n'est pas faute de lui avoir fait remarquer. Elle continue pourtant de croire que l'arrestation de Bethany est la clé de notre quiétude.

— Votre frère rentre demain soir. J'ai prévu d'organiser un dîner pour célébrer son retour. Rien d'exceptionnel, juste un repas de famille. Je compte cependant sur vous pour annuler vos éventuels rendez-vous.

Son regard s'attarde dans ma direction. Fait-elle allusion à Jullian ?

Monica dépose un baiser sur le front de Wyatt et un sur ma joue. Mon petit frère attrape son sac à dos. Nous rejoignons la voiture. Un silence de mort occupe l'habitacle. Je n'ose pas parler de peur de trahir mes pensées. Je ne voudrais pas inquiéter Wyatt. Il peine déjà suffisamment à se remettre de l'agression de Jon.

Nous arrivons à St George. Penny et Jullian m'attendent sur les premières marches. Ils ont le même air maussade, qu'ils tentent de voiler par des sourires.

— Comment tu te sens ? demande Penny.

L'image du bâtiment me ramène à cette maudite soirée. Je revois les secours se précipitant dans les escaliers, j'entends mes pieds nus martelant le sol à leur suite. La peur m'enveloppe de nouveau. Je frissonne.

— Ça va.

Le mensonge est devenu une seconde nature depuis mon arrivée à Salem.

Jullian noue ses doigts dans les miens. De son autre main, il soulève mon menton et embrasse mes lèvres. Des lycéens nous dévisagent avec surprise. Je me fiche bien de ce qu'ils peuvent penser.

— J'ai entendu dire que le procès de Bethany allait commencer, dit Penny.

La foule se fend sur notre passage. Ma promiscuité avec Jullian suscite les plus vives expressions : de la sidération, du dégoût et même des ricanements. Est-ce la seule chose qui les préoccupe ? À croire qu'ils ont oublié qu'une adolescente est emprisonnée pour un crime qu'elle n'a pas commis, qu'une tentative de meurtre a eu lieu dans cette même enceinte il y a trois jours et qu'un sorcier s'amuse à faire tourner en bourrique les habitants de cette ville. La meilleure solution est encore de faire comme s'ils n'existaient pas.

— Qui est-ce qui va la défendre ? je demande.

— Les procès de Salem ne se déroulent pas tout à fait dans le cadre juridictionnel classique, dit Penny.

Je plisse les yeux en essayant de comprendre où elle veut en venir.

— Il n'y a ni avocat ni juge, reprend-elle. Juste le conseil.

— Dans ce cas, ce n'est pas un procès. Simplement une sentence.

— C'est le problème, rétorque Jullian.

— Pour être exact, le conseil a obligation d'énoncer tous les faits, qu'ils soient en faveur ou en défaveur de la personne jugée.

— Alors elle a une chance de s'en sortir, dis-je. Vu qu'elle n'a pas pu commettre les actes magiques dont on la dit coupable.

Nous nous arrêtons devant les casiers. Penny attrape son manuel de sciences en échange de son sac à dos, qu'elle a du mal à faire rentrer ; elle a encore dû le bourrer de livres.

— Le conseil trouve toujours une solution pour parvenir à ses fins, soupire Jullian.

— Ils établiront sans doute qu'elle s'est fait aider. Mais avec le couteau ensanglanté, ils la déclareront d'office coupable d'avoir attaqué Jon.

Je m'adosse au mur. Ma tête bourdonne. Je voudrais pouvoir faire le vide un instant, retrouver le silence et me débarrasser de toutes ces idées qui fusent dans mon cerveau. Bethany va être jugée. Et quand tous baisseront leur garde, le visage de porc sévira de nouveau. Il a déjà tenté d'étouffer Wyatt, de me noyer et de poignarder Jon. Chaque fois, il est passé un peu plus près de la réussite. Sa prochaine apparition pourrait bien être fatale à l'un de nous.

Mes mains se serrent sur mes tempes. Faites que ça s'arrête !

— Qu'est-ce qui t'arrive ? demande Jullian.

— Rien, je soupire. Je me disais juste que si je n'avais pas été sur cette maudite estrade le soir du bal, tout ça ne serait pas arrivé.

Je m'interromps.

De là où j'étais, je n'ai rien vu. Mais quelqu'un d'autre a pu apercevoir autre chose. C'est un puzzle ! Pour comprendre ce qui est arrivé, nous devons assembler les pièces.

— Je crois que j'ai une idée. Je vais aller chercher Alec. Toi, Penny, essaie de trouver Taylor. Et Jullian, tu récupères Veronica.

Je commence à voir clair dans mes pensées.

— Pour quoi faire ? demande la jeune fille.

— J'ai du mal à te suivre, ajoute Jullian.

— Nous étions tous à un endroit différent de la salle. Chacun de nous a des bribes d'informations. En les rassemblant, nous pourrions réussir à innocenter Bethany et retrouver le véritable coupable !

Ce n'est peut-être pas la bonne solution, mais ce sera toujours mieux que d'attendre sans rien faire.

Penny et Jullian échangent un regard. Je connais ça. C'est exactement ce que je fais avec Jon quand Wyatt commence à déballer des idées plus saugrenues les unes que les autres.

— Très bien, reprend le loup en tentant de dissimuler un soupir. Rendez-vous au bureau des étudiants après le cours de sciences.

— Ça nous laisse une heure pour prévenir tout le monde, j'ajoute.

— On devrait demander à Zahra de venir, dit Penny. Elle était juste à côté de Jon. Si quelqu'un a vu quelque chose, c'est bien elle.

— J'y ai pensé. Mais elle est encore très fragile. Parler de cette soirée risquerait de lui faire plus de mal qu'autre chose.

Les deux acquiescent. La sonnerie de début des cours retentit. Nous nous séparons.

***

— Ça ne peut pas être elle. Je veux dire, je connais Bethany depuis qu'elle est née. Jamais elle ne ferait une chose pareille !

Taylor lance en l'air son ballon ovale qui frappe le plafond du bureau des étudiants.

— Arrête, s'exclame Alec. Tu vas finir par casser un truc et on va avoir des ennuis.

— L'une des nôtres est enfermée dans les prisons du conseil, rétorque gravement le loup. Tu crois sincèrement que je m'inquiète d'être collé ?

Le sorcier lève les mains pour signifier son refus d'entrer en conflit. Il se laisse retomber dans le dossier de son siège tandis que Taylor jette de nouveau le ballon au plafond.

— Sympa l'ambiance, murmure Penny.

Je réponds d'un sourire, mal à l'aise.

La jeune fille, assise en tailleur sur un fauteuil de skaï rouge, tourne son manuel d'histoire. Elle s'arrête sur une gravure. Ses petits sourcils blonds se froncent. Elle examine la double page avec le plus grand sérieux.

Je vérifie ma montre pour la quatrième fois en cinq minutes. Jullian devrait être là depuis un moment. S'il avait eu un problème ?

— Comment va ton frère ? demande Alec.

Je croise une jambe par-dessus l'autre et enfouis mon poignet dans l'interstice. Mieux vaut que j'arrête de regarder ces maudites aiguilles.

— Il rentre au manoir demain soir. Il aurait pu revenir plus tôt, mais, d'après ce que j'ai compris, ses plaies n'ont pas cicatrisé aussi rapidement qu'elles auraient dû.

— Son agresseur a sûrement utilisé une dague enchantée, reprend le sorcier. Ou trempé la lame dans une potion pour s'assurer qu'il succombe plus vite.

Un frisson me court sur la peau. Le masque de porc est tout aussi cruel que perfide.

— Une preuve de plus de l'innocence de Bethany que le conseil choisira d'ignorer, s'exclame Taylor en continuant de marteler le plafond avec son ballon. C'est tellement plus facile de faire porter le chapeau à un loup ! Les lois de cette ville sont en défaveur des nôtres. Son jugement sera expéditif et la sentence tout aussi cinglante. Après ça, le coven pourra retourner à ses soirées de gala, son luxe et son arrogance. Et qu'importe s'ils ont condamné une innocente.

Je me tourne vers Alec et chuchote :

— Qu'est-ce qu'elle risque ?

— La mort ! s'exclame Taylor, que ma discrétion n'a pas dupé. Reste à savoir comment ils choisiront de s'y prendre. C'est d'ailleurs la seule raison pour laquelle la discussion est encore en cours.

— Tu n'es pas obligé d'être aussi cynique, riposte Alec.

Taylor laisse tomber son ballon, qui rebondit trois fois avant de s'arrêter contre une bibliothèque. Le loup, lèvres pincées, se précipite vers le sorcier.

— Cynique ? Ma copine va être mise à mort par tes parents, et tu oses me dire que je suis cynique !

Alec se dresse. Moins de cinq centimètres séparent les garçons. Les épaules de Taylor tirées en arrière donnent aux muscles de ses bras un aspect menaçant. Sa mâchoire serrée laisse dépasser ses deux canines acérées. Il cligne tout juste des paupières. À côté de lui, Alec paraît gringalet. Sa tignasse blonde le rajeunit. Il fait une tête de moins que Taylor et doit lever le menton pour le regarder dans les yeux. Pourtant, il n'en démord pas et toise son adversaire.

— Ça suffit !

Je m'interpose entre les deux. J'appuie les mains sur leurs torses pour les forcer à reculer.

— Nous sommes là pour essayer de trouver une solution ensemble. Alors même si vous n'arrivez pas à vous entendre, pensez à Bethany !

Alec est le premier à capituler. Il repousse mes doigts et rejoint Penny. Taylor dévisage un moment encore le sorcier. Je sens sous ma paume son cœur battre la chamade. Il finit par faire demi-tour. Ses canines se rétractent et il s'assoit sur une table.

Les minutes s'écoulent, hachurées par le bruit des pages que tourne Penny, les ruminements de Taylor et le pied d'Alec battant l'air. La porte s'ouvre enfin. Veronica fait un premier pas à l'intérieur et s'arrête net. Derrière elle, Jullian la pousse. Mais la reine du lycée refuse d'avancer.

— Qu'est-ce que c'est que cette histoire ? Tu ne m'avais pas prévenue qu'ils seraient là.

— Je t'ai dit qu'on devait parler.

— Pas avec eux !

Veronica fait volte-face. Jullian s'interpose entre elle et la porte. Elle essaie de le contourner. Il l'empêche de passer.

— Écoute au moins ce qu'on a à te proposer.

Je me lève sans trop savoir quoi faire d'autre. Je réalise que j'aurais dû préparer quelque chose. Je rentre nerveusement les mains dans les poches de mon blazer. Ma langue effleure mes lèvres sèches, ce qui me laisse cinq secondes de plus pour réfléchir. J'ignore par où commencer.

— Veronica, je suis désolée pour ce qui s'est produit le soir du bal. Ce qui arrive à Bethany est injuste. Et je n'ai jamais cherché à te prendre la couronne. Je n'ai même pas...

— J'hallucine !

La louve se tourne brusquement dans ma direction.

— Tu crois sincèrement que c'est à cause de cette foutue couronne que je t'en veux ?

— Non, bien sûr que non. Mais je tenais à m'exc...

— Je n'en ai rien à faire de tes excuses, Parris ! hurle-t-elle.

Jullian pose une main sur l'épaule de Veronica. Elle le repousse avec violence et avance d'un pas vers moi.

— Tout ça, c'est ta faute ! Si le conseil ne voulait pas à tout prix sauver tes miches et toutes celles des putains d'héritiers de Samuel Parris, on n'en serait pas là ! Ils n'arrêteraient pas la première venue !

— Veronica, ça ne sert à rien de s'emporter, murmure Jullian.

C'est lui qu'elle dévisage à présent. Redwood ne bouge pas. Une expression neutre demeure plaquée sur son visage.

— Tout ce qu'on cherche, c'est à aider Bethany.

— Le jour où l'on accordera de l'importance aux humains n'est pas encore arrivé, Rivers ! aboie Veronica. En attendant, garde ta grande bouche fermée si tu ne veux pas qu'on te force au silence éternel.

— Ce sont des menaces ? s'enquiert Penny en bondissant sur ses pieds.

— Doucement, intervient Alec en se postant devant Penny. Ne rentre pas dans son jeu.

— Et un sorcier pour couronner le tout ! ricane Veronica. C'est vraiment le pire groupe de travail que j'aie jamais vu.

Elle remonte la lanière de son sac à main sur son épaule.

— Ça sera sans moi ! s'exclame-t-elle au nez de Jullian. Je ne ferai pas partie de votre club de débiles.

— C'est ta meilleure amie dont il est question !

Jullian sort soudain de son apathie. Il attrape le bras de Veronica. Elle rapproche son visage du sien. De là où je me tiens, on dirait presque qu'elle va l'embrasser.

— Et je compte bien la défendre, reprend la blonde entre ses dents. Mais ce n'est sûrement pas avec eux que j'y parviendrai.

Elle tire sur son bras. Jullian pourrait la retenir. Nul doute qu'il est bien plus fort qu'elle. Pourtant, il la laisse partir. Dans l'instant, Taylor, jusqu'alors demeuré en retrait, saute de la table.

— Sans moi, mec.

Il tourne la tête vers nous.

— Veronica a raison. On ne gagnera pas en s'associant aux sorciers. Ils s'en fichent bien de ce qui peut arriver à Bethany. Ils ne voient que leur intérêt.

Il frôle Jullian et s'arrête une seconde pour poser sa main sur l'épaule de son ami.

— Penses-y.

Taylor quitte la salle. Jullian s'adosse au mur. Ses bras se croisent sur sa poitrine. Il fixe le sol.

— Si on y réfléchit bien, dit Penny, ça aurait pu être pire.

— Pire comme quoi ? demande Alec. Un incendie ? Un effondrement du bâtiment ?

— C'est à peu près ce que j'avais en tête.

Je rejoins Jullian. Ma main cherche la sienne. Il ne réagit pas. Je colle mon front au sien et caresse sa nuque.

— Tu sais que c'est faux, n'est-ce pas ?

Jullian se redresse et part s'asseoir sur un fauteuil. Son visage s'enfouit dans ses paumes. Alec et Penny le suivent du regard comme s'il était le ballon au milieu d'un terrain.

— Ce que je vois surtout c'est que le coven avale facilement la culpabilité de Bethany alors que tous savent pertinemment qu'elle n'a pas pu commettre le quart de ce qu'on lui reproche !

Le jeune homme passe les mains dans sa nuque. Il lève la tête vers moi.

— Désolé. C'est la fatigue qui parle. Je ne devrais pas me laisser emporter.

Je m'assois à côté de Jullian. Sa paume se pose sur ma cuisse. J'enlace mes doigts dans les siens.

— Veronica et Taylor ne veulent pas nous aider. Tant pis. On trouvera un autre moyen. On va découvrir qui manipule le conseil. Et on lui fera payer d'avoir tenté de s'en prendre à nous.

***

Je rentre à Wailing Hill le cœur lourd, assaillie d'idées confuses. J'ai rendez-vous avec Zahra. Avec tout ça, j'avais presque oublié. Ce soir, pas de magie. Nous passons l'heure à discuter en évitant consciencieusement le sujet du bal ou de l'hôpital. J'ai du mal à reconnaître la jeune fille fragile allongée sur mon lit. Elle qui si longtemps s'est montrée impassible et déterminée paraît tellement faible.

L'heure de mon cours particulier arrive. Zahra me demande si elle peut mettre un peu d'ordre dans les affaires de Jon avant son retour. Je la laisse devant la chambre de mon frère et retrouve Cole au jardin d'hiver.

Le jeune homme est allongé sur un divan, plongé dans un livre ancien dont il tourne méticuleusement chaque page. Lorsqu'il me voit, il referme l'ouvrage et me rejoint d'un pas nonchalant autour de la table en fer forgé.

Je n'ai pas envie de faire dans les futilités. Son attitude le soir du bal m'a déboussolée. D'abord, il s'est montré énigmatique et désobligeant. Puis, lorsque Jon a été attaqué, il m'a prise dans ses bras pour me réconforter.

— J'ai un devoir à rendre en littérature.

— Enfin quelque chose d'intéressant ! s'exclame-t-il en posant ses pieds sur une chaise.

Je m'éclaircis la gorge.

— Nous devons choisir une œuvre du siècle dernier considérée comme fondatrice de la littérature contemporaine.
— Fantastique ! J'ai justement ce qu'il te faut.
Fouillant dans sa sacoche de cuir rabougrie, l'homme tire un livre.
— Bram Stoker, lance-t-il. Et son chef-d'œuvre, *Dracula*.
— C'est une idée. Mais j'avais plutôt pensé à *Jane Eyre*.
C'est à mon tour de sortir l'ouvrage emprunté à la bibliothèque.
— Tu tiens réellement à présenter un énième devoir sur le féminisme sur lequel ton professeur posera à peine les yeux ? Si tu veux décrocher une bonne note, tu dois faire dans le sensationnel et l'inédit !
— La proposition est très alléchante. Mais la deuxième partie de ce devoir consiste à opposer l'œuvre à son équivalent moderne. Et je n'ai aucune envie de disserter sur *Twilight*.
Cole lève les yeux au ciel.
— Parce que tu préfères travailler sur *La Servante écarlate* peut-être ?
— Ce n'est pas ce à quoi je pensais. Mais c'est une excellente idée !
Mon précepteur bougonne. Ses grimaces m'amusent. Je ne mets pas longtemps à céder et commence à me dérider.
— Je persiste à dire qu...
Trois coups frappés. La porte s'ouvre. Zahra, des poches sous les yeux, ses cheveux auburn noués en un chignon grossier, passe la tête dans l'entrebâillement.
— J'ai terminé. Je v...
Elle s'interrompt.
— Ça par exemple, sourit Cole. Zahra ! Comment vas-tu depuis le temps ?
— Bien, murmure l'intéressée en se tournant vers moi. Serena, tu ne m'as pas dit que Cole était ton précepteur.
Première étonnée de la soudaine tournure de cet échange, je réponds à mi-voix :
— J'ignorais que vous vous connaissiez.

Une fois encore, la lycéenne observe l'homme avec un air de surprise teinté d'appréhension que je ne comprends pas. Finalement, murmurant des mots inintelligibles, elle s'en va. Je ne peux que me retourner vers Cole.

— J'ignorais que tu...

— Si ! s'exclame-t-il reprenant son livre en main. Depuis qu'elle est toute petite même. J'étais ami avec Emeric. Enfin, jusqu'à ce qu'il déraille.

— Emeric ? Le petit ami de Monica ? Quel est le lien avec Zahra ?

Il s'interrompt. Ses yeux passent par-dessus son livre sans me regarder.

— Eh bien. C'était son frère.

— Son frère ?

Cole acquiesce.

— Jeremiah Hubbard, dans sa prime jeunesse, a eu une brève aventure avec l'une de ses domestiques. Neuf mois plus tard, Emeric venait au monde. Hubbard n'a pas reconnu l'enfant. Sans doute l'erreur qui aura coûté le plus cher à cette ville.

— Qu'est-ce que tu entends exactement par là ?

— Je me suis peut-être aventuré sur un terrain miné, s'empresse-t-il d'ajouter. Ces histoires ne me regardent pas. Elles ne concernent que le coven.

Il attrape le livre entre mes doigts et fait tourner les pages à toute vitesse.

— *Jane Eyre* alors. Je devrais pouvoir m'y faire.

Je pose ma main sur l'ouvrage. Cole soupire. Dieu seul sait combien de temps ce silence perdure, tout juste hachuré par ma respiration très lente.

— Très bien.

Il referme d'un claquement son livre et traîne sa chaise sur le sol jusqu'à me rejoindre. Je sens son parfum, un mélange indéfinissable aux notes amères. Le contact de son bras si froid contre le mien me donne des frissons. Cole, après avoir vérifié les environs, approche de mon oreille.

— Emeric était un sorcier très puissant. Mais en qualité de bâtard de la famille Hubbard, il n'avait pas sa place au sein du conseil, alors dirigé par son père.

Suspendue aux lèvres de Cole, j'en oublie un instant de respirer.

— C'est sa mésentente avec son paternel qui l'a conduit à rejoindre un groupe de sorciers qui s'étaient donné pour nom...

— Les gardiens de la magie pure.

Cole m'observe, surpris. Il hausse les épaules en murmurant :

— Si tu les connais déjà, ça me fera une chose en moins à t'expliquer.

Il se racle la gorge.

— Comme tu le sais sûrement, l'étincelle des gardiens s'est étouffée sitôt après s'être allumée. On n'a plus entendu parler d'eux pendant presque dix ans. Jusqu'à ce qu'Emeric reprenne le flambeau. Loin du pacifisme de son prédécesseur, Emeric a fait des gardiens des tueurs sanguinaires prêts à tout pour éliminer le conseil.

Cole ajoute dans un murmure :

— Entre toi et moi, ça ne fait aucun doute que son seul but était de prendre la tête du coven à la place de son père. Enfin, tu dois connaître la suite. Les gardiens traquent les Parris, vos parents déménagent pour vous protéger, blablabla, Emeric est exécuté.

— Exécuté, je répète.

Je savais qu'il était mort. J'ignorais comment. Ça voudrait dire que Jeremiah Hubbard a condamné son propre fils à la potence ?

— Il n'avait pas le choix. Emeric était devenu une menace pour cette ville.

— Et Monica ? je m'enquiers. Elle aussi, c'était un gardien ?

Cole passe ses doigts sur son menton.

— C'est ce que le conseil a longtemps suspecté en effet. Entre autres raisons parce qu'elle était proche d'Emeric. Mais ils n'ont jamais pu en avoir la certitude. Les gardiens protégeaient jalousement leur identité. La plupart d'entre eux étant de vulgaires sorciers de seconde zone non contents de ne pas faire partie de l'élite de Salem.

Il lâche dans un souffle :

— Des jaloux !

Zahra disait vrai. Monica était membre des gardiens.

— Je ne comprends pas pourquoi elle ne nous a rien dit. Ça remonte à quinze ans. Le conseil l'a innocentée. Elle n'a plus rien à craindre.

— Tu parles de nouveau de Monica, je présume. Eh bien, je te dirais qu'elle a simplement voulu protéger ses arrières.

Je me tourne brusquement vers l'homme. Il sourit. C'est sur la même phrase énigmatique qu'il m'a laissée le soir du bal. Cette fois, il va devoir m'en dire un peu plus.

— Qu'est-ce que tu entends par là ?

— C'est du bon sens Serena ! Monica est à la tête du conseil de Salem depuis qu'elle a récupéré votre garde. Elle s'efforce simplement d'y rester ! Si quelqu'un suspectait que les gardiens étaient de retour, elle serait la première mise en cause et elle perdrait sa place !

Il se trompe forcément. Jamais Monica ne ferait passer son siège au sein du conseil avant notre sécurité. Enfin, je crois. Je ne suis plus sûre de rien. Je croyais connaître ma tante, mais tout ce que j'apprends à son sujet rend l'image que j'ai d'elle de plus en plus floue. Et la force avec laquelle elle nous cache son passé ne m'aide en rien à la cerner.

— Tu penses vraiment que Monica est prête à tout pour garder la direction du conseil ?

Il acquiesce.

— Ne te méprends pas, dit-il. Je ne sous-entends pas que Monica a fait disparaître tes parents...

— Mais qu'elle s'est assurée que mes frères et moi venions vivre à Salem avec elle.

Je me lève aussitôt. Ignorant les interrogations de Cole, je quitte le jardin d'hiver et traverse la maison en toute hâte. J'entends encore la voix de maman dans ma tête.

Vous n'auriez jamais dû revenir à Salem.
Je suis passée à côté de quelque chose.
Je pousse la porte du bureau, désert. Fouillant chaque rangement de chaque meuble, j'inspecte les tiroirs un à un, examine les étagères. Aucune trace de ce que je cherche. Monica doit forcément cacher les documents importants dans son bureau, dans un genre de coffre-fort. Où peut-il bien être ?
Un froid terrible me saisit. Je frissonne. Lorsque la cheminée est éteinte, cette pièce est glaciale.
— *Inflamare* !
Le bois s'embrase, dessinant sur le sol mon ombre gigantesque qui rivalise avec l'immense portrait de Samuel Parris.
Le portrait de Samuel... Mais c'est ça ! Le coffre-fort doit être caché derrière !
J'attrape une chaise et me hisse au-dessus de la cheminée. L'interrupteur est quelque part. Ma main tâtonne autour de la toile, suivant les contours du cadre doré. Sans résultat.
Monica a scellé le coffre avec un sort. Le seul moyen de l'ouvrir, c'est d'utiliser la magie.
Je descends et me tiens face au tableau. Je prends une longue inspiration. Mes yeux se ferment. Je dois faire le vide en moi. Les images affluent, mais je les repousse. J'ignore les souvenirs du bal, la douleur de l'eau dans ma gorge, la peur de perdre ceux qui me sont chers, le sentiment qu'à chaque fois que je pense savoir comment marche ce monde, ce monde se dérobe sous mes pieds.
La lumière. Je visualise un long tunnel blanc. Ce même faisceau qui m'a aveuglée lorsque j'ai cru mourir. J'accueille les sensations de bien-être et les émotions positives : la chaleur du feu sur ma peau, la caresse des rires de Wyatt, la fierté d'être la petite sœur de Jon, la douceur des lèvres de Jullian, l'étreinte de mes parents.
Un grincement me ramène à la réalité. J'ouvre les yeux. Le portrait de Samuel a basculé. Ses secrets vont être dévoilés.
Pas une minute à perdre. Quelqu'un pourrait rentrer ici à tout moment.

Je mets rapidement la main sur ce que je cherche. Le testament de mes parents. Le papier enroulé sur lui-même se trouve dans un étui de cuir qui a été récemment descellé. Je reconnais les courbes délicates de l'écriture de maman, et la graphie peu appliquée de papa.

Les larmes me montent aux yeux. Je tiens entre mes mains la dernière trace de leur volonté. Je me force à ne pas céder. Ce n'est pas le moment. Mes yeux parcourent à toute vitesse les lignes.

— La garde des trois enfants, Jonathan, Serena et Wyatt Parris, sera quant à elle confiée au plus proche parent de la famille.

Mon cœur s'emballe, je retiens ma respiration.

— Barnabé Osborne.

34

Assise à l'une des tables ovales de la cafétéria, Penny trompe sa solitude dans la lecture. Elle ignore le ballet des lycéens en uniforme, leurs vives conversations et leurs éclats de rire. Je pose mon plateau face au sien. Mon amie referme son livre.
— Alors, cette initiation au sanscrit ? demande-t-elle.
Elle m'observe avec un large sourire faisant apparaître de petites pattes-d'oie au coin de ses yeux.
— Ce n'est pas fait pour moi ! je réponds en plantant ma fourchette dans ma salade.
— Je rêverais de pouvoir y assister ! Ça doit être passionnant !
— C'est une langue morte. Tout est dans le nom.
Elle s'accoude à la table. Ses yeux scintillants parcourent le plafond de la cafétéria.
— Je t'accorde que c'est loin d'être un apprentissage dynamique. Mais imagine un peu la quantité de portes que ça peut ouvrir ! Tous ces savoirs qui t'attendent ! Il y a tant de manuscrits, de livres anciens, de parchemins, de gravures et j'en passe qui ne peuvent être traduits. Le sanscrit, c'est la voie royale vers la connaissance.

Penny pose sa joue sur son poing en pinçant les lèvres.
— Dommage que cette matière soit réservée aux sorciers.
— Tu n'as qu'à y assister à ma place si tu veux.
— Si tu ne suis pas ce cours, Serena, tu ne pourras pas aller en classe de sortilège l'année prochaine.

Je hausse les épaules pour montrer mon désintérêt et avale une petite gorgée d'eau.

— Quoi ? Tu n'as plus envie d'apprendre à pratiquer la magie ?

J'essuie mes lèvres du revers de ma manche.

— Des choses pas très nettes se produisent autour du coven. Et je ne suis pas certaine de désirer y prendre part.

— Tu parles de l'arrestation de Bethany ?

— Entre autres.

Penny m'observe en plissant des yeux. Je me force à sourire et avale une bouchée de salade.

Je ne suis pas prête à lui dire. Une semaine s'est écoulée depuis que j'ai découvert la vérité sur le testament de mes parents et je n'en ai pour le moment parlé à personne, ni à Penny, ni à Jullian, pas même à mes frères. Que pourrais-je bien leur dire ? Qu'on nous a trompés, abusés ? Que notre seul parent proche s'est servi de nous ? Que Monica, depuis le jour où nous avons passé le seuil du manoir, n'a su que nous mentir ? Je n'étais pas moi-même préparée à ces révélations. Je refuse d'en faire porter le poids à quiconque.

— En parlant de Bethany, reprend Penny, j'ai entendu Petra et Emily discuter pendant qu'on rangeait la salle de bal ce matin. Elles disaient que le conseil l'avait interrogée. Bethany aurait avoué avoir poignardé Jon. Mais elle jure qu'elle était sous l'influence de l'hypnose.

Ma fourchette m'échappe des doigts. Je la récupère aussitôt avant qu'elle ne tombe sur ma jupe.

— Qui a fait ça ? je demande gravement.

— D'après Petra, Bethany n'aurait pas vu son visage.

Mon regard se perd dans le vide. Nous détenons une preuve de plus que c'est bien un sorcier qui tire les ficelles. Pourquoi le conseil ignore-t-il aussi effrontément les faits ? On dirait qu'ils tentent par tous les moyens de protéger les sorciers des soupçons. À moins que ce ne soient les loups qu'ils cherchent à tout prix à incriminer. Est-ce que cela a un rapport avec les accords dont Monica m'a parlé ?

Le brouhaha de mes idées confuses se remet à gronder dans mon esprit. Je presse mes mains sur mes tempes pour l'étouffer. Penny m'observe avec inquiétude. Je passe mes doigts dans mes cheveux et redresse ma colonne.

— Je voulais te parler d'autre chose, Serena.

Penny enroule une mèche blonde autour de son index. Le sang monté à ses joues donne à son teint une couleur estivale. D'un signe de tête, je l'invite à poursuivre.

— Avant toute chose, je tiens à te dire que ça ne me serait jamais venu à l'esprit jusqu'à récemment. Je sais à quel point vos familles sont liées et je...

— Ça a un rapport avec Alec ?

Penny pince les lèvres. Elle bascule lentement la tête de haut en bas. Je ne parviens pas à réprimer mon sourire.

— Il m'a invitée à sortir. Je ne suis pas du genre à demander la permission avant de faire quoi que ce soit, mais ça concerne aussi Alec. Et je sais à quel point vous...

— Fonce ! je m'exclame.

— Vraiment ?

J'acquiesce. Elle attrape mes mains qu'elle serre dans les siennes. Sa peau est tiède et moite. Depuis combien de temps se retient-elle de me parler de ça ?

— Je suis ravie pour vous deux !

— On se calme, dit mon amie en tirant sur les manches de sa veste. Il ne s'est rien passé... encore. Ce n'est qu'une invitation au cinéma. On va regarder un film des années 50, manger beaucoup de pop-corn et...

— Vous embrasser ?

Penny plaque son doigt sur ses lèvres en me faisant les gros yeux. J'éclate de rire.

— Tu arrêtes oui ! Quelqu'un pourrait t'entendre !

— Entendre quoi ?

De longues mèches auburn surplombent la table. Zahra. La jeune fille s'assoit à côté de moi. Son regard insistant passe entre nous deux.

— Que Penny va aller en cours de sanscrit à ma place, je lâche avec un sourire forcé.

La petite blonde acquiesce vivement. Zahra continue de

nous observer avec soupçon. Elle finit par hausser les épaules. Elle croise les mains sur la table et se tourne dans ma direction.

— J'ai appris par Emily que tu ne souhaitais plus faire partie de l'équipe de natation.

— Vu comment son dernier passage au bassin s'est déroulé, intervient Penny, c'est compréhensible.

Le regard de Zahra se pose sur la blonde. Quelque chose dans la manière dont elle l'observe me met mal à l'aise. Penny doit éprouver le même sentiment, car elle récupère son livre et retourne à sa lecture. Je me retiens de faire une quelconque remarque. Zahra est encore déboussolée par l'incident du bal, je dois la ménager. J'abonde tout de même dans le sens de Penny :

— J'ai eu mon lot de sensations fortes.

— Dommage, soupire Zahra. On aurait bien eu besoin de quelqu'un avec ton cran.

Imaginait-elle sérieusement qu'après avoir failli me noyer je pourrais reprendre sereinement le chemin de la piscine ?

— Mais ce n'est pas pour ça que je suis venue te voir.

Penny passe ses yeux par-dessus son ouvrage.

— L'entraînement de ce soir ayant été annulé, je peux passer chez toi pour...

Zahra se tourne vers la blonde. Cette dernière remonte précipitamment le livre sur son visage et feint d'être plongée dans sa lecture.

— Pour le cours de maths, termine-t-elle.

— D'accord, je réponds avec un haussement d'épaules.

Je n'ai pas vraiment la tête à ça en ce moment. Mais ça pourrait être justement un moyen de penser à autre chose. En plus, ce soir, personne ne sera au manoir.

Une minute.

— Impossible. C'est la pleine lune. Nous allons à Boston.

— On aura terminé bien avant que tu partes, sourit la jeune fille. Ça prendra quoi ? Une heure au maximum. Et puis il y a des tas de choses dont j'ai envie de discuter avec toi.

Elle ajoute à mi-voix en désignant Penny de la tête :

— Si tu vois ce que je veux dire.

Non, je ne vois pas du tout. Est-ce que ça a un rapport avec mon amie ? Ou au contraire est-ce quelque chose dont elle ne peut pas parler en sa présence ?

— Et si nous avons un peu de retard, je me ferai un plaisir de t'accompagner moi-même à Boston.

Je fronce les sourcils. Zahra lève les yeux au ciel. La téléportation, bien sûr.

— C'est d'accord. Reste à convaincre ma tante. Et ça, c'est une autre paire de manches.

— Je m'en occupe ! reprend la jeune fille en se dressant d'un bond. Monica ne peut rien me refuser.

Elle sort son téléphone de son sac. Quittant la table tout sourire, elle laisse derrière elle mon incompréhension la plus totale et un parfum de mirabelle.

— Ben dis donc, s'exclame Penny en refermant son livre. En voilà une qui n'a pas mis longtemps pour se remettre.

Je regarde ses cheveux auburn valser sur ses épaules alors qu'elle s'éloigne. Elle n'a plus rien de cet ange déchu recroquevillé dans un coin de la salle d'attente de l'hôpital.

***

Après la pause déjeuner, Penny et moi rejoignons le cours d'art de madame Fletcher. J'enfile l'une des blouses accrochées au portemanteau de l'entrée. La pièce baigne dans la pénombre. Des fenêtres rectangulaires situées en haut de la classe déversent sur les tables en bois de faibles lueurs. Les rares fois où des étudiants se sont aventurés à demander à madame Fletcher d'allumer les néons, elle a répondu que c'était dans la nuance entre la lumière et les ténèbres que se trouvait l'art.

Les murs sont tapissés d'œuvres extravagantes. Sur certaines, le sujet est facilement reconnaissable. Pour d'autres, c'est à se demander si ce n'est pas un enfant de 3 ans qui a joué avec de la peinture. Je passe sous les multiples suspensions qui descendent du plafond et donnent l'impression de l'abaisser. L'une d'elles est composée de CD sur lesquels les rares faisceaux de lumière dessinent un éventail de couleurs.

Je m'assois sur un tabouret au dernier rang. Mes doigts suivent les irrégularités de la table. Les promotions successives ont maltraité le bois. Ici, c'est un coup de cutter. Là, des taches de peinture violette. De ce côté, de la colle a séché. Et par ici, un élève a gravé en minuscule le mot « merde ».

— Élégant, murmure Jullian.

Je tourne la tête vers le garçon, qui enfile sa blouse par-dessus sa chemise. Ses cheveux sont encore humides. Il sent la menthe et le musc. Il n'y a que les Thunderwolfs pour passer la pause déjeuner sur le terrain de football.

Les jeux d'ombre des suspensions se reflètent sur son visage. L'arête de sa mâchoire paraît si saillante que je voudrais la suivre du bout des doigts. Les nuances de cuivre de ses cheveux ont disparu.

Son regard froncé me fait réaliser que je l'observe depuis un peu trop longtemps. Jullian sourit et passe son index sur mon menton. Ses lèvres approchent des miennes. La porte claque et il s'écarte.

Maudit professeur Fletcher !

Sur la table voisine, Taylor nous fixe en soupirant. Jullian ignore son regard. Je tâche d'en faire autant. Madame Fletcher commence son cours. Elle sort du placard un tas d'objets hétéroclites.

— Ils m'en veulent encore.

— Ne t'occupe pas de ce qu'ils pensent, chuchote Jullian.

Sa main passe discrètement sous la table. Elle longe mon bras, laissant derrière elle une traînée de frissons. Ses doigts se nouent aux miens.

Taylor nous lance un nouveau coup d'œil. Jullian dresse le menton tel un rempart pour me protéger.

— Je suis désolée.

— De quoi ? demande-t-il à mi-voix.

— Que tu sois pris entre deux feux. Taylor est ton meilleur ami, et Veronica... Ça va même plus loin si on y réfléchit. C'est comme si tu te trouvais entre la meute et le coven.

Il sourit.

— Quoi ?

Ses doigts quittent les miens et ils passent le long de ma colonne. Il se tourne dans ma direction. Ses fines lèvres s'entrouvrent.

— Et si on disait qu'il n'y avait ni coven ni meute. Juste toi et moi.

Je laisse aller ma joue sur son épaule. Une chance que le garçon devant moi soit suffisamment grand pour me cacher de madame Fletcher.

***

— Vous vous souvenez d'oncle Barnabé ?

Perplexe, Wyatt me considère un moment.

— Oui, murmure-t-il. Pourquoi ? Tu veux lui envoyer une carte ?

La voiture démarre et nous quittons St George. Je reprends.

— Vous vous rappelez ce que papa disait à propos de lui ?

— Qu'il était le frère qu'il n'avait jamais eu, dit Jon. Serena, je ne vois pas où tu veux en venir.

Je ne devrais sûrement pas leur en parler. Je risque d'éveiller leurs soupçons. Mais c'est plus fort que moi. Je n'arrête pas de me questionner sur ce à quoi aurait ressemblé notre existence si quelqu'un avait trouvé le testament de nos parents avant Monica.

— Je me demande simplement quelle vie nous aurions eue si c'était lui qui avait récupéré notre garde.

— Eh bien, réfléchit mon grand frère, nous aurions eu très froid. Nous aurions dû apprendre le suédois. Tu n'aurais plus jamais fait de surf. Quant à moi, j'aurais dû abandonner le football pour le hockey ou quelque chose dans le genre.

Le petit génie laisse échapper un rire.

— Je crois que tu as une image un peu stéréotypée de la Suède, conclut-il.

Je tourne la tête vers la vitre teintée. Nous rentrons à peine à St George et, déjà, le soleil commence à disparaître à l'horizon. Dans le sous-bois qui mène à Wailing Hill, les rayons du jour ne parviennent plus à se frayer un chemin entre les arbres centenaires.

Comme chaque soir de pleine lune, ma tante a revêtu sa robe de mousseline noire. Elle nous attend sur le perron du manoir.

— J'ai fait vos bagages. Ce qui vous laisse juste le temps d'aller vous changer avant de partir pour l'aéroport.

Elle ajoute en se tournant vers moi :

— Zahra vient d'appeler. Elle aura une dizaine de minutes de retard.

Le « cours de maths », j'avais oublié.

— Je vais l'attendre dans la cuisine.

Je double Monica pour pénétrer dans la bâtisse.

— Je compte sur toi pour être ponctuelle. Une heure de cours, et vous filez à Boston toutes les deux ! Vous devez avoir quitté le manoir avant que la lune ne soit à son point culminant ! C'est bien d'accord ?

Je hoche la tête. Je n'ai pas la force de répondre verbalement. J'en ai assez des faux-semblants. La seule raison pour laquelle je ne lui dis pas tout ce que je sais, c'est parce que je ne peux décemment pas envoyer ça au visage de mes frères. Mais en gardant le silence, je deviens sa complice. Je refuse volontairement à Jon et Wyatt des informations qu'ils sont en droit de connaître. Je suis prise au piège du manège de Monica. Quelle que soit ma décision, elle fera nécessairement du tort à mes frères. Et je l'en considère entièrement responsable.

Monica enfile une longue cape sombre par-dessus sa robe. Sa main caresse mon épaule. Elle me lance un clin d'œil et s'en va. Rapidement, ce sont Jon et Wyatt qui quittent la demeure. Je me retrouve seule dans la cuisine à tourner ma paille dans un verre depuis longtemps vide.

L'arrivée de Zahra me reconnecte au monde. Nous montons dans ma chambre. Ce soir, elle essaie de m'apprendre un sortilège qui permet de maîtriser le brouillard. Je parviens à faire sortir un petit nuage de fumée de ma paume. J'ai la tête trop pleine pour réussir à me concentrer.

Zahra claque son grimoire. Elle serre ses jambes contre sa poitrine et m'observe en penchant la tête sur le côté. Lorsque Monica faisait ça, je la trouvais débordante de tendresse. À présent, je réalise qu'elle me prenait simplement pour une idiote.

— Tu penses à Cole, c'est ça ? demande-t-elle.

— Je te demande pardon ?

J'étire ma colonne endolorie par la position assise prolongée.

— Pas à moi, Serena ! J'ai bien vu la façon dont vous vous regardiez ! Vous étiez collés l'un à l'autre !

— C'est mon précepteur. Il surveillait mon travail.

— Je suis sûre qu'il te plaît.

— Tu sais bien que je suis avec Jullian ! je m'exclame.

Elle pince les lèvres. Quoi ? Pourquoi fait-elle ça ?

— Oui, lâche-t-elle. Pour l'instant.

Je me lève d'un bond et dévisage la jeune fille.

— Pour l'instant ? je répète. Je me doutais que certains n'allaient pas approuver ma décision. Mais j'espérais au moins un peu de soutien de ta part !

— Ça n'a rien à voir avec toi, Serena ! s'exclame Zahra se levant à son tour.

Elle commence à marcher sur la moquette. Interdite, je la regarde se mouvoir, les bras croisés sur ma poitrine.

— Je trouve admirable le fait que tu choisisses l'amour au détriment du pouvoir. C'est très romantique. Mais tôt ou tard, tu le sais, vous devrez vous séparer.

On croirait entendre Monica.

— On est heureux ensemble ! Pourquoi ça ne pourrait pas durer ?

— Je pensais que Jullian t'en avait parlé.
— Parler de quoi ?
— Du pacte des loups. Celui signé entre les Redwood et les Wilkerson.

Mes sourcils se froncent. Je m'exclame d'une voix étranglée.
— Qu'est-ce que tu racontes ?

Zahra avale lentement sa salive.
— Veronica et Jullian ont été promis l'un à l'autre, Serena. Il y a des années de ça.

Ma poitrine se serre. Je sens comme un pincement dans mon cœur. Je presse plus fort mes bras autour de mon buste pour étouffer la sensation désagréable.
— Et alors ? Toutes les familles de cette ville font des alliances !
— Chez les loups, c'est très différent. Jullian a été choisi pour devenir le nouvel alpha de la meute. C'est le genre de cadeau qui ne se refuse pas. Et l'unique condition à son accès au trône, c'est qu'il épouse la fille du chef actuel. Veronica.

C'est impossible ! Zahra doit se tromper ! Si c'était vrai, Jullian m'en aurait parlé depuis longtemps. Jamais il ne m'aurait caché une chose pareille !
— Je ne te crois pas !
— C'est pourtant la vérité Serena ! Je n'aurais peut-être pas dû te le dire, mais je pense que tu as le droit de savoir !
— Tu mens ! je m'exclame. Tout ça n'est qu'un énorme mensonge !

Je passe mes doigts dans mes cheveux et presse mes tempes pour tenter de faire cesser ce flot de pensées.
— Tu es mon amie Serena, jamais je n'oserais te mentir. Si tu ne me crois pas, tu n'as qu'à aller lui demander toi-même.

Fouillant son sac à main, Zahra en tire une paire de clés.
— Prends ma voiture. Avec un peu de chance, tu arriveras chez lui avant le couvre-feu.

Mes ballerines s'écrasent sur la moquette dans un va-et-vient infernal. Immobile, Zahra me regarde faire, lèvres serrées. J'empoigne le trousseau et disparais.

***

La nuit est tombée sur Salem. Sous mon pied, le moteur s'affole. Je traverse le West Side à pleine vitesse jusqu'à arriver devant la demeure des Redwood. Je n'étais jamais venue de ce côté de la ville. Des maisons imposantes bordent les rues. Loin de l'architecture ancienne des habitations de sorciers, les loups ont opté pour des maisons au design moderne, aux toits discrets et aux larges baies vitrées. On se croirait davantage sur les hauteurs de Beverly Hills qu'en plein cœur du Massachusetts.

La résidence Redwood est gardée par un portail surmonté d'une gravure représentant un loup hurlant au clair de lune. Pressant la sonnerie, je me demande encore comment tout ça a bien pu arriver. Il y a une heure, tout allait parfaitement bien entre Jullian et moi. À présent, je m'interroge sur sa sincérité.

Le portail s'ouvre. Tandis que je pénètre dans l'allée, la porte claque. Jullian dévale les marches quatre à quatre, traverse la pelouse et se précipite vers moi.

— Qu'est-ce que tu fais là Serena ?

— J'ai besoin de te parler...

— Tu n'aurais jamais dû venir ! me coupe-t-il.

— C'est très important Jullian ! Je veux savoir !

Ma gorge se serre.

— Tu dois partir !

Les mains de Jullian pressent mes épaules. Son regard empli d'une lueur sombre scrute le ciel.

— Non ! je m'écrie en me défaisant de son étreinte. Nous devons parler de ça maintenant ! Je dois savoir Jullian ! Tu dois me dire si tu m'as caché la vérité.

— Enfin qu'est-ce que tu racontes ?

— Est-ce que tu es lié à Veronica ?

Le jeune homme ne bouge plus. Les larmes que je retiens me brûlent la gorge.

— Qui t'a parlé de ça ?

— Tu ne nies pas.

— Serena ! s'exclame Jullian en empoignant mes épaules. Je te jure que je te dirai tout ce que tu veux savoir. Mais pas maintenant ! Tu dois absolument partir !

Un bruit sourd résonne soudain dans tout le quartier. Un cliquetis métallique se joint au glas qui sonne dans le clocher. Sur les façades des maisons, de longs rideaux de fer descendent jusqu'à obstruer tout accès. Ces voilages de fer bloquent la résidence Redwood et toutes les bâtisses alentour.

Les yeux de Jullian s'exorbitent.

— Va-t'en Serena ! Maintenant !

— Qu'est-ce qui se passe ?

— Va-t'en !

Je prends seulement conscience de l'expression pleine de gravité de son visage. Il y a quelque chose en Jullian qui me glace le sang, un voile obscur que je n'avais encore jamais perçu. Il est terrorisé.

— Non ! Je refuse de te laisser !

Je me hâte vers lui. Jullian me repousse et recule de trois pas.

— Tu dois le faire ! Pars le plus vite possible et cache-toi !

— Jullian, explique-moi !

Brusquement, il se courbe. Ses mains se serrent contre son ventre.

— Va-t'en Serena, cours !

— Qu'est-ce qui t'arrive ?

La douleur le fait hurler. Jullian tombe à terre. Mon souffle se fait court. J'essaie de l'aider à se relever. Mais le jeune homme me repousse. Deux iris jaunes ont envahi son regard. Ses canines s'allongent. Il me dévisage avec férocité. Son nez se transforme en un museau effilé qui se dresse vers le ciel.

La pleine lune.

Prise d'effroi, je bondis et me précipite vers la sortie. Lorsqu'un hurlement déchire le silence de la nuit. Faisant volte-face, j'aperçois, dans les lambeaux des vêtements de Jullian, un loup énorme, au pelage brun cuivré. Ses babines retroussées dévoilent une mâchoire menaçante.

— Tu ne me feras pas de mal, Jullian.

L'animal grogne. Il ne me quitte plus des yeux.

— Jullian...

Il s'élance. Je cours aussi vite que j'en suis capable. Derrière moi, j'entends le souffle du loup qui se fait plus proche. Mes pas se précipitent sur la pelouse. Je sens mes muscles tendus à l'extrême. Mes respirations hachurées brûlent mes poumons.

D'un bond, il me plaque au sol. Je roule à terre, me retrouvant face à son museau et ses dents pointues. L'animal enfonce lentement ses griffes dans mes bras. Il entaille ma chair. Je crie. Ses canines approchent dangereusement de ma gorge nue.

Je ferme les yeux, attendant la terrible sentence. J'aurais dû l'écouter. J'aurais dû partir tant qu'il en était encore temps.

35

Son haleine pestilentielle brûle mon visage. Une première larme coule sur ma joue. Elle ouvre la porte à ces flots de sanglots que j'ai si ardemment refoulés. Je ne me suis jamais sentie autant en sécurité que lorsque je me trouvais avec Jullian. C'est pourtant lui ce soir qui tente de me tuer.

Ses pattes s'écrasent sur mes bras. Il est si puissant. Impossible de m'extraire.

Soudain, le poids de l'animal disparaît. Un faisceau blanc propulse le loup en arrière. Il atterrit trois mètres plus loin dans un cerceau de cette étrange lumière. C'est comme si un projecteur était brusquement braqué sur lui. Il se tord de douleur. Des couinements stridents s'échappent de sa gueule.

— Serena, vite ! Dans la voiture !

Monica, un bras tendu vers le ciel, projette sur Jullian ce faisceau étincelant qui le fait souffrir.

Interdite, je dévisage ma tante, dont les yeux, rivés sur sa victime, sont cerclés d'or. Les plaintes de l'animal déchirent mon cœur. Je voudrais courir l'aider.

— Monte dans la voiture Serena ! Je ne vais pas pouvoir ralentir les effets de la lune très longtemps !

J'obéis et grimpe sur le siège passager. Le faisceau de lumière disparaît. Monica se presse de prendre le volant. Le moteur démarre. Sur la pelouse, le loup, inerte, continue de gémir.

— Qu'est-ce que tu faisais là ?

La raison de ma visite me paraît soudain superflue. J'essuie mon visage du revers de ma veste, faisant disparaître les dernières traces de ma faiblesse.

— Serena, par tous les démons de l'Enfer, tu viens de risquer ta vie ! J'aimerais comprendre ce qui t'a pris !

La peur s'estompe peu à peu. Elle laisse derrière elle un sillon d'où surgissent les pensées les plus troubles.

— Je devais parler à Jullian.

Ma bouche est pâteuse. Je ne parviens même plus à articuler correctement.

— Un soir de pleine lune ? Tu es folle !

— J'ignorais que les loups devenaient incontrôlables !

Monica tourne le volant de quatre-vingt-dix degrés. Nous quittons le quartier en direction du centre-ville. Toutes les façades des demeures que nous longeons sont barricadées.

— Tu sors avec l'un d'entre eux. Je pensais que tu le savais !

— Je commence à croire qu'il y a beaucoup de choses dont Jullian a oublié de me parler.

Nous passons Main Street. Sur l'avenue où d'ordinaire scintillent les enseignes des restaurants et des bars, tout est éteint. Le cinéma a fermé ses portes. Le rideau de fer du *Hallow* est baissé. Pas un chat dans les rues. Salem s'est transformé en ville fantôme.

— Tu as appris pour le pacte avec les Wilkerson ?

J'acquiesce.

— C'est pour ça que tu m'as dit de garder mes distances avec lui ?

C'est au tour de Monica de hocher la tête.

— Je savais que tôt ou tard il finirait par te briser le cœur.

Ce soir, c'est plutôt les os qu'il a failli me casser. Une douleur lancinante dans les bras me rappelle les entailles de ses griffes sur ma peau.

— Mais tu avoueras que c'est le genre de confidence difficile à faire sans passer pour la tante acariâtre qui se mêle de ce qui ne la regarde pas. Cherche dans la boîte à gants. Il y a des mouchoirs.

J'ouvre la petite porte devant moi. Le masque d'or décoré

d'arabesques tombe sur mes genoux. C'est celui qu'elle portait le soir de l'initiation : le gage du sorcier à la tête du conseil. Celui pour lequel elle a volé notre garde et menti à tout le monde.

— Qui t'en a parlé ?

Je me tourne précipitamment vers Monica.

— De quoi ?

— Le pacte des Redwood et des Wilkerson, voyons.

Et elle ajoute en fronçant les sourcils :

— Je t'ai dit de prendre un mouchoir. Ton sang fait des taches sur mes fauteuils en cuir !

Je récupère le paquet en pestant et fourre le masque dans la boîte à gants.

— Zahra.

— C'est elle qui t'a accompagnée jusqu'ici ?

Je fais non de la tête en tapotant le papier sur ma plaie. Une douleur aiguë irradie dans tout mon bras.

— Elle m'a donné les clés de sa voiture.

— Ce soir ? C'est complètement inconscient de sa part !

— Elle a dû oublier pour les loups-garous.

Monica ne répond pas. Emportées par la vitesse du cabriolet, nous franchissons le pont et pénétrons dans l'East Side. L'ambiance y est tout autre. Les lumières orangées des lampadaires rouillés éclairent les quelques passants qui traînent dans les rues. Des motards conversent à l'entrée d'un bar, duquel émanent les tonalités graves d'un groupe de hard rock. Des adolescents s'amusent sur un tourniquet dans un square. La menace des loups-garous s'est visiblement arrêtée à la rivière.

— Ce n'est pas le chemin de la maison.

— Je sème ta trace. Quand le loup va se réveiller, il va chercher à te retrouver. Il ne doit pas réussir à se rendre jusqu'au manoir.

— Jullian sait où on habite !

Monica presse l'accélérateur. Le paysage défile à une telle vitesse. Nous quittons le centre-ville de l'East Side pour les quartiers résidentiels. Nous longeons un parc où des mobile homes collés les uns aux autres côtoient des voitures décortiquées et des piles de pneus.

— La chose qui t'a attaquée ce soir n'a rien du Jullian que tu connais. C'est un démon, un être de l'obscurité. J'aurais préféré que tu apprennes ça dans d'autres circonstances. Mais le temps est compté. Tu vas devoir être sur le qui-vive cette nuit.

— Enfin, pourquoi ? Comment se fait-il que Jullian soit incontrôlable ? Je l'ai déjà vu sous son apparence de loup. Il n'a jamais essayé de m'attaquer.

— Je ne sais pas si tu te souviens, mais je t'ai expliqué que les créateurs, lorsqu'ils lancent un sortilège avec l'Osmose, doivent compenser dans les ténèbres.

Son regard perçant scrute l'obscurité. Monica cille à peine.

— Quand le conseil a décidé de transformer ces humains en loups-garous, ils ont dû en contrepartie offrir leurs services à Satan. Il fut décidé qu'une nuit par mois, lorsque la lune ronde s'élèverait dans le ciel, les loups appartiendraient à l'Enfer. Ils ne seraient plus sous notre contrôle et plus à même de nous protéger. C'est pour ça que nos plus jeunes sorciers, ceux qui n'ont pas encore les pouvoirs suffisants pour se défendre, quittent la ville les soirs de pleine lune. Les loups ont avec le temps appris à vivre avec. Ils s'enferment à l'intérieur de leurs maisons pour s'empêcher de s'en prendre à quiconque. Mais nous ne sommes jamais à l'abri d'un incident comme celui de ce soir. Qui sait combien de victimes fera Jullian maintenant qu'il est en liberté.

Mon sang se glace. C'est ma faute. S'il tue quelqu'un, je devrai en être tenue pour seule responsable. Il a essayé de m'avertir. Il m'a demandé de partir. Mais j'ai été trop bornée pour l'écouter. À cause de moi, il est en liberté et il pourrait s'en prendre à n'importe qui.

Monica traverse si vite l'allée de gravier que j'en ai la nausée. D'un coup de frein brutal, elle s'arrête en bas du perron.

— Rentre. Et enferme-toi à l'intérieur. Tiens-toi loin des fenêtres.

J'acquiesce, me préparant à quitter l'habitacle. Monica me retient.

— Tant que le premier rayon du jour ne sera pas apparu à l'horizon, tu seras en danger.

— Tu ne restes pas avec moi ?

— Impossible. Le conseil m'attend pour terminer le rituel de protection. En l'absence des loups pour assurer notre garde, nous devons veiller à ce que rien ni personne ne s'introduise dans Salem, en profitant de la brèche.

Elle lâche mon bras, serrant ses mains autour du volant.

— Si j'étais toi, je ne fermerais pas l'œil de la nuit. Mieux vaut être épuisée que morte. Vas-y maintenant !

Je monte les marches quatre à quatre et me précipite à l'intérieur. Sans aucune lumière, le manoir est un lieu sinistre. Les tableaux gigantesques dans l'entrée donnent au hall un aspect terrifiant. Je ferme le verrou à double tour et me rue vers la seule pièce de Wailing Hill dont les fenêtres sont trop hautes pour qu'un loup puisse les atteindre : le bureau de Samuel Parris. Je tire les rideaux, plongeant la pièce dans l'obscurité la plus totale. Derrière la porte, je pousse une commode et entasse tout ce qui me passe sous la main. Je m'assois contre la cheminée éteinte. Mon cœur bat à tout rompre.

Lovée contre la pierre, je resserre mes bras autour de ma poitrine, tâchant de retenir les tremblements de mon corps. Il fait terriblement froid. Je ne peux pas prendre le risque d'allumer un feu. Ça pourrait trahir ma position. Un pull noir traîne sur le fauteuil de Monica. Je le troque contre mon blazer et ma chemise couverts de sang.

Les sanglots montent dans ma gorge. Je les étouffe en pressant mon visage contre mes genoux. Alors, me balançant d'avant en arrière, je prie pour que cette nuit ne soit pas la dernière.

***

Cela fait plus d'une heure que les premiers rayons du jour sont apparus lorsque je m'autorise à bouger. J'enlève un à un les objets entassés derrière la porte. J'entends le sang battre dans mes oreilles. Mes doigts, tremblants, se posent sur la poignée.

Une lumière étincelante envahit le manoir. Je mets ma main devant mon visage pour me protéger. Après des heures passées dans le noir, la fulgurance de ce flash me brûle la rétine. Je plisse plusieurs fois des yeux pour essayer de m'y acclimater. Le jour apporte une chaleur qui m'est agréable. Elle redonne un peu de force à mon corps épuisé par cette nuit de malheur.

J'ai un mal de crâne terrible et les paupières lourdes. J'avance d'un pas un peu moins hésitant que le précédent. Le sang bat dans mes tempes. Je passe de pièce en pièce. Rien n'a été renversé, brisé, ni même déplacé. Tout a l'air normal.

On frappe à la porte d'entrée. Le flot continu des coups résonne dans tout le rez-de-chaussée.

— Serena ! Serena, ouvre-moi !

Jullian ! Je reconnaîtrais sa voix entre mille.

Je me hâte dans le hall. J'ouvre la porte à la volée. Jullian se précipite sur moi. Ses doigts parcourent mes épaules. Ses yeux, écarquillés, scrutent chaque parcelle de ma peau.

— Est-ce que je t'ai fait du mal ? J'avais du sang sur les mains. Je t'ai blessée.

— Je vais bien.

— Je t'ai forcément griffée. Montre-moi tes bras. Tu dois avoir une cicatrice.

— Je vais bien, je te dis.

J'attrape ses poignets pour tenter de le calmer. Il se dérobe à mon étreinte et remonte la manche de mon pull jusqu'à mon épaule. Les entailles apparaissent et son souffle se suspend. Jullian observe interdit les griffures.

— Qu'est-ce que j'ai fait ?

Sa voix étranglée me fait frissonner.

— Tu n'étais pas toi-même, je réponds en chuchotant. Ce n'est pas ta faute. C'est même la mienne si on y réfléchit bien.

Il dresse le menton. Ses sourcils froncés lui donnent l'air sévère.

— Tu es ridicule.

Il attrape mon bras.

— Viens, on va désinfecter ça.

J'obtempère. Sur le chemin de la cuisine, j'arrive à faire glisser son poignet jusqu'à ma main. Je noue mes doigts dans les siens. Jullian observe un instant nos paumes jointes, sans quitter cet air grave.

Il passe dans le garde-manger et le contact se rompt. Je m'adosse à l'évier et observe sur le mur d'en face un arc-en-ciel de couleurs produit par le lustre en cristal, qui diffracte les rayons de lumière le traversant.

— Prisme chromatique, je murmure.

J'aurais donc retenu quelque chose de mes cours de sciences. Je ne suis peut-être pas une cause perdue.

— Qu'est-ce que tu dis ?

Jullian revient avec la trousse de premiers secours de Tania. Je lui fais signe que ce n'est rien. M'ignorant, il ouvre la pochette sur le comptoir et fouille à l'intérieur.

— Enlève ton pull, murmure-t-il. J'ai dû te blesser des deux côtés.

Sa voix a récupéré un peu de cette douceur que j'affectionne tant.

L'exercice m'arrache une grimace. En levant les bras, j'ai réveillé la douleur. Mon pull tombe avec ma chemise et mon blazer. Je me retrouve tout juste vêtue de ce caraco chair qui dévoile les courbes de ma poitrine. Je rougis.

Ce n'est pas ce qui préoccupe Jullian. Il observe la seconde blessure avec cette même expression intraduisible que je prends pour de la stupeur. Son doigt suit les sillons des griffes. Il crispe les paupières, secoue la tête et empoigne le désinfectant.

— Ça risque de piquer.

Il tapote le coton avec délicatesse contre mon bras. Je le regarde faire sans savoir quoi dire. Le silence qui s'est installé dans cette cuisine est si intense que le briser me paraît insurmontable.

Jullian couvre la blessure d'un pansement avant de passer à l'autre. Il évite scrupuleusement de croiser mes yeux. C'en est trop. J'attrape sa main pour l'obliger à s'arrêter. Je cherche son regard. Il refuse de me regarder et tire pour libérer ses doigts. Cette fois, je ne le laisserai pas gagner. Je serre plus fort. Il soupire et fixe le sol.

— Jullian, je murmure.
— Je dois nettoyer ça avant que ça s'infecte.
— Jullian.

Il empoigne la bouteille de désinfectant et la jette contre le mur. Des taches translucides traversent l'arc-en-ciel de lumière.

— J'aurais pu te tuer ! s'écrie-t-il.
— Je sais, je réponds d'une voix étranglée. Et je suis désolée. J'aurais dû t'écouter quand tu as essayé de me prévenir.

Il fait volte-face et passe ses deux mains dans ma nuque. Ses yeux consentent enfin à rencontrer les miens. Il est si près que je distingue chaque détail, chaque infime parcelle de ses iris. Ils sont bordés de sillons rouges.

— Tu ne comprends pas ou quoi ? Je suis le problème ! C'est cet animal qui sommeille à l'intérieur de moi ! En me rapprochant de toi, je t'ai mise en danger !
— Jullian tu...
— Jamais je ne pourrai me pardonner de t'avoir fait du mal !

J'attrape ses mains. Lentement, je défais leur étreinte autour de mon cou sans jamais couper le contact entre nos regards. Il se laisse faire. Je passe ses paumes dans mon dos et pose ma joue sur son torse.

— J'entends ton cœur, je murmure. Il bat très vite. Ça, je sais que c'est toi. Pas un animal, pas une bête, pas un loup-garou. Juste toi. Et ce cœur qui bat si vite, je sais qu'il ne me ferait jamais de mal.

Ses mains se serrent dans mon dos. Je l'entends humer l'odeur de mes cheveux.

J'ignore combien de temps nous demeurons ainsi, enlacés dans la clarté absolue du lever du jour. Jullian s'écarte, il pose un baiser sur mon front et achève de nettoyer mon bras. Je le regarde opérer avec minutie. Lorsqu'il termine, je profite d'un instant d'inattention pour embrasser furtivement ses lèvres.

— J'aurais dû te parler du pacte, murmure-t-il en rangeant le nécessaire de soins. Je suis désolé.

Après ce qu'il s'est passé cette nuit, tout ça me paraît dénué d'importance.

— Donc c'est vrai ? Tu vas devoir épouser Veronica ?

— Si je veux devenir le nouvel alpha de la meute, acquiesce-t-il. Mais je ne l'ai jamais réellement souhaité. Ce sont mes parents qui l'ont décidé pour moi bien avant ma naissance.

— Et toi, qu'est-ce que tu en penses ?

Je me hisse sur l'un des tabourets.

— Que j'aimerais pouvoir faire mes propres choix sans avoir de compte à rendre à personne !

— Mais ce n'est pas le cas, n'est-ce pas.

Il s'accoude au comptoir à son tour. Un rayon de lumière éclaire la moitié de son visage.

— Il y aurait un moyen. Mais pour ça je devrai abandonner ma famille, mes amis, ma vie à Salem et tout recommencer ailleurs. En restant ici, je serai obligé de me plier aux ordres de mes aînés.

— Je comprends. Ça n'est pas une décision facile à prendre.

— Justement. Je l'ai déjà prise. J'ai choisi de quitter la meute après le lycée. Comme l'a fait mon oncle Jasper. Il est parti pour Dartmouth. Il a ensuite refait sa vie à New York et jamais plus il n'a mis un pied à Salem. Le seul souci dans mon cas, c'est qu'en tant que futur alpha, je suis surveillé en permanence. Chacun de mes pas est épié. Quitter Salem ne sera pas facile.

Je passe ma main dans son dos et dessine de petits cercles.

— Tu n'as pas à faire ça tout seul.

Jullian tourne lentement la tête dans ma direction. Son sourire en coin me fait réaliser que j'ai mal choisi mes mots et qu'il interprète allègrement ce que j'ai voulu dire dans un but purement rassurant. Je cesse mes caresses et reprends aussi froidement que j'en suis capable.

— Ne te méprends pas, ce n'est pas une demande en mariage.

Il rit.

— On ne se connaît pas depuis très longtemps et on n'est pas souvent d'accord. Mais dans la mesure où tu cherches à tout prix à quitter cette ville et que deux mois à Salem m'ont donné un aperçu de ce que je ne veux surtout pas pour mon futur, on pourrait peut-être imaginer qu'on...

Sa main passe dans ma nuque et il m'embrasse. Je le remercie d'avoir mis fin à ce moment gênant par ce baiser. J'enroule ma jambe autour de sa cuisse pour le presser contre moi. Jullian gémit. Je me raidis et recule précipitamment.

— Pardon ! Je t'ai fait mal ?

— C'est toi qui t'excuses alors que j'ai failli te tuer ?

Il rit. Je lève les yeux au ciel.

— Je crois que mon corps n'a pas bien supporté que ta tante me cloue à terre.

— Tu t'en rappelles ?

— Comment l'oublier ? murmure-t-il en pressant ses côtes. J'ai eu l'impression qu'on me déchirait les entrailles. Comme si quelque chose précipitait la transformation inverse. J'ignore quel sort elle a utilisé, mais ça n'a rien de la magie commune en tout cas.

Le loup projeté dans les airs, le visage fermé de Monica jetant sur Jullian cette lumière si blanche, les gémissements de l'animal, la froideur de ma tante. Et ses yeux. Ces deux anneaux dorés.

***

Lorsque j'arrive à St George quelques heures plus tard, je suis épuisée. Mon corps peine à suivre les ordres que lui donne mon cerveau cotonneux. Ma chemise est boutonnée lundi avec mardi, l'une de mes chaussettes est plus haute que l'autre et je crois même que j'ai enfilé la jupe de lacrosse au lieu de celle de mon uniforme. Tant pis. La police du style ne m'en tiendra pas rigueur. J'ai des choses plus urgentes sur le feu.

Je ne cesse de penser à la froideur de Monica devant la demeure des Redwood hier soir et la puissance dont elle a fait preuve pour éloigner ce loup. Les images des dernières semaines remontent à mon esprit. Mes idées, qui étaient déjà embrouillées, ne sont plus qu'un sac de nœuds.

Nous sommes au milieu du couloir lorsque, brusquement, les fils se démêlent. Les pièces s'assemblent les unes après les autres. Tout se fait très net. Penny m'observe avec stupeur. Jullian, déconcerté, passe sa main devant mon visage. Je m'exclame soudain :

— C'est Monica !

J'attrape les bras de mes amis pour les attirer dans un recoin. Allongeant la tête dans le couloir pour vérifier que personne ne nous écoute, je reprends à mi-voix :

— Bon sang, comment ai-je pu être assez aveugle pour ne pas le comprendre ? Tout était là !

— De quoi tu parles ? demande Penny en grimaçant.

— Du masque de porc ! C'est Monica !

Je passe les doigts dans mes cheveux et les tire en arrière. Je tourne sur moi-même un nombre incalculable de fois. Jullian pose sa main sur mon épaule pour me faire arrêter.

— Serena, reprend mon amie à voix basse. Tu ne peux pas émettre de telles accusations sans preuve. C'est grave !

— La première fois que le masque est apparu, à la sortie du bal, Monica savait exactement où j'étais.

— Comme la moitié de ce lycée, murmure Jullian.

— D'accord. Alors quand je me suis noyée. Je n'avais pas

prévu d'aller à la piscine. Personne n'était au courant. Mise à part celle qui m'y a accompagnée !

Penny mordille sa lèvre.

— OK, dit Jullian. C'est déjà plus troublant. Mais si tu n'as que ç...

— Elle a scellé le Vinculum ! Elle en connaissait les effets. Et le masque de porc sous mon oreiller.

— Tous les sorciers du conseil savaient pour le sortilège qui te liait à Veronica. Quant au masque, ça peut être n'importe qui d'autre chez toi.

— Tu veux dire Klaus ou Betsy ?

Cette fois, Jullian ne répond pas.

— Très bien, je reprends. Alors que dites-vous du fait que Monica est arrivée cinq minutes après nous dans la chambre de Wyatt quand le masque de porc a essayé de l'étouffer ? Et qu'elle était en train de se rhabiller.

— Je ne serais pas étonnée que ta tante dorme nue, dit Penny avant de grimacer.

Pourquoi ne veulent-ils rien entendre ? C'est pourtant évident ! Depuis tout ce temps j'essaie de découvrir qui se dissimule derrière le masque de porc mais je n'ai jamais pensé à chercher une personne capable de commettre tous ces actes, mais surtout qui soit en capacité de réveiller une ancienne menace.

— C'est le dernier gardien de la magie pure ! je m'exclame. Si ça n'est pas une preuve, je ne vois vraiment pas ce que je peux trouver d'autre ! Dois-je vous rappeler que Bethany croupit en prison pour moins que ça ?

— Et alors, reprend Penny. Qu'est-ce que tu comptes faire ? La dénoncer ? Elle est la personne la plus importante au sein du coven de Salem. À côté de ça, tu ne fais pas le poids. Le conseil ne t'écoutera jamais ! Pire encore, si elle est aussi perfide que tu as l'air de le penser, je suis certaine qu'elle a prévu tout un tas de parades et d'alibis pour démonter tes arguments un à un. Et puis...

Penny s'approche. Elle serre mes mains dans les siennes.

— C'est ta dernière parente, Serena. La dernière personne qui veille sur toi. Si tu n'es pas certaine à 100 % que Monica soit bien le masque de porc, prendrais-tu le risque de lui faire du tort ?

Elle a raison. Aussi difficile que ce soit à admettre, je ne peux porter des accusations d'une telle gravité sans en être certaine à 200 %. Dès lors que ces révélations seront faites, et quel qu'en soit l'aboutissement, elles auront de graves conséquences sur ma famille. Mes frères se remettent à peine de la disparition de nos parents. Je ne peux pas leur assener ce deuxième coup. Même si mon unique but est de les protéger. Je dois d'abord trouver un moyen de percer son plan à jour.

36

Les flammes de la cheminée dessinent sur les tapis d'Orient des faisceaux orangés en perpétuel mouvement. Les personnages des toiles de maître dirigent leur regard vers la table, de laquelle nul bruit n'émane. Seul s'entend celui du bois crépitant dans l'âtre. Jon avale sa soupe de tomate froide par grandes lampées. À sa gauche, Wyatt grimace en observant le liquide rouge. Je tourne ma cuillère dans mon assiette, incapable de quitter des yeux la femme assise au bout de cette longue table.

Son chignon serré donne à son visage une sévérité supplémentaire. Elle porte délicatement la cuillère à ses lèvres. Lorsqu'une goutte vagabonde se hasarde sur son menton, elle l'essuie discrètement et reprend sa dégustation. Elle me donne envie de vomir. Nos regards se croisent et je détourne immédiatement la tête.

Son attitude m'est insupportable. Je n'en peux plus de ses faux-semblants. Qui sait quel nouveau plan obscur tourne dans son crâne alors qu'elle arbore ce sourire bienveillant. Quelles idées macabres elle a à notre sujet tandis qu'elle joue les tantes attentionnées.

Un jet de flamme surgit de la cheminée. Mes frères sursautent en chœur. Monica, également surprise, tend le bras vers la pierre.

— *Prohibere !* s'exclame-t-elle.

On entend un bruit étouffé. Un nuage sombre a remplacé le brasier. La lumière orangée disparaît instantanément.

Le regard de Monica passe de l'un à l'autre. Ses sourcils arqués s'arrêtent sur moi.

— Est-ce que tout va bien, Serena ?

— Oui, je réponds avec un sourire forcé. Parfaitement bien.

Je voudrais avoir son habileté pour cacher mes véritables sentiments. Force est de constater que je n'ai pas le quart de son talent pour les mensonges. Ma grimace ne la dupe pas. Elle pose sa main sur la mienne. Je réprime l'envie folle de la repousser. Wyatt et Jon nous observent.

— Si quoi que ce soit te chagrine, tu sais que tu peux m'en parler.

Un, deux... quatre... dix. J'ai passé le quota du supportable. Je tire lentement mes doigts et pose ma paume sur ma cuisse.

— Oui, dis-je. Je crois que je suis juste... un peu fatiguée.

— Tu n'as qu'à aller te coucher. Je vais demander à Klaus de te porter un plateau dans ta chambre.

Elle dresse la main. Le majordome approche. Ses boucles poivre et sel sont retenues en arrière par une queue haute. Son dos est très droit. Il sourit à la maîtresse de maison.

— Ça va aller, je marmonne. Je n'ai pas faim de toute façon.

Les grands yeux bleus de Klaus me suivent tandis que je repousse ma chaise. Monica entrouvre les lèvres. Au dernier moment, elle se retient de parler. Je quitte la salle à manger. Alors que je longe le couloir, j'entends la voix grave de Jon s'exclamer.

— Et moi, je peux y aller aussi ? Les gars m'attendent au *Hallow*.

— Le repas n'est pas terminé, soupire Monica.

Mes doigts s'attardent sur les détails des murs. Je traîne le pas vers les escaliers. J'aimerais écouter leur échange jusqu'au bout.

— Ils ne servent pas que de la bière au *Hallow*, rétorque mon aîné.

Aucune réponse de ma tante. Tout ce que j'entends, c'est un bruit de chaises.

— Je viens avec toi ! ose Wyatt.

— Même pas en rêve, le petit génie.

— Toi tu termines ton gaspacho, rétorque sèchement Monica.

— C'est injuste !

— On en reparlera quand tu auras des poils sur le torse ! s'exclame ma tante.

Des pas lourds s'approchent. Jon me double. Il s'arrête soudain et fait volte-face. Ses sourcils froncés me rappellent ceux de Monica.

— T'es sûre que ça va ?

— Oui.

À croire que c'est tout ce que je suis capable de dire aujourd'hui. J'accélère. Jon pose une main sur mon épaule pour me forcer à m'arrêter.

— C'était toi, les flammes ?

Je dévisage mon frère, sans savoir comment répondre. Mes lèvres se pincent. Il penche la tête sur le côté. Ses doigts passent nerveusement dans ses cheveux.

— Alors c'est vrai.

— Qu'est-ce qui est vrai ? je demande.

Il fait un tour sur lui-même avant de consentir de nouveau à me regarder.

— Zahra m'a parlé d'une histoire de chemin. Une sorte de test du conseil pour connaître l'étendue de nos pouvoirs. Je lui ai répondu que je n'avais rien vu. Et c'est là qu'elle m'a dit pour toi.

— Dit quoi ?

Je ne sais même pas pourquoi j'essaie de jouer la surprise. Jon n'est pas dupe. La gravité de ses traits trahit sa déception.

— Je ne voulais pas la croire. Mais apparemment, c'est vrai. Tu fais de la magie.

— Non ! Je ne...

— Serena, soupire mon frère.

Je rentre la tête entre mes épaules. Comme lorsque mes parents me réprimandaient. J'ai toujours été trop entière pour être capable de dissimuler mes émotions. À défaut, je jouais profil bas. Comme ce soir.

— OK. C'est en partie vrai. Mais à ma décharge, tout ce que j'ai fait n'a jamais été qu'accidentel !

— Tu comptais m'en parler quand ?

À nouveau, je baisse la tête.

— Jamais, soupire Jon. OK.

Sa langue passe sur ses lèvres. Sa poitrine se gonfle. C'est mauvais signe.

— Et tu nous caches d'autres choses ? reprend-il dents serrées.

Par où commencer ? Le testament de nos parents, l'innocence de Bethany, l'implication de Monica... Je dresse le menton vers mon frère. Des respirations erratiques agitent son torse. Il est en colère.

Je hoche lentement la tête de gauche à droite. Jon m'observe un moment. J'ai conscience de ne pas l'avoir convaincu. Mais je ne peux pas céder. Pas maintenant. Mon silence a pour unique but de les protéger. S'il savait, il comprendrait. Alors, je soutiens son regard. Jon finit par craquer. Il fait demi-tour. Ses pas lourds s'écrasent sur le sol. La porte claque, il disparaît dans la nuit.

***

Je me laisse tomber sur mon matelas. Le poids de mon corps me fait rebondir. Ma tête roule entre les oreillers. Je passe mes doigts dans mes mèches emmêlées.

Mes pensées fusent en tous sens. Je revois la déception de Jon. Je sais que les raisons qui me poussent à agir sont les bonnes. Pourtant, je ressens une douloureuse sensation, celle d'être, plus que jamais, loin de mon frère.

Jon et moi avons tout juste seize mois d'écart. Un mouchoir de poche pour les bambins que nous étions. Nous avons passé le plus clair de notre enfance ensemble. Il m'a toujours pris sous son aile, me traînant avec lui partout où il allait. Je connaissais les moindres de ses secrets et je savais que je pouvais lui parler de tout.

Depuis que nous avons emménagé dans cet effrayant manoir, une fissure s'est formée entre nous. Les semaines passant et les secrets se faisant plus nombreux, ce qui n'était au départ qu'un interstice s'est transformé en fossé, immense, qui me paraît aujourd'hui insurmontable.

Quelque chose tape contre ma fenêtre. Je me redresse brusquement. Le corbeau, sur la plus haute branche du vieux frêne, tourne la tête en tous sens. Il doit avoir fait son nid dans le coin. Il est là presque tous les soirs.

Un caillou rebondit sur la vitre et l'oiseau s'envole en croassant. J'avance hésitante. Une nouvelle pierre heurte la vitre. J'ouvre et esquive de justesse un projectile.

— Désolé !

Jullian m'observe depuis le pied de l'arbre. Les rayons de lune donnent à ses yeux d'émeraude des éclats scintillants. Son sourire est communicatif. Je m'accoude au rebord de la fenêtre pour le contempler.

— Je te dérange ?

Je fais non de la tête. Sa veste en cuir fait ressortir les muscles de ses bras. Il continue de me regarder. Je mords mes lèvres pour ne pas laisser mon enthousiasme débordant me submerger.

— Tu as quelque chose de prévu ce soir ? dit-il enfin.

Je dis non avec ma tête.

— Génial.

Son air énigmatique détonne avec son attitude habituelle. Je pense qu'il en joue. J'ai des papillons dans le ventre et une envie irrépressible de franchir cette distance entre nous.

— Tu crois que tu pourrais descendre ? demande-t-il à mi-voix.

Mon enthousiasme se suspend. Si je passe par ce couloir, si Monica me voit partir, elle risque de se poser des questions. J'ai prétexté la fatigue pour l'éviter. Une sortie nocturne ne réussirait qu'à éveiller ses soupçons.

— Tu n'as qu'à sauter, reprend Jullian. Je te rattrape.

Je sais que Jullian ne lirait jamais dans mes pensées sans mon accord. J'en déduis donc que ma mine dépitée m'a trahie.

Je ne réfléchis pas plus d'une seconde. Je passe une jambe par-dessus la rambarde, puis la seconde. Il doit y avoir cinq ou six mètres de hauteur. Pas de quoi me tuer. Mais la possibilité quand même de me briser deux ou trois os.

Mes fesses sont encore appuyées sur le rebord de la fenêtre. Mes pieds pendent dans le vide. L'air frais de la nuit fait voleter mes cheveux détachés. Je remets lentement une mèche derrière mon oreille. Je manque de perdre l'équilibre et me rattrape *in extremis*.

En contrebas, Jullian m'observe, bras tendus.

Je prends une longue inspiration et saute. Je n'ai pas le temps de crier. Je tombe mollement dans les bras de Jullian. Mon souffle est court. Je ne peux m'empêcher de dévisager le garçon tout sourire qui m'a rattrapée comme si j'étais une vulgaire feuille tombée d'un arbre.

— Je commençais à croire que tu ne me faisais pas confiance, dit-il en m'aidant à mettre pied à terre.

Pour réponse, je fais rouler mes yeux et dépose un furtif baiser sur sa bouche. Lorsque je me recule, il rattrape mon bras pour me ramener à lui. Ses lèvres s'écrasent sur les miennes. Sa main passe dans ma nuque. Son geste est d'une telle fougue que je sens mes jambes chanceler. Il me libère et je mets quelques secondes à me rappeler où je suis.

— Je me disais, reprend-il à mi-voix, que nous n'avons jamais eu de rendez-vous.

— C'est vrai, je réponds en mordillant ma lèvre.

Il passe son pouce sur ma bouche.

Dans la précipitation des évènements récents, notre relation, bien qu'elle m'ait aidée à tenir le coup, n'a pas vraiment été au centre de mon attention. Quelque chose me dit que Jullian compte nous faire rattraper le retard pris.

— Prends ça.

Le jeune homme me tend un sac. Je l'enfile sans poser de question.

— Je voudrais t'emmener quelque part, dit-il. Mais c'est un peu loin. Alors, il faudrait que je te porte.

Qu'il me porte ?

— Que tu montes sur mon dos, si tu préfères. Tu t'en sens capable ?

Jullian m'observe avec appréhension.

Je n'oublierai jamais cette lueur dans son regard la nuit de la pleine lune. Il n'avait rien d'humain, rien du garçon que j'ai en ce moment devant moi. Jullian n'est pas ce démon qui a tenté de me tuer. J'ai confiance en lui. Jamais il ne me ferait de mal.

Je hoche la tête de haut en bas.

Ses lèvres dessinent un sourire en coin. Il enlève sa veste qu'il me tend. Je la récupère sans trop comprendre. Lorsqu'il ôte son pull, puis son tee-shirt, je saisis enfin ce qu'il fait. Il déboutonne son jean et je me détourne pudiquement.

Jullian lâche un petit rire. J'ai les joues en feu. Je me force à respirer calmement pour dissiper mon malaise. Il me faisait déjà tant d'effet habillé... Un bruissement parcourt l'herbe. Je fais lentement volte-face. À côté de son pantalon soigneusement plié se tient un loup dont le poil a des nuances cuivrées. Je ne peux contenir l'angoisse qui monte en moi. Je pensais pouvoir passer outre. À croire que le souvenir de cet animal est encore douloureux.

Il baisse le museau. Ses pattes avant se plient et il courbe ses épaules. Je m'approche d'un pas hésitant. Mon souffle est court, les battements de mon cœur si rapides. Il ne bouge pas. Mes doigts tremblants se posent sur son pelage. Je retiens ma respiration sous l'effet du contact du poil hirsute contre ma peau. Il plie les pattes arrière et je sursaute. Le loup s'allonge dans l'herbe. Je descends ma main le long de sa nuque, puis sur son dos. Mon appréhension se dissipe peu à peu. Un sourire se dessine même sur mon visage.

Je me perds dans la contemplation de cet animal. J'ai rarement vu un être aussi majestueux. Sous ma paume, je sens la force de ses muscles et l'énergie qui le parcourt. Son museau se tourne vers moi et je ris.

Redevenue maîtresse de mes émotions, je récupère les derniers vêtements de Jullian, resserre les bretelles du sac, et, non sans une légère hésitation, je passe une jambe par-dessus son pelage et m'assois sur son dos. Mes doigts saisissent les poils au niveau de son encolure, à laquelle je m'accroche.

— Je ne te fais pas mal ?

La tête du loup remue de gauche à droite.

Il se relève. Ce n'est plus la peur qui me domine, mais l'excitation. Je ne peux plus contenir ce sourire extatique sur mes lèvres, ni l'euphorie qui gorge désormais chaque parcelle de mon corps.

Prête ?

C'est à mon tour d'acquiescer. Jullian s'élance à toute vitesse en direction de la forêt.

Ses pattes effleurent le sol comme si elles flottaient au-dessus du tapis de feuilles. Je dois me cramponner pour ne pas tomber. Le vent fouette mes joues. Par moments, je dois enfouir mon visage pour éviter les branches.

Quel intense plaisir que de filer à pleine vitesse dans cette nature sauvage ! Parmi les ténèbres de la nuit, nous ne sommes qu'une ombre de plus.

Je ne reconnais pas les environs. Je ne suis jamais venue de ce côté du bois. J'entends l'écho des vagues. Nous approchons de la rivière. Jullian commence à ralentir.

Nous nous arrêtons au bord d'une falaise. En contrebas, on devine les eaux tumultueuses de la rivière Crane qui s'écrasent contre la roche. Au loin, les lumières du centre-ville, et, derrière elles, les étincelles de l'East Side qui dessinent des constellations dans la nuit. Un embrun salé trotte dans l'air. Ce cadre n'est pas sans me rappeler celui où nous avons échangé notre premier baiser.

C'est la falaise d'Edmund's Cove. Personne ne vient jamais par ici. Nous serons tranquilles.

J'acquiesce. Je réalise que c'est la première fois que Jullian et moi sommes réellement seuls. Jusqu'alors, les rares moments d'intimité que nous avons partagés, au manoir, pouvaient être interrompus à chaque instant par mes frères ou ma tante.

Le loup plie les pattes. Je descends. Il m'observe et je crois percevoir derrière ces iris jaunes le vert émeraude. Je me ressaisis et pose le sac à dos par terre avant de me détourner.

Le bruit des vagues et la fraîcheur de l'air m'apaisent. Je ferme les paupières et me laisse aller à la douceur de ces sensations. J'inspire profondément pour ne pas perdre une miette de ces précieux instants.

Quelque chose touche mon épaule. Je me retourne. Jullian, ayant retrouvé son apparence humaine et ses vêtements, passe lentement une main autour de ma taille. Il la pose sur ma hanche pour m'attirer plus près de lui. Les battements de mon cœur s'accélèrent. Il approche son visage du mien. Nos fronts se collent. Je sens son souffle court sur ma joue et son parfum de musc dans mes narines. Il m'embrasse entre les sourcils et s'écarte. Une sensation désagréable me tord l'estomac. J'en voulais plus.

Jullian tire du sac à dos une couverture en laine bleue qu'il allonge dans l'herbe. Je m'assois en tailleur dessus. Il me rejoint, une bouteille de jus de fruits à la main.

— Je ne voulais pas que tu penses que j'allais essayer de te saouler pour abuser de toi, confie-t-il en riant. Alors j'ai préféré éviter l'alcool.

— Ça me va très bien, dis-je, tandis qu'il sert deux gobelets de jus.

J'avale une gorgée. Le goût prononcé de l'abricot laisse dans ma bouche une note acide.

Jullian s'allonge sur la couverture. Le poids de son torse repose sur son coude gauche. Il m'observe avec un sourire en coin. Mes joues s'empourprent. J'avale une nouvelle gorgée avant d'enfouir mon visage écarlate.

Je me demande encore comment quelqu'un comme Jullian a pu un jour poser les yeux sur moi. Il pourrait avoir toutes les filles qu'il veut, des femmes bien plus fortes, plus intelligentes, plus belles et sûrement mille fois plus sympathiques que moi.

Pourtant, il m'a choisie. Cette idée me gorge d'un sentiment de toute-puissance, de ceux qui vous donnent l'illusion de voler au-dessus des nuages.

Je me penche vers lui. Ses doigts passent sur ma joue. Ils tirent en arrière les mèches qui barrent mon visage. Je m'approche plus encore, mordillant ma lèvre, incapable d'attendre plus longtemps. Je franchis les derniers centimètres qui nous séparent et écrase ma bouche sur la sienne. Le contact de ses lèvres humides me fait frissonner. Je me perds dans la douceur de ce baiser.

Mais je ne dois pas être trop avide. Alors, je me détache délicatement et pose ma joue sur son torse. Jullian met une main sous sa nuque et de l'autre caresse mon dos. Mon index dessine de petits cercles sur sa poitrine.

— C'est magnifique, je murmure, la tête tournée vers le plafond d'étoiles.

— Je viens souvent ici quand j'ai besoin de me ressourcer. J'ai l'impression de me défaire pour quelques instants de l'effervescence de ce monde. Comme si je l'observais de l'extérieur.

Il continue de caresser mon dos.

— Et quand tu viens...

Je suis déjà gênée de ce que je m'apprête à lui demander.

— ... c'est avec d'autres filles ?

Jullian rit. Bon, d'accord, ce n'est vraiment pas très fin comme manière d'aborder le sujet de ses conquêtes. Et ce n'est sûrement pas le meilleur moment. Mais c'est plus fort que moi, la question me taraude.

— Tu es la première, lâche-t-il dans un murmure.

La première ? Est-il en train de dire que...

Je me dresse sur mes coudes pour planter mon regard dans le sien. Jullian m'observe avec un demi-sourire sur les lèvres. Ses doigts remontent le long de mon épaule et effleurent ma nuque. Je frissonne.

— Tu veux dire que je suis ta première... ta première copine ?

Jullian rit. Il passe sa deuxième main sous sa tête pour

la soutenir. Ses jambes se croisent. Il se tourne vers le plafond d'étoiles. Son silence me déroute. Que suis-je censée comprendre ?

— J'ai connu beaucoup de filles, reprend-il enfin. Pendant longtemps, ça a été un moyen pour moi de défier mes parents. Comme pour leur dire qu'ils ne gagneraient pas avec leur stupide pacte. Mais je crois que c'est la première fois que je ressens un tel besoin d'être avec quelqu'un.

Je ne saurais décrire les sentiments qui m'envahissent. C'est quelque part à mi-chemin entre la joie et l'euphorie. Je voudrais bondir sur mes jambes et sautiller comme une enfant. Je me contiens et passe, à la place, sur le torse de Jullian. Je m'assois à califourchon sur ses hanches.

Ses mains remontent le long de mes cuisses. Je le dévisage avec avidité. Il me rend mon regard. Je presse mes lèvres contre les siennes et ouvre la bouche pour intensifier ce baiser. Ses doigts caressent mes hanches. Il appuie ses paumes sur mon dos et me ramène au plus près de lui. Je sens une puissante chaleur m'envahir. Avant que j'aie pu comprendre ce qui se passe, Jullian me renverse, nous roulons sur la couverture, et il me surplombe.

Les battements rapides de son cœur traversent sa peau jusqu'à frapper contre ma poitrine. Mes doigts s'égarent au creux de ses reins. Toute pensée m'abandonne. Je suis animée par le seul besoin irrépressible d'être encore plus près de lui. Jullian remonte lentement son pull. Il ne quitte mes lèvres que le temps de l'enlever. Je saisis du bout des doigts son tee-shirt et lui réserve le même sort.

Je m'écarte un instant pour observer ma paume passant sur son torse nu. Malgré la fraîcheur, sa peau est brûlante. Jullian me sourit. Nous reprenons notre étreinte. J'ôte mes chaussures et enroule mes jambes dans son dos. Nous roulons encore. Je me retrouve de nouveau au-dessus de lui. Nous avons quitté la couverture. L'herbe humide picote mes pieds nus. Je déboutonne lentement ma chemise, marquant de petites pauses pour embrasser Jullian. Il m'observe en souriant. Alors que j'arrive au dernier bouton, un bruissement m'interrompt.

Jullian lève brusquement la tête. Je colle ma poitrine contre la sienne. Ses bras m'attirent plus près de lui.

Le bruissement revient. Jullian bondit sur ses jambes et je bascule un peu trop vite en arrière. Je tombe mollement sur mes fesses. Une ombre se dessine à l'orée de la forêt. La tache sombre se fait de plus en plus nette. Les battements de mon cœur s'accélèrent. Jullian se positionne telle une barrière entre elle et moi.

Un loup au pelage noir s'approche. Je respire de nouveau.

— Taylor, soupire Jullian.

L'animal m'observe un peu trop longtemps avant de se tourner vers Jullian. Les deux se détaillent en silence. Ils doivent échanger par la pensée. Finalement, le loup noir me lance un dernier regard et disparaît. J'inspire profondément et demande :

— Qu'est-ce qu'il se passe ?

— J'ai demandé à Taylor de prendre mon tour de garde, dit-il. Et apparemment Shankar l'a remarqué.

— Tu vas avoir des ennuis ?

— Non, lâche-t-il. Mais je préfère autant qu'il ne sache pas que tu es sortie du manoir en pleine nuit.

Il s'arrête là dans ses explications. Je connais la suite. Si Shankar racontait à Monica que je me suis enfuie, c'est moi qui pourrais avoir des problèmes.

— Je vais te ramener, conclut-il.

M'observant, Jullian lâche un petit rire. Quoi ? Ma déception se voit tant que ça ? Si Taylor ne nous avait pas interrompus... Je préfère ne pas y penser. Jullian finit d'enlever ses vêtements. Je n'ai pas le temps de me retourner. Ou peut-être pas envie, je ne sais pas trop. Son corps d'homme laisse place à celui de l'animal. Je grimpe sur son dos. Alors qu'il s'élance dans les profondeurs obscures de la nuit, je jette un ultime regard sur la falaise d'Edmund's Cove. Quelque chose me dit que ce n'est pas la dernière fois que je viens ici.

37

Sur la terrasse de St George, quelque part entre les serres de biologie et le point d'observation d'astronomie, le Tout-Danvers s'est donné rendez-vous autour de coupes de champagne et de petits fours. C'est le cocktail des généreux donateurs, une date clé dans l'emploi du temps de l'Institut, que tout le monde attend avec impatience. Tandis que les uns se délectent de mets raffinés en se racontant les plus croustillants potins sur les figures de l'école, d'autres signent des chèques à plus de cinq zéros.

Jullian et moi arrivons bras dessus bras dessous. J'élude les regards médisants et serre plus fort mon cavalier. D'une élégance naturelle, il porte sa chemise déboutonnée. Il a refusé de se plier au traditionnel nœud papillon. Dans ma combinaison-pantalon bleue, je déroge aussi à la règle. Nous n'aurions su mieux nous accorder.

Rapidement, c'est au tour de Monica d'entrer en scène. Mes récentes découvertes m'ont rendue plus suspicieuse que jamais à son égard. À chacune de ses paroles, je recherche un sens caché ou un moyen de la démasquer. En vain. Ma tante manie l'art des mots à la perfection. Même ses remarques acerbes ne peuvent être utilisées contre elle.

Ce soir, elle a choisi mes frères pour cavaliers. Je n'ai jamais eu la sensation d'être aussi loin d'eux qu'aujourd'hui. Les secrets dont je les préserve sont une véritable torture. Je ne réussis plus à les regarder sans penser à toutes ces informations qu'ils sont en droit de connaître, mais que je ne peux leur livrer. Je n'ose plus leur parler trop longtemps de peur de laisser échapper un mot de trop qui éveillerait leurs soupçons.

Le plus grand de ses cavaliers la quitte pour rejoindre une Zahra resplendissante. La jeune femme, tout de vert vêtue, porte à son cou cet éternel pendentif de diamant en forme de cœur.

Dans la foule des invités, j'aperçois au loin un visage connu, celui d'un charmant professeur particulier, trop jeune pour se fondre parmi les bienfaiteurs quinquagénaires. Cole, dans une chemise blanche et un pantalon gris, me lance un clin d'œil auquel je ne sais répondre que d'un signe de main.

Alec, qui sirote un cocktail translucide, s'approche de nous, mais continue de scruter la foule.

— Il n'y a que du beau monde.

Je parie qu'il cherche Penny. Les convenances veulent qu'ils ne se montrent pas ensemble tant qu'ils ne seront pas certains de ce qu'ils éprouvent l'un pour l'autre. C'est un peu le problème que je rencontre avec Jullian : ils sont de deux espèces différentes et notre société puritaine n'est pas prête à laisser quiconque remettre en question ses valeurs ancestrales.

La voilà d'ailleurs qui vient vers nous, avec la discrétion d'un éléphant dans un magasin de porcelaine, dans une usine de porcelaine, dans un monde de porcelaine. Elle avance de côté en vérifiant sans cesse que personne ne l'observe.

— Les petits sandwichs sont délicieux, murmure-t-elle enfin parvenue à nous. L'association poivron-crevette est particulièrement réussie.

Je pince les lèvres pour me retenir de rire. Penny a beaucoup de qualité. Mais la comédie, ce n'est décidément pas son fort.

Mon amie s'apaise enfin. Elle se retourne vers nous. Son regard croise celui d'Alec. Tous deux esquissent un sourire.

— Je viens d'apercevoir Veronica, dit Alec.

— Et ? s'enquiert Jullian.

Le sorcier fronce les sourcils.

— Je l'ai vue, c'est tout.

Il avale une gorgée de champagne et murmure :
— J'essayais juste de faire la conversation.
— J'ai mieux, dit Penny.

Sa main se pose sur le bras d'Alec. Le contact dure un peu plus longtemps que le voudrait la bienséance.

— J'ai croisé ton charmant précepteur. Qu'est-ce qu'il est sexy dans ce costume !

Veronica, tout près du balcon, converse avec sa cour.

— Je préférais quand on parlait de Veronica, marmonne Jullian.

— Tu sais où en est l'enquête sur Bethany ? je demande à mi-voix.

— Eh bien, reprend-il en glissant sa main sur sa nuque, ils ont fini de l'interroger.

Nous sommes suspendus à ses lèvres.

— Elle a été jugée coupable, achève gravement Alec.

— Sauf un miracle, poursuit le loup, elle croupira en prison le restant de son existence.

D'horreur, mes mains se portent à ma bouche. Bethany, enfermée à vie pour un crime qu'elle n'a pas commis. Tout ça par la faute de Monica ! J'en ai plus qu'assez de ses jeux de mensonges et de tromperies. Je dois la faire tomber de son piédestal.

— Je n'ai pas encore salué Jon, dit Alec en se tournant vers Penny. Tu m'accompagnes ?

Elle acquiesce. Ils s'éloignent dans la foule. Les passages étroits entre les invités les contraignent à se rapprocher. Ils n'ont pas l'air de trouver ça désagréable. Ils rejoignent mes frères, qui discutent vivement avec les membres de l'équipe de natation féminine. Ils paraissent si sereins. On croirait que ces semaines difficiles sont derrière eux. Ils ont toute confiance dans le conseil et sont persuadés que celui-ci veille sur eux. Ils ignorent que la personne à la tête du coven, celle qui a juré de les protéger, est déterminée à les conduire à leur perte.

Je passe mon bras à la taille de Jullian et pose mon épaule sur son biceps. Il me serre contre lui.

— Qu'est-ce qui se passe ? murmure-t-il.

— Je voudrais trouver un moyen pour que tout s'arrête. J'en ai marre d'avoir toujours peur, d'être en permanence sur le qui-vive, de devoir mentir aux personnes que j'aime le plus.

Jullian dépose un baiser sur mon front et passe sa main délicatement le long de mon flanc.

Une femme aux cheveux noirs très longs monte sur l'estrade et s'approche du micro. Je la connais. Elle était avec le proviseur au moment où on m'a remis ma couronne de reine d'automne. Voici monsieur Wellberg d'ailleurs, en compagnie de... Cole ?

— Chers bienfaiteurs, commence-t-elle. Merci à vous d'avoir répondu présents à notre cocktail annuel. Votre implication et votre dévotion envers notre établissement sont un cadeau tout droit venu des Enfers.

De discrets applaudissements lui répondent. À côté, Cole échange des messes basses avec monsieur Wellberg, qui ricane.

— L'institut St George a obtenu à nouveau cette année les meilleurs résultats aux examens de fin de terminale de tout le Massachusetts. Et nous avons, à ce jour, le nombre le plus élevé d'anciens élèves ayant intégré les facultés de l'Ivy League de tout le pays. Ce succès, c'est au travail acharné de monsieur Wellberg et de tout le corps enseignant que nous le devons.

Nouvelle vague d'applaudissements.

— Mais ce n'est pas seulement pour faire les éloges de notre bien-aimé institut St George que je me trouve face à vous ce soir. Comme vous le savez, monsieur Debussy a décidé de nous quitter. En qualité de présidente du conseil d'administration, j'ai le privilège de vous présenter le nouveau professeur d'histoire, monsieur Phips !

Cole monte sur la scène sous de vives acclamations. Il serre la main qui lui est tendue. Surprise, je dévisage l'homme goûtant l'accueil chaleureux que lui réserve la foule. Cole, professeur à St George ? Ce ne peut être qu'une plaisanterie. Il est trop jeune, pas assez qualifié et...

— Ce n'est pas ton précepteur ? murmure Jullian.
— Si, j'acquiesce encore sonnée.

La pomme d'Adam de mon cavalier fait le yoyo.

— Tu ne m'avais pas dit que c'était un Phips.
— Je n'en savais rien.

Cole s'approche du micro, et s'élance dans un discours de remerciement. Son éloquence captive les femmes au premier rang. À moins que ce ne soit son charme.

— Serena, reprend Jullian en saisissant mes bras. Tu dois savoir quelque chose à propos des Phips.

Je me tourne vers mon cavalier. Son air est grave. Il réussit à m'inquiéter.

— C'est une ancienne famille de Salem. Peut-être même la plus ancienne. Ils sont arrivés avant les Parris, les Putnam, les Lewis et sûrement aussi avant les premiers colons anglais.

— Qu'est-ce que tu essaies de me dire ?

Jullian avale une boule de salive qui le fait grimacer.

— Ce sont des vampires.

— Arrête tes sottises, je ricane. Les vampires, ça n'existe pas.

Il est beaucoup trop grave pour plaisanter. Mon souffle se suspend à ses lèvres. Non, les vampires n'existent pas, pas plus que les loups-garous ou les sorcières. Du moins, c'est ainsi que les choses étaient lorsque je vivais dans mon cocon de San Diego.

Ma colonne se raidit alors qu'un flot d'informations envahit mon esprit. Son apparente jeunesse, la froideur de sa peau, la rapidité avec laquelle il surgit et disparaît, sa fascination pour Bram Stoker, son charme envoûtant, presque surnaturel.

— Bon sang ! je m'exclame. C'est un vampire !

Mes paumes pressent mes tempes. Je commence à tourner sur moi-même. Tout est si confus.

— On doit faire quelque chose ! Il va...

Jullian pose sa main sur mon épaule. Je m'arrête. Il m'observe avec cette expression neutre que je hais.

— Les Phips sont des vampires pacifiques. Pour ne rien

te cacher, ce sont même les seuls qui ont le droit d'entrer à Salem. Ils doivent beaucoup aux sorciers. Alors, crois bien qu'ils ne s'en prendront jamais à personne.

— Comment tu peux en être certain ?

Esquissant un sourire, il désigne l'estrade où Cole, allant de citations en *punchlines*, a capté l'attention de toutes les personnes présentes sur la terrasse.

— Ils connaissent tous sa nature. Tu crois que s'il représentait un danger ils le laisseraient se pavaner comme ça ?

Je voudrais répondre que le conseil a bien cédé les rênes du coven à Monica malgré son passif au sein des gardiens. Mais c'est une tout autre affaire et, à bien y regarder, il n'y a rien en commun entre mon jeune précepteur aux dents longues et ma tante au poignard aiguisé.

Je mets un moment avant de réussir à me détendre. Les caresses de Jullian dans mon dos m'aident à retrouver un flot de pensées cohérent. Cole est toujours sur la scène. Combien de temps a-t-il prévu de faire durer son one man show ? À mesure que je le regarde jouer sous les feux des projecteurs, je me remets à réfléchir. Tous ces gens ne voient que ce qu'on veut leur montrer. Ils laissent Cole leur faire croire qu'il est un agneau inoffensif alors qu'en réalité, c'est un prédateur sanguinaire. Tout comme on leur a servi Bethany, comme la coupable parfaite, sur un plateau d'argent. Monica joue les conseillères dévouées, et ils se laissent duper. Le jeu des apparences est d'une telle grossièreté !

Pourtant, je commence à entrevoir dans ces projecteurs une opportunité de mettre enfin un terme à la menace du masque de porc. Le seul moyen de faire tomber Monica, l'unique façon de démontrer sa culpabilité au conseil, c'est de l'obliger à se révéler au grand jour. Je dois la forcer à avouer son plan en m'assurant que toutes les oreilles de Salem soient tournées vers elle.

Mais jamais elle n'acceptera de parler si elle se sait épiée. Je dois trouver une autre solution, un moyen de délier sa langue alors qu'elle pense être à l'abri des regards. Sauf que, quand le rideau tombera, elle découvrira autour d'elle une foule de spectateurs.

J'ai une idée.

— Jullian, je murmure. Va chercher Veronica. Maintenant ! Et Taylor aussi. Moi je m'occupe de trouver Penny et Alec. On se rejoint dans le laboratoire de chimie au bout du couloir.

Je pose un baiser sur ses lèvres.

— Fais vite.

***

Une lumière crépusculaire éclaire les paillasses de la salle de chimie du dernier étage. Voilà bientôt dix minutes que je fais les cent pas dans l'allée centrale. Je regarde une nouvelle fois ma montre. Les aiguilles défilent et toujours pas l'ombre de Jullian.

— Je suis sûre qu'ils ne vont pas venir, dit Penny.

La jeune fille tue le temps en faisant tourner le tabouret sur lequel elle est assise. À sa place, j'aurais déjà vomi cinq fois.

— Ils n'étaient pas d'accord pour qu'on collabore lorsque Bethany n'était que suspecte. À présent que le conseil l'a désignée comme coupable, je ne vois pas par quel miracle ils changeraient d'avis.

— Je préfère croire qu'ils feront preuve de raison, je murmure en faisant demi-tour devant le tableau.

C'est notre seule chance. Sans eux, sans les loups, ce plan ne tient pas la route.

La porte s'ouvre. Je retiens ma respiration. Alec passe le seuil. Je soupire.

— Désolé d'avoir été si long, dit-il. Il y avait la queue aux toilettes.

Le jeune homme s'installe sur le tabouret voisin de Penny. Cette dernière cesse instantanément de tourner. Ils se lancent des regards discrets auxquels répondent des sourires en coin. Je reprends mon va-et-vient dans la pièce.

— Ça fait dix minutes, dit Alec en vérifiant sa montre. On devrait peut-être...

Ses paroles restent suspendues à la poignée qui s'abaisse. Mon cœur bat à tout rompre. Ils sont là ! Ils ont accepté de collaborer avec nous ! Ils...

— Wyatt ?

Mon jeune frère passe la tête dans l'entrebâillement. Examinant la pièce, il se retourne vers le couloir où il fait signe à quelqu'un. La porte s'ouvre.

— Jon !

D'un mouvement identique, ils rentrent les mains dans les poches de leur pantalon et m'observent en soupirant. Papa avait la même attitude lorsqu'il était déçu.

— Tu vas devoir nous expliquer, dit Jon.

— Tout nous expliquer, ajoute Wyatt.

La voix de Jon est sévère. Pourtant, je n'y devine pas de colère.

— Vous expliquer quoi ? s'exclame Penny. Il n'y a rien à dire.

Alec pose une main sur son épaule en plissant les lèvres. Sa tentative aurait pu réussir si elle n'avait pas souri autant et que la sueur ne s'était pas mise à couler de son front.

— Écoutez, je commence en m'approchant. Je vais tout v...

— Non, toi écoute ! s'exclame mon aîné. Ça fait des jours que tu es bizarre.

— Quand il dit bizarre, ajoute Wyatt, il veut dire plus que d'habitude.

Jon lève les yeux au ciel. Il frôle la tête de Wyatt pour mimer une tape. Ce dernier grommelle et croise les bras sur la poitrine d'un air renfrogné.

— Tu ne nous parles presque plus, reprend Jon. La plupart du temps, tu nous évites. Et les rares fois où tu nous adresses la parole, c'est pour nous poser des questions bizarres sur des sujets abracadabrants.

Il avance d'un pas.

— Je te connais assez, petite sœur, pour savoir que tu essaies de détourner notre attention.

— Comme quand tu nous as parlé d'oncle Barnabé dont nous n'avions plus évoqué le nom depuis des années ! intervient Wyatt. Ça n'avait aucun sens.

Alec et Penny tournent la tête dans ma direction. Leurs yeux écarquillés attisent les soupçons de mes frères. Je serre les mains. Mes ongles s'enfoncent dans mes paumes. Pas ça. Tout, mais pas ça. Je ne suis pas prête à leur dire.

— Quoi ? s'exclame Jon.

Penny mord son poing.

— Qu'est-ce que vous nous cachez ? s'enquiert Wyatt.

Ce qui se passe alors, je le perçois dans une succession de séquences qui, telle une pierre en haut de la falaise, ne peuvent être arrêtées.

Penny devient écarlate. Alec pose une main sur son épaule. Trop tard. La jeune fille explose. Elle frappe la paillasse.

— C'est votre oncle Barnabé qui devait récupérer votre garde. Mais votre tante Monica s'est arrangée pour que vous rentriez à Salem afin de prendre la tête du coven.

Alec plaque sa main sur son front. Mes doigts tirent mes cheveux en arrière. La bombe est lancée. Impossible de l'arrêter. Interdits, mes frères observent la petite blonde sur son tabouret qui retrouve peu à peu une couleur normale.

Lorsqu'ils se tournent vers moi, je me liquéfie.

— Serena, est-ce que c'est vrai ?

Je voudrais maudire Penny. Le problème c'est que je sais pertinemment qu'elle a eu raison. J'aurais dû leur parler de ce que j'ai découvert. Ils méritaient tout autant que moi d'être mis au courant. J'ai cru les protéger en les préservant de ce qui aurait pu leur faire de la peine mais je réalise que j'ai eu tort.

Je hoche la tête et enfouis mon visage dans mes mains. Impossible de parler sans trahir les sanglots qui montent dans ma gorge. Je les étouffe de toutes mes forces.

— Nous détenons un certain nombre d'informations, reprend Alec d'une voix très calme, qui nous autorisent à croire que Monica est impliquée dans les attaques de ce masque de porc.

Il marque une pause. Ces quelques secondes de silence sont insoutenables.

— Elle pourrait même tirer les ficelles depuis le début.

Depuis mon plus jeune âge, j'ai toujours eu à cœur de défendre ce qui était juste et de protéger ce qui devait l'être. Mes parents disaient que j'étais le cœur de notre famille parce que je n'écoutais jamais que mes émotions. Elles me dictaient ma conduite et, jusqu'ici, j'en ai toujours été fière. Mais dans cette salle de chimie, dans les faisceaux de cette lumière crépusculaire, j'ai abandonné toute forme de courage.

J'ai trop peur de voir la réaction de mes frères pour sortir ma tête de mes mains. Trop peur des conséquences de mon silence pour leur parler. Trop peur de les perdre pour les regarder. S'ils doivent partir, qu'ils le fassent maintenant.

Une main caresse mon dos. Une autre serre ma taille. J'entrouvre les yeux. Jon me presse contre lui. Je love ma tête dans son cou. Wyatt se colle à mon flanc. Je passe ma main sous son épaule pour l'attirer près de nous.

Nous nous séparons et je sens un poids quitter ma poitrine. Je ne suis pas plus légère, mais je suis au moins soulagée de savoir que mes frères m'ont pardonné de n'en avoir, comme toujours, fait qu'à ma tête.

— Bien, reprend Jon. J'imagine que si vous êtes là, c'est que vous avez un plan.

J'acquiesce. Wyatt se hisse sur un tabouret. Comme Penny, cinq minutes plus tôt, il se met à tourner sur lui-même.

— Nous attendons que les loups nous rejoignent, dit Alec.

— On a besoin de leur aide, j'explique.

C'est à Jon de hocher la tête.

— Enfin, ajoute Penny dans une grimace, s'ils acceptent de venir.

Jon fronce les sourcils.

— Ils nous tiennent pour responsables de ce qui est arrivé à Bethany.

— Bethany, murmure-t-il. Oui. Donc elle ne serait pas...
— Elle aurait été hypnotisée, termine Alec.

Les petits mouvements du menton de mon frère trahissent ses pensées. Tout ça le replonge sûrement dans cette soirée où il a cru perdre la vie. Bethany condamnée, il devait se sentir soulagé. Mais maintenant qu'il sait qu'elle n'était qu'une marionnette...

La poignée s'abaisse. Nous interrompons tous nos mouvements. La porte s'ouvre.

38

— Je vous laisse cinq minutes ! s'exclame Veronica.

Le claquement strident de ses talons aiguilles résonne dans toute la pièce.

— Cinq minutes pour m'expliquer votre plan. Et si je conclus qu'il est aussi stupide que vous l'êtes, je ne veux plus jamais entendre parler de vous !

Jullian se faufile jusqu'à moi. Il passe une main dans mon dos et chuchote à mon oreille.

— Désolé pour le retard. Elle a été très difficile à convaincre.

— Vous vous écraserez comme des limaces !

— Comment tu as fait ? je demande sur le même ton.

— Je n'y suis pour rien.

Il désigne de la tête le garçon à la tignasse sombre qui passe la porte.

— Taylor est très inquiet pour Bethany.

Croisant les bras sur la poitrine, Veronica s'adosse au bureau du professeur. Elle m'observe d'un air renfrogné. Puis, levant les yeux au ciel, elle s'exclame.

— Tu attends quoi, Parris ? Le déluge ? Tout le monde n'a pas une vie aussi pourrie que la tienne ! Certains ont mieux à faire ailleurs !

Je me défais lentement de l'étreinte de Jullian. Sa main s'attarde dans mon dos. Elle me donne un peu plus de courage pour affronter Veronica.

— Avant toute chose, tu dois garder en tête que ce pourrait bien être la seule chance pour Bethany d'être libérée.

— Ça, c'est toi qui l'affirmes !

— Écoute jusqu'au bout, dis-je du ton le plus posé qu'il m'est possible de prendre. Si c'est aussi stupide que tu le penses, alors tu pourras partir et on ne t'ennuiera plus.

J'approche de Veronica comme je m'avancerais vers un animal sauvage. Ma respiration est suspendue, mes pas mesurés et silencieux. Je ne dois pas l'effrayer. Elle risquerait de s'en aller.

— Mais d'abord, tu dois tout entendre.

***

— C'était prévisible, dit Penny en avalant une gorgée de boisson.

— De quoi ? je demande.

Elle pointe la jeune fille blonde de l'autre côté de la terrasse qui nous lance des regards médisants.

— On aura au moins essayé, dit Jullian.

— Comment on fait alors maintenant ? s'enquiert Wyatt.

— On attend, reprend Jullian.

Ses doigts caressent mon flanc. Depuis notre première rencontre, rien n'a vraiment changé. Il me fait toujours le même effet. À chaque fois que je le regarde, je me sens fondre à l'intérieur. Le contact de sa peau sur la mienne lance dans mon corps des décharges électriques. Quand je suis près de lui, j'ai le sentiment de vibrer.

— Je vais aller prévenir Zahra, dit Jon.

— Tu es sûr de vouloir la mettre dans la confidence ? questionne Penny.

— Je suis d'accord avec Penny, intervient Wyatt. Moins nous serons à savoir, moins nous aurons de chance d'être démasqués.

— C'est Zahra, rétorque Alec. Elle est l'une des nôtres ! On peut avoir confiance en elle.

Jon se tourne vers moi. Il sait qu'à sa place je n'écouterais que mon cœur, contrairement à Wyatt, qui privilégie la raison. Lui se conforme aux règles et aux conseils qui lui sont donnés.

— Je n'y vois aucun inconvénient, dis-je. À toi de voir si tu veux la mêler à tout ça.

Mon frère chancelle quelques secondes. Il finit par s'éloigner. Wyatt part à son tour pour rejoindre des camarades de classe. Puis, ce sont Penny et Alec qui disparaissent dans la foule.

Je reste collée à Jullian. Sa main sur mon flanc est le dernier rempart qui me sépare de cette folie qui m'entoure. Auprès de lui, j'oublie la démesure de notre monde, mes pensées s'apaisent. La chaleur de son corps m'envahit.

— Quoi qu'il arrive ce soir, murmure-t-il, tu dois être prudente.

J'acquiesce. Jullian dépose un baiser sur le haut de ma tête. Puis un autre entre mes sourcils, sur le bout de mon nez. Mes mains passent dans sa nuque et il saisit mes lèvres. Ma bouche s'entrouvre pour donner plus d'intensité à ce baiser.

Puis il s'en va.

Je me reprends alors l'effervescence en plein visage, comme une vague s'écrasant sur la falaise. Je serre plus fort mes doigts sur mon verre pour tenter d'apaiser mes tremblements. Des gouttes de sueur coulent le long de mon dos. Je me hisse sur la pointe des pieds pour scruter la foule. J'aperçois Monica et je me sens faiblir.

Ma tante converse avec d'autres invités. Ses rires me font l'effet de la foudre. Comment peut-elle être aussi détendue après ce qu'elle a fait ? Je n'y vois qu'une solution : elle s'en moque. Elle n'accorde aucun crédit aux conséquences de ses actes. Tout cela n'est qu'un plan réalisé avec le sang-froid d'un reptile. Elle a assemblé méticuleusement chaque pièce du puzzle. Et ce, qu'importe qui elle a dû faire souffrir pour y parvenir.

— Est-ce que tout va bien, Serena ?

Je sursaute. Cole pose une main sur mon bras. Le contact de ses doigts glacés me fait tressaillir. Je me soustrais délicatement.

— Oui, dis-je en me forçant à sourire. Très bien. Et toi ? J'imagine que tu dois être ravi d'intégrer St George.

Sa langue passe sur ses lèvres et je réprime un frisson. Pourquoi ai-je le sentiment qu'il m'observe comme s'il s'apprêtait à me dévorer ?

— Ravi, répète-t-il. C'est le mot. J'espère que tu ne m'en veux pas de ne pas t'en avoir parlé. La présidente du conseil d'administration est une vieille amie. Quand je lui ai dit que je cherchais à occuper mes longues journées, elle m'a gentiment proposé un poste.

— J'imagine que nos cours du soir sont terminés. Dommage, je commençais à m'intéresser à l'œuvre de Bram Stoker.

Surpris, Cole me considère un moment, avant de tremper ses lèvres dans son whisky et de sourire.

— Ne t'en fais pas, nous aurons mille occasions encore de parler de ce cher Dracula. Tu sais ce qu'on dit. C'est à la nuit tombée que se tiennent les plus fascinantes discussions.

Déjà, on hèle le jeune professeur de l'autre côté de la terrasse. Il s'en va. J'essaie de comprendre ce qui vient de se passer. À mesure que mes pensées se font plus claires, j'ai la conviction que le message de Cole n'était pas seulement métaphorique.

Je secoue la tête. C'est sûrement la chose la moins importante de cette soirée.

— Toi ! aboie Veronica.

La reine du lycée fond sur moi telle une furie. Mes yeux écarquillés ne parviennent pas à se détacher d'elle, même si je redoute l'impact imminent.

— Je croyais avoir été très claire ! Je refuse ta proposition. Tu déguerpis ! Je ne supporte plus de voir ta sale face de petite privilégiée ! À cause de toi ma meilleure amie est en prison !

— Je ne suis pas responsable, je réponds d'une voix étranglée. Et tu le sais.

Un groupe d'invités attirés par les éclats de Veronica s'est formé autour de nous.

— J'aurais tout fait pour l'aider si tu avais daigné accepter ma proposition !

— Sainte Parris ! ironise Veronica. Toujours aussi charitable envers les plus faibles !

Son visage est si près du mien que je sens son haleine mentholée. Sa mâchoire, crispée, dévoile ses canines.

— Mais tout ce que tu voulais, poursuit-elle, c'était être une fois encore dans la lumière des projecteurs ! Sainte Parris qui sauve une pauvre louve !

Elle ricane.

— Mais toi et moi savons bien que tu n'en as rien à faire des loups. C'est comme Jullian. Pour le moment il te titille. Mais quand tu seras lassée tu le laisseras tomber. Après tout, c'est un truc de famille l'abandon, n'est-ce pas ?

Je franchis les derniers centimètres qui nous séparent et pousse de toutes mes forces les épaules de Veronica. Elle bascule en arrière. Se rattrapant habilement, elle grogne et se précipite sur moi. Veronica enserre ma taille. Elle me plaque au sol. Ma tête heurte le bitume et un bourdonnement sature ma boîte crânienne. Ses mains s'approchent dangereusement de mon visage. J'évite *in extremis* les griffures de ses ongles. J'essaie de la repousser. Elle a beaucoup trop de force pour que je puisse lui échapper.

Elle tire mes cheveux en arrière. Je gémis.

Je remonte mon genou jusqu'à son sternum. Et prenant une profonde inspiration, je pousse de toutes mes forces. Le souffle de Veronica se coupe. Juste le temps de la faire rouler. Je renverse la vapeur et m'assois sur son torse. Mon poing est près de s'écraser sur son visage alors qu'elle retrouve tout juste sa respiration, mais ses doigts m'arrêtent. Elle serre. Je gémis. Elle pousse et je bascule en arrière.

J'ai à peine le temps de me mettre debout. Veronica se redresse à son tour. La bretelle de sa robe a glissé sur son épaule gauche. Une longue déchirure entaille sa jupe. Des mèches folles s'échappent de son chignon en bataille. Je ne dois pas avoir meilleure allure.

Je halète. Un cercle s'est formé autour de nous. Les regards intrigués de mes camarades se joignent à ceux outrés de leurs parents. Personne pourtant ne tente de s'interposer. Je m'en serais doutée. Ils ne prendraient pas le risque de froisser leur costume. Et puis, c'est la seule distraction de cette soirée bien fade.

J'ai tout juste le temps de voir le poing qui fonce sur ma joue. Il s'écrase contre ma mâchoire. Une violente douleur déchire tout mon visage.

— Arrêtez !

Jullian bondit. Il s'interpose entre nous deux et attrape les bras de la louve pour l'empêcher de me frapper de nouveau.

J'essaie de faire bonne figure, mais la blessure de ma joue irradie dans tout mon visage.

— C'est comme ça que vous espérez faire avancer les choses ?

Il me dévisage avec sévérité. Veronica le repousse férocement. Il la laisse s'écarter, mais préserve une distance entre nous deux.

— C'est comme ça que tu veux protéger ta famille ? s'exclame-t-il gravement avant de se tourner vers Veronica. Et toi, c'est comme ça que tu comptes sortir Bethany de prison ?

Ma respiration haletante secoue ma poitrine. Je presse de toutes mes forces ma main sur ma joue dans l'espoir de faire cesser la douleur. De l'autre côté du ring, Veronica desserre peu à peu ses poings.

— J'aurais honte à votre place ! Bon sang, ce n'est pas parce que vous ne vous entendez pas que vous êtes obligées de vous donner en spectacle !

La foule s'écarte pour laisser passer les membres du conseil. Parmi eux, Monica, interdite, fait la navette entre Veronica et moi.

— Encore ! s'exclame-t-elle.

Comment peut-elle me faire la leçon après ce qu'elle nous a fait ? Je serre les lèvres et ravale mes ressentiments.

— Serena, viens avec moi. On rentre !

— Tu espères toujours qu'en étouffant l'affaire tu pourras préserver les apparences ? je m'écrie amère. Tout ce qui compte pour toi ce sont tes précieux accords, n'est-ce pas ? Peu importe ce qui peut m'arriver, du moment que toute la ville se plie à tes volontés.

— Ne parle pas de ce que tu ignores, Serena.

— Et toi, ne me prends pas pour plus bête que je ne le suis !

Je suis allée trop loin. Encore une fois, j'ai laissé mes émotions outrepasser ma raison. Une minute de plus et c'était trop tard.

— Je rentre ! je m'exclame. Et sans toi.

— Je t'accompagne, dit Jullian.

— Non !

Je dresse une main entre lui et moi. Ma gorge serrée retient des sanglots.

— J'ai besoin d'être seule, dis-je avec des trémolos dans la voix.

Jullian me dévisage avec stupeur. Il finit par opiner du chef. Je me fraye un chemin dans la foule et disparais sans un regard en arrière.

***

Je claque la porte d'entrée et me rue dans le grand salon. Je plonge tête la première dans le canapé. Mon visage s'enfouit dans les coussins. La soie caresse ma peau. Je prends une longue inspiration et ferme les yeux.

La cacophonie de mes pensées résonne dans mon esprit. Je les laisse s'exprimer sans les écouter. Je me soustrais à leur sens, comme si c'était une autre qui parlait. Rien de ce qu'elle dit ne m'atteint. Je m'attarde sur le bruissement de mon souffle frôlant le tissu.

La douleur dans ma mâchoire me ramène à ce monde et je reçois tel un boomerang ces idées que j'ai fuies. Le masque de porc. Le chemin de sang. Wyatt recroquevillé dans son lit. Les loups. L'eau s'infiltrant dans mes poumons. La pleine lune. Jon baignant dans une flaque de son propre sang. Jullian. Le poing de Veronica fusant sur mon visage. Monica.

Monica.

Je serre mes mains sur mes tempes pour faire cesser le brouhaha et me précipite dans la cuisine. Dans le congélateur, j'attrape un sachet de petits pois que je colle sur ma joue. La fraîcheur apaise ma mâchoire. Je ne couperai pas à la magnifique trace qui changera de couleur chaque jour jusqu'à arborer cette nuance bleutée qui fait fureur sur les rings de boxe.

Un grincement dans l'entrée me fait tressaillir. La porte s'est ouverte. Il y a peu de chance que ce soit le vent. Je suis seule dans un immense manoir perdu au milieu de la forêt. Même en hurlant de toutes mes forces, personne ne m'entendrait.

Je m'approche du support en bois et tire l'un des couteaux. Je serai bien incapable de m'en servir. Mais j'aurai au moins eu la présence d'esprit de ne pas me diriger vers l'ennemi avec pour seule arme un sachet de petits pois partiellement décongelés.

La nuit est tombée depuis peu sur Danvers et les rares lumières qui me parviennent sont celles de la lune descendante, étonnamment proche de la terre. J'avance à tâtons jusqu'au couloir. Je passe la tête dans l'entrebâillement de la porte. Mon sang martèle mes tempes. Le silence bourdonne autour de moi.

Je serre plus fort mes doigts autour du manche du couteau. Finalement, ça ne doit pas être difficile. Même pas besoin de viser. Je n'ai qu'à le planter. N'importe quelle partie du corps suffira à ralentir mon poursuivant. Ou plutôt ma poursuivante. Ce ne peut être que Monica. Happée par son désir de meurtre. Elle n'a pas pu laisser passer l'opportunité : me trouver seule au manoir. Une fois qu'elle m'aura tuée, il lui suffira de dire qu'elle est arrivée trop tard. Qui croirait qu'elle pourrait être coupable, elle, la haute conseillère du coven de Salem.

Du moins, c'est ce qu'elle imagine. Elle ignore en revanche que j'ai pl...

— Tu es là ! s'exclame Penny surgissant des ténèbres.

Je crie. Le couteau me glisse des doigts. Il tombe sur le marbre et le bruit résonne dans tout le manoir.

— Qu'est-ce que tu comptais faire avec ça ? grimace mon amie.

— Elle est ici ! hèle Alec.

— Bon sang ! Tu nous as fait une peur bleue ! s'époumone Jon.

— On a cru qu'il était trop tard, reprend Penny.

De nouveaux visages se dessinent dans la pénombre : Jon, Zahra, Wyatt, Jullian, Taylor et même Veronica.

— Enfin qu'est-ce que vous faites ici ! je m'exclame en ramassant le couteau. On avait prévu que vous attendriez que Monica quitte la fête. Et une fois seulement qu'elle serait arrivée, vous deviez rentrer.

Jullian se rapproche. J'entends dans son souffle court la frayeur qui s'apaise peu à peu.

— C'est justement ce qu'on a fait ! riposte Jon.

Je ne comprends plus rien.

— Nous n'avons pas quitté des yeux Monica de la soirée, reprend calmement Penny. Comme tu l'avais prévue, elle était verte après que Veronica et toi vous étiez battues.

— Celui qui prétend encore que ce stage d'été à Julliard c'était de l'argent jeté par les fenêtres, intervient l'intéressée, recevra mon Oscar entre les deux yeux !

Ce disant, Veronica se tourne vers moi, affichant un demi-sourire.

— Tu as toujours mal ?

— Tu ne m'as pas ratée, je réponds en pressant les petits pois sur ma joue.

Veronica rit. Je fronce les sourcils.

— Si j'avais vraiment voulu te blesser, ta bouche serait trop tuméfiée pour que tu puisses le dire.

— On peut en revenir à l'essentiel ? intervient Taylor. On n'a pas tous envie de passer la nuit ici.

Il a raison. Ce n'est pas le moment de s'éparpiller. Monica

pourrait débarquer d'une minute à l'autre et tous nos efforts seraient réduits à néant.

— Monica a quitté le cocktail, reprend Zahra. C'était il y a presque une demi-heure.

— On est partis juste après elle, poursuit Jon.

— Sauf qu'à vouloir garder nos distances, précise Taylor, on a perdu sa voiture.

— Nous sommes venus ici en pensant qu'elle avait pressé l'accélérateur pour arriver plus vite, termine Jullian. Mais nous nous sommes visiblement trompés.

Si Monica n'est pas rentrée à Wailing Hill, où a-t-elle bien pu aller ?

Une atmosphère pesante gagne le hall. Malgré la pénombre, je perçois les mines déconfites de mes amis. Penny s'assoit sur la plus basse marche de l'escalier. Alec s'installe à côté d'elle. La jeune fille fait rouler sa tête sur l'épaule du sorcier. Non loin, Zahra serre Jon. Veronica s'adosse au mur en soupirant.

— Et si nous n'avions pas été aussi discrets que nous l'imaginons, propose Wyatt. Peut-être qu'elle nous a vus et qu'elle a bifurqué en se disant que nous la suivions.

— Ça se tient, murmure Jullian. Dans ce cas-là, on ne peut pas espérer qu'elle revienne.

— Tu veux dire que c'est terminé ? s'enquiert Taylor.

— On n'a pas fait tout ça pour rien ! s'exclame Veronica.

— Au moins, intervient Zahra en se défaisant de l'étreinte de Jon, ça nous aura prouvé que les sorciers et les loups peuvent collaborer.

Veronica fait rouler ses yeux. Elle voudrait laisser croire que cette idée la désole. Mais il n'en est rien. J'ai bien vu les étincelles dans son regard lorsqu'elle s'est jetée sur moi. Jamais elle ne s'est sentie aussi puissante qu'en menant à bien ce plan.

Enfin... Pour ce à quoi ça aura servi...

— Donne, chuchote Zahra en me frôlant. Je vais me passer un coup d'eau sur le visage. J'en profiterai pour reposer le couteau. Tu risquerais de te faire mal avec.

Je lui tends le manche. Zahra s'en empare avec un petit sourire penaud. Je reconnais la jeune fille pétrifiée qui serrait contre elle le torse ensanglanté de Jon. Zahra espérait qu'en parvenant à coincer Monica, cette soirée d'horreur serait enfin loin derrière nous.

Je pose ma joue sur la poitrine de Jullian. Il glisse ses doigts sur mes hanches puis dans mon dos et m'attire contre lui. Je me laisse aller à la chaleur de cette étreinte. C'est peut-être la seule chose positive qui m'arrivera ce soir.

— Venez voir ! s'exclame Zahra. Vite !

Nous nous ruons vers la cuisine. Devant l'évier, la jeune fille pointe quelque chose derrière la fenêtre. Je plisse les yeux pour tâcher de distinguer ce que c'est. L'obscurité de la nuit ne me permet pas de voir quoi que ce soit.

— Quelqu'un vient de passer, reprend-elle à toute vitesse. Avec un capuchon noir !

— Monica ! je m'exclame.

— Elle a dû nous apercevoir et a préféré fuir dans les bois, ajoute Jon.

— Nous devons aller la chercher ! s'écrie Wyatt.

Mon jeune frère est prêt à partir. Jullian le stoppe dans son élan. Wyatt lui jette son regard le plus noir. Le loup, impassible, dresse tout juste un sourcil.

— Ce serait stupide de se lancer à corps perdu au milieu des bois. Non seulement Monica connaît bien mieux la forêt que vous...

— Pas mieux que les loups ! le coupe Veronica.

— C'est pour ça que j'ai dit vous ! répond Jullian entre ses dents.

Il lève les yeux au ciel.

— Et ces terres sont sacrées pour le coven. Monica peut s'en servir pour décupler ses pouvoirs. Ce qui nous rendrait tous vulnérables.

— Qu'est-ce que tu proposes ? demande Taylor.

— Faire des groupes. Ainsi, nous pourrons plus rapidement quadriller la forêt.

Son regard se pose sur chacun d'entre nous.

— Chaque équipe devrait être composée d'un loup, d'un sorcier et d'un humain.

— Je suis la seule humaine, intervient Penny en levant la main.

— On compte les Parris avec toi, dit Veronica comme si c'était une évidence.

Nous sommes neuf. Ce qui donne donc trois groupes de trois.

— Taylor, Veronica et moi serons chacun dans une équipe.

— Je prends Walcott ! s'exclame la louve.

— On n'est pas en cours de sport ! grimace Penny.

— Pourquoi tu dis ça ? rétorque la blonde. La peur d'être choisie en dernier te rappelle de mauvais souvenirs, Rivers ?

Elle est impossible !

— Ça n'arrivera pas, intervient Alec. Elle est avec nous.

Le jeune sorcier se lève. Il empoigne la main de Penny et tous deux rejoignent Veronica.

— Un groupe, dit Jullian. Au suivant.

— Je vais avec Taylor, dit Zahra. Ça fait un loup et un sorcier.

— Je viens avec vous, poursuit Jon.

Il ne reste plus que Wyatt et moi au milieu du salon. Ça nous fait donc une équipe de trois avec Jullian. Je serre les doigts de mon frère. Je suis contente d'être avec lui. Je vais pouvoir veiller à ce qu'il ne se mette pas en danger.

— On peut y aller alors, conclut Jullian.

— Une minute, dit Jon.

Il nous rejoint au milieu du hall.

— Wyatt devrait plutôt prendre ma place avec Taylor et Zahra. Il sera plus en sécurité protégé par un loup et une sorcière.

Il lance un coup d'œil à Jullian.

— Sans vouloir te contrarier.

— Je ne le suis pas, répond sobrement le loup. Je pensais à la même chose. Dans la mesure où Serena n'a aucun pouvoir.

Je le fusille du regard. Il essaie encore de me faire passer pour cette chose faible qu'il doit protéger. Quand comprendra-t-il que je suis tout à fait capable de m'occuper de moi toute seule ?

Enfin, il y a quand même une part de vérité. Je n'ai aucun pouvoir. Aucun, en tout cas, que je sache contrôler. Ça ne va pas être du gâteau. Nous nous apprêtons à affronter l'un des plus puissants sorciers du coven, une femme qui fera tout pour nous éliminer.

39

Mes pieds s'enfoncent dans les feuilles mortes qui jonchent le sol. Ça fait presque une heure que nous marchons dans les ténèbres. Pas l'ombre d'une trace de ma tante. Si elle est encore dans cette forêt, elle s'y est profondément enfouie.

À bout de souffle, je slalome entre les arbres, évitant leurs branchages acérés, qui parviennent pourtant à me griffer. Je manque de trébucher sur un tronc couché. Jullian me rattrape au dernier moment. Sa main soutient mon coude. Il me maintient le temps que je me remette sur pied. Je lui fais signe que tout va bien et nous repartons.

Jon ferme la marche. Malgré sa carrure athlétique, il ne rivalise pas avec le loup qui mène notre expédition. Jullian est encore impeccable dans son smoking quand Jon, écarlate, est couvert de sueur.

Mes joues me brûlent. Chaque inspiration que je prends réussit à peine à fournir assez d'oxygène à mon corps épuisé. Je commence à perdre patience. Après une heure de recherche, nous aurions dû trouver au moins une trace.

— Bon sang, où est-elle fourrée ? je marmonne.

Jullian pose un doigt sur ses lèvres pour me faire signe de me taire. Je mords ma joue pour m'exhorter à faire silence.

Mon téléphone sonne. Nous en profitons pour faire une pause. Jon s'adosse au tronc d'un immense sapin. Il appuie ses mains sur ses genoux et tente de calmer sa respiration erratique. Jullian, poings posés sur ses hanches, me regarde me contorsionner pour tirer le téléphone de ma poche. L'objet m'échappe des doigts. Il tombe sur le tapis de feuilles mortes.

La sonnerie cesse. Dans cette pénombre, je ne vais jamais le retrouver. Je me baisse et commence à tâtonner le sol. Jullian l'attrape avant moi.

J'oublie souvent qu'un loup sommeille en lui, et qu'il a de l'animal la vision nyctalope, la force, la rapidité. Mais qu'en est-il de son instinct de chasseur ? Est-il capable de traquer une proie à des kilomètres ? A-t-il en lui cette soif de sang ?

— Penny, dit-il.

Je le remercie et décroche.

— Serena !

Sa respiration haletante martèle le micro. Je saisis à peine ce qu'elle dit.

— Serena. On l'a trouvé...

— Où êtes-vous ?

— Non, dit-elle. Vous devez le chercher !

— Je ne comprends pas !

Sa panique me gagne. Jullian s'empare du téléphone. Mes mains tremblantes passent sur mon front moite. Jon s'approche. Comme moi, il ne quitte plus des yeux Jullian.

L'échange est furtif. Les mots, lâchés à mi-voix, s'envolent dans la petite brise qui se faufile entre les arbres. Tout ce que je perçois, c'est l'expression sur le visage de Jullian qui se fait de plus en plus grave. Ses sourcils se froncent, sa mâchoire se serre. Il me jette un regard en coin et j'ai la sensation de me liquéfier de l'intérieur.

— Très bien, dit-il enfin. Nous allons tout faire pour le retrouver. Nous partons immédiatement.

— Retrouver qui ?

Jullian fourre mon portable dans sa poche. Il se tourne vers moi.

— Qu'est-ce qu'il se passe ? s'époumone Jon.

— Alec, Penny et Veronica ont mis la main sur Monica.

— Monica ? je répète. Alors ils...

— Elle est inconsciente. Ta tante a été poignardée. Elle a perdu beaucoup de sang.

Je me fige. Toutes mes certitudes sont brusquement

ébranlées. Monica était censée être l'assaillante. Mais si elle est la victime, tout est remis en question.

— C'est insensé ! C'est elle qui en a après nous ! Comment...

— Serena, écoute-moi jusqu'au bout !

J'acquiesce. Je pensais jusqu'ici que se confronter à Monica représentait le plus grand danger mais les évènements prennent une tout autre tournure à laquelle je ne m'étais absolument pas préparée.

— Elle n'était pas seule. Taylor était allongé à côté d'elle. Il reprenait connaissance quand ils les ont trouvés.

Taylor ? Il devrait être avec Wyatt et Zahra !

Jon, tout aussi sonné que moi, dévisage Jullian, dont la pomme d'Adam fait le yo-yo.

— Alec a découvert quelque chose dans la main de Monica, poursuit-il à mi-voix. Elle a dû le prendre à son agresseur au moment où il l'a attaquée.

— Qu'est-ce que c'est ?

Jullian nous observe l'un après l'autre.

— Un pendentif en diamant en forme de cœur.

Le silence m'assourdit.

— Zahra ! s'exclame Jon.

Mon souffle se coupe.

— Wyatt !

Nous repartons à toute vitesse dans les profondeurs hostiles de la forêt. Sous les arbres, l'obscurité est presque totale. Mes yeux peinent à se faire aux ténèbres. Je me cramponne à la main de Jullian.

Zahra. C'est insensé.

À mesure que nous nous enfonçons dans les bois, des liens se font dans mon esprit. Zahra était à Wailing Hill quand le manoir s'est effondré. Elle était également au stade au moment où Veronica a été attaquée. Elle savait que j'étais à la piscine lorsque je me suis noyée. Elle avait passé plus d'une heure dans ma chambre le jour où j'y ai découvert le masque. Elle était tout à côté de Jon quand le visage de porc l'a poignardé.

La nuit de la pleine lune, elle m'a délibérément envoyée dans la gueule du loup.

Qui est-elle ?

Le téléphone sonne. Jullian décroche sans s'arrêter de courir. Il se baisse pour se faufiler sous une branche basse. La conversation dure moins d'une minute.

— Taylor ne sait pas ce qu'il s'est passé, lâche-t-il dans un souffle. Il a dû être hypnotisé.

Ça ne m'étonne même plus. Le masque de porc est un être qui a prouvé sa perfidie et sa détermination à atteindre son but. Taylor n'était qu'un pion sur son chemin.

— Il va emmener Monica à l'hôpital, reprend Jullian. Alec a réussi à calmer l'hémorragie avec un peu de magie. Mais elle doit voir un médecin.

J'acquiesce. Enfin, je crois. Mon corps tout entier est entièrement dévoué à ma course. J'ignore les brûlures de mes poumons, les muscles qui me tiraillent, la chaleur qui monte à mes joues. Je dois retrouver Wyatt avant qu'il ne soit trop tard.

Mon frère est entre les mains du visage de porc par ma faute. Si je n'avais pas été aussi obsédée par l'idée de démasquer Monica, jamais rien de tout cela ne se serait produit. Si j'avais écouté mes amis, j'aurais pris le temps de réfléchir avant de foncer tête baissée dans le piège de Zahra. Elle a semé la graine dans mon esprit et je me suis chargée seule de la faire pousser et grandir jusqu'à ce qu'elle obstrue complètement mes pensées. Elle m'a parlé du lien entre Monica et les gardiens et c'est à partir de ce moment que j'ai commencé à douter des intentions de ma tante.

Si pour une fois j'avais écouté ma raison avant de me laisser dominer par mes émotions, si j'avais fait preuve de logique et de calme, à l'image de mes frères, Wyatt ne serait pas en danger.

Mes jambes se dérobent sous moi. Je tombe. Mes mains heurtent une branche acérée. Je grimace pour retenir un cri de douleur. Du sang s'échappe des entailles. Je m'efforce de me relever. Mes genoux refusent d'obéir. Je sens monter dans ma gorge des sanglots. Ce sont des larmes de colère. Cette fois, je ne parviens pas à les étouffer. Je me mets à pleurer.

Je ne devrais pas être si faible. C'est plus fort que moi. Mes larmes coulent sur mes joues, dans ma nuque et jusqu'au sol. Je ne suis pas aussi forte que je le prétends.

Jullian saisit calmement ma paume pour m'aider à me relever. Je me force à ravaler mes derniers sanglots et essuie mon visage du revers de ma manche. Sans un mot, le jeune homme arrache un bout de la manche de sa chemise pour bander ma main. Je ne sais que le regarder faire.

— C'est bon ?

— Oui, je réponds d'une voix étranglée.

Il noue ses doigts dans les miens et nous repartons. Derrière nous, Jon nous talonne. Nous arrivons à la clairière où s'est déroulée notre initiation. Dans la pénombre, elle paraît bien ordinaire. Seules les taches de sang sur la stèle trahissent les cérémonies secrètes qui s'y tiennent. Nous passons sur l'autre flanc de la colline. Nous traversons la forêt sans trouver la moindre trace de Wyatt et Zahra.

— Attendez !

Je m'arrête. Jullian s'immobilise à son tour. Jon, soufflant de toutes ses forces, s'appuie contre un tronc.

— Je crois savoir où elle l'a emmené.

— Où ? s'enquiert Jon.

— Il existe une autre clairière, plus petite, quelque part à l'est, il me semble. Les gardiens y célébraient leurs cérémonies.

Il repart à toute allure. Je me tiens aussi près de lui que j'en suis capable. Nous dévalons la pente jusqu'à une sorte de ruisseau. Je saute pour l'enjamber. De l'autre côté, le chemin remonte. Je commence à reconnaître les environs. Nous y sommes presque.

J'entends quelque chose. On dirait une voix.

Nous approchons encore. Cette fois, j'en suis certaine, c'est Wyatt.

— C'est un piège ! s'exclame-t-il. Ne venez pas !

Je repousse les branches piquantes des buissons qui

entaillent ma peau. J'arrive dans la clairière. Sur le sol, les feuilles mortes se mêlent aux herbes folles pour former un tapis. La lumière de la lune nous parvient, donnant à la scène un aspect terrifiant. Tout est exactement comme dans mon rêve. À ceci près qu'au centre, au lieu d'une stèle, Zahra serre entre ses bras mon petit frère. Elle tient sous son menton la lame d'un couteau ensanglanté.

— Enfin ! s'exclame-t-elle. J'ai presque cru que vous ne viendriez pas.

— Wyatt !

Jullian m'arrête. À côté de lui, Jon, les yeux écarquillés, dévisage Zahra.

— Bon chien, rit-elle. Garde ta maîtresse. Si elle fait un pas, j'égorge son frère.

— Si tu touches à un seul de ses cheveux, dis-je sur un ton hostile, tu subiras bien pire encore.

— Zahra ! s'écrie Jon. Ne fais pas ça, je t'en supplie ! Ce n'est pas toi ! Tu ne ferais de mal à personne.

Elle éclate d'un rire cristallin qui me glace le sang.

— Pauvre crétin ! Tu n'as vraiment rien compris ?

Jon serre les poings. Je me force moi aussi à contenir ma colère. C'est le moment d'apprendre de mes erreurs. Je dois me maîtriser si je veux protéger mon frère.

— Qu'est-ce que tu cherches, Zahra ? je m'exclame.

— Tu me le demandes encore ? Je pensais pourtant avoir été assez claire !

— Nous tuer. Mais pourquoi ? Accomplir l'œuvre des gardiens de la magie pure ? Tu ne me feras pas croire un seul instant que c'est ta motivation. Tu n'es pas du genre à suivre les ordres.

— Je dois admettre que j'ai pris un certain plaisir à vous torturer ces dernières semaines. Que ce soit en portant le masque de porc, en hypnotisant Parker et Bethany, lorsque j'ai fait s'effondrer votre bien-aimé manoir, tenté de vous étouffer dans votre sommeil ou de vous noyer. Et même quand j'ai convaincu mon idiot de père de lancer ce sortilège du

Vinculum. Vous avez fait exactement ce que j'attendais de vous. Et ça aurait pu continuer longtemps si votre tante n'avait pas commencé à fouiner dans mes affaires. Ma seule erreur a été avec cette Gemma Queller. Lorsque j'ai libéré Bethany le soir de la pleine lune et que j'ai essayé d'implanter ton image dans son esprit, j'ignorais que ta tante vous avait fait conduire hors de la ville. Résultat, cette idiote de Bethany a tué la première fille qui te ressemblait et tu as commencé à avoir des soupçons.

Elle hausse les épaules, comme si ce n'était qu'une simple erreur de parcours. Comment peut-elle faire preuve d'une telle désinvolture ? C'est d'une vie dont on parle !

— Quand j'ai entendu ton plan ce soir, j'y ai vu l'occasion rêvée. Monica était aussi l'une de mes cartes à abattre. Je n'y étais pas parvenue jusqu'ici, même en mettant à mal ses précieuses négociations avec la meute. D'ailleurs, je te remercie encore d'avoir lancé cette bagarre ! Je n'en espérais pas tant de ta part.

Elle ricane. Entre ses mains, Wyatt ne bouge plus. La lame est si proche de sa peau que le moindre mouvement brusque pourrait trancher sa gorge.

— Mais revenons-en à ce qui nous intéresse. Quand nous sommes arrivés au manoir, j'ai vu la voiture de Monica dans l'allée. J'ai compris qu'elle allait tout vous raconter. Alors j'ai dû improviser. La forêt et tout ça. Je dois admettre que ce n'est pas un domaine dans lequel j'excelle. Mais tu m'accorderas que pour un bouquet final, le cadre est plutôt sympa !

Je sens le souffle court de Jon frôler ma joue. Son visage a pris une teinte carmin. Je ne l'ai jamais vu dans un tel état de colère.

— Enfin, tout sera réglé très vite. Je vais vous tuer les uns après les autres. Mais pas tous. Si j'étais la seule survivante d'un massacre, ça risquerait de paraître suspect. Alors je vais commencer par les Parris. Puis je m'occuperai de cette saleté de petite humaine qui n'aurait jamais dû être autorisée à prendre part à notre monde. Ensuite Veronica, pour faire payer à la meute son refus de s'associer aux gardiens, et Alec, pour punir le conseil de s'être détourné des siens.

— Donc, c'est une vengeance, je la coupe. Ce que tu désires, ce n'est pas simplement terminer ce que les gardiens ont entrepris. Tu veux faire payer ceux qui se sont opposés à eux. Ou plutôt, qui se sont opposés à ton frère.

Je perçois un tressaillement. Ce n'est qu'un minuscule mouvement. Il trahit pourtant sa faiblesse. J'ai touché un endroit sensible. Je dois continuer à appuyer à cet endroit jusqu'à ce qu'elle plie.

— Emeric n'était rien de plus qu'un enfant hargneux. Il ne pouvait pas supporter de se voir refuser l'accès au conseil parce qu'il était bâtard. Alors il a agi comme n'importe quel fou. Il a tué tous ceux qui se trouvaient entre lui et le pouvoir.

— Tu parles de choses que tu ignores ! aboie-t-elle. Mon frère était déterminé à changer les choses, débarrasser cette ville de ces familles de puritains et de leur système hiérarchique pourri jusqu'à la moelle ! Il voulait offrir à notre monde un nouveau souffle où chacun, qu'importe sa naissance, pourrait tenter d'accéder à l'élite.

— Tu te berces d'illusions Zahra, intervient Jon. Ton frère n'était pas quelqu'un de bien.

Elle se tourne subitement vers mon frère. Son étreinte autour du cou de Wyatt se desserre. Nous y sommes presque.

— Je me doutais que tu ne comprendrais pas. Comment le pourrais-tu ? Tu es abruti par tout ce que te dit le conseil. Ce sont des mensonges ! Et Emeric le savait.

Le couteau pend entre ses doigts tremblants. Si je suis assez rapide, je peux la faire lâcher prise avant qu'elle n'ait le temps d'agir.

Une main se pose sur mon ventre. Jullian. Il dessine un non de la tête. Je lis sur ses lèvres.

— Je vais le faire.

J'acquiesce. Jullian est beaucoup plus vif que moi. Il fait un pas. Puis un second. Obnubilée par Jon, Zahra ne le voit pas approcher.

— Zahra ! s'exclame une voix grave.

Du mouvement dans les buissons surgit soudain Alec. Derrière lui, Penny, hors d'haleine, se fraye un chemin jusqu'à nous. La jeune fille se précipite vers moi et se cramponne à mon bras. Un gigantesque loup blanc bondit à ses côtés. Veronica.

L'animal se rue en direction de Zahra.

— On ne bouge pas, pétasse ! Un pas de plus et c'est dans ta gueule que je plante ce couteau. Quel joli spectacle ce serait que celui de ton sang giclant de ton corps ! Crois-tu qu'il est pailleté, comme tes escarpins ?

La louve s'immobilise à côté de Jullian en grognant. Une fumée épaisse s'échappe de ses nasaux.

— Zahra, appelle Alec. Je te connais depuis que tu es née ! Tu n'es pas une meurtrière ! Pose ce couteau avant de commettre l'irréparable !

Lentement, il avance vers la jeune femme. Cette dernière serre de nouveau Wyatt contre elle. La lame effleure la peau de son cou. Je me raidis.

— Je sais que, dans le fond, tout ce que tu veux, c'est venger ton frère. Mais ce n'est pas la bonne façon ! Même si tu les élimines, ta colère ne disparaîtra pas. Alors je t'en prie, ne fais pas cette bêtise !

Il avance. Zahra, immobile, fixe le jeune homme.

— Tu n'as encore tué personne Zahra, murmure-t-il. Si tu arrêtes tout maintenant, le conseil ne te condamnera pas. Tu peux t'en sortir !

Seul le silence répond à Alec. Le bruit de ses pas écrasant les feuilles est une véritable torture. À ma droite, Jon a suspendu sa respiration.

— Zahra, je t'en prie, reviens à la raison. Libère Wyatt.

Une lueur étrange parcourt le visage de la jeune fille. À cet instant plus que jamais, elle semble déconnectée de notre réalité. Ses lèvres s'entrouvrent.

— C'est trop tard.

Elle tire son couteau. Le sang se met à couler abondamment sur la poitrine de mon frère.

Ce qui se passe ensuite, je le perçois dans un flot d'images floues.

Alec récupère le corps de Wyatt et l'allonge dans l'herbe humide. Zahra se rue sur moi en brandissant son poignard. Jon l'intercepte et la plaque au sol. Penny, le souffle court, me tire. Je tombe à terre. Des mains pressent la plaie béante de la gorge de Wyatt. Mon frère gémit. Je caresse son visage blême. Sa bouche tente d'aspirer de l'air mais ne réussit qu'à cracher ce sang si rouge qui se répand sur tous mes vêtements. Zahra se défait de Jon et part en courant dans la forêt. Veronica s'élance à sa poursuite. Jullian, après un moment d'hésitation, cède à son tour son enveloppe charnelle à celle de l'animal au pelage brun. Jon se rue vers nous. Il se place derrière Wyatt et pose sa tête sur ses genoux.

Un loup hurle à la mort.

Alec presse ses mains sur le cœur de Wyatt et commence le massage. Jon comprime la plaie avec sa chemise. Le sang continue de couler abondamment. Penny sanglote. Les yeux de mon petit frère, grands ouverts, fixent le néant.

— Serena !

M'appelle-t-on ?

— Serena !

Quelque chose me secoue.

— Serena !

Je reviens à la réalité. Soudain, toute la peur et la peine que j'ai retenues me submergent. Un flot de larmes incontrôlable m'envahit. Elles coulent sur mon visage, glissent le long de mon menton jusqu'à se perdre sur le corps inanimé de mon jeune frère.

— Non ! NON !

Je pose la tête sur sa poitrine.

— Je n'entends plus son cœur !

— C'est fini, Serena, sanglote Jon.

— On doit faire quelque chose ! je m'exclame. Appelle les secours ! À l'hôpital, ils pourront l'aider !

— Serena, dit Alec, les médecins ne peuvent pas ranimer les morts.

— Il y a forcément une solution !

— On ne peut rien faire.

Jon, secoué par les sanglots, ferme délicatement les paupières de Wyatt. Ce n'est pas possible. Ça ne peut pas se terminer comme ça ! Il n'a rien fait ! IL N'A RIEN FAIT POUR MÉRITER ÇA !

Penny, le visage rougi, s'approche lentement.

— Serena peut utiliser l'Osmose pour le ramener à la vie.

— Comment ? s'époumone Alec. Elle ne maîtrise pas encore la magie !

— L'Osmose coule dans ses veines. Elle peut y arriver !

Prise de panique, je bondis soudain sur mes jambes.

— Je ne sais même pas si j'ai ce genre de pouvoir ! Et quand bien même j'en serais capable, je ne maîtrise rien ! Je pourrais vous tuer en tentant de le sauver !

— Tu dois avoir confiance en toi, Serena, dit Penny.

Jon essuie ses yeux rougis du dos de sa main. Son nez coule. La sueur a collé ses cheveux entre eux. Il me dévisage avec stupeur.

— Essaie.

— Pourquoi pas toi ? Tu es autant un Parris que moi, Jon.

— Je ne fais pas de magie, Serena. Je n'en ai jamais fait. Toi, tu as vu le chemin.

Le chemin... La mesure du pouvoir. Est-ce seulement vrai ? Puis-je me fier à un vulgaire test du conseil pour déterminer ma capacité à sauver mon frère ? Mes yeux se baissent sur son corps inerte.

Ma main passe dans mes cheveux. Je retiens les nouveaux sanglots qui font une percée dans ma gorge. Je dois me décider rapidement.

Dans le flot chaotique de mes pensées, une image me

parvient soudain. Celle du visage auréolé de lumière de ma mère au moment précis où mon cœur a cessé de battre.

Je me rassois au chevet de mon frère. D'une main, j'essuie les larmes sur mes joues. Puis, posant mes deux paumes sur la poitrine inanimée de Wyatt, je canalise mes pensées tumultueuses. Je me force à concentrer mon être tout entier sur le seul désir de ramener mon frère à la vie. Je ferme les yeux et tente de faire le vide en moi. Comme lorsque je voulais faire voler ce crayon.

Zahra. Son visage envahit mon esprit. J'essaie de la chasser. Mais elle refuse de partir. Je crois que d'une certaine manière, j'ai associé l'image de cette meurtrière à ma pratique de la magie.

Je pense au néant. J'inspire, j'expire. Rien, absolument rien. J'inspire, j'expire.

Zahra, Wyatt, la clairière, le sang.

— Je n'y arrive pas !

— Tu dois laisser l'Osmose s'exprimer, dit Alec. Tu dois pouvoir la sentir à l'intérieur de toi. N'essaie pas de la retenir.

Je ferme les yeux, cherchant dans mon être ce quelque chose de magique qui pourrait faire revivre mon frère. Mais je ne trouve rien. Rien, sinon une immense colère qui me submerge. Je tuerai Zahra de mes propres mains. Je la brûlerai vive et je regarderai la chaire tomber de ses os dans la douce mélodie de ses hurlements. Je danserai sur les cendres ardentes de son agonie. Elle paiera pour ce qu'elle nous a fait. Je jure à Satan de lui apporter moi-même son âme.

Un brouillard épais envahit mon esprit. Ça fait mal. La fumée se fait de plus en plus dense. J'ai la sensation d'étouffer de l'intérieur. Le gris s'assombrit et le néant prend sa place.

Ma tête bascule en arrière.

— *Per quod divine virtus et satanas, incantatem Osmosis !*

Mes lèvres murmurent des mots dont je ne connais pas le sens.

— *Incantatem Osmosis !*

Les ténèbres voilent le plafond d'étoiles. La lune disparaît derrière d'épais nuages.

— *Incantatem Osmosis !*

Un vent violent s'insinue entre les arbres. La foudre s'abat sur la forêt.

— *Incantatem Osmosis !*

Les feuilles tournoient autour de moi.

— *Osmosis !*

...

— *OSMOSIS !*

40

Agenouillée sur cette herbe glacée, je regarde, impuissante, les éléments se déchaîner autour de moi. Ils m'enferment dans un cylindre obscur, je hurle ces mots qui me sont étrangers. La foudre s'abat sur un arbre. J'ai peur. Je ne contrôle rien. La magie qui s'est insinuée en moi continue de grandir sans que je puisse y faire quoi que ce soit.

Brusquement, tout s'arrête. Les feuilles tombent sur le sol, le vent cesse, les nuages s'écartent, dévoilant la lune. Ma poitrine, éreintée, peine à pomper l'air que demandent mes poumons à l'agonie.

— Il est vivant !

Je voudrais me lever, mais je n'y arrive pas. J'ai la sensation de ne plus être connectée à mon corps. Mes membres ne m'obéissent plus.

Je me concentre de toutes mes forces sur ma volonté d'agir. Je parviens à redresser le menton jusqu'à percevoir les mouvements alentour.

Penny est penchée au-dessus de Wyatt. La poitrine de mon frère se soulève à un rythme rapide. Ses paupières s'ouvrent. Ses lèvres s'agitent. Il émet quelques faibles sons.

Il est vivant.

J'ai réussi.

Jon l'aide à s'asseoir. Les grimaces de Wyatt trahissent sa douleur. La plaie de son cou s'est entièrement refermée. Les traces de sang, elles, sont toujours là. La main de Wyatt se pose sur la mienne. Il me sourit avec gratitude.

Un hurlement résonne dans le lointain. Celui d'une femme.

Jon est le premier à se lever. Comme moi, il a reconnu la voix de Zahra.

— Restez là ! s'exclame-t-il.

— Qui nous dit que ce n'est pas l'une de ses ruses pour nous faire nous disperser ! réplique Alec. Nous devons rester tous ensemble.

— Et quelqu'un doit veiller sur Wyatt, ajoute Jon.

— J... j... je viens au... aussi, lâche difficilement mon frère.

— Tu es encore si faible ! j'interviens.

— Alec a raison, dit Penny. Si nous nous séparons, nous sommes cuits.

Jon nous observe un à un. Je ne pense pas non plus que nous élancer à la suite de ce cri strident soit une bonne idée. Mais celle de rester seuls ici est bien pire.

Jon et Alec passent chacun un bras sous l'épaule de Wyatt pour l'aider à avancer. Je prends la tête sans trop savoir où aller. Cette forêt est si grande. Je ne suis pas mécontente de quitter cette clairière, même si c'est pour retourner vers les profondeurs obscures du bois. Un nouveau hurlement retentit. Celui-là, en revanche, provient d'un loup.

— Jullian !

Mes pas s'accélèrent. Je cours, fendant la forêt aussi vite que j'en suis capable. Les arbres entravent notre progression. Les jambes de Wyatt, qui se dérobent presque constamment, ralentissent Jon et Alec. Un passage étroit manque de les faire tomber tous les trois. Jon s'arrête. Dégoulinant de sueur, il hisse Wyatt sur ses épaules et repart.

Le loup hurle de plus belle. Il est tout près cette fois.

Au loin, on commence à percevoir des formes dans les ténèbres. Deux animaux immobiles scrutant le néant.

— Jullian ! je m'époumone.

À mon appel, la créature au pelage brun cuivré se retourne. Ses yeux jaunes me fixent et je m'arrête net. Ses lèvres retroussées laissent entrevoir ces canines qui ont manqué de me tuer le soir de la pleine lune. Est-il à nouveau possédé par le démon ?

Je suspends mon souffle au moindre de ses mouvements.

Dans un gémissement, il abandonne son corps animal et reprend l'apparence d'un jeune homme de 16 ans. Aussitôt, le loup blanc l'imite. L'adolescente aux longs cheveux blonds se tient, immobile, à côté de son compagnon. Aucun des deux ne semble gêné par sa nudité, ni ressentir le froid terrible de cette nuit de novembre dans le Massachusetts.

Je fais un pas. Prostrés côte à côte, ils fixent le sol. À mesure que j'approche, je distingue la source de leur attention. C'est un corps humain.

Celui de Zahra.

— Jullian !

Je me précipite vers lui et attrape ses épaules pour l'obliger à me regarder. J'aperçois son visage et mon souffle se coupe. Ma colonne se raidit. Le sang macule sa bouche. Un fin filet rouge s'écoule de ses lèvres dans son cou et sur sa poitrine. Il se défait de mon étreinte et recommence à fixer le sol.

Le corps inanimé de Zahra repose sur le dos. Ses yeux couleur de nuit sont écarquillés. De sa bouche entrouverte ne s'échappe plus un brin d'air. Son visage, dépourvu de toute vie, est tourné vers le ciel, comme lui adressant une dernière prière pour son salut. Dans son cou, une gigantesque morsure a déchiqueté sa chair. Son sang a formé autour d'elle une auréole.

Je ne parviens pas à quitter des yeux la jeune fille. Elle était mon amie. Du moins, je l'imaginais. Je devrais être triste. Pourtant, le seul sentiment que je distingue dans le tourbillon de mes pensées, c'est du soulagement. Elle voulait notre mort. Elle a échoué.

Cette nuit, le masque de porc n'est plus. Il emporte avec lui le fléau des gardiens de la magie pure. Pour autant, la menace est plus vive que jamais. Zahra est morte et sa disparition pourrait avoir de graves conséquences sur l'équilibre fragile de notre cité. Nous devons nous attendre à des représailles du conseil.

Ce n'est que le début.

Le stratagème de Zahra a creusé un fossé entre la meute et le coven. Plus que jamais, la prospérité de notre ville va être mise à l'épreuve. Si nos aînés ne parviennent pas à s'entendre, si les loups cessent de protéger nos frontières, des ennemis bien plus dangereux envahiront bientôt Salem. Les habitants de cette ville ne seront plus en sécurité. Et le secret que nous avons si jalousement gardé éclatera au grand jour.

Nous pourrions représenter le dernier rempart contre l'effondrement de notre cité.

Nous sommes loups, humains, sorciers.

Nous sommes les héritiers de Salem.

*Composition et mise en page
Nord Compo à Villeneuve-d'Ascq*

*Cet ouvrage a été imprimé par
CPI Bussière à Saint-Amand-Montrond
en mai 2022*

Le papier entrant dans la composition de ce produit
provient de forêts certifiées FSC®
FSC® se consacre à la promotion d'une gestion
forestière responsable.

Numéro d'éditeur : 2265877
Numéro d'imprimeur : 2065311
Dépôt légal : août 2021

Imprimé en France